RELIURE SERREE
Absence de marges
intérieures

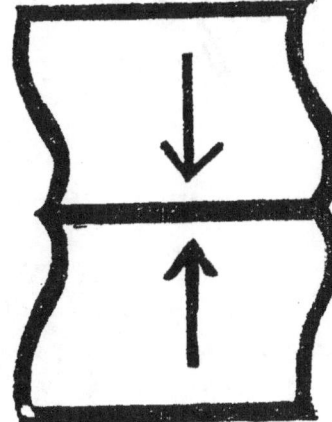

VALABLE POUR TOUT OU PARTIE
DU DOCUMENT REPRODUIT

Couvertures supérieure et intérieure
en couleur

COUVERTURES SUPERIEURE ET INFERIEURE D'IMPRIMEUR.

Alfred Servin et A. Lafitte

Le Valet Assassin

695

LE
VALET ASSASSIN

OUVRAGES D'ALFRED SIRVEN

AU PAYS DES ROUBLARDS.
LES GENS QU'ON SALUE.
LA BIGAME.
SOUS LA LIVRÉE.
L'ENFANT D'UNE VIERGE.
ÉTIENNETTE.
L'HOMME NOIR.
MADEMOISELLE GRINCHARD.
JOURNAUX ET JOURNALISTES, 4 VOL.
LES PRISONS POLITIQUES.
LA FORÊT DE BONDY.
LES INFAMES DE LA BOURSE.
LES TRIPOTS D'ALLEMAGNE.
LA DÉFENSE DE DREUX.
LES IMBÉCILES.
LES MAUVAISES LANGUES.
LES ABRUTIS.
LES CRÉTINS DE PROVINCE.
LES VIEUX, POLISSONS.

En collaboration avec H. Leverdier.

LA FILLE DE NANA.
LE JÉSUITE ROUGE.
LES FEMMES QUI DÉSHONORENT.
LE DÉMON DE LA CHAIR.
UN DRAME AU COUVENT.
MADAME LA VERTU.

En préparation

LA LINDA.
LA CHASSE AUX VIERGES.
UNE GUEUSE (avec A. SIÉGEL)

Imprimerie générale de Châtillon-sur-Seine. — A. Pichat.

LE
VALET ASSASSIN

PAR

ALFRED SIRVEN & A. LAFRIQUE

PARIS

NOUVELLE LIBRAIRIE PARISIENNE

E. GIRAUD et Cie ÉDITEURS

18, RUE DROUOT, 18

—

1885

LE
VALET ASSASSIN

PROLOGUE

I

Ce soir-là, l'hôtel de la comtesse de Prije, situé dans le haut du faubourg Saint-Honoré, avait pris un air de fête inaccoutumé.

Du dehors, par la grande porte massive de la rue, demeurée entr'ouverte, on voyait les étincellements des lustres et les mille langues de feu des girandoles éclairant les salons. Tout cela apparaissait comme une buée rouge à travers les grands rideaux et les stores de fine dentelle. Les voisins s'étonnaient quelque peu de ce va-et-vient dans la noble maison, car depuis longtemps la belle comtesse Dinah de Prije ne recevait plus. Cette sorte de claustration ne datait que du dernier départ du comte pour ses immenses propriétés de l'île Bourbon. Depuis son mariage, M. de Prije s'était absenté bien souvent, mais ses voyages étaient relativement de courte durée. Tandis que cette fois, en partant, le comte avait averti sa femme que de grands travaux allaient être exécutés

1

dans ses plantations, que sa présence était indispensable et que peut-être serait-il longtemps sans revenir.

La comtesse avait envisagé cette séparation avec une angoisse secrète.

— Il me semble, lui dit-elle en lui donnant le long baiser d'adieu, que je ne vous reverrai plus !...

— N'ayez pas de ces sombres idées, ma chère amie, avait répondu le comte en homme habitué à toutes les exigences de la vie pratique, heureux mélange de tendresse et de raison ; nous ne sommes pas des enfants, les gros intérêts de notre situation sont impérieux ; je vous laisse, avec regret sans doute, mais il le faut. Nos cœurs sont liés aujourd'hui par cette affection solide que l'amour, joint à l'estime, apporte dans une union loyale. La séparation qui vous afflige, ma chère Dinah, ne saurait les désunir.

Bref, le comte était parti emmenant avec lui un vieux serviteur, Pierre, qui n'avait jamais quitté la famille de Prije.

Plusieurs mois, la comtesse se confina dans une absolue solitude. A peine deux ou trois intimes parvinrent-ils à forcer la consigne qui tenait impitoyablement closes les portes de l'hôtel. La noble dame passait son temps à lire ou à travailler à de menus ouvrages. Cependant l'ennui vint et avec lui la lassitude du délaissement, le besoin irrésistible de confier à d'autres âmes les pensées de la sienne, à d'autres cœurs les saintes aspirations du sien. C'est alors que, sur les instances de ses plus fidèles amis, elle se décida à rouvrir ses salons.

Au moment où commence ce récit, la comtesse de Prije offrait à la société élégante de Paris sa première fête. L'hôtel était plongé dans cette atmosphère bizarre que l'on respire en ces jours de folie où tous les raffinements du luxe se trouvent réunis pour fasciner les sens, captiver les âmes, énerver les corps. Les fleurs les plus odorantes, les femmes les plus parfumées, les chairs roses des épaules féminines emplissaient l'air de tiédeurs et d'alanguissements. Tout semblait danser sous les trem-

blotements lumineux des lustres, aux rythmes bruyants
de l'orchestre. La comtesse Dinah faisait l'admiration de
tous. Elle était, suivant l'expression consacrée, très en
beauté.

Une simple robe de dentelle noire recouvrant une jupe
et un corsage légèrement décolleté, le tout en satin cerise,
laissait ressortir la blancheur mate de sa peau de forte
brune. Ses superbes cheveux noirs ondulés sur le front
étaient négligemment relevés sur la nuque. L'absence
totale de bijoux ajoutait à la simplicité de cette toilette
et prouvait surabondamment un bon goût et un tact in-
discutables chez une maîtresse de maison. Malgré le sourire affable qui semblait s'être arrêté et fixé sur les jolies
lèvres de la comtesse, un œil exercé n'aurait pas eu de
peine à remarquer combien cette gaîté était factice et de
convention.

Parfois, lorsque madame de Prije se trouvait seule
quelques instants, séparée de ses invités par une tenture
ou un massif de verdure, un léger frisson agitait son
superbe corps, le sourire convenu s'effaçait et une indicible expression de tristesse se répandait sur son visage.
Cela ne durait que l'espace d'une minute; la femme
énergique et forte reprenant le dessus, chassait vite la
mélancolie et s'élançait souriante au milieu de la
fête.

Une seule personne avait remarqué le trouble que nous
venons de décrire : c'était le docteur Burnier. Il eut plusieurs fois l'occasion de s'approcher de madame de Prije
et de l'interroger à ce sujet.

— Ne souffrez-vous pas, madame? je vous trouve
fiévreuse ce soir.

— Quelle plaisanterie! mon cher docteur, jamais je ne
me suis si bien portée; parlez-moi plutôt de ma fête.

— Elle est splendide véritablement, mais j'en reviens à
mon dire, il se passe en vous quelque chose d'étrange,
d'anormal, ne le niez pas.

— Eh bien! reprit la comtesse entraînant le docteur
dans l'embrasure d'une fenêtre et se séparant un instant

de la foule, oui, docteur, vous m'avez devinée, je souffre et j'ignore le mal bizarre qui m'oppresse. Mon cœur se serre, une tristesse indéfinissable m'enveloppe et m'étreint. J'ai comme le pressentiment d'un malheur.

— Cela tient à une extrême sensibilité nerveuse, madame la comtesse, mais n'implique rien de grave. Il sera bon, je crois, que la fête ne se prolonge pas trop avant dans la nuit, afin que vous puissiez prendre un repos salutaire.

— Soyez sans crainte, on commence déjà à se retirer. Merci, docteur. Je compte vous voir demain, peut-être aurai-je besoin de vos soins dévoués.

— Comptez sur moi, madame, répondit le médecin en pressant respectueusement la petite main effilée que lui tendait la comtesse Dinah.

Il prit congé aussitôt.

A partir de ce moment, les salons se vidèrent rapidement. Une heure plus tard, les landaus et les coupés emportaient les derniers invités.

La comtesse se trouva seule.

Selon l'habitude, les domestiques vinrent lui remettre les clefs de l'hôtel avant de regagner leurs chambres.

Madame de Prije se retira dans la sienne. Alors, brusquement, elle arracha les agrafes de son corsage : elle étouffait. Des sanglots lui montaient à la gorge. Enfin, les larmes jaillirent de ses yeux et elle pleura longtemps. Cette expansion d'une douleur contenue ramenant un peu de calme dans l'esprit de la comtesse, elle se mit au lit. Ouvrant le tiroir de sa table de nuit, elle en sortit un petit sachet renfermant des lettres et, avant de s'endormir, elle les lut et les relut plusieurs fois. Ces lettres étaient de M. de Prije.

— Ne reviendra-t-il pas bientôt ? soupira-t-elle soudain. La solitude m'effraie à présent, j'ai peur !.. En vain j'ai cherché dans le bruit l'oubli de mon délaissement, le supplice a été plus grand encore, car ma pensée s'isolait quand même au milieu de ces gens, la plupart indifférents, venus là pour prendre du plaisir, ou en simples curieux avides de nouveauté et d'imprévu . Ah! le brave docteur Burnier m'a devinée. Il a vu que je souffrais, et c'est par discrétion qu'il a mis sur le compte des nerfs l'affection grave dont mon cœur est atteint... Si j'avais un enfant à aimer, ma solitude me semblerait moins affreuse. Mais non, Dieu m'a refusé les douces et saintes joies de la maternité!...

Brisée par l'émotion et la fatigue, la comtesse Dinah laissa retomber sa tête pâle sur l'oreiller blanc, ses paupières s'abaissèrent et le sommeil vint peu à peu.

La veilleuse suspendue au plafond dans son urne de cristal dépoli jetait seule à présent une lueur indécise dans la vaste chambre, profilant les grandes ombres des tentures et des cadres.

Soudain, dans un angle de la pièce, la tapisserie se souleva, une forme humaine apparut et s'avança lentement dans la direction du lit...

Un homme se pencha vers la comtesse endormie et demeura malgré lui en contemplation devant l'admirable corps dont les formes se dessinaient sous les draps et les couvertures...

Comme elle était belle cette femme!... Ses cheveux dénoués encadraient merveilleusement la tête aux lignes pures. Le bras gauche arrondi était posé coquettement sur l'oreiller, le droit pendait hors du lit, dans un élégant abandon. Les yeux de l'homme lançaient des éclairs de convoitise. Ses lèvres sensuelles semblaient appeler le baiser...

Pourtant il se redressa, jeta de côté et d'autre un regard investigateur, puis marcha vers un petit meuble de Boule dont les ornements de bronze doré brillaient dans la nuit.

La clef n'était pas sur le meuble.

L'homme eut un geste de colère et resta indécis quelques secondes... Puis, sortant de sa poche un long couteau, il en approcha la lame de la serrure et fit de légères pesées. Le meuble résista.

Il s'éloigna de nouveau et revint près du lit.

La comtesse dormait toujours. Sa respiration était calme et régulière.

L'homme se dirigea alors vers une commode Louis XVI placée dans un coin de la chambre. Elle n'était pas fermée à clef. Il l'ouvrit fiévreusement, jeta à terre une foule d'objets et s'empara de plusieurs écrins qu'il mit dans ses poches.

Le malfaiteur, après avoir dévalisé cette commode, revint encore près du meuble dont nous avons parlé plus haut. Il essaya de nouveau de le forcer avec un acharnement terrible. La nécessité où il se trouvait d'opérer sans bruit augmentait sa fatigue. Une sueur froide perlait de son front, inondant son visage ; ses mains étaient agitées par un tremblement nerveux, son regard était effrayant. Il fit un effort désespéré sans plus de réussite, mais une coupe de porcelaine placée sur le meuble oscilla et tomba à terre, se brisant en morceaux.

Le bandit se retourna.

La comtesse de Pridje était debout devant lui, les yeux démesurément ouverts, la terreur peinte sur le visage, les traits contractés...

Elle voulait crier, mais les sons ne pouvaient sortir de sa gorge serrée...

Elle était effrayante à voir !...

L'homme s'élança vers elle, et lui dit d'une voix sourde :

— Pourquoi t'es-tu réveillée ?... C'est ta mort que tu viens de décider !...

La pauvre femme se jeta à genoux, désespérée... et supplia l'assassin :

— Grâce ! grâce ! ne me tuez pas... Tout, prenez tout ce qu'il y a ici, mais je ne veux pas mourir !... C'est de l'or qu'il vous faut, j'en ai... j'en ai beaucoup... il est à vous, je vous le donne, mais pitié, pitié pour moi !...

— Non, pas de pitié !... Tu m'as vu, c'est trop. Demain, remise de ta frayeur, tu me dénoncerais et tout ton or ne me sauverait pas... Crier est inutile, ces tentures épaisses étouffent ta voix, aucun bruit ne peut être entendu... Je vais te tuer !...

— Grâce! grâce! râlait la malheureuse comtesse.

Mais l'homme n'écouta plus rien. Saisissant madame de Prie par les cheveux, il la renversa à terre, la traîna jusqu'au milieu de la chambre et, mettant un genou sur sa poitrine, il lui inclina la tête et lui plongea son couteau dans la gorge, tranchant l'artère carotide et faisant une blessure de dix centim   as de largeur.

La mort fut instant   e.

Un flot de sang s'échappa de la plaie béante et inonda le tapis.

Le misérable se releva, et cette fois défonça hardiment le meuble, objet de sa convoitise. Il le fouilla avidement, mais son attente fut déçue. Il ne trouva aucune des valeurs qu'il cherchait. Il s'empara seulement de quelques billets de banque placés dans un tiroir.

A ce moment, à travers les rideaux mal joints, pénétrèrent dans la chambre du crime les premières lueurs du jour.

L'assassin eut peur.

Il ouvrit la fenêtre et regarda au dehors. Personne ne parut dans la rue. Il songea un instant à s'enfuir par là ; mais bientôt, se ravisant, il prit un autre parti. Près du lit se trouvait une petite porte pratiquée dans la tapisserie et donnant sur les appartements. S'emparant du trousseau de la comtesse, il ouvrit cette porte, remit le trousseau en place et sortit. Il jeta auparavant un dernier regard sur le cadavre, mais aussitôt il détourna la tête frappé d'horreur, et il s'enfuit épouvanté.

Néanmoins, toutes ses précautions étaient bien prises, car nulle part il ne laissa la plus petite trace de son passage. D'ailleurs, la fenêtre entr'ouverte permettait de supposer qu'il avait pris ce chemin pour sortir de l'hôtel ensanglanté par lui.

« Demandez ! le crime horrible du faubourg Saint-Honoré, les détails sur l'assassinat de madame la comtesse de Prije, deuxième édition ! »

Vers dix heures du matin, des crieurs de journaux faisaient cette annonce lugubre dans tous les carrefours de la capitale. L'émotion fut grande. La comtesse de Prije était connue et populaire. Son nom avait été attaché à une foule de bonnes œuvres et, la veille encore, les feuilles publiques annonçaient aux échos mondains la fête splendide qu'elle offrait à ses amis.

Dans le voisinage de l'hôtel, c'était de la consternation. Des groupes se formaient devant les magasins, et il avait fallu établir un cordon d'agents pour contenir la foule devant l'hôtel. Chacun prétendait connaître un détail inédit du crime et les commentaires allaient leur train.

Bien entendu, la fantaisie la plus grotesque présidait à tous ces récits et nul ne savait encore autre chose que ce que les journaux annonçaient, c'est-à-dire que, le matin, on avait trouvé madame la comtesse de Prije étendue dans sa chambre, la gorge ouverte, au milieu d'une mare de sang. Le meurtrier s'était enfui par la fenêtre de la chambre en se laissant glisser le long d'un tuyau de conduite d'eau.

On le voit, c'était on ne peut plus succinct. Aussi allons-nous décrire les incidents qui s'étaient produits dans la maison pendant que le crime s'accomplissait.

Les domestiques étaient remontés dans leurs chambres respectives. Le concierge, selon son habitude, fit une ronde avant de se coucher. C'est au retour de cette ronde qu'il crut percevoir des plaintes vagues, puis un grand cri.

Ne sachant trop d'où pouvait venir ce bruit sinistre, il monta réveiller la femme de chambre de la comtesse. Cette fille se leva, s'habilla à la hâte et descendit avec le concierge à l'appartement par l'escalier de service.

C'est en vain qu'ils essayèrent d'ouvrir la porte, le verrou était mis. Sans se préoccuper de cette circonstance assez extraordinaire, ils regagnèrent le grand escalier et frappèrent à la porte du local pendant un quart d'heure. N'obtenant aucune réponse, le concierge s'écria :

— Bah ! ce n'est rien, j'aurai mal entendu. Allez vous recoucher, mademoiselle Clémence. S'il est arrivé quelque chose, nous le saurons bien dans quelques heures. D'ailleurs, à quoi cela nous avancerait-il d'aller prévenir le commissaire de police ? en ce moment, les bureaux sont fermés.

Ils se séparèrent sur cette trop indifférente réflexion.

A sept heures du matin, les domestiques informés de l'incident de la nuit descendirent à l'appartement ; les portes étaient fermées au verrou intérieurement, sauf la porte du couloir conduisant à la chambre de la comtesse qui se fermait seulement à l'aide d'une clef, dont madame de Prije ne se dessaisissait jamais.

Après avoir sonné et frappé inutilement, on prévint un serrurier et la femme de chambre chargea le groom d'aller chercher le docteur Burnier, pensant bien qu'il fallait que se maîtresse fût malade pour ne pas répondre.

La porte d'entrée ouverte, les gens de madame de Prije traversèrent le salon et arrivèrent devant la chambre à coucher. Le serrurier fit sauter la serrure. Alors, un spectacle épouvantable s'offrit aux yeux des assistants : leur maîtresse était étendue, la face contre terre, vêtue

1.

seulement de sa chemise, les cheveux en désordre imprégnés de sang coagulé... Au cou apparaissait, hideuse
et béante, une effroyable blessure...

Tous reculèrent saisis de frayeur.

Le concierge et Clémence, la femme de chambre, étaient
particulièrement atterrés. Ils se reprochaient leur négligence de la nuit et se disaient que peut-être, avec un peu
plus de zèle de leur part, la comtesse serait encore vivante.

Quelques instants plus tard arriva le docteur Burnier. Il
s'écria, en voyant le corps de la comtesse :

— Oh ! la malheureuse ! elle avait un pressentiment
de ce qui est arrivé !...

Aussitôt il se pencha vers elle et posa la main sur le
cœur. Hélas ! ce cœur ne battait plus depuis longtemps.
Aux muettes questions, aux regards interrogateurs des
assistants, il répondit par un hochement de tête signi-
ficatif.

Quelques minutes après pénétraient dans la chambre
le commissaire de police accompagné de son secrétaire
et de deux agents. En peu de mots on le mit au courant
de ce qui s'était passé. Il fit au concierge et à la femme
de chambre de sévères reproches, leur disant qu'ils
avaient manqué à leur devoir en n'avertissant pas
aussitôt la police. Immédiatement une dépêche fut lancée,
prévenant le chef de la sûreté et le parquet du crime qui
venait d'être commis.

L'inspection sommaire faite par le commissaire ne lui
laissa aucun doute sur les causes de l'assassinat. Le vol
en avait été évidemment le mobile. Le désordre des
objets jonchant le plancher, les meubles ouverts ou forcés
le prouvaient surabondamment.

Le juge d'instruction et les autres magistrats se rendirent à dix heures au faubourg Saint-Honoré et commen-
cèrent leur enquête. Un médecin de la préfecture procéda
en leur présence à une expertise médico-légale.

Cette expertise donna les résultats suivants : la victime
a succombé par suite d'une blessure transversale à la

gorge, longue de dix centimètres environ, ayant tranché net le larynx et les deux carotides. La mort a dû être instantanée. Sur le corps, aucune trace de violence, aucune ecchymose. La victime a été sans doute surprise dans son sommeil.

L'interrogatoire des premiers témoins commença :

— A quelle heure madame de Prije s'est-elle retirée dans sa chambre? demanda le juge d'instruction à la femme de chambre.

— A trois heures du matin, monsieur.

— Etait-ce donc l'habitude de votre maîtresse de veiller ainsi ?

— Non, monsieur. Madame la comtesse, au contraire, ne sortant pour ainsi dire jamais le soir, avait coutume de se retirer dans sa chambre au plus tard à dix heures.

— Alors, comment se fait-il ?...

— Hier, sur les instances de ses amis qui, voyant sa tristesse, voulaient à toute force la distraire, madame la comtesse s'était décidée à rouvrir ses salons et à donner un bal.

Un éclair de satisfaction jaillit des yeux du magistrat instructeur, à travers ses lunettes d'or.

— Ah ! madame de Prije a donné un bal hier. Les invités étaient-ils nombreux ?

— Deux cents personnes environ assistaient à la fête.

— Tous les invités se sont-ils retirés ?

— Oh ! tous, monsieur le juge.

Le cocher crut devoir intervenir.

— Que monsieur le juge d'instruction me permette : Aidé du concierge, j'ai éteint les lustres et parcouru tous les salons, il n'y avait plus personne à trois heures.

— Bien, mon garçon; mais, dites-moi, madame la comtesse de Prije avait dû prendre, à l'occasion de sa réception, d'autres personnes de service. Il eût été difficile que, d'après ce que je vois, les gens de madame de Prije aient pu suffire à servir deux cents personnes?

— En effet, monsieur le juge, aussi n'étions-nous pas seuls. Nous avons été aidés par des *extras*.

— Messieurs, dit alors le juge d'instruction en se tournant vers le chef de la sûreté, le commissaire de police et le greffier, je crois que notre besogne sera plus facile que je ne le supposais tout d'abord.

» Évidemment le crime, qui a eu le vol pour mobile, a été commis par un de ces valets de chambre nomades, appelés communément *extras*, et que fournissent, dans les grandes occasions, les bureaux de placement.

» Maintenant, nous pouvons affirmer que le coupable ne tardera pas à tomber entre les mains de la justice.

• Veuillez, à présent me dire, continua le magistrat en s'adressant au cocher, quel bureau de placement a fourni les *extras* qui ont servi, hier, à l'hôtel ?

— Ah ! pour cela, monsieur, il nous est impossible de vous renseigner. C'est madame la comtesse elle-même qui s'est occupée de trouver ces gens, et la pauvre dame pourrait seule répondre à votre question.

Le juge d'instruction eut un mouvement de vive contrariété. La chose n'était plus si facile.

Et puis un nouveau doute venait de pénétrer dans son esprit. Etait-ce bien le vol qui avait fait agir le meurtrier ? Il y a tant d'exemples de crimes commis par vengeance ou par toute autre cause, et dans lesquels l'assassin simule le vol pour dépister la justice. Le coffre-fort placé, dans le cabinet de travail du comte n'avait pas été touché. La chambre seule de la victime avait été mise au pillage.

Le brave magistrat s'était un peu hâté de parler ; maintenant la découverte du coupable et de ses complices, s'il en avait, lui apparaissait beaucoup plus compliquée.

Qui sait, pendant la fête, un de ces hardis rastaquouères qui se glissent dans le monde comme des reptiles, cherchant toutes les occasions de faire des dupes et ne reculant devant rien, pas même le crime, pour arriver à leurs fins, s'était peut-être glissé dans la chambre de la comtesse ?

Très perplexe, le juge d'instruction clôtura son premier

interrogatoire. Des ordres furent donnés afin que des agents de la sûreté fussent envoyés dans tous les bureaux de placement de Paris. Enfin un fourgon de la préfecture vint prendre le corps de la pauvre comtesse et le transporta à la Morgue où l'autopsie devait être pratiquée.

Décidément le plus grand mystère planait sur ce crime, et l'impunité paraissait devoir être assurée à l'assassin.

FIN DU PROLOGUE

PREMIÈRE PARTIE

————

I

ROMAN DE VILLAGE

Il nous faut quitter cette année terrible où madame la comtesse de Prije trouva la mort dans les circonstances dramatiques que nous venons de raconter et nous reporter bien loin en arrière, à vingt-cinq ans de là, pour connaître les héros de ce récit.

Dans le petit bourg d'Autry-le-Châtel, situé non loin de Gien, ces plaines pittoresques du Loiret qu'arrose la blanche Loire au lit de sable, un fermier assez riche, Pierre Larrouet, avait pour fille de ferme une accorte paysanne de vingt ans

Laure Pasquet, surnommée la Lauriotte par les gens du bourg, résumait en elle le type le plus parfait de la beauté champêtre. La tête expressive, avec des traits un peu trop accentués, mais assez réguliers pourtant ; de grands yeux noirs au regard franc, surmontés de sourcils bien arqués ; le corps robuste, les hanches fortes et la gorge opulente, telle était au physique la servante du fermier Pierre Larrouet.

Ce brave paysan avait pour voisin et ami le fermier de la Landellerie, Jacques Chéraud, dont le fils Louis jouissait déjà de la réputation, certes bien méritée, de coq villageois. C'était un grand garçon d'aspect assez commun, singeant les coquetteries et les mines burlesques des gommeux des petites villes. Il ne comptait plus ses conquêtes et s'en montrait très fier. Depuis longtemps déjà la Lauriotte était l'objet de sa convoitise. Il essaya de menues galanteries à son égard sans obtenir le moindre succès.

Laure Pasquet était une honnête fille. Les difficultés enhardirent notre don Juan campagnard. Il fit naître des occasions de rapprochement entre son père et Pierre Larrouet, afin de venir plus souvent à la ferme d'Autry.

Nous ne raconterons pas en détail l'histoire de cette chasse à l'amour, si commune et, faut-il le dire, si banale aujourd'hui. Louis Chéraud ne recula devant rien, pas même devant une promesse de mariage, pour séduire la trop confiante Lauriotte, qui n'était pas de force à soutenir longtemps une lutte de ce genre. Elle succomba.

L'idylle, comme toutes les idylles, dura peu. Un jour vint où la Lauriotte s'aperçut qu'elle portait dans son sein le fruit de sa faute. Elle avoua en pleurant la nouvelle à son amant, le suppliant de tenir sa parole. Hélas ! le misérable inconscient songeait qu'il y avait, dans les environs, d'autres filles à séduire. Il quitta sa maîtresse en balbutiant de vagues promesses, et de ce jour il ne retourna plus à la ferme d'Autry.

Quels déchirements, quelles nouvelles douleurs emplirent alors le cœur de l'abandonnée! Bientôt il ne lui fut plus possible de dissimuler son état de grossesse. Pierre Larrouet s'en aperçut et, sous un prétexte quelconque, la chassa.

La Lauriotte commençait à s'habituer au malheur. Elle accepta ce nouveau coup sans défaillance. Désormais elle n'avait plus qu'une pensée, et cette pensée était pour le cher petit être qui naîtrait bientôt. Elle partit en maudissant les méchants qui la faisaient si cruellement souffrir. De braves cultivateurs recueillirent Laure Pasquet.

Grâce à ses petites économies et aux services qu'elle pourrait rendre à ces bonnes gens, elle ne leur serait pas à charge jusqu'à l'époque de sa délivrance.

Enfin elle mit au monde un fils qui reçut le nom d'Henri.

Après ses relevailles, la Lauriotte, sur les conseils de ses hôtes, consentit à partir pour la capitale avec une de ces femmes que l'on nomme des « meneuses » et qui racolent des nourrices pour les bureaux de placement de Paris. Le petit Henri fut laissé à la garde des honnêtes cultivateurs qui avaient recueilli sa mère.

La précoce maternité de la Lauriotte, en répandant sur son visage une expression de douce mélancolie, l'avait en quelque sorte affiné. Ses joues de paysanne avaient légèrement pâli et, sous le coquet bonnet brodé des filles du Loiret, elle était véritablement jolie. Aussi, dès le premier jour de son arrivée dans la grande ville, avait-elle trouvé une bonne place chez un jeune écrivain dont la femme venait d'accoucher d'une mignonne fillette. La jeune mère avait d'abord essayé de nourrir son enfant, mais l'état maladif où elle se trouvait la contraignit de renoncer à cette tâche si douce pour une mère.

Le chétif bébé confié aux soins de la Lauriotte, et pour la vie duquel les médecins avaient conçu des craintes sérieuses, ne tarda pas à recouvrer la santé, grâce au dévouement de la jeune villageoise.

De son côté, madame Bréjot, la maîtresse de Laure Pasquet, se remit peu à peu.

M. et madame Bréjot furent vivement reconnaissants à la Lauriotte de l'attachement qu'elle leur avait témoigné à peine entrée chez eux. Cette reconnaissance ne fit que s'accroître par suite de la bonne conduite de leur belle nourrice. Lorsque la petite fille fut sevrée, Laure eut un grand chagrin en pensant qu'il faudrait la quitter. La femme vraiment digne de ce nom s'attache toujours à l'enfant qu'elle a nourri de son lait.

M. et madame Bréjot furent émus de la douleur de la Lauriotte, et c'est avec un véritable plaisir qu'ils lui apprirent leur intention de la garder chez eux en qualité de femme de chambre. De plus, M. Bréjot, dont le nom devenait populaire parmi les écrivains parisiens et dont la situation pécuniaire ne laissait rien à désirer, déclara à la brave fille que, lorsque son fils serait en âge, il se chargerait de son éducation.

Décrire la joie de Laure Pasquet serait impossible. La pauvre femme pleurait et riait tour à tour, ne sachant comment remercier ceux qu'elle appelait ses bienfaiteurs.

L'ENFANCE D'HENRI

A mesure que le souvenir des souffrances de la Lauriotte s'effaçait de sa mémoire, là-bas, au *pays*, ceux qui les avaient causées étaient, par un revirement bizarre, les victimes de la fatalité.

Par suite d'une imprudence à la chasse, Louis Chéraud avait reçu en plein visage une charge de plomb. Un œil était complètement perdu, et le beau séducteur d'Autry n'était plus maintenant qu'un objet de répulsion.

Quant au fermier Pierre Larrouet, un incendie avait détruit sa fortune de fond en comble, et il avait dû entrer à gages chez son voisin Chéraud.

Ils se souvinrent tous deux de la malédiction de la Lauriotte, humiliée, bafouée, chassée par eux, et leur imagination faible de paysans surperstitieux en fut vivement frappée.

Le petit Henri grandissait à souhait. Les années se succédaient et l'enfant prenait des forces nouvelles ; son intelligence se développait de jour en jour, mais malheureusement dans un mauvais sens.

— Ce p'tiot a le génie du mal ! disait parfois le père nourricier d'Henri.

En effet, la malice, l'espièglerie du gamin se manifestaient toujours par un acte répréhensible, causant préjudice à quelqu'un de ses jeunes camarades.

A six ans, on mit Henri à l'école communale d'Autry. Dès les premières semaines, l'enfant se montra studieux et appliqué ; il apprit vite à lire et à écrire ; mais en dépit de ces bonnes aptitudes, la perversité de ses instincts s'accentuait.

Un soir, au sortir de l'école, le maître reconduisit lui-même l'élève chez ses parents nourriciers. Un des condisciples d'Henri ayant refusé de partager une friandise avec lui, le garnement s'était emparé d'une pierre et l'en avait frappé.

Le maître d'école causa longuement aux paysans des craintes que lui inspirait leur fils adoptif.

Il y avait dans ses paroles quelque chose de prophétique :

— Cet enfant se prépare dans l'avenir de grands déboires, dit en hochant la tête l'instituteur campagnard, il porte en lui le germe d'un vice qui pousse à tout, lorsqu'on ne peut arriver à le déraciner. Ce vice, c'est l'envie. Déjà, chez ce bambin de sept ans, il y a un amour-propre colossal. Son application à l'étude en est une preuve : il apprend mieux que les autres parce qu'il est fier de les dominer. Les enfants des fermiers les plus riches des environs lui portent ombrage ; il recherche leur société, mais pour les tac iner ou profiter des petites gâteries maternelles dont il privé. J'ai observé souvent le fils de la Lauriotte et, à de certains moments, le regard du petit a pris une expression qui m'a effrayé. Encore une fois, si nous n'arrivons pas à réagir sur la nature et les penchants d'Henri, je tremble pour l'avenir de cet enfant !

Les paysans auxquels avait parlé l'instituteur ne voulant pas faire de peine à Laure Pasquet, ne lui écrivirent point ce qu'on avait dit de son fils.

A Paris, Laure était de plus en plus aimée de ses maîtres. Le dévoûment et la conduite de la brave fille ne se démentaient jamais. Madame Bréjot s'habituait maintenant à la considérer moins comme une domestique que comme une amie.)

Elle disait souvent à son mari:

— Sans être superstitieux, mon ami, avouez qu'il y a sur terre de ces hasards qu'il faut bénir. Depuis que Laure est entrée dans notre maison, le bonheur y a pénétré avec elle. Notre enfant se mourait, j'étais gravement malade, nous avons toutes deux recouvré la santé. Vous, mon ami, vous luttiez contre toutes les difficultés que présente votre ingrate carrière à ses débuts; depuis, la réussite et le succès ont couronné vos efforts, la fortune vous a souri. Aujourd'hui vous êtes connu, aimé.

— C'est vrai, ma chère Louise, reprenait M. Bréjot, et je ne me montrerai pas ingrat envers Laure Pasquet, dont j'ai su comme vous apprécier le dévoûment, les soins attentifs et l'attachement, vertus si rares maintenant chez les serviteurs. Elle ne nous quittera pas. Lorsque son fils aura dix ans révolus, je l'appellerai à Paris et le placerai dans un bon collège. Comme vous le disiez tout à l'heure, elle a su rendre la santé à notre enfant ; comment mieux reconnaître ce service qu'en donnant à son fils le moyen de devenir un homme instruit, qui plus tard fera le bonheur et l'orgueil de sa mère.

Trois ans après, Henri Pasquet entrait à Louis-le-Grand.

Nous sommes forcés d'abréger l'histoire de cet enfant au collège, histoire assez monotone, du reste. Nous esquisserons seulement, en quelques traits rapides, les faits particuliers au personnage qui nous intéresse.

La joie de Laure, en revoyant son fils grand garçon déjà, fut indescriptible. Elle ne savait comment remercier M. et madame Bréjot de leur bonté. Elle ne se lassait pas d'admirer son enfant, de le couvrir de baisers.

Henri fut assez froid pour cette mère qu'il ne connaissait pas, mais la Lauriotte, entièrement à son bonheur, ne remarqua pas le peu d'effusion des caresses d'Henri. En grandissant, aux défauts que nous avons déjà signalés, il avait joint la dissimulation. Cachant avec soin sa façon de penser, il comprenait qu'il avait tout à gagner en paraissant affable et reconnaissant pour ses bienfaiteurs.

Rien d'enfantin chez lui: à dix ans l'insouciance n'existait déjà plus et tous ses actes étaient réfléchis. Comme au bourg d'Autry-le-Châtel, il se montra studieux au lycée, et choisit ses camarades parmi les plus riches. Il rechercha particulièrement ceux qui portaient de grands noms.

Tous les quinze jours, en dehors des vacances réglementaires, M. Bréjot faisait sortir Henri.

Ce jour-là, Laure Pasquet était bien heureuse. Au contraire, Henri demeurait sombre et presque maussade. Le malheureux enfant, bouffi d'orgueil, rougissait déjà de sa mère et ressentait une sourde rage en pensant que celle qui lui avait donné le jour était une servante.

Malgré les soins qu'il prit pour dissimuler les précoces noirceurs de sa vilaine nature, la pauvre Lauriotte s'aperçut bientôt que son fils ne l'aimait pas. Ce fut un rude coup pour le cœur de l'infortunée. Elle avait fondé tout son espoir sur cet enfant qui trouvait en son maître un protecteur puissant; et voilà que cet enfant, dès l'âge le plus tendre, se montrait indifférent pour elle qui avait tant souffert à cause de lui!...

C'en était trop! Cette année-là, la fièvre typhoïde sévissait à Paris, à l'état épidémique. Laure Pasquet, atteinte par le fléau, n'eut pas la force de lui résister et mourut, l'âme pleine d'angoisses, entourée par ses maîtres qui n'avaient pas voulu l'abandonner et l'avaient soignée pendant sa maladie. Elle eut pourtant la consolation suprême de savoir que son fils ne serait pas livré à lui-même et que M. Bréjot continuerait, comme par le passé, à s'occuper de son avenir.

A peine Henri versa-t-il quelques larmes en apprenant la fatale nouvelle. Les enfants, au collège, se font de mutuelles questions sur la situation plus ou moins brillante qu'occupent leurs parents dans le monde. Ils sont fiers des moindres choses. Le fiel et la rage étaient venus à Henri Pasquet à la suite des questions qui lui avaient été posées par ses petits condisciples, questions auxquelles il lui avait été impossible de répondre. Il avait compris l'in-

fériorité de caste que lui faisait sa naissance et les premières révoltes montaient à son jeune cerveau, en
broyaient la sève et l'emplissaient d'une précoce rancœur.

— Pourquoi n'ai-je pas de père ? se demanda-t-il parfois ; pourquoi cette gêne et ce mutisme lorsque je parle
de ma naissance ? Oh ! qu'ils sont heureux ceux-là qui
parlent de leur père et de leur mère avec fierté ! Je les
vaux bien pourtant, j'apprends comme eux, je suis un enfant comme eux, mais je suis pauvre ! Après les jours de
sortie, ils reviennent avec de l'argent dans leurs poches...
Quand une chose leur fait envie, ils l'achètent... Moi, je
suis pauvre, je suis pauvre !...

Il répétait cette phrase avec insistance, et des éclairs
de convoitise et de colère brillaient dans son œil noir.
Ses sourcils se fronçaient et tout bas il ajoutait :

— Quand je serai grand, moi aussi je veux avoir de
l'argent, moi aussi je veux être riche, très riche !...

Les années se succédèrent, et avec la taille s'accrurent
chez le jeune collégien, les haines, les envies et les dissi-
mulations. Celles-ci apparaissaient surtout pendant les
congés passés chez M. et madame Bréjot. Le vicieux enfant sentait qu'il avait encore besoin de l'appui des gens
qui l'avaient recueilli ; aussi s'efforçait-il de se montrer
envers eux doux et prévenant.

M. Bréjot, d'un naturel un peu faible, ne cherchait pas
à approfondir le caractère de son protégé : le bambin pro-
gressait au lycée, ses notes étaient généralement bonnes,
il n'en demandait pas davantage, se trouvant suffisamment
payé des sacrifices qu'il s'imposait pour le fils de Laure
Pasquet. Madame Bréjot, au contraire, plus perspicace,
avait surpris certains indices inquiétants chez Henri ; mais
elle n'osait faire part de ses remarques à son mari, qui, se
fiant aux apparences, paraissait enchanté du jeune
homme.

Un événement imprévu vint pourtant changer la face
des choses. Henri était en seconde lorsque, au sujet d'un
maître d'études, une révolte éclata au lycée. Les grands

et les moyens firent cause commune, se mutinèrent, mirent à sac les dortoirs et refusèrent d'obéir aux ordres du proviseur. Comme toujours, ces grosses émeutes, véritables feux de paille, finirent à l'apparition de quelques sergents de ville requis pour la circonstance. On chercha les meneurs, et l'enquête du censeur fit découvrir que Henri Pasquet et deux ou trois indisciplinés avaient été à la tête du mouvement. D'autres s'étaient joints à eux en sous-ordres. Ils furent sévèrement punis. Mais le proviseur fut inflexible à l'égard des promoteurs de la rébellion. Il fut décidé d'une façon irrévocable qu'ils seraient renvoyés à leurs familles.

En apprenant cette décision, Henri Pasquet pâlit, essaya de protester, mais comprenant que tout serait inutile et que le proviseur ne reviendrait pas sur la sentence prononcée, il en prit vite son parti et murmura cyniquement en sortant du lycée :

— Allons ! il vaut mieux en finir tout de suite ; j'en sais assez pour commencer la lutte et apprendre à vivre. Advienne que pourra !

III

DÉCEPTIONS

Qu'on juge de la stupeur de M. et madame Bréjot lorsque leur protégé entra chez eux en leur disant :

— J'ai quitté le collège pour n'y jamais rentrer.

— Malheureux ! s'écria M. Bréjot, mais tes études ne
sont pas terminées ; quitter le collège à présent, c'est
compromettre ton avenir, te fermer vingt carrières hono-
rables. Réfléchis, mon enfant. Quand ta pauvre mère
est morte, je lui ai promis de veiller sur toi et d'assurer
ton sort... Tu ne voudrais pas me faire manquer à ma
parole ?

— Croyez, monsieur, que si je ne rentre pas au lycée,
c'est que je n'y puis plus rentrer.

— On t'a chassé ?

Henri baissa la tête sans répondre.

M. Bréjot renouvela sa demande d'une voix tremblante
d'émotion. Alors Henri releva la tête, et, avec énergie, répondit :

— Eh ! bien, oui, on m'a renvoyé. La vie que l'on
mène dans ces lycées est odieuse, dès qu'on est arrivé à
un certain âge. J'en avais assez. Mes camarades se sont
révoltés et je me suis mis à leur tête. Je paie pour eux
tous, tant pis pour moi !

M. Bréjot était atterré, sa femme pleurait.

Henri s'approcha d'elle et continua :

— Ne pleurez pas, madame, je vous en prie. Après tout, je ne suis pas votre enfant. Je vous remercie des soins que vous m'avez prodigués ; je regrette que les événements m'aient empêché de répondre à vos bontés comme vous l'espériez. Dorénavant je ne vous serai plus à charge. Je vais me chercher une place et je gagnerai ma vie.

— Ingrat enfant! tu veux nous quitter après ce que nous avons fait pour toi? interrompit M. Bréjot. Malgré la cruelle déception que tu viens de nous causer, nous t'aimons assez pour ne pas t'abandonner. Comment! tu n'as pas encore dix-huit ans et tu crois vraiment que nous te laisserons sans guide et sans appui sur ce pavé parisien foulé par tant de vices?.. Non pas! Que penserait l'âme de ta pauvre mère, si elle me voyait remplir de la sorte la tâche que je me suis volontairement imposée?

— Je regrette beaucoup de vous contrarier, monsieur Bréjot, mais j'ai soif d'indépendance, je veux gagner mon pain, je vous l'ai dit. Lycée, famille, tout cela me pèse, voyez-vous, parce que tout cela n'était pas fait pour moi. J'occupe chez vous une place qui n'est pas la mienne. Je suis un orphelin, un maudit, un paria de la société!... Je ne connais pas mon père, ma mère est morte !... ah ! traitez-moi d'ingrat, si bon vous semble, mais sachez que dans mon jeune cœur gronde une tempête d'amertumes et que trop de reconnaissance me pèserait !..

C'était la première fois que le jeune homme se montrait tel qu'il était devant les gens qui, jusqu'alors, avaient tout fait pour lui. La déception fut grande, cela se comprend sans peine. Pour les natures droites et honnêtes, la révélation du mal, sous n'importe quelle forme, cause toujours une sensation aussi pénible que vive. Ce fut à tel point que M. Bréjot se contenta de répondre :

— C'est bien, Henri, puisque votre résolution est sérieusement prise, je vais m'empresser de vous trouver une place ; et lorsque j'aurai réussi, vous serez libre d'agir comme il vous plaira.

2

Un mois plus tard, le fils de la Lauriotte entrait comme employé aux écritures, à deux cents francs par mois, dans la maison de banque Van Heyst et C⁰. Avec une ténacité et un courage remarquables, Henri s'attela d'abord à la besogne. Désormais il avait un but. Comprenant qu'il était sans ressources et ne devait compter que sur lui, il mit tout en œuvre pour se faire des amis et se créer des relations qui, dans l'avenir, pourraient lui être utiles sans nuire en rien à son indépendance.

De temps en temps il venait rendre visite à M. et madame Bréjot. Il y avait une certaine gêne de part et d'autre dans ces entrevues. La conversation était forcément banale. Jamais Henri ne parlait de sa mère et, de leur côté, M. et madame Bréjot évitaient de faire la moindre allusion au passé. Ils sentaient bien que dans ce cœur sec et personnel il n'y avait place que pour l'ambition et l'égoïsme, que dans cette âme sans foi les bons sentiments avaient été étouffés et annihilés par les mauvais, que tout était calcul dans ce jeune cerveau déjà blasé, enfin qu'il n'y avait rien à tenter pour ramener à eux celui qui avait aussi mal reconnu leur protection si grande et si désintéressée.

Peu à peu Henri Pasquet espaça ses visites, et deux ans plus tard il avait complètement cessé ses relations avec la famille Bréjot. Dès lors, plus de reproches possibles, plus de souvenirs vivants lui rappelant sa naissance son enfance, la Lauriotte sa mère, une domestique! Son orgueil immense pourrait être satisfait un jour, grâce à son imagination. Le nom qui lui manquait et qu'il désirait, il l'inventerait un jour, s'il en était besoin. Il lui serait facile, dans un monde superficiel qui croit ou fait semblant de croire tout ce qu'on lui raconte, de se créer une généalogie et une famille à son choix et à son goût.

Pour le moment, ne pouvant mieux faire, il avait assez philosophiquement arrangé sa vie. Chaque matin, il se rendait à neuf heures et demie à son bureau, situé rue de Provence. A midi, il allait déjeuner dans une modeste pension bourgeoise où les petits employés du quartier avaient coutume de se rencontrer ; puis, de deux à cinq, il reprenait son travail. Le soir, après son dîner, Henri avait coutume de passer son temps dans les environs des endroits où la haute société se donne rendez-vous. L'été, par exemple, il s'asseyait tranquillement dans les Champs-Elysées ou dans l'avenue du Bois de Boulogne. Là, en grillant des cigarettes, il regardait le défilé des somptueux équipages emportés dans un tourbillon de poussière par des chevaux fringants. Son œil ardent, suivant le fin nuage bleu de fumée qu'il chassait devant lui, allait sonder les profondeurs des coupés ou s'arrêter sur les élégantes calèches dans lesquelles de jeunes viveurs se prélassaient aux côtés de femmes de tous genres et de tous mondes, vêtues de riches toilettes et pâlies par les premières blancheurs du crépuscule. Que de rêves il faisait alors !

— Etre un jour l'égal de ces hommes ! murmurait-il entre ses dents serrées ; m'enivrer comme eux de toutes les voluptés, goûter à tous les plaisirs et à toutes les indolences... Oh ! je veux tout cela, à quelque prix que ce soit, je le veux, je l'aurai !...

Aussitôt, il se levait fiévreux, agité, roulant mille projets dans sa tête sans s'arrêter à aucun, brisant son corps par de longues marches ; et lorsqu'enfin, épuisé de fatigue, il rentrait dans la petite chambre meublée qu'il habitait à Montmartre, rue d'Orsel, il s'endormait d'un sommeil lourd, tout chargé de cauchemars et de rêves insensés. Dès lors, il était bien perdu. Le jour où l'homme renonce à la lutte froide et honnête pour la vie, le jour où l'amour des richesses prend dans son esprit une place immodérée, le goût du travail sain disparaît peu à peu, et, de chute en chute, il en arrive à passer par toutes les dégradations, quelquefois par tous les crimes.

On touchait à la fin du mois d'avril.

L'hiver avait été rigoureux et long, et les Parisiens avaient vu luire avec une indescriptible allégresse le radieux soleil de printemps. Les grands arbres des promenades publiques se couvraient de feuilles, les marronniers se poudraient d'innombrables fleurs blanches aux corolles saignantes, et les gazons des jardins s'émaillaient de milliers de fleurettes multicolores. Les pierrots jetaient dans l'air des cris de joie, chauffant leurs ailes engourdies aux premiers rayons et cherchant effrontément l'amour dans l'épais fouillis des branches. Comme, pour le Parisien, ce renouveau a de charmes !

Henri Pasquet avait ressenti mieux que tout autre les désirs qui naissent au retour de la belle saison. Il reprit ses promenades favorites des années précédentes. C'est au cour d'une de ces promenades, qu'il lui advint l'aventure suivante, décisive dans sa vie.

IV

RENCONTRE

Henri Pasquet avait pour voisin de pupitre, dans la maison Van Heyst et C°, un grand jeune homme blond, aux manières et aux traits efféminés, très élégant, portant avec affectation des vêtements coupés à la dernière mode. Henri s'était aperçu, en outre, que son voisin, Paul d'Evellerio, ainsi se nommait-il, avait toujours quelques louis dans son gousset et se montrait très généreux avec ses camarades.

Cela l'intriguait.

— Comment se fait-il que ce garçon-là, qui a sans cesse de l'argent, reste ainsi toute la journée emprisonné dans ces bureaux ?

Cette réflexion venait fréquemment à l'esprit d'Henri. Il résolut d'éclaircir ce qui lui paraissait un mystère, et il mit tout en œuvre pour accaparer l'amitié de Paul d'Evellerio.

Nous devons rappeler ici que le fils de la Lauriotte avait les yeux superbes de sa mère, une abondante chevelure, des traits mâles et énergiques quoique sans dureté, lorsqu'il laissait son regard errer paisiblement sur les choses qui l'entouraient. Aussi, au physique, était-il

2.

tout d'abord sympathique. Paul d'Evellerio le trouva, de plus, bon enfant et de conscience facile. En peu de temps, les deux jeunes gens devinrent des inséparables.

Ce d'Evellerio était né en France de parents américains. Son père, consul du Pérou, avait dissipé sa fortune à Paris dans les tripots et en compagnie de femmes aux épanchements faciles. Aussi, avec de tels exemples, Paul, habitué dès l'enfance au luxe et au plaisir, profita de ses relations pour vivre à leurs dépens jusqu'au jour où, comme tant d'autres, il rencontra une maîtresse assez éprise de lui pour lui assurer une position. Voilà où en était arrivé à vingt-cinq ans ce fils d'une grande famille.

Hélas! en ce siècle où l'on jongle avec les millions et où les fortunes s'évanouissent et disparaissent si facilement, combien y a-t-il d'exemples semblables à celui que nous citons. Toutes les gangrènes, toutes les fanges s'unissent, et de cet amalgame sort le ferment impur, l'épidémie morale qui désagrège les peuples.

Henri Pasquet avait une sorte d'admiration pour son nouvel ami, qui, un soir, entre deux bouteilles de Montebello, chez Sylvain, avait éprouvé le besoin de lui faire des confidences. Le malheureux ajoutait comme fiche de consolation :

— Après tout, qu'a-t-on à me reprocher? Je travaille à une besogne pénible. Si je reçois de l'argent en dehors, c'est mon affaire et je ne porte tort à personne.

A quoi Henri répondait avec une pointe d'amertume :

— L'argent est tout, mon cher; sans lui, la misère et le mépris. Nous vivons dans une société pourrie, soit ; mais à quoi bon poser en stoïciens et en réformateurs? On ne nous en saurait aucun gré et nous en arriverions vite à crever de faim.

— A la bonne heure! j'aime à entendre parler ainsi, affirmait l'Alphonse titré que l'ivresse naissante animait de plus en plus.

— Oui, mille fois, vous avez raison, poursuivait Henri, grâce à l'argent que vous avez en poche, chacun recherche votre amitié ; on s'inquiète peu de la façon dont vous le possédez, vous êtes riche, c'est l'essentiel. Ah ! si j'étais comme vous ! ajoutait-il en soupirant.

— Comme moi, mon cher Henri ? Plaignez-vous donc ! Allons, sans flatterie, vous savez bien que vous êtes un beau garçon. Si vous alliez un peu dans le monde, vous ne tarderiez pas à faire tourner quelque jolie tête.

— Aller dans le monde, dites-vous? Mais où, et avec qui ? Est-ce que je suis connu ? Et puis, il faut une tenue, des vêtements comme les vôtres pour se permettre de fréquenter la société, et je n'ai rien de tout cela.

— Il est vrai que le tailleur joue aujourd'hui un grand rôle dans la vie parisienne. Tenez, Henri, vous êtes un garçon intelligent que j'aime beaucoup. Cela m'irrite de vous voir végéter ainsi avec les misérables appointements que vous touchez de la maison Van Heyst. Je veux vous être utile. Demain matin nous déjeunerons ensemble rapidement et je vous conduirai chez mon tailleur, qui, sur ma recommandation, vous accordera du crédit.

Henri accepta avec reconnaissance, et huit jours après l'entretien que nous venons de raconter, il était vêtu comme un sportsman. Elancé, coquet, la toilette lui seyait à ravir ; en le voyant passer, on ne se serait guère douté de l'origine du fils de la Lauriotte. Sur les conseils de Paul d'Evellerio, Henri ajouta à son nom celui du village où il était né, et la particule improvisée ne sonnait vraiment pas mal à l'oreille. Henri Pasquet d'Autry, c'était charmant.

Or, un dimanche, à l'entrée du bois, il fumait un londrès, assis sur un fauteuil rustique, quand une élégante victoria déboucha de l'avenue qui conduit à la classique allée des acacias. Dans cette voiture se trouvait une jeune femme merveilleusement belle, nonchalamment appuyée sur un coussin armorié ; près d'elle se tenait, dans une correction irréprochable, un jeune homme qu'Henri reconnut aussitôt.

Le lecteur a déjà nommé Paul d'Evellerio. Celui-ci aperçut immédiatement son ami et donna l'ordre au co-

cher d'arrêter. Henri se leva et s'approcha de la voiture,
le chapeau à la main. Après avoir salué la jeune femme,
il serra la main de Paul, qui s'acquitta des présentations
en ces termes :

— Ma chère marquise, je vous présente mon ami,
M. Henri Pasquet d'Autry. Mon cher Henri, je vous présente madame la marquise de Blainville.

La jeune femme tendit sa main gantée à Henri :

— Je suis charmée, monsieur, minauda-t-elle, de vous
connaître. M. d'Evellerio m'a souvent parlé de vous.
Nous feriez-vous l'amitié de nous accompagner dans
notre promenade ?

Henri sourit légèrement, balbutia une excuse banale,
puis finalement accepta et monta dans la victoria. Au
physique, la réunion de ces trois personnages était vraiment attrayante. Ils résumaient en eux la jeunesse, la
beauté et l'élégance. Plus d'un passant et plus d'une
femme se retournèrent et suivirent du regard l'équipage
auquel étaient attelées deux magnifiques bêtes, resplen-
dissantes sous les ferrures argentées de leurs harnais.

La conversation, d'abord banale, prit vite un tour
plus intime. Paul d'Evellerio parla de son ami en termes
fort élogieux. Il échafauda un petit roman très habile sur
la naissance et la jeunesse d'Henri. Fils d'un officier su-
périeur, mort pendant la guerre d'Italie, sa mère n'avait
pu survivre au chagrin que lui causa la perte d'un époux
chéri. Henri resta orphelin et sans fortune. C'est à force
de courage et d'énergie qu'il est parvenu à se créer une
position assurément indigne de lui, etc. Tout cela était
débité avec un tel accent de sincérité, que la jeune marquise se montra visiblement émue et témoigna au
jeune homme la plus vive sympathie.

— Que faites-vous demain, cher monsieur ? lui demanda-t-elle bientôt.

— Je n'ai aucun projet de formé, madame.

— En ce cas, vous ne refuserez pas d'accepter à dîner
chez moi, en compagnie du vicomte (elle désignait Paul
d'Evellerio) ; j'ai précisément invité une de mes bonnes

amies, la comtesse de Chartray, à laquelle je vous présenterai et qui sera, j'en suis certaine, enchantée de nouer connaissance avec un gentleman tel que vous.

— En vérité, madame, je ne sais vraiment pas si je dois accepter...

— Je vous en prie, insista Clara de Blainville avec une moue charmante, en refusant vous me désobligeriez beaucoup.

— En ce cas, madame, je n'hésite pas. Paul aura la complaisance de me présenter demain chez vous.

Le dialogue reprit ensuite un tour général. On causa toilettes, monde, théâtres. Henri resta très sobre sur des sujets qu'il connaissait peu. Heureusement, Paul lui vint en aide, et la marquise mit sur le compte de la timidité le laconisme des réponses du séduisant bureaucrate. Bientôt on en vint à causer femmes. Paul plaisanta assez agréablement. L'amour, selon lui, n'était qu'un mot ; le plus souvent, le cœur changeait de place et venait se loger dans le cerveau ; ce qu'on prenait pour du sentiment, n'était que de l'imagination. Au reste, il niait les sentiments et n'admettait que les sensations. Henri se montra l'adversaire de ces théories ; il affirma que, bien que n'ayant jamais aimé jusqu'alors, il sentait en lui de vagues désirs, un besoin impérieux d'affection qui lui donnait une foi ardente en l'existence de l'amour vrai, de l'amour idéal.

— A la bonne heure, monsieur ! s'écria la marquise, voilà de belles pensées que je voudrais voir partagées par votre ami. Je sais quelqu'un qui serait charmé de vous entendre parler de la sorte.

— Vraiment, madame ?

— Vous en jugerez demain.

La promenade terminée, on se quitta.

En rentrant seul chez lui, Henri rayonnait de joie et se disait :

— Enfin, je crois que je touche au but !...

V

Le lendemain de la promenade dont nous venons de aconter les incidents, Paul d'Evellerio et Henri Pasquet eurent une assez longue conversation aux bureaux du banquier Van Heyst, au sujet de la marquise de Blainville et de son amie.

— Quelle est cette dame ? avait demandé Henri.

— Je vais vous l'apprendre, mon cher ami: Clara Bouloy était la fille d'honnêtes ouvriers parisiens. Après une enfance passée au milieu de privations sans nombre, elle entra en apprentissage chez une grande couturière. Intelligente et rusée, elle arriva en quelques années à conquérir tous les grades que l'on peut avoir dans ces maisons renommées.

Sa gentillesse et sa grâce naturelles lui valurent, cela va sans dire, des compliments et des admirations qu'elle dédaigna assez longtemps. Un jour, un certain marquis de Blainville accompagnant une dame chez la patronne de Clara, vit la jolie *première* et s'en éprit. La jeune fille, avec son flair de Parisienne futée, résista aux avances du marquis et réussit à l'enflammer sérieusement. On sait tout ce que peut une passion de vieux beau. Clara Bouloy joua si merveilleusement de sa vertu, qu'un an plus tard elle quitta les salons d'essayage pour ceux du marquis,

dont elle devint la femme. La jeune marquise de Blainville, grâce à son tact et à sa beauté, s'arrangea de façon
à se faire pardonner ses origines et à subjuguer son en-
tourage. Le marquis, fou d'amour, lui créa la plus dorée
des existences, devinant ses caprices et, si excentriques
qu'ils fussent, s'imposant le devoir de les satisfaire. Tout
réussit à la charmeuse, à un tel point que, n'aimant pas
son mari, une attaque d'apoplexie providentielle l'en
débarrassa après deux années de mariage.

— Alors, son titre lui appartient réellement et la courtisane d'aujourd'hui est bien marquise de Blainville ?
observa Henri que ce récit intéressait vivement.

— N'en doutez pas un seul instant, mon cher, et laissez-
moi achever : La jeune veuve, qui n'avait connu de l'amour
que les illusions conjugales, sécha vite ses larmes de convention pour se jeter corps et âme dans la vie de voluptés
que sa nature sensuelle lui faisait tant désirer. Cela était
facile, le marquis l'instituant héritière de toute sa fortune.
Riche et indépendante, jeune et jolie, elle n'avait plus à
chercher d'autres ivresses que celles de la fantaisie. Avec
une adresse inouïe, elle a laissé un de ses pieds mignons
dans le vrai monde où son mariage l'avait introduite ;
quant à l'autre, elle l'a laissé frémir à son aise dans les
sentiers les plus glissants de la galanterie. Son hôtel de
Passy est une merveille, où les aristocraties de tous les
mondes se coudoient à tour de rôle. Vous verrez cela ce
soir, et vous en serez ébloui. Lorsque j'ai connu la marquise, elle en était aux premières lassitudes de la vie à
outrance et cherchait une affection plus stable et des
amours plus discrètes. J'ai su profiter de la situation, et
je vous jure que j'en tirerai longtemps encore un bon
parti.

Ces révélations avaient rallumé dans le cœur d'Henri
toutes ses convoitises ; aussi, sa curiosité étant satisfaite
en ce qui concernait la marquise de Blainville, s'empressa-
t-il d'ajouter :

— Et l'amie dont la marquise me parlait hier, quelle
est-elle ?

— La comtesse Fernande de Chartray ?

— Oui, je désirerais quelques explications touchant cette dame.

D'Evellerio sourit malicieusement, car il avait deviné la pensée de son ami, et il répondit :

— Ah ! ah ! cette dame vous intéresse ?.. Eh bien, soyez satisfait : La comtesse Fernande de Chartray est la fille naturelle, reconnue, du feu comte de Chartray et d'une danseuse italienne, Rita Sbolgi. Le comte ayant tout mangé avec la Rita, sa mère, se brûla la cervelle à Venise. La gouvernante de la jeune Fernande, une femme à expédients, conduisit sa maîtresse à Paris. Toutes deux vécurent quelques années avec les bribes qui restaient de l'immense fortune du comte ; puis, peu à peu, l'une guidant l'autre, elles entrèrent dans le monde de la haute galanterie. Fernande, insouciante et folle, n'aurait réussi qu'à remplir son âme de dégoût si la gouvernante, plus pratique, n'avait rempli son coffre d'or et de bonnes valeurs.

La comtesse de Chartray est riche ? interrompit Henri, avec une indifférence jouée.

— Sa fortune n'est pas à comparer à celle de Clara de Blainville ; mais, néanmoins, elle est fort respectable. D'ailleurs ses revenus, joints aux cadeaux princiers de quelques adorateurs bien posés, lui permettent de conserver intacts ses deniers acquis.

Depuis un instant Henri était rêveur. Après un silence il reprit, continuant à haute voix l'expression d'une pensée ébauchée dans son esprit :

— Ce serait charmant, en vérité, d'avoir, nous, les deux amis, deux maîtresses se connaissant !

— Allons donc ! exclama en riant le vicomte d'Evellerio, soyez franc avec moi, ne cherchez pas à dissimuler plus longtemps. Nos relations, pardieu ! n'en seraient que plus agréables. Clara et Fernande s'aiment autant que deux femmes, également jolies quoique d'un genre différent de beauté, peuvent s'aimer. Si vous étiez l'amant de madame de Chartray, bien des petites jalousies disparaîtraient et le quadrille serait fort réussi. Entrez dans la danse, mon cher, loin des scrupules, assez de médiocrité et de luttes inutiles!.. C'est un crime de gaspiller sa jeunesse sans plaisir. Vous serez, j'en réponds, un cavalier des plus corrects et des plus agréables.

— J'hésite encore, dit Henri en baissant la voix et de l'air d'un honnête homme trop faible à qui on propose un marché honteux.

— Pourquoi donc ?

— Oh ! uniquement parce que je n'entrevois pas la réussite facile.

— Rassurez-vous, ne suis-je pas votre ami ? J'aplanirai les difficultés, j'ai déjà commencé.

— Vraiment ?

— Oui, très cher, depuis quelque temps je parle de vous à Clara devant Fernande. Celle-ci, dégoûtée des hommages d'orateurs ridicules et prétentieux, meurt d'envie d'aimer l'homme qui lui plaira.

— Serais-je cet homme ?

— N'en doutez pas. Dès que l'on sortira des bureaux, allez vite faire un brin de toilette, et venez me rejoindre au café de la Paix, de là nous nous rendrons chez la marquise.

— C'est convenu.

La journée parut longue au pseudo-baron Pasquet d'Autry : c'était le titre dont Henri s'était affublé. Mille pensées se heurtaient dans sa tête. Il songeait déjà au parti qu'il pourrait tirer de la conquête de Fernande de Chartray. Tout sens moral s'effaçait en lui. Entrant résolument dans la peau du triste personnage qu'il allait jouer, il oubliait le passé sans amertume, sans regret, ne se souvenant que du rêve de son enfance et de sa première jeunesse, rêve qu'il avait si souvent formulé dans cette phrase :

— Moi aussi, je veux être riche !

A cinq heures précises il courut chez lui, revêtit son habit. La toilette terminée, il se regarda complaisamment dans une glace. Il était, ma foi, très bien ainsi. Personne

3

en le voyant n'aurait soupçonné le petit paysan qui, douze ans auparavant, faisait l'école buissonnière dans les prairies dorées qui entourent le bourg d'Autry-le-Châtel. Lorsqu'il arriva au café de la Paix, où son ami lui avait donné rendez-vous, le vicomte l'attendait depuis près d'un quart d'heure.

— Enfin, vous voilà! dit Paul en l'apercevant. Je commençais à m'impatienter. Vous avez été bien long...

— Excusez-moi, mon cher Paul, je tenais à paraître irréprochable.

— Ah! par exemple, mes compliments. Quel chic! baron, c'est à me rendre jaloux.

— Vous plaisantez!

— Parole d'honneur! je vous prédis une victoire éclatante.

— Merci pour ce souhait, mais partons vite, je crains que nous ne soyons en retard.

— C'est cela, nous causerons en route.

D'Evellerio avisa une voiture des remises Brion qui stationnait devant le Grand-Hôtel. Il y prit place avec Henri, et jeta au cocher l'adresse de la marquise, rue Raynouard, à Passy.

VI

CHEZ LA MARQUISE DE BLAINVILLE

Sur l'invitation de son amie, Fern.:nde de Chartray avait sonné de bonne heure à l'hôtel de la rue Raynouard.

Cet hôtel était une adorable petite construction moderne, aménagée avec un goût exquis. Il se composait de deux étages et des combles où se trouvaient les chambres des domestiques. La distribution en était fort habile. Au rez-de-chaussée, une vaste salle à manger et deux grands salons qui pouvaient être réunis les jours de fête.

Au premier, les appartements privés de la marquise, et au second des chambres d'amis. La salle à manger communiquait avec une serre admirable où toutes les richesses de la flore tropicale s'étageaient, formant un admirable fouillis de verdure et de fleurs aux parfums troublants. Derrière l'hôtel, un vaste jardin où étaient dissimulés de coquets pavillons de repos, mystérieux retiros faits pour l'amour. Devant l'hôtel, une cour d'honneur. A l'entrée, la loge du concierge et les écuries formaient deux bâtiments reliés par une magnifique grille en fer forgé.

Lorsque la comtesse de Chartray arriva à l'hôtel, Clara achevait à peine sa toilette et lisait le roman du jour, mollement allongée sur l'élégante chaise longue cerise de son boudoir Pompadour. Fernande entra là comme chez elle, et les deux amies s'embrassèrent avec effusion.

— C'est gentil à toi, ma chérie, d'être venue de bonne heure, ainsi que je t'en avais priée, dit la marquise en faisant asseoir madame de Chartray à ses côtés.

— Ne suis-je pas toujours ravie de te voir ?

— Je le sais, mais aujourd'hui j'ai beaucoup de choses à t'apprendre.

— Tu m'intrigues, ma mignonne.

— Tu te souviens que nous avons causé l'autre jour de cet ami de Paul, dont il nous avait vanté les qualités ?

— Oui, je me le rappelle. Eh bien ?

— Eh bien, je l'ai vu.

— Ah !

— Paul n'avait rien exagéré. M. Henri Pasquet d'Autry est un parfait gentleman dans toute l'acception du mot. Joli garçon, distingué, un peu timide, il est vrai, mais s'exprimant avec une recherche délicieuse. Sa physionomie est empreinte d'une légère teinte mélancolique qui lui sied à souhait. Quel bonheur pour moi, ma chère petite, si le baron te plaît, car tu seras bientôt la plus heureuse des femmes.

— Puisses-tu dire vrai !... mon pauvre cœur a tant besoin d'aimer ! Alors que ma situation de fortune me met aujourd'hui à l'abri de toutes les misères de la vie, je n'ai plus rien à désirer, si ce n'est l'affection d'un homme comme je le rêve. Mais peut-être ne serai-je pas au goût de ce monsieur !...

— De la fausse modestie à présent ? interrompit Clara, ne sais-tu pas que tu es plus jolie que jamais et qu'il suffit de te voir pour s'éprendre de toi ?

— Flatteuse !

— Non pas flatteuse, mais sincère et heureuse, bien heureuse encore une fois, si je puis être cause de ton bonheur.

Les deux amies devisèrent encore longuement de choses

et d'autres, lorsque deux coups légers furent frappés à la porte du boudoir.

— Entrez ! cria la marquise.

Une femme de chambre au minois futé parut dans l'entrebâillement, après avoir soulevé la lourde portière de satin.

— Les personnes invitées par madame la marquise sont au salon, annonça la soubrette.

— C'est bien, je descends.

La femme de chambre se retira.

— Allons, fit Clara en pressant la main de Fernande, du courage, mignonne, songe que tu vas livrer bataille !

— Merci du conseil, je tâcherai de le suivre et d'être aussi séduisante que possible.

— Alors tu seras irrésistible.

Les deux femmes se rendirent au salon, où Paul d'Evellerio et Henri Pasquet les attendaient. Les présentations furent faites en règle. Celui qui aurait pu lire dans le premier regard échangé par Fernande et Henri, y aurait lu bien des choses : du côté de la jeune femme, le désir sensuel et la passion contenus ; du côté du jeune homme, l'astuce et le froid calcul dissimulés adroitement sous les apparences de l'admiration timide et respectueuse.

Henri ne se méprit pas sur les sentiments qui bouillonnaient dans le cœur de la comtesse de Chartray. Du premier coup d'œil, il fut certain de remporter cette victoire dont il doutait encore peu d'instants auparavant.

Quelques minutes plus tard, le maître d'hôtel venait annoncer que madame la marquise était servie. Les cavaliers offrirent le bras aux dames, et l'on passa dans la salle à manger.

Pendant le dîner la conversation roula sur les questions du jour, la présence des domestiques interdisant toute allusion trop intime. Fernande et Henri firent assaut de brio et d'esprit. La jeune femme, surchauffée et visiblement excitée par la présence de l'homme qu'on lui destinait pour amant et dont les qualités physiques

répondaient en tous points à ses goûts, était plus belle
que jamais, belle d'une beauté provocante de sirène. Ses
yeux veloutés brillaient d'un feu étrange, et ses longs cils
noirs les voilaient par instants, leur donnant une indéfinissable expression de langueur. Ses narines fortement
dilatées frémissaient avec une sensualité intense; sur ses
lèvres que la flamme empourprait, errait un sourire d'une
suave douceur, et sa gorge, qu'on devinait superbe, faisait
onduler comme une vague caressante la soie de son
corsage.

Henri, ainsi que le lui avait prédit Paul d'Evellerio, était
véritablement ébloui. Sa froideur et son calcul de jeune
perverti n'excluaient pas alors le charme de tous les appétits sensuels qui naissaient en lui, cinglant ses chairs
violemment. La glace était rompue, on en était aux compliments piquants. Paul et Clara savouraient avec joie ce
jeu licencieux dont l'issue n'était pas douteuse.

Clara de Blainville fit servir le café dans la serre, dont
le valet de chambre referma les portes en se retirant.
Alors la scène devint plus capiteuse, sous l'empire des
senteurs d'Ixora que la marquise avait accumulées dans
ce nid d'amour.

— Ah! madame, dit tout à coup Henri en s'adressant à
la fée de cet Eden, de ma vie je n'ai passé une soirée aussi
enchanteresse. Combien je vous remercie, vous et Paul,
de m'avoir procuré tant de bonheur !

En prononçant ce dernier mot, il enveloppa Fernande
de Chartray dans un de ces longs regards passionnés qui
grisent une femme amoureuse.

— Vous êtes un enthousiaste, baron, répondit Clara de
Blainville en minaudant.

Puis, se tournant vers Fernande, elle ajouta :

— Et toi, ma chérie, es-tu satisfaite à l'égal du baron?

— Voilà une question bien indiscrète ; pourtant, puisque nous sommes entre amis, en avant la franchise ! Je
suis toujours enchantée d'être avec toi, mais ce soir plus
particulièrement encore, car tu m'as fait connaître le plus
galant homme que j'aie jamais rencontré.

C'était un coup droit impossible à parer. Henri n'essaya même pas. Il prit la main de Fernande et, la portant à ses lèvres, y déposa un brûlant baiser en murmurant :

— Chère comtesse, vous me rendez confus, je ne mérite pas ce que vous venez de dire, mais je vous jure que, pour vous plaire et pour vous servir, je donnerais ma vie de bon cœur.

Paul et Clara applaudirent bruyamment. Ils étaient triomphants.

A onze heures, les roues d'une voiture retentirent sur le pavé de la cour d'honneur. C'était le coupé de la comtesse qui venait la chercher.

— Déjà ! s'écria Fernande le plus naturellement du monde.

— Me permettez-vous, chère comtesse, de vous accompagner ? s'empressa de demander Henri.

— Je serais désolée de vous donner cette peine.

— Oh ! le vilain mot. Ce que vous appelez une peine serait pour moi la plus insigne des faveurs.

— Accepte donc, méchante, insinua avec son sourire mièvre Clara de Blainville.

Paul se joignit à sa maîtresse, et Fernande répondit :

— Puisque vous vous liguez tous contre moi, j'aurais mauvaise grâce à refuser un aussi galant cavalier. Baron, j'accepte.

— Vous êtes idéale. Merci !

Quelques minutes plus tard, Henri et Fernande, assis l'un près de l'autre dans l'étroit coupé capitonné de satin bleu, quittaient l'hôtel de la marquise de Blainville.

Durant le trajet, ils se firent les premiers aveux.

— Maintenant je puis parler à cœur ouvert, commença Henri. Vous avez lu dans mes yeux, belle comtesse, les impressions de mon âme ; me permettez-vous de les traduire ?

— Ma réponse, faites-la vous-même, baron ; si vos yeux ont parlé, les miens sont-ils restés muets ? Ce langage du miroir de nos âmes a-t-il été moins éloquent chez l'un que chez l'autre ? Traduisez votre pensée, mon ami, il me sera doux de l'entendre, exprimer par votre bouche.

— Ah ! que vous me faites de bien en ce moment !... Moi, le désespéré d'hier, je crois, je renais, je vis enfin !... Fernande, chère Fernande, je vous aime !...

En prononçant ces mots, le jeune homme avait enlacé la taille de la séduisante créature ; il l'attira contre son cœur, et, sur ses lèvres que le désir gonflait, il posa ses lèvres longuement... Fernande était à demi pâmée et s'abandonnait sans résistance aux étreintes et aux caresses de son nouvel adorateur. C'était, en effet, le premier homme auquel elle se livrait sans arrière-pensée, c'est-à-dire sans marché, sans aucune préoccupation d'intérêt. Comme cela lui semblait bon !

Pas de sourires forcés, plus de pâmoisons de commande, de larmes feintes, de soupirs menteurs ! Henri était pauvre, elle le savait, et cette pauvreté même devenait un attrait d'un nouveau genre ; grâce à elle, les illusions d'un véritable amour allaient lui donner de douces joies. Dans les bras du jeune homme, Fernande savourait silencieusement ses rêves bleus, et par instants bruissaient comme les vibrations d'une lyre d'or ces mots divins : Je vous aime !...

Le coupé s'arrêta tout à coup. On était arrivé.

— Faut-il déjà vous quitter, Fernande ? demanda Henri d'une voix vibrante d'émotion.

La comtesse de Chartray lui serra la main nerveusement et murmura tout bas :

— Non !

VII

TOUT A LA JOIE

Madame de Chartray n'avait pas d'hôtel, mais un splendide appartement au premier étage d'une des plus belles maisons du boulevard Malesherbes. La porte cochère s'ouvrit à l'appel du cocher, le coupé pénétra dans la cour et s'arrêta devant le perron du grand escalier. Henri sauta lestement à terre et offrit sa main à la comtesse pour l'aider à descendre. La femme de chambre attendait sa maîtresse dans le vestibule en lisant un roman graveleux, retour de Belgique. Elle se leva brusquement en entendant ouvrir la porte, et un imperceptible sourire plissa à la fois ses lèvres minces et ses yeux gris de chatte effarouchée, lorsqu'elle aperçut un « Monsieur » accompagnant sa maîtresse.

— Madame a-t-elle besoin de moi ?

— Non, Fanny, vous pouvez vous retirer.

— Bien, madame.

La soubrette salua et sortit, non sans avoir inspecté d'un rapide coup d'œil le nouveau favori. Fernande avait fait entrer le pseudo-baron Pasquet d'Autry dans un petit salon attenant à sa chambre à coucher.

— Attendez-moi là, cher baron, dans quelques instants je suis à vous.

3.

Et, légère, elle disparut.

Resté seul, Henri eut un regard de triomphe.

— Me voici dans la place, pensa-t-il, adieu les chagrins, adieu la médiocrité révoltante, adieu la misère ! Tous ces beaux fils, toute cette jeunesse dorée, sera bientôt fière de me connaître. Monde absurde aux préjugés stupides, je te brave, un masque suffit pour te donner le change. Henri Pasquet, le petit employé de la maison Van Heyst, ne comptait pas plus qu'un grain de blé dans un champ, mais le baron Pasquet d'Autry fera bientôt fureur, et, pour saluer sa maîtresse, on s'aplatira devant lui.

Il en était là de son monologue quand la porte du boudoir s'ouvrit, et Fernande apparut dans un merveilleux déshabillé de surah crème garni de fouillis de dentelles. Coquettement échancré sur la poitrine, il découvrait les trésors d'une gorge de marbre. Des manches flottantes sortaient des bras d'un admirable modelé. L'opulente chevelure de la jeune femme tombait en cascades sur ses épaules, simplement retenue à la nuque par un ruban de même couleur que la robe.

Ce fut pour Henri comme une apparition. Il s'approcha d'elle, et, saisi d'une crainte respectueuse, il s'agenouilla en joignant les mains, et s'écria :

— Suis-je bien éveillé ?... n'est-ce point un rêve dont je suis le jouet ?... Puis-je, moi, le pauvre déshérité de la fortune, croire à tant de bonheur ?... Ah ! répondez-moi, chère âme, dites-moi que c'est vrai, que je suis aimé de vous puisque je suis là, suppliant à vos pieds !...

— Relevez-vous, Henri ; non, tout cela n'est pas un rêve. Les hasards de la vie nous ont conduits l'un vers l'autre. Je crois que ce qui arrive devait infailliblement arriver. Subissons la douce loi du destin, aimons-nous follement, que la passion soit notre guide et le plaisir notre but... Oublions tout ce qui ne sera pas notre amour... Le voulez-vous ?... dis, le veux-tu ?...

— Oh ! tu me rends fou, ne parle plus, laisse-moi t'admirer en silence, avec recueillement... Trop de bonheur fait mal... La fièvre tue, et le feu que tu as allumé dans mes veines me brûle et me dévore... Je ne veux plus mourir, maintenant que je te connais... La vie m'apparaît souriante parce qu'elle est remplie de toi et que tout en toi n'est que charme et sourire...

Elle le regardait ainsi, agenouillé devant elle, ses petites mains posées sur sa tête et de douces larmes plein les yeux. Bientôt elle le fit se relever et l'entraîna vers une causeuse, où tous les deux s'assirent amoureusement enlacés.

— Comme nous allons être heureux ! soupira la jeune femme. Plus de soucis ni de préoccupations d'aucun genre... de l'amour, toujours de l'amour !...

— Oui, doux trésor, nous serons heureux. Je veux être docile, j'abdique devant toi toute volonté. Je me laisserai guider dans ce sentier fleuri que tes pas de fée ouvrent devant nous, ainsi qu'un enfant. Les heures s'écouleront rapides et sereines, amenant chacune un nouveau plaisir, une nouvelle pensée se rapportant à toi !..

Longtemps encore ils causèrent de la sorte, retardant volontairement l'instant des oublis suprêmes et des étreintes folles...

L'hymne d'amour passa dans l'air, qui retentissait de toutes ses harmonies, de ses modulations suaves comme des caresses, troublantes comme l'écho d'un baiser. Lorsque le soleil à travers les rideaux disjoints pénétra dans la chambre de Fernande, sur les blancheurs de l'oreiller les tresses noires de la jeune femme se mariaient aux cheveux blonds d'Henri, et sur leurs bouches entr'ouvertes dans le sommeil erraient encore des mots d'amour...

Ce matin-là, il y avait juste quatre ans qu'un modeste cercueil emportait au cimetière la dépouille mortelle de Laure Pasquet.

Tandis que le fils de la Lauriotte dormait entre les bras de sa maîtresse, M. Bréjot qui, seul avec sa femme, avait conservé le souvenir de la pauvre fille, allait pieusement porter quelques fleurs sur la pierre blanche qui recouvrait ses cendres.

VIII

VIE NOUVELLE

De ce jour commença pour Henri une vie nouvelle. Et quelle vie! Insensiblement il s'habitua aux douceurs que lui procurait sa maîtresse dans la fièvre d'un premier caprice. Pour la forme, au début, il fit mine de protester contre une situation qui, assurait-il, était indigne de lui. Mais Fernande lui fermait la bouche avec un baiser et répondait dans un élan de tendresse:

— Ah! mon Henri, que t'importe? Vas-tu, pour ces quelques richesses que la fortune aveugle a semées sous mes pas, gâter le plus passionné des amours?

» Tu me parles de reconnaissance et de préjugés?... Les préjugés ce sont les hommes qui les ont créés et nous sommes au-dessus de cela. Quant à la reconnaissance, si l'un de nous doit en avoir envers l'autre, c'est assurément moi qui, grâce à toi, chère bien-aimée, connais aujourd'hui les ardeurs ineffables et les ivresses rêvées.... Tout l'or du monde ne vaut pas pour moi la moindre de tes caresses!...

L'été vint, et, un soir, la jolie comtesse de Chartray, après dîner, dit à Henri:

— Mon cher ami, tu ne trouves pas que Paris devient triste à mourir? Cette atmosphère sans air m'étouffe et m'anéantit; que penserais-tu d'un voyage à la mer?

— Un voyage avec toi, y songes-tu ?

— On ne peut plus sérieusement.

— Oh ! ne me dis pas cela, il y a de quoi perdre la tête de joie. Réfléchis un peu : partir avec toi, rester loin de Paris tout un grand mois au moins, sur quelque jolie plage normande, aspirer à pleins poumons la brise bienfaisante, voir les lames furieuses se briser à nos pieds, nous plonger ensemble dans les flots, mais c'est un rêve divin !

— N'est-ce pas ? Nous partirons à la fin de la semaine.

— Mais... mon bureau ?

— Tu demanderas un congé.

— Et si on me le refuse ?

— Alors, donne ta démission.

— Oh ! oh !... mais que ferai-je après ?

— Tu seras alors bien à moi, tout à moi, mon Henri, pas une minute de ta vie ne me sera distraite, et nous serons encore plus heureux...

— Ignores-tu que je suis sans fortune et qu'il me faut travailler pour vivre ?

— Enfant ! laisse-toi conduire docilement, tu me l'as promis, et je puis tout exiger de ton obéissance.

— C'est vrai, j'ai promis.

— Hésites-tu encore ?

— Non, non ; d'ailleurs je suis sans force devant un de tes désirs. Demain, je demanderai un congé et nous partirons quand tu voudras, mon amie !

— Merci !

Comme ils finissaient cette causerie, la femme de chambre vint annoncer à la comtesse que la marquise de Blainville et le vicomte d'Evellerio étaient au salon. Fernande et Henri s'empressèrent à leur rencontre ; les deux hommes se serrèrent cordialement la main, tandis que les jeunes femmes s'embrassaient avec effusion. La comtesse était si joyeuse, si expansive, que la marquise de Blainville ne put s'empêcher de lui demander :

— Qu'as-tu donc, ma chérie ? Quelle joie ! On s'adore toujours ?

— Plus que jamais. Henri est charmant, et il fait tout ce que je souhaite.

— Mes compliments, baron, interrompit d'Evellerio, ricanant.

— Taisez-vous, taquin, riposta madame de Chartray en donnant un petit coup d'éventail sur la main du vicomte.

— Vous ne m'empêcherez pas de féliciter Henri, reprit Paul sans se déconcerter, vos volontés doivent être aussi charmantes que nombreuses, et les satisfaire ne me semble pas une sinécure.

— Prenez garde ! je vais recommencer, mauvais plaisant. Oui, mon Henri est charmant pour moi, et je suis ravie de l'avoir connu.

— En ce cas, soyez plus indulgente pour votre très humble serviteur, car c'est un peu à lui que vous devez d'avoir fait la connaissance de cet oiseau rare : *rara avis*, comme nous disions au collège.

— Vous avez raison, vicomte, et, à cause de cela, je vous pardonne vos boutades. Donnez-moi la main.

— A la bonne heure, la paix est faite, conclut madame de Blainville. Maintenant causons d'autre chose. Que projettes-tu pour cette année?

Fernande ne put s'empêcher de rire :

— Ta question ne pouvait venir plus à propos, mignonne, il y a juste un quart d'heure que nous avons, Henri et moi, formé un projet.

— Et ce projet?

— C'est d'aller aux bains de mer.

— Comme nous. Ah! c'est trop fort. Eh bien! veux-tu que je te propose quelque chose? Paul est allé avant-hier à Puys, près de Dieppe. Il a remarqué, non loin de la superbe propriété de lord Salisbury, une ravissante villa, malheureusement un peu trop grande pour nous deux ; faisons une chose, louons-la pour nous quatre.

Fernande battit des mains et s'écria:

— Oh! la bonne idée! qu'en dis-tu, Henri?

— Vous savez bien, ma chère Fernande, que tout ce qui vous plaît m'est agréable.

— Voilà de la galanterie, crut devoir ajouter la marquise de Blainville, charmée du bon ton d'Henri. Ah! le vicomte n'est pas toujours aussi aimable!

— Une pierre dans mon jardin, ne faites pas attention, Henri, dit négligemment M. d'Evellerio.

— Comment donc! mon cher, la pierre qu'une main aussi exquise que celle de la marquise peut lancer, n'est jamais lourde à porter, insista Henri, décidément en verve d'amabilité. Moi, je déclare qu'outre le plaisir de voyager avec la comtesse, je prise fort celui de me trouver en compagnie de madame la marquise et de mon ami Paul.

— En ce cas, le vicomte va sur-le-champ écrire à l'agence de location de Puys et retenir la villa, conclut madame de Blainville. Quand partons-nous?

— Lundi prochain mes malles seront prêtes.

— A lundi donc, rendez-vous au train de deux heures quinze, gare du Havre.

Les deux couples se séparèrent, réciproquement enchantés de leur décision. Le lundi suivant, tous quatre se retrouvèrent à la gare. Disons d'abord que les banquiers Van Heyst et Cie, ayant refusé un congé d'un mois à leurs employés, ceux-ci avaient carrément donné leur démission et sacrifié une situation honorable, quoique modeste, au plaisir de voyager aux frais de leurs maîtresses.

Paul d'Evellerio avait retenu un coupé. Le voyage se fit gaiement. On dîna à Rouen, au buffet, et l'on arriva le soir à Dieppe sans fatigue. Une voiture conduisit les voyageurs à Puys. La soirée était magnifique. La lune éclairait de ses pâles rayons les flots qui mugissaient au pied de la falaise, et la cime des vagues semblait une écume d'argent. C'était une délicieuse promenade qu'ils faisaient en arrivant. La voiture suivait la route capricieuse tracée dans les sinuosités de la falaise. Un instant l'horizon grandiose disparaissait pour reparaître un peu plus loin entre les anfractuosités des rochers. Çà et là, dans les châlets et les villas, scintillait une lumière, piquant la nuit d'un point rouge semblable à une étoile.

Avec des naïvetés de Parisiennes, les deux femmes s'extasiaient à propos de tout et de rien. La brise de mer cinglait leur visage et leur donnait de petits frissons. Elles se pelotonnaient frileusement contre leurs amants, séduits eux aussi par ce paysage nocturne d'une aussi majestueuse poésie.

On arriva enfin à la fameuse villa.

Fanny et Maria, les femmes de chambre des voyageuses parties la veille pour tout préparer et mettre en ordre, attendaient leurs maîtresses à la grille d'entrée. C'est alors que retentirent les petits cris de joie, les enthousiasmes, les surprises que motivaient chaque objet nouveau et chaque pièce de la coquette habitation. Les bagages furent descendus, les chambres désignées, et l'on se quitta une heure plus tard, se promettant de se réveiller de bonne heure pour aller prendre le premier bain au casino de Puys. Tout cela était si étrange pour le fils de Laure Pasque, que le malheureux avait peine à dissimuler ses étonnements de novice et trouvait par moments son rôle assez difficile à jouer. Néanmoins il fit bonne contenance, et la comtesse de Chartray, trop éprise, du reste, pour y voir clair, ne s'aperçut de rien.

Paul rencontra plusieurs de ses amis de Paris auxquels il présenta Henri. Ils se firent admettre au cercle, et pendant que la comtesse et la marquise, assises sur la terrasse, causaient de leur bonheur, ils couraient taquiner la dame de pique. Henri sentit là se développer en lui la funeste passion du jeu, ce dont Fernande conçut une assez vive inquiétude.

Certains jours, on louait un breack et l'on partait en excursion, à Pourville ou à la forêt d'Arques. Le mois s'écoula ainsi rapidement, et il fallut songer à rentrer à Paris. Jusque-là aucun nuage n'était venu obscurcir le ciel bleu des amours de Fernande et d'Henri. Celui-ci acceptait maintenant sans nulle gêne la situation qu'il s'était faite auprès de sa maîtresse. Il puisait dans la bourse de la comtesse, sans remords. La dégradation était complète.

Pourtant la provision étant épuisée et le mois fini, on ferma les portes de la villa, et tous quatre reprirent le chemin de la capitale.

IX

PREMIÈRES FOLIES

L'isolement forcé des bains de mer et les distractions continuelles n'avaient pas peu contribué à rendre plus longue cette période des amours légères, ardente, passionnée, remplie de soupirs tendres, d'aveux sans cesse renouvelés, de serments éternels, de rêves et de chimères.

Les premiers jours qui suivirent le retour de Fernande et d'Henri à Paris, rien ne fut changé dans cet enivrant *modus vivendi*. Puis, peu à peu, sans que ni l'un ni l'autre ne s'en rendît compte, l'ennui et la lassitude vinrent et se traduisirent d'abord par une langueur et une mélancolie inexpliquées. Le tête-à-tête continuel de deux amants amène fatalement et assez promptement ce résultat. Le mariage a cela de bon que l'amour, même lorsqu'il meurt dans le cœur de l'un des époux, laisse après lui comme un parfum d'estime et de douce affection, basées sur le respect du nom porté en commun. Mais dans ces amours folles, reposant uniquement sur la passion ou le caprice des sens, c'est bien différent: le corps satisfait, l'âme reste vide, et ce vide se creuse et grandit insensiblement, jusqu'à cet abîme qui commence par la fatigue et se termine par le dégoût.

La fatigue commençait pour les deux amants. Fernande retrouvait, lorsque le pseudo-baron était absent, les adulations d'autrefois ; ses anciens adorateurs, sevrés depuis trop longtemps de ses bonnes grâces, la plaisantaient avec esprit sur l'espèce de claustration que lui imposait ce gentilhomme inconnu dont elle s'était fait un maître. Insensiblement la jeune femme prêta l'oreille aux critiques et s'abandonna à de longues rêveries qui ne pouvaient être favorables à Henri. De son côté, le jeune homme, dont la nature vicieuse s'accommodait mal avec la fidélité, trouvait moins de charme aux heures d'ivresse passées près de la comtesse. Il aspirait à reconquérir son indépendance. D'autre part, le goût du travail ayant fui en même temps que l'amour du luxe et de la vie facile s'emparaient de lui, il ne voulait à aucun prix quitter celle que mentalement il appelait : sa Poule aux œufs d'or. Il conçut quelques craintes en s'apercevant que Fernande recevait de fréquentes visites et qu'elle ne s'en cachait plus.

Un soir, après une journée d'absence, il trouva sa maîtresse au salon, en compagnie de plusieurs brillants gentilshommes appartenant à la haute gomme parisienne. La comtesse de Chartray se montra fort aimable avec eux, et Henri joua, ce soir-là, un assez ridicule personnage. Au lieu de rester avec Fernande lorsque ses invités se retirèrent, il partit brusquement et alla coucher seul dans un hôtel. Tout bas il murmurait en quittant l'appartement de sa maîtresse :

— Allons, il va falloir changer promptement de masque, sans quoi il serait trop tard. J'ai figuré assez longtemps les agneaux pour me montrer enfin sous les traits du loup.

Le lendemain, Henri s'abstint de voir Fernande de Chartray. La jeune femme en éprouva un certain chagrin, car, quoique affaibli, son amour était loin d'être mort. Ce jour-là elle fut nerveuse, agitée ; son amour-propre se trouvait blessé de l'indifférence que, pour la première fois, lui témoignait son amant. Restée seule, elle pleura.

— Non, ce n'est pas possible ! s'écria-t-elle, il ne m'abandonnera pas. Il ne peut oublier que je me suis donnée à lui librement, entraînée par une passion sincère et irrésistible. Il reviendra. Sa bouderie n'a pas le sens commun ; après tout dois-je me priver de voir mes amis pour lui plaire ? Il ne peut exiger cela. C'est lui seul que j'aime et sa jalousie est mal fondée.

Elle attendit vainement Henri dans la soirée. Il ne vint pas. Le jour suivant sa tristesse augmenta encore, tant il est vrai que ce que l'on perd, ou que l'on croit perdre, gagne toujours en valeur et devient plus précieux.

Henri Pasquet avait bien employé son temps. L'intérêt cupide et lâche avait subitement remplacé l'amour dans son âme. La comtesse de Chartray ne serait désormais pour lui qu'une affaire. Paul d'Evellerio l'avait fait recevoir à son cercle, dès son retour à Paris. Il passa son temps dans le tripot des *Arts modernes*. Cet établissement, grâce à son étiquette de bon aloi, était richement achalandé. Quelques tableaux et statuettes justifiaient son titre, à peu près comme quelques pots de pommade et quelques flacons de parfumerie justifient l'enseigne de certaines boutiques mal famées. En réalité, *l'art moderne* que l'on cultivait au cercle dont nous venons de parler, c'était le baccarat. Les jobards se coudoyaient là avec les rastaquouères de toute catégorie et les chevaliers d'industrie qui, à Paris, trouvent moyen de vivre en millionnaires sans un sou de capital.

On le voit, le baron Pasquet d'Autry nageait là dans ses véritables eaux. Grâce au carnet de chèques qu'il s'était fait donner peu de temps auparavant par sa maîtresse, il put figurer dignement à la table de jeu. C'est avec un flegme imperturbable et une désinvolture de grand joueur qu'il annonçait aux croupiers :

— Vingt-cinq louis tombent.

Il perdait royalement.

Le prêteur du cercle vint se mettre obséquieusement à sa disposition. C'est l'usage. Dans ces infâmes repaires, l'argent est tout. On n'a pas affaire à des hommes, mais à des portefeuilles Le riche banquier d'hier, le joueur heureux a toutes les sympathies, mais le décavé de demain est à la merci des valets et supporte les avanies et les insolences des mercenaires qu'il a engraissés.

Henri prit aux « Arts modernes » ce qu'on nomme, dans l'argot des tripots, une formidable culotte. Le jour suivant, il revint au boulevard Malesherbes. Fanny, en lui ouvrant la porte, lui glissa ces mots dans l'oreille, les accompagnant d'un petit air protecteur:

— Ah! monsieur le baron a rendu madame la comtesse bien malheureuse!.. toute la journée d'hier elle n'a fait que pleurer.

— C'est bon, Fanny, c'est bon, ta maîtresse est-elle là?

— Je crois bien, madame attend même monsieur le baron avec une impatience !...

Le jeune homme tira profit des confidences de la femme de chambre et se dit:

— On tient à moi, tant mieux, c'est bon signe.

Et il se dirigea vers le boudoir de Fernande. Celle-ci poussa un cri de joie en l'apercevant, et vint se jeter dans ses bras.

— Méchant, tu m'as fait bien du chagrin ! soupira-t-elle en l'embrassant. C'est mal !...

Henri fut glacial.

— Il ne dépendait que de vous, ma chère amie, de vous épargner cette peine, bien inutile, ma foi !

— Comme tu me dis cela !...

— Je le dis comme je dois le dire ; à moi aussi, ma chère, vous m'avez fait beaucoup de mal.

— C'est involontairement, je te le jure.

— Involontairement ? soit, mais vous ne m'en avez pas moins gravement froissé.

— Ah! mon Henri, il faut être indulgent pour ceux que l'on aime et tu es cruel envers moi !..

— Vous trouvez?

— Je m'aperçois, hélas ! que tu ne m'aimes déjà plus !..

— Si, Fernande, je vous aime toujours, répliqua Henri en feignant de faire un violent effort ; seulement j'avoue que j'ai été profondément blessé par votre attitude d'avant-hier à mon égard. Vous m'avez laissé froidement sentir, par vos coquetteries envers vos riches amis, que je ne suis qu'un pauvre gentilhomme ruiné, dont la seule fortune est l'amour d'une femme jeune et belle. Vous m'avez rappelé que j'ai eu la faiblesse d'abdiquer toute volonté pour vous avoir à moi, rien qu'à moi, et que la vie que je mène aujourd'hui, je vous la dois encore.

— Que dis-tu là ? mon bien-aimé, quel reproche m'adresses-tu ? Ah ! c'est mal, très mal. Oui, c'est moi qui t'ai forcé à accepter une existence heureuse, convenant à ton nom et à un homme comme toi, puisque le sort injuste te la refusait. Je suis riche pour deux, t'ai-je avoué, ne t'inquiète de rien ; laisse-moi être ta bonne fée, laisse-moi te guider à mon gré, te rendre l'égal de tous ces hommes que tu as vus l'autre jour et dont, par ma situation, je suis obligée d'accepter les hommages respectueux.

— Oh ! respectueux !...

— N'en doute pas un instant, ce sont de bons amis, voilà tout. Tu n'es pas connu et malheureusement, si nous avions l'air de nous cacher, il en résulterait pour nous deux de graves inconvénients. Les langues dorées sont si méchantes dans notre monde !

— C'est égal, je suis jaloux.

— Enfant ! Vois ton ami, le vicomte d'Evellerio, tu sais bien qu'il n'est pas dans une autre situation que la tienne. Eh bien ! a-t-il de ces puérilités avec Clara de Blainville ? L'empêche-t-il de recevoir qui bon lui semble, et en est-il plus malheureux ?...

— Le vicomte agit comme il lui plaît, je n'ai pas de conseils à lui donner, moi je n'en ai pas à recevoir, et je prétends agir de mon côté à ma guise ; sinon, ma chère amie, nous serons forcés de nous séparer.

— Toi, me quitter ? Oh ! non, non, ne dis pas cela, Henri, mon Henri, n'est-ce pas, tu ne penses pas ce que tu viens de dire ?..

La comtesse de Chartray fondit en larmes. Henri Pasquet, lui, riait sous cape et pensait :

— Allons, je la tiens !

Tout haut, il ajouta :

— Non, certes, je ne veux pas te quitter, car je t'aime, ma Fernande ! Ma colère même en est une preuve. Si tu m'étais indifférente, que m'importerait ce que tu peux comploter en dehors de moi ?

— Alors, tout est oublié ?

— Pas encore, mais cela se passera si tu es bien raisonnable.

— Quelle sévérité !

— C'est ainsi. Maintenant, viens m'embrasser et sèche vite ces vilaines larmes qui rougissent tes yeux.

Fernande obéit en souriant et s'agenouilla devant le jeune homme, la tête appuyée contre sa poitrine, suppliante comme le chien qu'on a battu et qui vient humblement lécher la main qui l'a frappé, implorant son pardon et quémandant une caresse.

— Tu ne me gronderas plus ?

— Si tu es gentille, non assurément.

— Je ferai tout ce que tu voudras.

— Je prends note de cette promesse.

— Dis-moi, qu'as-tu fait hier ?

— Des folies !... et c'est de ta faute.

— Des folies ?... tu m'inquiètes.

— Oui, de grosses folies même. Furieux de ta conduite, j'ai été jouer l'argent que tu m'avais donné... J'ai tout perdu et je dois encore ce que j'ai joué sur parole.

— N'est-ce que cela ? Je passerai aujourd'hui chez mon banquier et le malheur sera vite réparé. Ah ! s'il me fallait payer ton amour de toute ma fortune, je n'hésiterais pas un instant.

Henri était transporté de joie, mais il dissimula son contentement avec son habileté habituelle.

Pour fêter leur raccommodement, ils allèrent finir leur soirée chez la marquise de Blainville.

— Cela me rappellera le jour où je t'ai connu !... dit la comtesse avec un gros soupir.

La marquise n'avait pas vu son amie depuis leur voyage

au Puys ; aussi accueillit-elle Fernande avec effusion.
Paul, qui était au courant de la discussion dont nous venons de faire le récit et qui avait vu, la veille, l'emballage
du pseudo-baron, au cercle des Arts modernes, l'attira
dans le jardin pendant que les deux femmes causaient au
salon, et lui demanda des détails sur le replâtrage. Henri
les lui donna sans omettre le moindre détail.

— A merveille ! s'écria le beau vicomte lorsque le baron
eut terminé, vous êtes passé maître, mon cher, dans
l'art de plaire aux femmes. Cette fois, Fernande est
bien à vous. Ecoutez-moi : La femme galante est un animal qu'il faut savoir dompter ; si on ne la mate pas, elle
vous dévore !

X

LE MAITRE

Après le raccommodement de Fernande et d'Henri, la vie des deux amants prit une nouvelle allure. Le prétendu baron Pasquet d'Autry quitta les airs doucereux qu'il avait au début, alors qu'il implorait de sa maîtresse des faveurs de toutes sortes. Il parla en maître, en conquérant, et personne ne se serait douté, en voyant son attitude protectrice. que cet homme vivait uniquement de l'argent de la comtesse de Chartray. De son côté, Fernande subit peu à peu l'ascendant du jeune homme et, semblable en cela à la plupart des femmes galantes, éprouva un bizarre plaisir à se sentir dominée.

Elle était maintenant obéissante et craintive, soumise aux caprices et aux désirs de celui qui lui devait tout. Si anormal que cela puisse paraître, ce n'en était pas moins vrai. Sûr désormais de l'empire qu'il exerçait, Henri se montra graduellement plus indulgent sur le chapitre des relations de la comtesse. Pour avoir une liberté plus grande, il toléra les visites et les réceptions de la jeune femme. Devenu subitement un joueur effréné, il allait tous les jours au cercle et, le plus généralement, perdait beaucoup. Fernande voyait, sans oser se plaindre, la dilapidation de sa fortune. L'habitude et la crainte avaient remplacé l'amour.

4

L'hiver approchait rapidement. La vie à outrance coûte cher. Les théâtres, les bals, les fêtes où paraissait la comtesse nécessitaient des dépenses considérables à force d'être renouvelées. Le jeu ne favorisait guère Henri. Aussi, à chaque instant, Fernande était obligée de vendre des titres pour couvrir les différences de son amant. Un jour vint, vers l'arrière-saison, où la jeune femme s'aperçut, trop tard, que la ruine était proche.

Elle en fut effrayée.

— Que vais-je devenir? s'écria-t-elle un soir où son banquier venait, sur sa demande, de lui adresser un compte détaillé des sommes qui lui restaient en dépôt.

Pour la première fois, une sorte de révolte gronda dans son cœur. Il fallait un incident pour rompre le charme qui la liait à Henri ; cet incident ne tarda pas à se produire.

Nous avons dit que Fernande, avec l'autorisation de son amant, avait repris ses réceptions. Elles avaient lieu une fois par semaine, le jeudi. Les intimes amenaient souvent avec eux un de leurs amis qu'ils présentaient à la jolie comtesse. L'un d'eux, le comte Polwski, lié particulièrement avec le banquier Van Heyst, l'ancien patron d'Henri, lui dit un jour :

— Mon cher, il faut que je vous conduise, jeudi prochain, chez une femme charmante qui donne de délicieuses soirées.

— Bien volontiers, mon ami, car, en vérité, j'ai perdu depuis trop longtemps l'habitude du plaisir. Ma maison m'absorbe tellement...

— C'est juste, mais un homme comme vous, l'un des premiers financiers de la place, jouissant d'une fortune et d'une considération égales, vous vivez en solitaire, loin du monde qui serait fier de vous posséder quelquefois.

— Où voulez-vous me conduire ?

— Chez la comtesse de Chartray, une de nos plus jolies mondaines.

— Je ne la connais pas ; pourtant, j'en ai entendu

parler comme d'une créature ravissante. J'accepte votre invitation.

— A la bonne heure ! Jeudi, j'irai vous prendre à votre hôtel.

Ce jeudi-là, Henri était au cercle, selon son habitude, quand le comte Polwski et son ami firent leur entrée dans le salon de madame de Chartray.

— Ma chère comtesse, dit le comte en abordant Fernande, permettez-moi de vous présenter le meilleur de mes amis, M. Van Heyst, un éminent financier.

En entendant prononcer ce nom, un peu d'étonnement et de surprise se peignirent sur les traits de Fernande. Elle se souvenait que Van Heyst avait été le patron de son amant et lui avait refusé le congé sollicité par ce dernier, lors de leur voyage aux bains de mer. Elle se remit aussitôt, et c'est avec la meilleure grâce du monde qu'elle dit au banquier en lui tendant la main :

— Que M. Van Heyst soit le bienvenu chez moi.

La soirée fut très gaie, on fit de la musique, on joua, on dansa même.

Fernande, plus en beauté que jamais, était étourdissante. Plusieurs fois elle vint s'asseoir près du banquier et se montra avec lui très affable; mais par une sorte de pressentiment instinctif, elle ne prononça pas le nom de son amant. Cette indiscrétion aurait pu être commise si Paul d'Evellerio et la marquise de Blainville se fussent trouvés là. Or, depuis un mois, ils étaient à Nice. Le vicomte voulait essayer, à la roulette de Monte-Carlo, un système de son invention et qu'il prétendait infaillible, naturellement.

M. Van Heyst ne se gêna pas pour faire comprendre à la comtesse de Chartray combien grande était l'impression qu'elle avait produite sur lui. En se retirant, il demanda la permission de venir lui présenter ses hommages, et cette faveur lui fut accordée. Une fois dehors, l'inflammable banquier, toujours accompagné du comte Polwski, ne tarit pas d'éloges sur la jeune femme.

— Non, mon cher comte, je vous le jure, de ma vie je

n'ai vu une créature plus adorable. Ah! vous avez fait là
un fier coup en me présentant à madame de Chartray;
me voilà éperdûment épris !

— Vous plaisantez ?

— Je ne plaisante jamais. Quelle grâce ! quelle distinction ! quel tact avec ses invités ! Vrai Dieu ! devenir l'a-
mant d'une telle femme serait la réalisation d'un bien beau
rêve !

— Malheureusement pour vous, la place est, je crois,
prise et bien prise.

— Prise !... par qui donc ?

— Par un certain baron d'Autry.

— Le baron d'Autry ? Il y a peu de noms dans l'*Armorial français* qui me soient inconnus ; pourtant j'avoue que
j'ignore celui-là.

— En effet, le baron en question nous est inconnu à
tous. Il a surgi inopinément et a été assez heureux pour
l'emporter d'assaut sur les innombrables soupirants
de la comtesse.

— Il a sans doute de la fortune ?

— Il faut le croire. Cependant si cette fortune était bien
importante, il aurait depuis longtemps déjà offert un hôtel à sa maîtresse.

— Oui, certes, mon cher, et voilà même le défaut de la
cuirasse. Je vous remercie de me l'avoir indiqué.

— Tout à votre service.

— Est-il bien, ce baron ?

— Assez joli garçon, des traits énergiques, il parle en
maître et tient, à ce que l'on rapporte, la comtesse emprisonnée dans des chaînes qui ne sont pas toutes de
fleurs.

— Le brutal !

— C'est un on-dit, se hâta d'ajouter le comte Polwski.

— Comment se fait-il que le baron d'Autry ne se trouvait pas ce soir chez sa maîtresse ?

— Il est joueur et aura été retenu à son cercle par une
partie sérieuse.

— Ne vient-il jamais aux soirées de la comtesse?

— Si, quelquefois. Je tâcherai jeudi prochain de vous le faire connaître.

— Merci. Mon Dieu ! pourquoi vous dissimuler mes intentions : il ne me serait pas désagréable de remplacer le baron ; mais, auparavant, il me convient de savoir à quel homme je vais avoir affaire.

— C'est fort juste.

Les deux amis se séparèrent, et le banquier, sérieusement épris, rentra à son hôtel en rêvant à la maîtresse d'Henri. Celui-ci passa la nuit aux *Arts modernes*, et, comme d'habitude, perdit. Il ne vint que le lendemain chez la comtesse et se montra d'assez méchante humeur. Soit innocemment, soit avec intention, Fernande omit de lui parler de la visite qu'elle avait reçue. Pourtant elle lui dit :

— Tu as eu tort de ne pas rester avec moi hier, la soirée a été superbe.

— Oui, j'en conviens, j'ai eu tort, il eût été préférable de m'ennuyer au milieu des pantins que tu nommes tes amis, plutôt que de perdre encore de l'argent ainsi que j'ai fait.

— Toujours !... tu ne te corrigeras donc pas ? reprocha doucement la jeune femme.

— Me corriger, et pourquoi ? chacun prend son plaisir où il le trouve ; moi, j'aime jouer, toi tu préfères t'entourer de bellâtres qui renouvellent auprès de toi, d'une façon ridicule, les anciennes cours d'amour des châtelaines d'autrefois. A ton aise, mais je t'avoue que ces réunions m'ennuient et que je ne vois pas du tout la nécessité de me corriger.

— Il le faudra pourtant, se hasarda à répondre Fernande.

— Hein ?... que dis-tu ?... Il le faudra ?... Depuis quand ce ton, ma petite, je ne l'aime pas, je t'en préviens.

— C'est possible, mais quand je n'aurai plus d'argent, il faudra bien que tu cesses de jouer.

Henri dressa l'oreille et son sourcil se fronça. Il ne s'attendait pas à cette réponse. Jusque-là, Fernande avait souscrit à toutes ses demandes sans lui confier au juste l'état de sa situation financière. Plus d'argent ! ce mot

4.

venait de le frapper avec la rapidité et la puissance de la foudre. Il demeura un instant anéanti. L'homme abject se révéla tout entier dans la réponse suivante :

— Allons donc ! une femme comme toi doit toujours avoir de l'argent, ne dis pas de sottises, ma chère. J'ai besoin de cinq mille francs pour ce soir. Qui sait ? je serai peut-être plus en veine, et il suffit d'une bonne banque pour me refaire.

— Tu auras tes cinq mille francs, répondit Fernande avec un léger tremblement dans la voix, mais je t'avertis que cet argent est le dernier que je te donnerai, car, avant un mois, si cela continuait, je serais sans un sou.

— C'est bien, nous verrons, conclut Henri.

Ainsi que le lui avait promis sa maîtresse, il empocha dans l'après-midi la somme convenue et partit au cercle. Dans la soirée, comme madame de Chartray se trouvait seule et désespérée, on vint lui annoncer une visite.

— Je ne veux pas recevoir, répondit-elle à Fanny, dites que je suis souffrante.

Au bout d'un instant la soubrette revint, tenant une carte de visite à la main. Fernande la prit brusquement, en proie à une violente surexcitation nerveuse, et lut sur le bristol :

CARLE VAN HEYST

Au-dessous de son nom, le banquier avait tracé ces deux lignes :

« Si vous souffrez, recevez-moi, madame, peut-être apporterai-je un remède aux maux qui vous affligent. »

— Faites entrer ! dit la comtesse après avoir lu.

XI

UNE DÉSESPÉRÉE

Ce qui se passa entre le banquier Van Heyst et la comtesse de Chartray est d'une importance capitale dans l'enchaînement des épisodes de ce récit; mais avant de faire
connaître les détails de cet entretien, il est nécessaire de
rejoindre Henri Pasquet.

En partant au cercle, le jeune homme fit deux parts de
l'argent que lui avait donné sa maîtresse. D'un côté de
son portefeuille, il cacha dans une petite poche soigneusement fermée, trois mille francs.

— Je ne jouerai que deux mille francs, dit-il, c'est suffi-
sant ; le reste, j'en aurai besoin pour elle !

Elle ! de qui pouvait parler en ce moment le fils de la
Lauriotte?

Une lettre qu'il sortit de son portefeuille et se mit à relire, va nous l'expliquer. Voici ce que contenait cette lettre :

« Mon cher sauveur,

» Je ne puis plus longtemps résister au plaisir de vous
écrire quelques-unes des pensées qui inondent mon âme
d'un bonheur inespéré et la font déborder de joie. Sans
vous je serais morte. La vie était pour moi, vous le savez,
puisque je vous ai confié mon secret, la plus épouvantable des choses. Vous m'êtes apparu, votre voix m'a rendu

l'espérance, et depuis, fière de votre amour, j'y réponds de toutes les forces de mon cœur aguerri par la souffrance. Mon existence est à vous, rien qu'à vous. Vous avez acquis le droit d'en disposer. Je serai votre servante bien humble, mon ami, soumise à vos moindres désirs; je serai si douce et si aimante, que vous me garderez votre affection entière jusqu'au tombeau. Ah! je ne puis croire qu'un jour nous cesserons de nous aimer. Ce ne serait pas la peine alors de m'avoir arrachée à la mort. Mais je suis folle d'avoir de pareilles idées. Non, vos yeux ne mentaient pas lorsque j'y lisais en traits de flamme le sentiment auquel je fais allusion. Vous m'aimez, c'est bien vrai, cette réalité enivrante a toutes les douceurs et les vagues jouissances d'un rêve. Que ce rêve soit éternel!

» Recevez, mon bien-aimé, tout mon cœur dans un baiser de votre « Jeanne »

Voilà, certes, de l'imprévu. Comment! Henri Pasquet, l'amant heureux de la belle comtesse de Chartray, celui que nos élégants traitaient sur un pied d'égalité et appelaient familièrement : ce cher baron! avait une autre liaison, secrète, mystérieuse, née d'un drame lugubre? Rien n'était plus exact. En cela notre triste héros obéissait à la loi commune. Si l'amour, en ce qui concernait Fernande, n'était, comme nous l'avons dit plus haut, qu'une affaire pour lui, son cœur avait cherché autre part l'élément de passion vraie dont il avait besoin.

La femme qui avait écrit la lettre que nous venons de transcrire ne s'était pas trompée en disant à Henri:

— « Vos yeux ne mentaient pas ! »

Le jeune homme avait senti subitement se développer en lui toutes les ardeurs d'un premier amour. Ce n'était plus la fièvre folle, la soif voluptueuse, inextinguible, éprouvée auprès de Fernande. Aux désirs des sens se joignaient les tendresses de l'âme, la quiétude, le repos, l'extase. C'était bien l'amour dans toute sa force, un amour durable celui-là.

Voici dans quelles circonstances cet amour avait pris naissance. Un soir, Henri, en sortant du cercle, voulut

faire une promenade avant de rentrer chez sa maîtresse.
Il alluma un exquis Havane, descendit la rue Richelieu
et, après avoir traversé la place du Théâtre-Français, la
rue de Rivoli et la place du Carrousel, il s'engagea sur
les quais.

La nuit était splendide. Les mille lumières des candélabres qui éclairent les ponts se reflétaient dans la Seine,
et la lune irradiait les flots légers du fleuve de sa clarté
blafarde. Les monuments nombreux qui bordent les rives
de la Seine dans la traversée de Paris profilaient dans le
ciel étoilé leurs masses noires et leurs ombres gigantesques.
Depuis un moment, une jeune fille, simplement mise,
marchait devant Henri, se retournant à chaque instant
comme si elle eût craint d'être suivie. Le jeune homme,
piqué par la curiosité et ne voulant pas gêner visiblement
la promeneuse, quitta le trottoir et prit du côté du mur
de la terrasse qui longe les Tuileries. Grâce à ses bons
yeux, il put tout observer sans être remarqué. Arrivée
près d'un de ces escaliers qui descendent vers la
berge, la jeune fille, inquiète, regarda quelques secondes
de côté et d'autre, puis rapidement, sûre de ne pas être
épiée, elle descendit l'escalier de pierre. Henri, devinant
son dessein, s'élança après elle et arriva sur la berge, à
cette minute suprême où la pauvre désespérée prenait
son élan pour se précipiter dans le fleuve, après s'être
débarrassée de son châle et de son chapeau. D'un bras
nerveux, Henri entoura sa taille et la rejeta en arrière.

— Laissez-moi, laissez-moi !.. cria la malheureuse. Oh !
je vous en conjure, monsieur, ne me retenez pas... Laissez-moi mourir !...

A ce moment la lune, voilée par un nuage noir, avant-
coureur d'un orage imminent, se montra de nouveau et
inonda de clarté le groupe formé par cette femme qui
voulait mourir et ce jeune homme qui brusquement, provi-
dentiellement, s'opposait à son sinistre projet. La chevelure de la pauvrette s'était dénouée et roulait en blondes
cascades sur ses épaules et sur ses reins. Son blanc visage, d'une pâleur mortelle, rendait plus vif encore l'éclat

de deux grands yeux noirs démesurément ouverts. Sa bouche, adorablement dessinée, était agitée par un tremblement nerveux qui, d'ailleurs, agitait tout son être.

Une révolution foudroyante éclata dans le cœur d'Henri. Jamais beauté pareille ne lui était apparue. Cette inconnue, qu'il tenait frémissante contre lui, était merveilleuse comme ces apparitions de Walkiries des légendes germaniques. La comtesse de Chartray, avec sa beauté régulière emprisonnée dans de riches atours, disparaissait entièrement devant la mignonne créature qui se débattait entre les bras de son sauveur.

— Non, non ! s'écria Henri, je ne vous laisserai pas périr, ce serait un crime !... Ah ! mademoiselle, quelque grand que soit le malheur qui vous pousse à commettre cette action désespérée, je vous jure de vous venir en aide et de vous faire supporter la vie.

Henri parlait alors avec un tel accent de franchise émue, que la jeune fille le regarda, étonnée. Elle aussi le trouva beau, et une sympathie irrésistible l'étreignit jusqu'au plus profond de son âme.

— Oh ! merci, merci !... fit elle, vous êtes généreux et bon, mais tout secours est inutile, je ne peux plus vivre... Ah ! si vous saviez ce que je souffre !...

— Confiez-moi votre secret, dit doucement Henri, sans quitter la taille de la jeune fille et en l'attirant peu à peu loin du bord où l'eau tourbillonnait en clapotant.

— Cela est bien simple et bien terrible à la fois, monsieur ! soupira la pauvre enfant. C'est l'éternel roman des filles pauvres de Paris. Je vivais seule avec ma mère, un jeune homme me courtisa. Il paraissait honnête et franc ; j'acceptai ses hommages et crus à sa parole. Nous devions nous marier dès qu'il serait libéré du service militaire. Il était soldat quand je le connus. Hélas ! j'eus la faiblesse de céder à ses désirs. Je devins sa maîtresse. Ma mère mourut dans l'intervalle. Seule avec mon chagrin, je n'espérais qu'en lui lorsque, hier, j'ai appris qu'il ne songeait plus à moi et qu'il ne m'épouserait jamais !.. Me voilà abandonnée, sans secours, sans ami, et vous voulez que je vive?... Non, non, je vous répète que c'est impossible !... laissez-moi à mon triste sort... L'oubli est dans la mort... l'oubli, c'est-à-dire la guérison éternelle... Oh! pourquoi m'empêcher de mourir?...

— Parce que, reprit Henri avec véhémence, l'oubli c'est aussi l'affection qui vous a manqué, l'ami sincère et dévoué qui vous protégera. Nous obéissons tous à une destinée immuable. Si Dieu m'a conduit vers vous, c'est que vous ne deviez pas mourir... Ecoutez: Depuis que je vous ai vue, je me sens meilleur, parce que, pour la première fois de ma vie, je me vois de quelque utilité ici-bas et capable de faire le bien. Ne m'enlevez pas l'ineffable bonheur d'accomplir une bonne action. Venez avec moi ; en chemin nous aviserons aux moyens de parer à la situation présente et je vous dirai mes projets d'avenir.

Inconsciemment, séduite par le charme de la voix et l'accent de sincérité de son protecteur inconnu, la malheureuse le suivit.

— Où voulez-vous que je vous conduise? demanda Henri; quelle est votre adresse?

— Oh! pas chez moi !... Je ne rentrerai plus dans cette maison maudite où j'ai tant souffert !... Puisque vous vous intéressez à moi, monsieur, je vous donnerai cette adresse afin que vous ne puissiez pas supposer que j'ai menti. Je me nomme Jeanne Klein, et je demeure, 23, rue Jean-Jacques Rousseau. Maintenant, conduisez-moi où bon vous semblera. Je me fie à votre honneur.

— Voulez-vous m'obéir? interrogea doucement le jeune homme.

— Oh! oui, je veux bien.

— Aveuglément?

— Je vous le répète, j'ai confiance en vous. Pourquoi m'auriez-vous sauvée, si votre intention était de me tromper?

— Eh bien! provisoirement je vais vous mener dans un hôtel que je connais, où vous serez parfaitement traitée. Je me charge de tout. Dans quelques jours, dès que j'aurai trouvé un logement pouvant vous convenir, j'irai chercher vos meubles rue Jean-Jacques-Rousseau, et je les ferai transporter à l'endroit que j'aurai choisi et dont, je l'espère, vous serez satisfaite.

— Que de bonté!... Oh! cher monsieur, je suis confuse et j'ai peur que ma reconnaissance ne suffise pas, si grande qu'elle soit, à vous remercier de tant de bienfaits.

— Ne me parlez pas de reconnaissance, Jeanne!... pardon, mais vous m'avez dit votre nom et il m'est doux de le prononcer. Ce que je vais vous demander est grave : Ne vous attendez pas de ma part à des promesses que je serais incapable de tenir; certains liens enchaînent ma vie...

— Vous êtes marié? interrompit brusquement Jeanne Klein, qui devint livide.

— Non, je vous jure que je suis libre, mais des attaches de famille, des relations dans un monde qui n'est pas le vôtre, ma pauvre enfant, m'imposent certaines obligations. Ce que je puis vous promettre, c'est que jamais je ne me marierai. D'ailleurs les exemples sont trop fréquents du peu de durée d'un grand nombre d'unions légitimes pour me faire regretter mon serment de rester libre. Ce que je vous demande, Jeanne, à genoux, à mains jointes, c'est votre amour sans conditions. Souvenez-vous de ce que je vous dis aujourd'hui : Pour vous rendre heureuse, pour assurer votre bonheur, je serais capable de tout, même d'un crime!...

— Oh! taisez-vous, ne parlez pas ainsi!... J'accepte votre amour et je vous donne le mien, sans conditions... Hélas! j'ai perdu le droit d'en dicter. Que Dieu me juge, il ne me maudira pas; il me pardonnera, au contraire, puisque cet amour est une rédemption et puisqu'il a arraché à la mort une de ses créatures!...

Comme au bord du fleuve, une heure auparavant, Henri saisit Jeanne dans ses bras et déposa sur les lèvres frémissantes de la mignonne un de ces longs baisers qui sont pour la femme aimante toute une révélation. Ce baiser était le premier que le jeune homme eût donné sans arrière-pensée et sous l'empire d'une véritable émotion.

Il conduisit Jeanne Klein dans un hôtel où il avait coutume de passer la nuit lorsqu'il ne couchait pas chez la comtesse de Chartray : l'hôtel du Royaume-Uni, faubourg Saint-Honoré. Il recommanda sa protégée au maître d'hôtel, paya d'avance huit jours de pension, et se retira après avoir baisé la main de la jeune fille.

— Je vous reverrai demain, lui dit-il, pensez à moi !

— En doutez-vous, mon ami ? Avant de me quitter, voulez-vous me dire votre nom, que je puisse le murmurer dans mes nuits ?

—Le seul qu'il me soit permis de vous dire aujourd'hui, celui sous lequel on me connaît ici, c'est Charles. Plus tard vous me connaîtrez mieux.

Heureuse et confiante, Jeanne Klein s'enferma dans sa chambre et se mit au lit, songeant à son sauveur.

Et pourtant une phrase du jeune homme revenait sans cesse à son esprit et lui causait un inexplicable effroi :

— « Pour vous rendre heureuse, pour assurer votre bonheur, je serais capable de tout, même d'un crime ! »

XII

INFIDÉLITÉS

Nous avons laissé la comtesse de Chartray recevant Carle Van Heyst, de la riche maison de finance Van Heyst et Cⁱᵉ. Fernande avait donné l'ordre d'introduire le banquier. Lorsque celui-ci entra, la jeune femme vint à sa rencontre, et lui dit de sa voix de charmeuse :

— Excusez-moi, cher monsieur, de vous recevoir ainsi sans cérémonie, j'ai été un peu souffrante aujourd'hui et, d'ailleurs, je n'étais pas prévenue de votre visite.

— Ne vous excusez pas, madame, c'est pour moi une faveur, à laquelle j'attache un grand prix, de me voir ainsi accueilli par vous, sans façons, comme un vieil ami.

— Vous êtes galant, monsieur Van Heyst. Ce mot d'ami que vous venez de prononcer est un honneur pour moi. Les vrais amis sont rares ici-bas ! ajouta-t-elle avec un long soupir.

— Vous soupirez, comtesse, en avez-vous le droit ? n'êtes-vous pas la plus heureuse et la plus adorée des femmes ?

— Oui, je suis bien heureuse ! reprit Fernande avec un accent de mélancolie qui toucha vivement le banquier.

— Voyons, continua-t-il, je viens à vous en ami, en véritable ami, croyez-le, et s'il vous plaît de me considérer comme tel, vous me devez de la franchise. Les anciens disaient : « C'est aux heures de malheur que la sincère amitié se manifeste. » Or, je devine que les apparences de bonheur qui vous entourent sont mensongères.

— Oh ! je vous jure...

— Ne jurez pas. Répondez-moi à cœur ouvert, sans arrière-pensée. L'habitude que j'ai du monde m'a rendu sérieux observateur : je sens que vous souffrez !... Tenez, vos beaux yeux sont encore rougis par de récentes larmes. C'est un crime de pleurer lorsqu'on est belle comme vous l'êtes.

— Comment résister à une aussi touchante sollicitude ? Oui, monsieur, vous avez deviné juste, je souffre !..

— Pourquoi ?

— Parce que, lasse de vivre au milieu des légèretés et des banalités du monde qui m'entoure, j'ai voulu rêver d'amour et faire de mon rêve une réalité.

— Je ne vous comprends pas.

— Vous allez me comprendre : Un jour je rencontrai chez une de mes amies un jeune homme élégant, distingué. On m'avait beaucoup parlé de lui. Le seul reproche qu'on lui faisait, c'était d'être pauvre. Ce défaut n'en était pas un pour moi. Je tenais à être aimée, voilà tout. Je crus au désintéressement, aux paroles passionnées de ce jeune homme. Quelques mois nous fûmes vraiment heureux ; puis, peu à peu, pour rendre notre existence plus intime, plus liée, j'exigeai qu'il se décidât à vivre tout à fait avec moi.

— Et il accepta ce marché ?

— Il l'accepta. Ma petite fortune nous suffisait grandement. Hélas ! je dois l'avouer à présent, un froid calcul présidait à tous les actes de l'homme à qui j'avais accordé mon amour. Il était joueur et, actuellement, tout mon avoir a servi à satisfaire sa funeste passion. Je suis, à cause de lui, à deux doigts de la misère !

— C'est épouvantable ! s'écria Carle Van Heyst.

Fernande s'enflammait au récit de son infortune. Elle continua :

— Aujourd'hui encore je lui ai remis cinq mille francs, qu'il joue à cette heure.

— Comment n'avez-vous pas compris plus tôt que vous étiez indignement exploitée ?

— Je subissais un entraînement irrésistible. Après tout, c'était ma faute. J'avais attiré cet homme à moi ; il s'est fait graduellement une force de ma faiblesse et il m'a dominée. Me plaindre à ceux auxquels je l'avais préféré, je ne l'aurais osé pour rien au monde, mon amour-propre s'y refusait.

— Oui, je vous comprends, pauvre femme ! Et cet homme serait-il par hasard le baron d'Autry dont on m'a parlé ?

— Lui-même.

— Je ne le connais pas et j'en suis fort aise.

— Vous ne le connaissez pas ? interrogea la comtesse de Chartray avec un regard d'incrédulité.

— Non, pourquoi me dites-vous cela ?

— Parce que j'ai lieu de m'en étonner. Le baron a été votre employé.

— Je vous jure, madame la comtesse, que jamais je n'ai eu d'employé de ce nom.

— C'est impossible ! Voyons, vous avez eu dans vos bureaux le vicomte d'Evellerio ?

— Oui, un assez triste personnage, qui m'a quitté pour suivre sa maîtresse je ne sais où.

— Eh bien, le vicomte était l'ami du baron Pasquet d'Autry.

Le banquier ne put réprimer un cri de stupeur.

— Pasquet !... vous avez dit Pasquet ?

— Oui, Henri Pasquet d'Autry, répéta Fernande.

— Oh ! le misérable ! le misérable !

— Que signifie ?...

— Écoutez-moi bien, madame. Béni soit le hasard qui m'a conduit vers vous. Grâce à moi, vous allez enfin pouvoir faire tomber le masque dont s'est affublé votre amant. Henri Pasquet n'est nullement baron d'Autry. Ce titre ne lui appartient pas.

— Que dites-vous ?

— La vérité ! Celui que vous nommez le baron d'Autry

est le fils d'une pauvre paysanne, Laure Pasquet, morte au service de bons amis à moi, M. et madame Bréjot, dont elle avait nourri la petite fille. En récompense des soins dévoués de cette femme, mes amis ont élevé son fils par charité. Sa mauvaise conduite le fit chasser du collège où on l'avait placé, et, sur la demande de M. Bréjot, je pris Henri Pasquet dans mes bureaux. Là, ce jeune drôle se lia avec le vicomte d'Evellerio, qui acheva de le perdre.

La comtesse de Chartray fut atterrée de cette révélation. Elle ne trouvait pas un mot à répondre. Carle Van Heyst s'en aperçut, et prenant affectueusement dans les siennes l'une des mains de Fernande, il poursuivit :

— Je viens de vous causer un nouveau chagrin, pardonnez-moi, ma pauvre amie, mais cela était nécessaire ; il fallait arracher de votre cœur les dernières fibres qui l'enchaînaient encore à l'infâme qui l'avait trop longtemps occupé. J'ai agi comme ces chirurgiens qui provoquent une blessure passagère pour mieux en guérir une autre. Il ne tient qu'à vous de ne plus souffrir.

— Oh ! je suis perdue, bien perdue ! s'écria Fernande en sanglotant.

— Dites plutôt que vous êtes sauvée.

— Sauvée... et par qui ?

— Par moi, Fernande. Dès le premier instant où je vous ai vue, je vous ai aimée. Je ne vous demande rien que de supporter cet amour. La fortune que vous avez perdue, je vous la rendrai ; le bonheur que vous croyiez envolé sans retour, renaîtra pour vous par mes soins ; et si, plus tard, vous croyez pouvoir m'aimer en retour de ce que j'aurai fait pour vous, oh ! alors je serai le plus fortuné des hommes !

La comtesse de Chartray pleurait encore, mais cette fois ses larmes étaient douces ; elles étaient traversées par d'ineffables sourires. Elle se jeta spontanément aux pieds du banquier et couvrit follement ses mains de baisers.

— Relevez-vous, je vous en conjure! dit-il, confus comme un enfant ; cette place ne convient qu'à moi seul.

C'est à vos genoux que je veux déposer mon amour.

La jeune femme se releva et vint s'asseoir près du banquier. Puis, tout à coup, elle devint très pâle et balbutia:

— Mais... je l'attends... il va venir !...

— Et cela vous effraie ? demanda en riant M. Van Heyst.

— Oui, j'ai peur maintenant de cet homme !

— Il n'y a vraiment pas de quoi, et vous vous alarmez pour peu de chose. Les hommes tels qu'Henri Pasquet sont lâches, que peut-on craindre d'eux ?

— Qu'allez-vous faire ?

— Me promettez-vous d'obéir en tout à ma volonté ?

— Je vous le promets !

— Alors, dès ce moment, je prends la direction de vos affaires ; je considère, dans votre intérêt, tout ce qui est ici comme mien. Soyez tranquille, ajouta le banquier avec son sourire doux, vous n'aurez pas à vous en plaindre, ma belle amie.

— Vous me rendez la confiance et l'espoir, alors que j'étais désespérée, et vous supposez que je pourrais trouver à redire à vos projets ? Oh ! mon cher bienfaiteur, ce serait me juger trop mal !

— Je plaisantais, comtesse, je plaisantais. Malheureusement, il nous faut encore causer très sérieusement. Vous m'avez dit, n'est-ce pas, que cet homme méprisable, dont je ne puis prononcer le nom sans dégoût, allait venir ici en sortant de son cercle ?

— En effet.

— Eh bien ! c'est moi qui le recevrai.

— Vous ?

— Moi-même. Je suppose que sa surprise sera grande, mais c'est à mon avis le seul moyen d'en finir radicalement avec ce vulgaire chevalier d'industrie.

La comtesse de Chartray resta anéantie. L'énergie froide, le calme imperturbable, la décision nette de Carle van Heyst lui causaient une surprise et un étonnement extraordinaires. Elle n'était certes pas accoutumée à se trouver en présence d'hommes aussi résolus que le banquier hollandais.

— Vous m'aimez donc sérieusement, mon ami, pour vous intéresser à moi de la sorte ?

— J'espère, ma chère comtesse, que bientôt vous n'en douterez plus.

Avec un abandon charmant le financier détourna la conversation, et ce fut en causant de choses et d'autres qu'il attendit, auprès de sa conquête, le retour d'Henri Pasquet.

XIII

HUMILIATIONS

Trois heures du matin venaient de sonner à l'église Saint-Augustin, quand la porte de l'appartement de madame de Chartray s'ouvrit brusquement et se referma sans bruit.

Henri Pasquet rentrait chez sa maîtresse. Il était sorti du cercle fort guilleret. La chance qui depuis si longtemps lui était contraire, avait enfin tourné. Il avait taillé deux banques avec une veine insolente.

Tous les tirages lui réussissaient, même le fameux tirage à cinq, ce pont-aux-ânes des joueurs ; les abattages ne lui faisaient pas non plus défaut. Bref, il avait ratissé neuf mille francs lorsqu'il quitta le tapis vert. En regagnant le boulevard Malesherbes, il préparait une série d'explications à donner à Fernande pour lui annoncer sa veine, sans toutefois lui avouer à beaucoup près la somme que représentait son bénéfice.

Au fond, il ne croyait pas que la comtesse de Chartray fût ruinée, et il pensait bien qu'il pourrait en tirer quelque chose. D'autre part, il songeait à Jeanne Klein, la pauvre fille qu'il avait sauvée et qu'il aimait réellement. Les exemples sont fréquents, dans les annales judiciaires, d'hommes vivant de la prostitution d'une ou de plusieurs femmes et donnant à une autre qu'ils aimaient l'argent des malheureuses créatures qui se vendaient pour eux. Il faisait en marchant des projets d'avenir :

« Plus tard, quand je serai riche, qui m'empêchera d'épouser Jeanne ? Nous vivrons bien heureux dans quelque coin de la France, ignorés, respectés, fiers de notre amour. Avec de l'argent on achète de tout, même de la considération. Dans notre siècle, lorsqu'on n'a que de l'honnêteté dans son bissac, on risque fort de mourir de faim. Courage, Henri ! Au milieu de cette société pourrie, tu trouveras de l'or. Fouille à travers les vices, comme le chiffonnier parmi les immondices de la rue. Si la besogne est sale, le résultat sera beau ; que t'importe le reste ? »

Il en était là de ses réflexions, quand il arriva devant la maison qu'habitait la comtesse de Chartray. Il traversa les pièces qui précédaient le boudoir de Fernande. Par les fissures de la porte filtrait un mince filet de lumière.

— Elle m'attend, pensa Henri.

Il entra comme un homme qui se sait chez lui. A peine avait-il fait deux pas qu'il recula frappé de stupeur. Dans le rayonnement de clarté des lampes, il venait de reconnaître debout devant lui, les bras croisés sur la poitrine, le banquier Carle Van Heyst, son ancien patron. D'un coup d'œil, Henri Pasquet jugea la situation. Il ne pouvait s'expliquer comment le banquier se trouvait là, au milieu de la nuit, chez sa maîtresse qui ne le connaissait pas, du moins il le croyait. Ce qu'il comprenait bien, c'est que la présence de cet homme avait dû entraîner des révélations cruelles pour lui. Néanmoins son parti fut vite pris, et il se prépara à tenir audacieusement tête à l'orage.

M. Van Heyst rompit le premier le silence de mort qui régnait depuis quelques secondes dans le petit salon.

— Je voudrais savoir, monsieur, de quel droit vous pénétrez ici à pareille heure ?

— Et moi, monsieur, riposta cyniquement Henri, je me permettrai de vous demander de quel droit vous m'interrogez ?

— Si je vous parle ainsi, c'est probablement parce que j'y suis autorisé.

5.

— Il y a pourtant beaux jours que je n'ai plus d'ordres à recevoir de la maison Van Heyst et Cie.

— Il n'est pas question de cette maison, monsieur, elle est honorable, et je ne vous suppose guère capable de raisonner sur pareille matière.

— Vous m'insultez, je crois !

— Dieu m'en garde !

— Allons, monsieur, trêve de plaisanterie. Je viens ici chez ma maîtresse ; je n'y suis pas entré, que je sache, en malfaiteur. Cette clef, ajouta-t-il en montrant un passe-partout d'argent, m'a été donnée par madame. Donc, je n'ai que faire de vos questions et je vous invite à sortir.

Avec le même flegme et la même tranquillité, Carle Van Heyst se mit à sourire et reprit :

— Je ne sais qui, du fils de la pauvre Laure Pasquet ou du noble baron d'Autry, a le plus d'audace !...

Henri pâlit affreusement en entendant ces paroles. Le banquier continua :

— ... Toujours est-il que je me vois forcé, pour leur faire entendre raison, de m'expliquer plus clairement : Je suis ici chez moi. A cette heure, tout ce qui se trouve dans cette maison m'appartient ; en conséquence, je vous invite à me remettre cette clef dont vous venez de parler et à vous retirer pour ne jamais revenir.

— Fernande, dis donc à cet homme qu'il est fou !... que je suis ton amant !... fit Henri en s'adressant à la comtesse de Chartray, qui restait muette spectatrice de cette scène.

La jeune femme se borna à détourner la tête avec dégoût.

— La comtesse de Chartray vous connaît à présent, monsieur, reprit Carle Van Heyst, elle sait qui vous êtes et vous méprise trop pour vous répondre. Allons, finissons, n'est-ce pas ?... donnez-moi votre clef et sortez !

— Jamais, jamais ! hurla Henri, que la rage de l'humiliation entraînait peu à peu.

De grosses gouttes de sueur inondaient son front, ses traits contractés étaient effrayants à voir. Chaque parole

du banquier le mordait au cœur et rendait sa colère plus
terrible.

— Vous préférez que j'aie recours à la police? interrogea
froidement le banquier.

Henri poussa un éclat de rire hideux et s'écria :

— La police?... Va donc la chercher!...

Et, prenant son élan, il s'élança sur Van Heyst.

Mais celui-ci, sans se départir de son calme, tira de
sa poche un revolver, et le braquant sur le misérable, dit
simplement :

— Je vous répète que je suis chez moi. Un pas de plus,
je vous tue!...

Henri Pasquet eut un ricanement de fauve et recula. Il
était vaincu. Jetant à terre la clef que Fernande lui avait
remise aux premiers jours de leur union, il se dirigea
vers la porte. Avant de sortir, il étendit le poing vers
sa maîtresse, et d'une voix sifflante :

— Ah! comme je me vengerai!...

Le banquier accompagna son ancien employé jusqu'à
ce qu'il fût dehors. Puis, il revint auprès de la comtesse.
Enthousiasmée du sang-froid chevaleresque de cet homme,
elle se jeta dans ses bras.

— Je suis à vous pour la vie! murmura-t-elle, enivrante
de volupté. Je vous aime!...

— Chère Fernande! jamais je ne pourrai payer ce qu'ils
valent ces doux mots que vous venez de prononcer!

Le lendemain matin vers dix heures, comme Fanny,
la femme de chambre de madame de Chartray, sortait de
chez sa maîtresse, elle rencontra sur l'escalier sa camarade
du second.

— Ah! ma chère, il y a du changement, lui dit-elle, les
affaires vont marcher à présent, nous sommes dans la
finance jusqu'au cou, madame achète de la rente hollan-
daise.

— Mes compliments. Mais le petit baron?

— Le baron?.. décavé... à l'eau le baron, n'en faut
plus!

— C'est dommage, il était si gentil!

— Fallait bien qu'il eût quelque chose pour lui. Alors, comme ça il te plaisait ?

— Beaucoup.

— Si je le vois, je te l'enverrai, tu le consoleras; moi, je suis comme madame maintenant, je me rallie au positif.

Les deux commères se séparèrent en lançant de bruyants éclats de rire qui résonnèrent longuement dans la cage sonore de l'escalier.

XIV

LES COMPENSATIONS

Lorsque le fils de Laure Pasquet, humilié, chassé par le banquier Van Heyst sous les yeux de Fernande, se trouva dans la rue, sa rage et sa colère ne connurent plus de frein. Tout son corps était secoué par des soubresauts nerveux, ses doigts crispés s'enfonçaient dans sa chair, il lui semblait que sa tête craquait. Le sang affluait aux tempes par jets brusques. Il voyait rouge.

Son impuissance lui mettait au cœur des haines basses, des projets sinistres, des vengeances terribles. Il erra longtemps à travers les rues comme un homme ivre. Bientôt pourtant l'air frais de la nuit ramena un peu de calme dans son esprit.

— Allons ! allons ! dit-il, ne vas-tu pas devenir fou à présent ? L'heure serait mal choisie. Après tout, cette femme je ne l'aimais pas, et n'était l'affront qu'elle m'a infligé, je la laisserais filer tranquillement le parfait amour avec le sac d'écus qu'elle m'a préféré. Mais elle m'a fait une offense que je ne saurais oublier. Oui, je me vengerai cruellement... Vivante ou morte, je la reprendrai à ce Van Heyst maudit !

Si quelqu'un eût pu voir Henri Pasquet au moment où il prononçait ce monologue, il aurait été effrayé de l'ex-

pression fatale qu'avait pris le masque du jeune homme.
Soudain, ses traits retrouvèrent leur placidité habituelle,
un vague sourire effleura ses lèvres, et il poursuivit :

— Jeanne, chère Jeanne ! pour toi je me sens une force
jusque-là inconnue. Toi, du moins, tu seras ma chose,
mon bien, tu me devras tout !... Ta vie m'appartient, ta
jeunesse, ta beauté sont à moi... J'ai ravi tout cela à la
mort, je le garderai, je le chérirai... Mon énergie, mon
courage, je ne les emploierai que pour te rendre heureuse !... Moi, l'indifférent, le cynique, l'incrédule, j'ai subi
l'irrésistible pouvoir de tes charmes, je t'aime, Jeanne,
je t'aime à en mourir !...

Sous l'influence de cette passion, Henri se dirigea vers
l'hôtel du Royaume-Uni, où il avait placé Jeanne Klein. Le
garçon veilleur, auquel il remit un louis, lui donna un passe-partout qui pouvait ouvrir la chambre de la jeune fille.

Henri entra et referma la porte sans bruit. Les premières lueurs de l'aurore pénétraient dans la chambrette,
jetant leurs mates blancheurs sur tous les objets environ-
nants. Sur le lit, dans un adorable abandon, Jeanne dormait. Sa chemise s'était entr'ouverte, et sa gorge rosée
apparaissait, soulevée régulièrement par la respiration
douce et lente de la dormeuse. Son bras recourbé gra-
cieusement était appuyé sur l'oreiller. Sur ses lèvres mi-
closes semblait voltiger un mot d'amour...

Henri se laissa tomber à genoux et contempla ce spectacle, ivre de bonheur. Le jour pénétra bientôt hardiment dans la chambre, l'inondant de lumière. Jeanne ouvrit les yeux et vit devant elle son protecteur agenouillé,
les mains tendues. Elle ne put retenir un cri de surprise.
Mais aussitôt Henri s'élança vers elle, l'enlaça amoureusement et la couvrit de baisers...

— Ah ! s'écria-t-il, étreignant dans ses bras nerveux la
pauvrette qui cherchait faiblement à se dégager, il m'é-
tait impossible de rester plus longtemps loin de toi, ô ma
Jeanne !... Depuis notre providentielle rencontre, j'ai
beaucoup souffert, et c'est à ton tour de me sauver, car
sans l'amour que tes charmes ont allumé en moi, amour

qui me brûle et m'affole, ah ! je te jure que j'en aurais
fini avec la vie !...

— Que dites-vous là ? interrogea la jeune fille avec inquiétude.

— ...Tandis que je ne puis vivre qu'à une seule condition...

— Oh ! laquelle ? Parlez vite, j'y souscris d'avance.

— Eh bien ! je vivrai si tu m'aimes ! ...

— Alors, chassez vite toutes ces vilaines pensées, mon
ami ; oui, je vous aime de toutes les forces de mon âme,
avec dévouement, avec joie. Vivez, Charles, mon Charles
bien-aimé, car jamais homme n'a été l'objet d'une affection plus entière et plus sincère que celle que j'ai pour
vous !...

Ces derniers mots se perdirent dans un baiser ineffable.
Jeanne ne résista plus aux caresses de son amant... Tous
deux oublièrent le passé ou cruel ou immonde... Assoiffés
de volupté, ils s'abandonnèrent au plaisir et burent l'i-
vresse à pleines lèvres...

Lorsqu'ils reprirent leurs sens, ils s'étaient juré un
amour éternel !...

. . . .

Au boulevard Malesherbes, l'émotion causée à Fernande
de Chartray par les événements que nous avons racontés
se dissipait peu à peu, et la jolie comtesse pensait que le
banquier lui était tombé des nues on ne peut plus à propos. Que serait-elle devenue sans ce secours vraiment
inespéré ? La misère, la sombre misère des gens que l'on
croit riches et heureux et qui luttent au milieu d'un luxe
de convention pour les plus sommaires besoins de l'existence, la guettait et menaçait de la saisir.

Carle Van Heyst n'était plus de première jeunesse,
mais encore assez beau cavalier, et ses manières, si elles
n'atteignaient pas en distinction le niveau de sa fortune,
n'en étaient pas moins fort correctes. L'aventure du faux
baron d'Autry avait produit sur la jeune femme l'effet
qu'on en devait attendre : une désillusion complète et le
scepticisme le plus absolu en matière d'amour. Désormais
Fernande était à l'abri des surprises du cœur. Elle ne se

sentait décidément pas faite pour jouer les Madeleines repenties et les héroïnes des passions rédemptionnistes. L'amour resterait sans charmes à ses yeux, s'il n'avait pour excuses les sens et l'intérêt. Quant au banquier, il était réellement épris de la jeune femme. Son genre de beauté était pour lui l'idéal, et il comptait bien s'attacher pour longtemps Fernande par les liens de la gratitude, à défaut d'autres.

Dès le lendemain, il commença ses largesses en déposant chez son notaire, au nom de la comtesse de Chartray, une somme égale à celle que Fernande possédait avant de faire la connaissance d'Henri Pasquet. Il exigea de sa maîtresse qu'elle donnât congé de l'appartement du boulevard Malesherbes, et lui déclara qu'il allait sans plus tarder se mettre en campagne pour lui acheter un petit nid près du bois de Boulogne. En attendant qu'il pût lui monter une écurie, il mit son plus bel équipage et son plus riche attelage à sa disposition. Fernande croyait rêver. Toute au bonheur que lui causaient les surprises du banquier, elle ne songeait guère aux menaces de vengeance que son ancien amant lui avait faites en la quittant. Elle avait tort, car Henri Pasquet n'était pas homme à oublier l'affront sanglant qu'il avait essuyé. Seulement, à la rage folle éprouvée dans le premier moment, avait succédé une haine d'autant plus terrible qu'elle était raisonnée. Une idée infernale avait germé dans son cerveau. Il connaissait la nature profondément sensuelle de Fernande et il doutait que son nouvel amant fût capable de satisfaire les appétits d'une femme qui, à l'instar de Messaline, aurait pu prendre pour devise : *Lassiata sed non satiata !*

Aussi, pensa-t-il qu'au souvenir des beaux jours passés, son ancienne maîtresse reviendrait peut-être à lui, à l'insu de Van Heyst, et qu'il lui serait ainsi facile de profiter des largesses du financier. Plus tard, ce retour de Fernande vers lui servirait à sa vengeance.

Le difficile pour Henri était de provoquer un rendez-vous avec la comtesse de Chartray. Un événement im-

prévu vint lui fournir le prétexte qu'il cherchait. Un
matin, il entra au café Riche prendre un apéritif avant de
déjeuner. Le garçon lui apporta en même temps un journal. Henri y jeta d'abord un coup d'œil distrait, lorsque
tout à coup l'entrefilet suivant sollicita son attention.
Il lut :

LE DRAME DE MONTE-CARLO

« Un incident des plus dramatiques vient de jeter l'émotion dans la colonie brillante qui hiverne en ce moment
à Monte-Carlo. Un jeune homme de grande famille, le
vicomte Paul d'Evellerio, se trouvait là depuis près de
deux mois en compagnie d'une des plus jolies mondaines de Paris, la marquise Clara de Blainville. Le vicomte
et la marquise jouaient un jeu d'enfer et perdaient, naturellement ; si bien qu'avant-hier soir, vers onze heures, en
sortant de la roulette, M. Paul d'Evellerio s'est tiré un
coup de revolver dans la région du cœur. On s'empressa
autour du malheureux jeune homme. Un médecin, appelé immédiatement, accourut en hâte, mais il n'eut qu'à
constater la mort.

» Épilogue : Le lendemain de ce drame, la marquise de
Blainville est partie pour le Caire avec un riche Egyptien
qui la courtisait depuis quelque temps.

» Et dire que c'est sans doute pour subvenir aux besoins
de cette femme que, grisé par l'appât du gain, le jeune
écervelé a risqué et perdu toute sa fortune ! »

Malgré la surprise qu'éprouva Henri Pasquet à la lecture de ce fait divers à sensation, il ne put s'empêcher de
sourire en lisant la réflexion du rédacteur au sujet de la
fortune perdue par Paul d'Evellerio.

— L'imbécile ! murmura-t-il, se tuer au lieu de réagir
et de recommencer avec une autre ! Ah ! si, comme lui,
j'avais un vrai grand nom ! Bah ! il faut au moins que sa
mort me serve à quelque chose. Il ne reviendra pas pour
me démentir et, quant à la marquise de Blainville, elle
est loin maintenant. Un peu de ruse, beaucoup d'audace,
et tout ira bien !

XV

ÉCHANGE DE LETTRES

Par la violence, Henri comprenait qu'il n'obtiendrait rien de madame de Chartray. Elle se placerait sous la protection de M. Van Heyst, et le puissant financier serait un adversaire redoutable. Ainsi qu'il le lui avait dit, il réclamerait l'intervention de la police. Il préféra se montrer soumis et résigné et se poser vis-à-vis de Fernande en victime du sort et des mauvais conseils. D'Evellerio mort, il était facile de l'accuser impunément. Il résolut donc d'écrire à la comtesse une longue lettre pathétique, avec cet accent de sincérité qu'il savait si bien prendre à l'occasion.

Bien que demeurant maintenant avec Jeanne Klein, à l'hôtel du Faubourg-Saint-Honoré, depuis la fameuse nuit où Carle Van Heyst l'avait chassé du boulevard Malesherbes, il s'absentait fréquemment, — pour ses affaires, — disait-il à la jeune fille, qui, naïve et confiante, respectait scrupuleusement le mystère dont son protecteur s'entourait et se gardait de lui adresser la moindre question. C'est au cercle où, comme d'habitude, il allait quotidienne ment, qu'Henri faisait sa correspondance.

Disons en passant que, depuis sa rupture avec Fernande, il ne jouait presque plus, mais spéculait habilement, se contentant d'un petit bénéfice et, sachant que la mine qui lui fournissait ses capitaux était momentanément épuisée, il cherchait avant tout à ne pas perdre les quelques fonds qu'il avait en réserve. C'est donc au cercle qu'il écrivit à la comtesse de Chartray la lettre suivante :

« Ma chère Fernande,

» Votre étonnement sera grand en lisant ces lignes que j'ai cru de mon devoir de vous envoyer.

» Ce que j'endure de souffrances, depuis la nuit funeste où j'ai été honteusement chassé de chez vous, est si terrible qu'à défaut d'amour je mérite bien un peu de pitié. Dans le premier moment, je n'ai pas été maître de moi, et j'ai bondi sous l'outrage que l'on me jetait à la face devant vous que j'ai tant aimée ! Rappelez-vous ces jours heureux passés ensemble. Quelle douce vie était la nôtre ! Comme les heures s'écoulaient rapides. Nos cœurs battaient à l'unisson... que de caresses... que de baisers !... Tant de bonheur devait-il si vite finir ?... Ne croyez pas, ma chère Fernande, que je veuille, par ces souvenirs, oublier mes fautes qui sont grandes. Lorsque je vous ai connue, je ne vous ai pas caché le triste dénûment dans lequel je me trouvais. Aussi, vous ne sauriez me faire aujourd'hui un crime de ma pauvreté. J'ai abusé de vos bontés, j'ai joué et je me suis donné, vis-à-vis de vous, un titre qui ne m'appartenait pas. Voilà mes véritables fautes dont je vous demande humblement pardon. Seulement, suis-je seul coupable et suis-je bien responsable de ces misères ? Telle est la question qui se pose naturellement et à laquelle je vais essayer de répondre.

» Avant de vous connaître, j'étais ignorant des choses de votre monde, je ne savais, pour ainsi dire, rien de la vie. Qui m'a initié à toutes ces choses? Un homme habile et depuis longtemps corrompu. Il m'a traité en ami, et moi je me suis livré à lui, confiant et docile.

» Paul d'Evellerio a été mon mauvais génie ! C'est lui qui vous a parlé de moi en m'affublant du titre de baron d'Autry. Ce mensonge fait, pouvais-je me dédire? Je j'ai subi, et j'ai rempli trop fidèlement, hélas! le rôle qu'il m'avait imposé. J'ignorais le jeu avant de connaître cet homme; il m'a conduit à développer en moi cette passion, cause de mon malheur, et contre laquelle je n'ai pas eu le courage de réagir. Entraîné par la perte, j'ai tenté de réparer les premiers échecs et je n'ai réussi qu'à m'enfoncer dans l'abîme. Ma nature est bien loin d'être méchante; j'ai été victime des mauvais conseils. Je me repens. Au nom de notre amour passé, j'implore mon pardon!...

» Ah! s'il me fallait pour le mériter oublier les humiliations terribles que j'ai subies devant vous, si cruel que cela soit, je m'estimerais encore heureux d'avoir souffert pour celle qui, malgré tout, sera éternellement ma Fernande bien-aimée!...

» Donc, quelque minime que soit la place que vous daignerez m'accorder dans votre cœur, je m'en contenterai: ce sera mon châtiment! Loin de moi, vous le voyez, l'idée d'entraver votre avenir et de mettre obstacle à votre bonheur. Mais je ne saurai jamais m. résoudre à ce que tout soit fini entre nous. Plutôt la mort!...

» J'attends votre réponse avec une indicible angoisse. Soyez bonne, Fernande, ne pensez plus qu'au passé heureux et pardonnez-moi, je vous le demande à genoux!...

» HENRI. »

Le coquin relut sa lettre et en parut satisfait. Les phrases n'étaient pas cherchées. A vrai dire, c'était un peu confus et comme écrit sous l'influence d'une grande et sincère douleur. Nul ne pouvait soupçonner l'astuce et la duplicité que cachait cette humble supplique.

Henri confia la lettre à un commissionnaire en lui donnant l'ordre de ne la remettre qu'à la comtesse de Chartray. Il choisit l'heure où il savait que le banquier Van Heyst était à ses affaires et où Fernande se trouvait généralement seule chez elle.

La jeune femme, en reconnaissant l'écriture de son ancien amant, fut sur le point de renvoyer la missive sans la lire, mais elle se ravisa et, la curiosité l'emportant, elle congédia le commissionnaire par ces simples mots :

— Dites à la personne qui vous a envoyé que, s'il y a lieu, je lui ferai parvenir ma réponse.

Le commissionnaire se retira.

Demeurée seule, Fernande lut et relut attentivement les lignes tracées par Henri. Elle en fut vivement impressionnée.

Ce que disait le jeune homme avait toutes les apparences de la vérité. Elle était trop passionnée et trop ardente au plaisir pour avoir oublié les heures délicieuses passées près de lui. Ce n'était certes pas Carlo Van Heyst, malgré sa loyale affection, qui pouvait remplacer pour elle les ivresses perdues. Compromettre une situation aussi brillante que celle que lui avait offerte le banquier serait une folie impardonnable. Elle avait entrevu la misère et elle avait frémi d'horreur. Peut-être ne retrouverait-elle jamais une affection aussi précieuse que celle du riche financier. Et qui sait si, en la perdant, elle ne serait pas forcée pour vivre de se livrer à la basse prostitution avec son attirail de vices et d'entremetteuses, ses cotes plus ou moins officielles, ses trafics chez les marchandes à la toilette, au milieu des débris encombrants et fanés de tous les luxes et de toutes les dégringolades ?

En évoquant ces lugubres tableaux, son cœur se soulevait et la froide raison dictait sa réponse. Sans plus attendre, elle s'assit devant un petit bureau Louis XVI et traça en fines pattes de mouches les lignes suivantes :

« Monsieur,

» J'ai lu votre lettre sans grande surprise, car je ne vous ai pas jugé plus sévèrement que vous-même. Je regrette la scène qui s'est produite chez moi à votre sujet et je vous pardonne de grand cœur. Quelques bons souvenirs, en effet, me resteront de notre liaison passée ; ce sont les seuls que je veuille garder de vous. Seulement, tout rapprochement entre nous est désormais impossible.

» Il n'aurait tenu qu'à vous de rester toujours avec moi.

Il est trop tard. Je suis ruinée par votre faute. Un honnête homme a mis son amour et sa fortune à ma disposition. J'ai accepté et me suis imposée, sinon de l'aimer, du moins de lui être fidèle et dévouée.

» Je considérerais comme une infamie et une lâcheté de le tromper. Oubliez-moi et croyez que je n'ai plus contre vous aucun ressentiment.

» Adieu !

» Comtesse Fernande de Chartray. »

La jeune femme mit ce billet sous enveloppe et l'adressa à M. le baron Henri Pasquet d'Autry, au cercle des Arts modernes. Elle était certaine d'avance qu'Henri la recevrait ainsi. Ne voulant pas que ses domestiques pussent supposer qu'il existait encore des relations entre elle et le pseudo-baron, elle se rendit elle-même à la poste.

Le soir, comme Henri entrait au cercle, le chasseur lui dit :

— Il y a une lettre pour M. le baron.

Le jeune homme s'empressa d'aller la réclamer au secrétariat du cercle, et c'est en tremblant qu'il la décacheta, dès qu'il fut seul dans le salon de lecture. Les premières lignes lui avaient mis au cœur une lueur d'espoir, mais à mesure qu'il lisait, sa figure se décomposait, ses yeux s'injectaient de sang et prenaient une expression farouche.

— Elle refuse ! murmura-t-il entre ses dents, elle refuse de me revoir ! Elle craint de perdre son Nabab, elle le couvre de sa protection... Elle parle de reconnaissance, de fidélité, et m'envoie généreusement son absolution, comme si cela me touchait !... Ah ! prends garde, Fernande, il ne fait pas bon de me pousser à bout !... Si tu ne reviens pas à moi, malgré ton banquier, tu ne seras à personne, quand je devrais...

Il n'acheva pas. Brusquement, il quitta le cercle sans attendre le dîner, sauta dans un fiacre et dit au cocher :

— Conduisez-moi à Saint-Cloud. Prenez par le bois.

Il avait besoin de s'isoler, de réfléchir, de calculer froidement s'il devait tenter un nouvel effort pour ramener à

lui son ancienne maîtresse ou s'il devait s'abandonner
sans plus tarder à ses projets de vengeance.

Arrivé à Saint-Cloud, il congédia le cocher et se pro-
mena quelques minutes à l'entrée du parc, puis entra dans
un restaurant et se fit servir à dîner. Ce restaurant était
peu fréquenté ; aussi le patron se montrait-il d'une politesse obséquieuse avec ses rares clients, espérant toujours
s'en faire des habitués. Il vint plusieurs fois auprès du fils
de Laure Pasquet.

— Monsieur est-il content ? Ah ! c'est qu'il est bon de
prévenir monsieur que nous soignons paternellement
notre clientèle. Lorsque Monsieur viendra à Saint-Cloud,
s'il désire être seul, nous avons au premier des cabinets
particuliers très confortables, avec vue sur le port et sur
la Seine. C'est ravissant !

Le faux baron se contentait de répondre par monosyl-
labes. Cependant, sans s'en douter, le brave gargotier
venait de faire germer dans l'esprit d'Henri une idée machiavélique en vantant ses cabinets particuliers.

Le jeune homme se hâta d'achever son repas, paya largement et sortit. Il se dirigea vers la Seine, dans la direction de Suresnes et de Puteaux.

La nuit était splendide. Le fleuve, éclairé crûment par
la lune, déroulait au loin ses courbes capricieuses.

Chemin faisant, Henri monologuait presque à haute
voix, étonnant les rares passants.

— Oui, c'est une idée, conclut-il. Tentons ce dernier
effort, et, si elle refuse de m'obéir, malheur à elle !

Il alla à pied jusqu'à la barrière, prit une voiture et se
fit conduire au cercle. Avant d'entrer dans la salle de jeu,
il écrivit à la comtesse de Chartray une nouvelle lettre
ainsi conçue :

    « Fernande,

» Votre réponse a détruit mes dernières illusions et
ajoute encore à toutes mes douleurs.

» Je n'essaierai donc pas de vaincre vos résistances.
Ainsi que je vous l'ai dit hier, je m'imputerais à crime

d'entraver votre bonheur. Soyez heureuse, c'est mon plus ardent désir. Seulement, puisque tout est fini entre nous, je veux vous rendre vos lettres et votre portrait, en échange de ma correspondance. Je vous en supplie, accordez-moi un dernier rendez-vous.

» Demain soir, à sept heures, trouvez-vous au pont de Saint-Cloud, près de la station des omnibus, nous dînerons ensemble, en amis. Vous ne refuserez pas cette suprême faveur à un homme qui vous a tant aimée et ne vous oubliera jamais.

» Veuillez m'envoyer votre réponse par le chasseur du cercle qui vous portera cette lettre.

» HENRI. »

Madame de Chartray ne lut pas sans émotion ces lignes d'une éloquente simplicité. Après un moment d'hésitation, elle répondit :

— Dites au baron d'Autry que j'accepte son invitation.

En recevant cette réponse, Henri ne put réprimer un mouvement de joie. Il entra au jeu et la chance le favorisa.

— Allons, je suis en veine, se dit-il, peut-être la jolie comtesse entendra-t-elle raison !

XVI

CHEZ LA MARQUISE DE BLAINVILLE

Comme il fallait tout prévoir, Henri Pasquet, avec cet esprit du mal, cet infernal génie que nos lecteurs lui connaissent à présent, réfléchit au cas où Fernande de Chartray repousserait ses dernières avances. Les projets sinistres qui hantaient son cerveau ne satisferaient que sa vengeance, et il n'irait pas loin avec les quelques billets de mille francs qu'il avait en poche. Or, son ambition était d'autant plus grande qu'il aimait ardemment Jeanne Klein et voulait lui assurer une existence heureuse. Il cherchait un moyen nouveau d'augmenter ses ressources et ne trouvait pas.

Lorsqu'il rentra à l'hôtel du *Royaume Uni*, Jeanne dormait paisiblement. Il prit dans l'armoire à glace un petit coffret dont il avait la clef, l'ouvrit et en sortit un paquet de lettres qu'il relut attentivement. Il tria soigneusement celles de la comtesse de Chartray et les mit de côté. Les autres étaient, pour la plupart, de Paul d'Evellerio et de la marquise Clara de Blainville. Machinalement, il s'attacha à la lecture des épîtres banales de cette dernière. Les caractères étaient larges, hardis, et ne ressemblaient guère à une écriture de femme.

Sur une feuille de papier blanc, Henri Pasquet, obéissant

6

nous ne savons à quelle préoccupation, chercha à imiter l'écriture de la marquise et, après avoir tracé quelques lignes, s'assura, avec une satisfaction visible, que l'exemple et le modèle pouvaient être facilement pris l'un pour l'autre.

Quel projet formait donc notre triste héros? Nous ne tarderons pas à l'apprendre. Henri écrivit encore longtemps, serra soigneusement son travail et se coucha au petit jour. A peine dormit-il deux heures. Lorsque Jeanne Klein se réveilla, il était déjà debout.

— Je ne t'ai pas entendu rentrer, lui dit la jeune femme en ouvrant les yeux.

— Tu dormais de si bon cœur, ma chérie, que je n'ai pas osé te déranger, répliqua Henri, en rendant à Jeanne son baiser.

Puis il ajouta :

— Nous avons à causer sérieusement.

— Sérieusement? répéta Jeanne, entourant de ses deux bras le cou de son amant.

— Oui, mon trésor, très sérieusement.

— Tu m'inquiètes, mon Charles, y aurait-il un obstacle à notre amour?

— Enfant!

— C'est que, vois-tu, je te regarde souvent à la dérobée et je m'aperçois que tu es parfois triste et préoccupé'; je n'ose pas t'interroger et je tremble instinctivement à l'idée que tu souffres peut-être à cause de moi.

— Chère mignonne, rassure-toi. A la vérité, j'ai de fréquents ennuis, mais tu n'en es pas la cause ; des questions d'intérêt, d'affaires, m'absorbent seules.

— Excuse-moi de t'avoir dévoilé mes petits tourments et n'en accuse que mon amour; si je désirais connaître tes chagrins, c'est parce que je voudrais te consoler, être, en un mot, pour toi la compagne, l'amie dévouée... Oh! je t'entourerai de tant d'affection, ma soumission sera si complète, que près de moi tu oublieras tes soucis!..

— Chère créature, comme je t'aime! s'exclama Henri en attirant Jeanne sur ses genoux.

Elle appuya câlinement sa tête contre l'épaule du jeune

homme, et ses grands yeux tout chargés d'amour se fixèrent sur lui. Elle attendit ainsi, attentive, les confidences de son amant.

— Ma chère Jeanne, dit-il, je vais être forcé de voyager.

— Tu vas me quitter? interrogea-t-elle en se redressant subitement.

— Il ne s'agit pas de cela ; attends donc, petite impatiente. Les affaires m'appellent en Belgique, et comme il me faudra y rester peut-être longtemps, j'espère que tu consentiras à quitter Paris.

— Que m'importe l'endroit où je vivrai ? interrompit la jeune fille, pourvu que je sois près de toi!...

— Ecoute encore, je n'ai pas fini: Pendant deux jours je serai on ne peut plus occupé, et ta présence ici me gênerait beaucoup dans mes préparatifs de départ. Tu partiras donc avant moi, aujourd'hui même.

— Si tel est ton désir, je suis prête.

— A la bonne heure.

— C'est à Bruxelles que tu vas aller. Tu n'as pas de bagages à emporter, une simple valise te suffira. Là-bas, en arrivant, je t'achèterai tout ce dont tu auras besoin. J'ai lu dans un journal, ce matin, l'adresse d'un hôtel très recommandé: le Grand Hôtel des Flandres. C'est là que tu descendras. Prends une chambre confortable, à ton nom ; dans quarante-huit heures je te rejoindrai.

En prononçant ces paroles, Henri Pasquet tira de son portefeuille deux billets de cent francs qu'il remit à sa maîtresse ainsi que l'adresse de l'hôtel des Flandres.

Deux heures plus tard, l'express de Bruxelles emportait Jeanne Klein, que son amant avait lui-même installée dans le compartiment de première classe réservé aux dames.

En sortant de la gare, le faux baron d'Autry monta dans un fiacre et dit au cocher:

— Cent sous pour vous, si vous me menez au galop rue Raynouard, à Passy. Je suis en retard.

L'automédon enveloppa son cheval d'un vigoureux coup de fouet, et, en moins d'une heure, la voiture s'arrêtait devant l'hôtel de la marquise Clara de Blainville.

Que venait faire là Henri Pasquet? Ah! ce n'était pas par simple distraction que, la nuit précédente, il avait si bien cherché à imiter l'écriture de la frivole marquise. Son cerveau inventif, en relisant les lettres de Clara, avait combiné un plan diabolique, et il s'empressait de le mettre à exécution.

Les concierges du petit hôtel de la rue Raynouard ne furent pas peu surpris de voir Henri. Croyant qu'il ignorait les événements tragiques de Monte-Carlo, ils n'attendirent pas que le jeune homme, qu'ils connaissaient comme l'ami intime de la marquise et du vicomte, leur posât des questions.

— Ah! monsieur le baron, gémit la femme, je vais vous apprendre une affreuse nouvelle !

Henri l'interrompit.

— C'est inutile, madame, vous n'avez rien à m'apprendre et, si je viens ici, c'est sur la prière de madame de Blainville.

— Vraiment! vous avez déjà de ses nouvelles? Comment se porte notre pauvre maîtresse?

— Bien, au point de vue de la santé; mais l'âme est désespérée. La fin terrible de Paul l'a plongée dans une affreuse douleur. Sur mes conseils, elle est partie avec une famille dévouée. Elle entreprend un voyage à l'étranger pour essayer de chasser l'épouvantable souvenir du suicide de M. d'Evellerio.

— Nous étions, mon mari et moi, bien inquiets de ne pas avoir reçu de lettres de madame la marquise. C'est par les journaux que nous avons appris la mort de M. le vicomte.

Ces dernières paroles firent pousser à Henri un soupir de satisfaction et l'enhardirent dans son audacieux mensonge.

Il reprit :

— Il eût été trop pénible à la pauvre femme de vous donner elle-même des détails sur le malheur qui l'a frappée. Elle m'a transmis ses pleins pouvoirs pour agir à son lieu et place. Madame de Blainville ne reviendra

jamais ici. Trop de douloureux souvenirs l'y assiègeraient.
L'hôtel sera mis en vente. Jusqu'à ce que vous ayez
retrouvé une autre place, vous resterez à mon service, à
moins que l'acquéreur ne vous conserve. Je ferai d'ailleurs tout ce qui dépendra de moi pour cela.

— Oh! monsieur le baron est bien aimable! crut devoir affirmer la concierge, pendant que son mari acquies-
çait de la tête.

— Comptez sur moi, continua l'imposteur. Maintenant,
veuillez prendre connaissance de la lettre de madame de
Blainville qui me charge de la représenter.

Henri tendit un papier encadré de noir aux concierges.
Mais la femme, qui décidément tenait à garder la parole,
se hâta de répondre :

— Nous ne ferons certes pas à M. le baron l'injure de
douter de lui. Nous connaissons trop pour cela l'amitié
qui l'unissait à madame la marquise et à cet infortuné
vicomte.

— Non pas, non pas, insista le faux baron, les affaires
sont les affaires ; lisez, je vous prie. La responsabilité que
j'ai acceptée, en souvenir de mon ami, est trop lourde
pour qu'il en soit autrement.

Devant une semblable insistance, la concierge prit le
papier et lut, avec son mari, les lignes suivantes :

« Je soussignée , Clara-Marie de Blainville , déclare
donner à M. le baron Henri Pasquet d'Autry pleins pouvoirs pour me représenter à Paris, agir en mon nom dans
la gestion et la liquidation de mes affaires, au mieux de
mes intérêts, verser ou toucher pour moi toutes sommes,
signer tous papiers d'après les instructions spéciales que
je lui ai données. Les clefs de mon hôtel devront lui être
remises, afin qu'il puisse procéder à l'inventaire des
objets, meubles et valeurs qui s'y trouvent actuellement.

« Fait à Nice, le.... »

Suivaient la date et la signature.

— Nous avons obéi, monsieur le baron, pour vous être
agréables, reprit la concierge en rendant le papier au faus-

6.

saire. Ainsi que le désire madame la marquise, nous allons vous remettre les clefs.

Tout réussissait au delà des espérances du misérable.

Ajoutons que Clara de Blainville avait emmené avec elle sa femme de chambre et l'avait gardée au moment de son départ pour l'Egypte.

Henri Pasquet, après s'être emparé des clefs, pénétra dans l'hôtel dont il connaissait à fond les moindres recoins. Il se dirigea aussitôt vers la chambre de la marquise où se trouvait un mignon coffre-fort dont le vicomte, dans un moment de fanfaronnade, lui avait révélé le secret. Les boutons tournèrent rapidement sous ses doigts fiévreux et la massive porte de fer s'ouvrit. Tout d'abord, un trousseau de clefs apparut sur le casier du milieu. Henri s'en saisit et le glissa dans sa poche. Puis il avisa un coffret de palissandre où la marquise avait enfermé tous les bijoux qu'elle n'avait pas emportés avec elle. Les bijoux prirent le chemin des clefs. Ils étaient tous fort beaux, enrichis de brillants, de saphirs et d'émeraudes. Ensuite le bandit s'empara de deux mille francs en or renfermés dans un petit sac en forme de sachet, ainsi que des titres contenus dans un long carnet en cuir de Russie. Gorgé de butin, il allait refermer le coffre, lorsque, dans un angle, tout au fond, il découvrit un portefeuille bourré de papiers. Sur l'un des côtés de ce portefeuille brillaient les initiales du vicomte, surmontées d'une couronne en argent. Avidement, le fils de Laure Pasquet l'ouvrit et en retira des papiers de famille. C'était l'acte de naissance, un passeport et l'acte de décès de Charles d'Evellerio, le frère de Paul, mort quelques années auparavant au Brésil, de la fièvre jaune.

— Ah! décidément l'enfer est pour moi! s'écria Henri en serrant les précieux documents dans sa redingote. Je n'ai plus rien à faire ici.

Il referma le coffre dont il dérangea les lettres, puis redescendit dans la cour d'honneur, tenant ostensiblement à la main la serviette renfermant les titres de la marquise de Blainville. Il entra dans la loge des concierges et leur dit:

— Je vais déposer chez mon notaire les papiers de madame de Blainville, et je reviendrai après-demain avec lui pour commencer l'inventaire du mobilier et m'entendre sur la mise à prix de l'hôtel. Au revoir !

Les concierges, sans défiance, accompagnèrent le faux baron jusqu'à la grille, en protestant de leur dévouement.

Il s'éloigna le plus naturellement du monde.

XVII

LE DERNIER RENDEZ-VOUS

En rentrant à l'hôtel du Faubourg-Saint-Honoré, Henri Pasquet acheta deux malles. Il annonça son départ pour l'Allemagne, nécessité par des affaires de famille pressantes, et il solda les dépenses qu'il avait faites en compagnie de Jeanne Klein. Les deux malles remplies, il les fit transporter à la gare du Nord et déposer à la consigne.

Tous ces préparatifs avaient pris une grande partie de la journée. Il attendit en flânant sur les boulevards l'heure de se rendre à Saint-Cloud, désirant s'y trouver une heure au moins avant la comtesse de Chartray. En arrivant, son premier soin fut d'aller au restaurant où il avait dîné la veille. Le patron, escorté de quatre garçons, flânait devant sa porte, guettant les rares pratiques.

Henri Pasquet marcha droit vers lui et se fit reconnaître. Après l'avoir salué, il lui dit:

— J'ai été tellement satisfait de mon repas d'hier, que je n'ai pas voulu attendre plus longtemps l'occasion de vous prouver mon contentement.

— Monsieur est bien aimable, en vérité, répondit le gargotier en esquissant un salut obséquieux.

— J'ai invité à dîner avec moi une charmante femme.

— Je ne doute pas du goût de monsieur, interrompit le facétieux bonhomme.

— Il me faut votre meilleur petit salon ; nous désirons être bien seuls.

— Compris, monsieur, vous serez on ne peut mieux au 11. Je vais donner des ordres pour qu'on vous serve à souhait.

— Je vous remercie. D   ; trois quarts d'heure nous serons ici.

Le jeune homme se retira et vint à l'entrée du pont pour attendre Fernande. Sept heures sonnaient à l'église de Saint-Cloud et la comtesse n'était pas encore arrivée. Henri commençait à s'impatienter et murmurait :

— Pourvu qu'elle tienne sa promesse !

A sept heures et quart une voiture fermée s'arrêta au coin du quai.

Une femme en descendit. Le faux baron d'Autry eut un sourire sardonique. Il venait de reconnaître la comtesse de Chartray. Il courut au-devant d'elle :

— Merci, Fernande, d'être venue.

— Je vous l'avais promis.

— Pourtant, voyant l'heure se passer, je commençais à craindre que quelque empêchement n'eût surgi au dernier moment et ne vous eût contrainte à manquer à votre promesse.

— Non, Henri, une visite m'a un peu retardée, il est vrai ; mais rien ne pouvait me forcer à vous refuser ce dernier rendez-vous.

— Si vous le voulez bien, allons dîner, car il est déjà tard.

— Comme il vous plaira.

Quelques minutes plus tard, Henri Pasquet et la comtesse de Chartray se trouvaient en tête-à-tête dans le cabinet de société numéro 11, qui avait été retenu, ainsi que nous l'avons dit plus haut.

Il régnait évidemment une certaine gêne entre les deux jeunes gens. Fernande avait cédé par compassion à la dernière fantaisie d'un homme qui avait été de longs

mois son amant, et qui, s'il eût été riche, le serait encore.
Un sentiment bien humain s'était emparé d'elle en se retrouvant près d'Henri.

Par le fait du banquier Carle Van Heyst, elle était rede-
venue opulente et n'avait plus le moindre souci du lendemain. Aussi oubliait-elle volontiers la bassesse et les mensonges intéressés du faux baron d'Autry, pour ne se souvenir que des heures d'amour, ou plutôt de névrose, d'ex-
tases voluptueuses, de fièvres sensuelles. Ce souvenir lui
brûlait encore les chairs, faisant courir sur sa peau
blanche des frissons semblables à des caresses et légers
comme la brise d'une soirée de printemps. Pauvre femme !
elle était loin de se douter des pensées sinistres qui gron-
daient dans le cerveau du monstre placé devant elle.

Henri avait, en comédien habile, composé son visage,
fait sa tête, comme l'on dit vulgairement. Il était à la fois
mélancolique et gai. Si, par instants, son regard semblait
se troubler sous le cristal d'une larme naissante, un triste
sourire venait en même temps plisser ses lèvres minces et
dans sa muette éloquence disait à la jeune femme :

— Je suis heureux, bien heureux, de te revoir, et pourtant je souffre, parce que je sais que ce rendez-vous est le
dernier, parce que je ne serai jamais rien pour toi, parce
qu'enfin tu en aimes un autre !

Les moindres gestes, les plus insignifiantes paroles
étaient si savamment étudiés, que la comtesse de Chartray ne doutait plus de la sincérité des lettres et du repentir de son ancien amant. Néanmoins, elle était absolument décidée à ne rien lui accorder, s'il tentait un rapprochement. La peur de la misère l'emportait sur tout
le reste.

Le dîner fut succulent. Henri affectait de traiter la jeune
comtesse en camarade.

— Laisse-moi, lui avait-il dit dès le commencement du
repas, te tutoyer comme autrefois quand nous étions
amoureux !..

Et Fernande avait répondu :

— Pourquoi non ? N'est-ce pas la dernière fois que

nous nous trouvons réunis?... Et puis Henri, ainsi que je te l'ai écrit, je ne t'en veux plus. Que vas-tu faire à présent?

— Je l'ignore. J'ai plusieurs combinaisons. Peut-être voyagerai-je pour quelque grande industrie, peut-être rentrerai-je dans la finance. C'est dur après le rêve que j'avais formé... mais enfin !...

— Nous étions fous tous les deux ! Si seulement tu parvenais à te corriger de la maudite passion, cause de notre désunion et de ma ruine !

— Il faudra bien m'en corriger. Ah ! vois-tu, ma Fernande, si j'espérais encore revenir avec toi, de ma vie je ne retoucherais à une carte, je te le jure sur les cendres de ma mère !

Pour la première fois depuis la mort de la pauvre Lauriotte, son fils évoquait sa mémoire, et c'était en se parjurant. Quelque adroite que fût cette invite détournée, elle n'eut aucun résultat.

— Ne songeons pas à l'impossible, mon pauvre ami. Je mentirais en te disant que j'aime M. Van Hoyst, mais il a été trop bon pour moi et sa protection m'est trop nécessaire pour que je ne sois pas toute à lui.

C'est en baissant la tête que Fernande prononça ces paroles. Malheureusement pour elle, la pauvre fille ne put voir l'éclair de haine qui jaillit des yeux d'Henri, sans quoi elle se fût défiée et elle aurait certainement déjoué les sinistres projets du misérable.

Le dîner s'acheva sans incident.

— Avant de nous séparer, faisons une petite promenade ; en te quittant, je te rendrai, ainsi que je te l'ai promis, tes lettres et ton portrait.

— J'ai apporté les tiennes et je te les rendrai aussi, répondit madame de Chartray.

Henri solda l'addition, aida Fernande à remettre son chapeau et sa mantille, puis tous deux sortirent du restaurant bras dessus, bras dessous.

L'atmosphère était lourde, chargée d'électricité. De gros nuages gris s'amoncelaient, menaçants.

— Ne crains-tu pas le mauvais temps? interrogea la comtesse.

— Il pleuvra cette nuit sans doute, mais pas avant. En tout cas, s'il pleuvait plus tôt que je ne le suppose, nous trouverions facilement un abri et une voiture pour rentrer.

Les deux promeneurs s'engagèrent sur le quai et longèrent la berge, suivant la même direction qu'Henri Pasquet avait prise la veille. On était en semaine et les passants devenaient rares. Henri en fit lui-même la remarque à Fernande, qui répondit évasivement :

— En effet, il ne serait peut-être pas prudent de s'aventurer tard de ce côté.

Le ciel s'assombrissait de plus en plus. A la lueur des réverbères, on voyait miroiter l'eau du fleuve. Sur la gauche, le Mont-Valérien se dressait, masse imposante. Dix heures sonnaient. Soudain, comme reprenant une conversation demeurée inachevée, Henri demanda tristement:

— Ainsi, Fernande, c'est la dernière promenade que nous faisons ensemble ?

— La dernière, hélas ! Est-on maître de sa destinée ?

— Je m'en aperçois bien ! soupira le jeune homme avec une amertume parfaitement jouée. Pourtant, à cette heure où nous allons nous quitter, les souvenirs se pressent en foule et montent de mon cœur à ma tête où ils allument un brasier de remords et de regrets. Te rappelles-tu le Puys et nos charmantes excursions, le soir ? Tu t'appuyais sur moi comme aujourd'hui. Nous côtoyions les falaises et le bruit étrange des vagues qui se brisaient à leurs pieds étouffait celui de nos baisers passionnés. Comme nous nous aimions alors !...

La comtesse de Chartray ne put se défendre d'une certaine émotion à l'évocation de ces jours d'amour et de joie. Elle interrompit son ancien amant:

— Non ! non ! je t'en prie, Henri, ne fais pas revivre ce passé qui ne doit plus exister pour nous ! Oui, certes, nous avons été bien heureux, mais notre bonheur s'est brisé par ta faute. Il est trop tard, nous ne pourrions le ressaisir !.. Jeune et beau comme tu l'es, il te sera facile de retrouver une femme que tu aimeras et près de laquelle tu m'oublieras...

Henri s'écria avec feu :

— Assez ! assez ! ne blasphème pas ainsi ! T'oublier?.. Je le voudrais que cela serait impossible !... Ah ! tiens, il est inutile de dissimuler plus longtemps... Je t'aime encore follement, Fernande, et j'entends être aimé de toi, coûte que coûte !...

Henri avait pris Fernande par la taille et la pressait contre lui. La comtesse alors eut peur et frémit sous l'étreinte brutale de son ancien amant. Elle regretta d'être venue.

— Laisse-moi, de grâce, tu me fais mal !... Henri, voyons, tu m'as dit que tu acceptais notre séparation, que tu la reconnaissais nécessaire...

— J'ai menti ! interrompit brusquement l'homme dont la face devint livide. J'ai menti !... Que m'importe Van Heyst et ses millions !... J'accepte qu'il les dépense avec toi, en échange de faveurs où ton cœur n'entre pour rien, mais je prétends que tu m'appartiennes encore !...

— Jamais ! jamais... Rends-moi mes lettres !...

— Les voici... mais je les garde !...

— Misérable !...

Henri se mit à rire d'un rire féroce. Il jeta un coup d'œil de côté et d'autre pour s'assurer que personne ne passait à proximité de l'endroit où ils se trouvaient.

— Les cris et les insultes ne sauraient en rien modifier mes résolutions. Une dernière fois, veux-tu revenir à moi? demanda-t-il sourdement entre ses dents serrées.

— Non !... non !... infâme !... je te hais !... tu me fais horreur !...

Henri Pasquet sauta à la gorge de sa compagne...

Les yeux de la malheureuse prirent une expression d'épouvante indicible. Elle essaya de crier, mais les doigts de l'assassin lui entraient dans les chairs et l'étranglaient...

Dix secondes plus tard, le bruit d'un corps tombant dans l'eau résonna lugubrement.

7

D'un brusque mouvement, le misérable venait de précipiter l'infortunée comtesse de Chartray dans l'eau sombre qui tourbillonnait à ses pieds.

A ce moment, la lune se dégagea d'un épais nuage et vint éclairer la scène du meurtre.

Henri Pasquet, penché au-dessus de l'eau, regardait l'endroit où sa maîtresse avait disparu... Deux fois elle revint à la surface, s'agitant dans les derniers spasmes de l'agonie.

L'assassin détourna la tête en voyant la face hideusement contractée de la noyée.

Puis le fleuve reprit sa proie, et l'eau calme se mit à miroiter de nouveau sous la clarté nocturne.

XVIII

LA FUITE

De grosses gouttes de sueur inondaient le front et les joues de l'assassin, ses mains tremblaient et ses jambes avaient peine à se soutenir. C'était son premier crime. Le remords et l'émotion l'assiégeaient à la fois. Il passa à plusieurs reprises ses mains sur ses yeux, comme pour chasser l'image de Fernande se débattant contre la mort. C'était en vain! La vision sinistre le poursuivait sans cesse et le remplissait d'épouvante... Un danger imprévu lui rendit tout son courage. En se sentant lancée dans le vide, la victime avait poussé un cri déchirant qui avait été perçu au loin par deux gendarmes faisant une ronde.

Comme Henri s'apprêtait à regagner le quai, il entendit des pas précipités et un bruit d'éperons résonnant sur le cailloutis de la berge. L'idée lui vint d'abord de se cacher, mais il la repoussa aussitôt, et retrouvant soudain tout son sang-froid, il se dirigea d'un pas ferme vers les gendarmes qui s'avançaient rapidement.

— Ah! messieurs, leur dit-il, j'ai été attiré ici par un cri affreux partant du bord de l'eau. J'en suis tout ému. Il a dû arriver quelque malheur...

— Précisément, appuya l'un des deux soldats, un brigadier, nous avons entendu ce cri et nous accourions pour nous rendre compte...

— Je passais, revenant de Boulogne, reprit Henri à dessein, et je me suis approché de l'eau, mais je n'ai rien vu de suspect.

— C'est extraordinaire !

L'audace de Pasquet le sauva. Les braves gendarmes étaient loin de se douter que le jeune homme élégant et distingué qui se trouvait devant eux fût un assassin. Le brigadier continua :

— C'est bien, monsieur, nous allons surveiller cet endroit et chercher s'il n'y a pas quelques rôdeurs dans les environs.

— Au revoir ! messieurs.

— Serviteur ! répondirent les gendarmes, en esquissant le salut militaire.

Henri Pasquet s'éloigna tranquillement.

Il marcha jusqu'au pont de Courbevoie. Là, il aperçut au loin les deux lanternes d'une voiture qui descendait du rond-point où s'élève le monument de la Défense nationale. Il attendit que le fiacre fût à portée et le héla.

L'automédon, sans se détourner, continua sa route en criant d'une voix rogue :

— Je vais relayer.

Henri ne se tint pas pour battu : il courut devant lui et lança ces mots magiques :

— Dix francs pour vous, si vous me prenez.

Pour le coup, le cocher s'arrêta.

— Dix francs ! c'est une autre affaire, montez !

Henri ne se le fit pas répéter : il ouvrit la portière et jeta, en montant, l'adresse suivante :

— Gare du Nord !

Pendant le trajet, l'assassin était tourmenté par mille pensées diverses. Puis il cherchait à se rassurer en trouvant des excuses à son crime :

— Pourquoi n'a-t-elle pas voulu revenir à moi, je lui aurais pardonné. Après tout, c'est de sa faute. C'est à cause d'elle que ce Van Heyst m'a insulté, menacé, chassé... Je me suis vengé ! Ah ! il l'aime, il la veut pour lui seul... Qu'il aille donc la reprendre à présent ! La mort a vaincu la puissance du million !... Fernande de Chartray est morte, le baron Pasquet d'Autry est mort... Bien fin celui qui les retrouverait... En revanche, grâce aux papiers que le hasard m'a placés entre les mains chez la marquise de Blainville, le frère du vicomte d'Evellerio, décédé au Brésil, va revivre. Je suis en règle cette fois, et personne ne pourra me contester le titre que je porterai.

On était arrivé devant la gare. Le voyageur remit au cocher les dix francs qu'il lui avait promis.

Il était alors minuit moins quelques minutes, et l'express de Bruxelles partait à minuit dix. Il n'y avait pas de temps à perdre. Celui qui désormais devait s'appeler Charles d'Evellerio courut à la consigne retirer ses bagages, prit son billet, fit enregistrer ses malles et s'installa commodément dans un compartiment de première classe.

Sur le quai, le chef de gare donnait des ordres, tandis que le conducteur du train parcourait les wagons, poinçonnant les billets. La locomotive ronflait sourdement. Les facteurs passaient au pas gymnastique, poussant devant eux des chariots remplis de bagages que des hommes d'équipe entassaient dans les fourgons à l'avant et à l'arrière du train. En un mot, c'était le brouhaha, le va-et-vient, l'animation qui précèdent toujours le départ d'un train de grande ligne. Bientôt tout ce mouvement se calma, les portières des wagons se fermèrent bruyamment. Il y eut un instant de silence. Un coup de cloche retentit, suivi immédiatement par le sifflement strident et prolongé de la vapeur. Les tampons des wagons se heurtèrent, les chaines se tendirent, les roues grincèrent sur les rails et le train s'ébranla.

Le meurtrier de Fernande de Chartray, sûr de l'impunité, quittait Paris. A peine eut-il dépassé l'enceinte fortifiée qu'un soupir de satisfaction souleva sa poitrine. Sa mauvaise nature le portait trop naturellement vers tous les crimes pour que le remords prît dans son âme une large place. En quittant la grande ville où il avait commis ses premiers forfaits, il se débarrassa comme d'un fardeau

inutile des regrets superflus, des craintes et des terreurs
mal fondées. L'image de Fernande s'effaça peu à peu de
son esprit pour faire place à celle de Jeanne Klein, la
femme qu'il adorait et pour l'amour de laquelle il se sentait capable d'accomplir les actes de dévouement les plus
nobles ou les infamies les plus abjectes et les plus horribles.

— Jeanne ! Jeanne !

Ce nom revenait sans cesse sur ses lèvres comme une
prière, une espérance, un pardon. Il ne songeait pas encore à ce qu'il ferait près d'elle à Bruxelles, car le produit
de ses vols ne constituait pas une fortune, il s'en fallait
de beaucoup ; sa pensée entière se renfermait dans cette
phrase :

— Je vais la revoir, je vais pouvoir l'aimer sans entra-
ves ; plus de comédies intéressées près d'une grande courtisane, plus d'aveux menteurs, de baisers faux, de caresses
vendues !... J'aime, j'aime vraiment, et mon amour est
désormais tout pour moi !...

L'express filait à toute vapeur, volant sur la voie ferrée
avec un bruit semblable à celui de la mer montante sur
les galets. Il passait devant les stations comme un ouragan,
soulevant autour de lui un nuage de poussière et laissant
sur son passage une traînée de feu, produite par les
charbons ardents qui tombaient du foyer de la chaudière.

Pendant ce temps, le banquier Carle van Heyst marchait, fiévreux d'impatience, dans la chambre de la comtesse de Chartray. Elle l'avait prévenu qu'elle était obligée de s'absenter ce soir-là, et lui avait demandé de ne
venir qu'assez tard. Aussi le financier, après avoir dîné
seul, s'était rendu à l'Opéra où l'on jouait une œuvre nouvelle dont précisément le librettiste était M. Bréjot, son
ami et le bienfaiteur d'Henri Pasquet. Dans un entr'acte,
M. Van Heyst rencontra l'heureux auteur et, après l'a-
voir félicité de son nouveau succès, lui raconta la scène
qu'il avait eue avec le fils de la Lauriotte, chez la comtesse
de Chartray. M. Bréjot n'en pouvait croire ses oreilles et,
pensant à Laure, s'écriait :

— Heureusement que sa pauvre mère n'est plus de ce monde et ne souffre pas de son ignoble conduite !

En sortant de l'Opéra, Van Heyst s'empressa d'aller boulevard Malesherbes. Il fut bien surpris d'apprendre par Fanny que madame de Chartray n'était pas encore rentrée. Les heures se passaient et Fernande ne revenait pas.

XIX

APRÈS LE CRIME

La nuit s'écoula ainsi. De vagues soupçons germaient au cœur du banquier. Fanny, moins peut-être par dévouement que par intérêt, car la place était bonne, avait tenu à attendre sa maîtresse. Elle resta jusqu'au jour, assise dans l'antichambre, sommeillant la tête dans sa main, accoudée sur une console. La sonnette électrique vint la tirer de sa somnolence. Elle se rendit dans la chambre de la comtesse.

— Monsieur m'a sonnée?

— Oui, mon enfant. Ecoutez-moi et veuillez répondre franchement à mes questions.

— Je suis aux ordres de monsieur.

— Je ne vous cacherai pas, Fanny, que je suis fort inquiet de l'absence de votre maîtresse. Dites-moi, depuis que vous êtes au service de madame de Chartray, lui est-il arrivé parfois de s'absenter ainsi?

— Oh! jamais madame la comtesse n'a passé la nuit hors de chez elle, soit ici, soit en voyage. L'ayant toujours accompagnée, je puis répondre sûrement à monsieur.

Le front de Carle Van Heyst se plissa et ses sourcils se froncèrent. Il poursuivit :

— Depuis que je viens ici, jamais le baron d'Autry ne s'y est présenté?

— Jamais.

— Vous en êtes sûre ?

— Absolument, moi seule ouvrant la porte aux visiteurs.

— Je ne sais pourquoi, mais quelque chose m'avertit que cet homme est cause de l'absence incompréhensible de Fernande.

— Pourtant, je dois avouer à monsieur que le chasseur du cercle où va M. le baron d'Autry est venu hier apporter une lettre à madame la comtesse.

— Ah ! Et madame de Chartray ne vous a rien dit ?

— Non, monsieur.

— Vous n'étiez pas présente lorsque votre maîtresse a reçu la lettre ?

— Le chasseur avait ordre de ne la remettre qu'à madame.

— Plus de doute. C'était un rendez-vous que lui donnait le misérable.

— Et comment se nomme le cercle de M. d'Autry ?

— Le cercle des *Arts modernes.*

— Bien, mon enfant, je vous remercie de vos renseignements. Il y a dans tout cela un mystère qu'il est urgent de découvrir. Peut-être un grand malheur est-il arrivé ! Aussi, jusqu'à nouvel ordre, il est indispensable de garder le silence le plus absolu sur la disparition de la comtesse. Puis-je compter sur votre discrétion ?

— Oh ! monsieur !...

— Si vous vous taisez, Fanny, je vous jure que vous n'aurez pas lieu de vous en repentir. Prenez toujours ceci, ajouta le banquier en mettant deux louis dans la main de la femme de chambre.

Comme celle-ci allait se retirer, se confondant en remerciements, M. Van Heyst la rappela :

— Un mot encore : Que vous a dit votre maîtresse en partant hier ?

— Madame m'a prévenue que monsieur viendrait un peu tard et m'a chargée de prier monsieur de l'attendre si elle n'était pas encore arrivée. C'est ce que j'ai fait.

7.

— Comment était vêtue la comtesse ?

— Très simplement. Elle avait un petit costume de drap marron, genre tailleur, elle était coiffée d'un chapeau de feutre et portait une voilette en gaze de soie, très épaisse.

— Merci, voilà qui confirme encore mes soupçons. Vous pouvez vous retirer, Fanny ; si j'ai besoin de vous, je sonnerai.

— Bien, monsieur.

La jeune fille sortit. Demeuré seul, Carle van Heyst réfléchit à ce qu'il venait d'entendre et, de déductions en déductions, il arriva à ce raisonnement :

— « Non, il est impossible que le moindre amour soit resté au cœur de Fernande pour cet Henri Pasquet, après ce qui s'est passé. Une femme peut quelquefois oublier la misère d'un homme, mais jamais une bassesse ou une lâcheté.

» Et pourtant, comment se fait-il qu'après ce rendez-vous dans lequel l'amour n'était pas en jeu, Fernande ne soit pas rentrée chez elle ? Cet Henri Pasquet est un vaurien de la pire espèce, cela ne laisse aucun doute, cependant j'hésite à croire que ce soit... un assassin ! Pourquoi donc alors ce soupçon qui pèse sur mon cerveau et s'y enfonce comme la hache dans le tronc d'un chêne, plus profondément à chaque coup ?... Quelque chose me dit que je ne la reverrai plus !.. Lorsque ce petit misérable, tremblant et vil devant le revolver que je tenais braqué sur lui, est sorti de chez Fernande, il lui a jeté un regard terrible qui m'a émotionné malgré moi. Ce qu'il y avait de rage et de haine concentrées dans ce regard est effroyable !... Oui, oui, j'en suis convaincu maintenant, si Fernande n'a pas reparu chez elle à cette heure, c'est que son ancien amant l'a tuée !... »

Devant cette ferme conviction qui pénétrait dans l'esprit du banquier, il n'hésita plus un instant à agir. Il courut à la préfecture de police et fit part de ses soupçons à l'égard de la comtesse au chef de la sûreté. Celui-ci écouta attentivement le récit de M. Van Heyst et lui répondit, lorsqu'il eût achevé :

— Mon cher monsieur, vous êtes étranger, cela se voit à la façon dont vous raisonnez. La femme galante, de n'importe quelle catégorie, se laisse prendre facilement aux amorces des tristes individus qui vivent d'elles. Je parierais que madame de Chartray, quelque sincère que soit son désir de résister aux nouvelles instances de son ex-amant, a fini par céder à ses rouerles ignobles. Il l'a, par une sorte de pouvoir machiavélique, ramenée à lui et, à cette heure, ils doivent satisfaire leurs passions réchauffées dans quelque coin ignoré de la capitale.

— Alors, reprit le banquier en baissant les yeux, anéanti par les paroles qu'il venait d'entendre, vous necroyez pas qu'Henri Pasquet ait tué sa maîtresse?

— Non, bien sincèrement, je ne le crois pas ; néanmoins, monsieur Van Heyst, nous allons donner des ordres pour retrouver la trace de madame de Chartray et de monsieur?

— Henri Pasquet, plus connu dans le monde sous le pseudonyme de baron d'Autry.

Le chef de la sûreté prit ce nom en note, ainsi que celui du cercle des *Arts modernes*, que lui indiqua le banquier; puis il accompagna M. Van Heyst jusqu'à la porte de son cabinet, et quand celui-ci se fut éloigné, il sourit en murmurant :

— Ces hommes pratiques ont de singulières illusions au sujet des femmes! La jolie comtesse est en train de croquer l'argent de son nouvel amant avec l'ancien, c'est l'usage.

Il mit de côté les notes qu'il avait prises, se promettant de ne s'occuper de cette galante aventure qu'après les affaires urgentes.

Deux jours s'écoulèrent ainsi.

Quittons le banquier et rejoignons les époux Pierre, concierges de madame la marquise Clara de Blainville, rue Raynouard, à Passy. Ces braves gens avaient trouvé toute naturelle, ainsi que nous l'avons dit, la brusque intervention du pseudo-baron d'Autry dans les affaires de leur maîtresse. Toutefois, ce n'est pas sans un certain étonnement qu'ils virent trois jours se passer sans une nouvelle visite du jeune homme.

— Comment se fait-il, observait un matin la femme à son mari, que le petit baron ne soit pas revenu depuis qu'il a emporté les valeurs de madame la marquise?

— Il n'aura pas eu le temps, riposta le mari, ne vas-tu pas t'alarmer à présent?

— Je ne m'alarme pas, d'autant plus que cela ne me regarde pas et que j'ai lu, de mes yeux lu, la lettre de madame qui autorise M. d'Autry à agir comme bon lui semblera dans l'hôtel.

— A la bonne heure !

XX

UNE NOUVELLE INATTENDUE

Ils en étaient là de leur causerie, quand le facteur sonna à la grille. A travers les barreaux, il tendit une lettre à Pierre, en lui disant :

— Une lettre pour vous, monsieur Pierre. Ça vient d'Égypte. Vous êtes donc en correspondance avec le grand Turc ?

— Non, non, répondit le concierge après avoir jeté les yeux sur la suscription ; c'est de madame la marquise, je reconnais son écriture. Pierre rentra dans la loge, annonça la nouvelle à sa femme et, ayant décacheté la lettre, il la lut à haute voix. A peine eurent-ils parcouru quelques lignes qu'ils pâlirent et se regardèrent avec une sorte d'effroi. Voici ce que contenait la lettre en question :

« Mon brave Pierre,

» Lorsque vous recevrez ces lignes, je serai en route pour la France. Dites à votre femme de tout mettre en ordre dans l'hôtel, en vue de mon prochain retour. Je ne vous ai pas annoncé mon voyage, parce que je savais qu'il serait de courte durée. Je n'en ai pas non plus parlé à mon amie la comtesse de Chartray, ni au baron d'Autry.

» Enfin, je vais revoir ma chère petite maison que j'aime tant et mes braves amis : Fernande et Henri ! Allez les

voir, boulevard Malesherbes, et annoncez-leur ma prochaine arrivée ; je serai bien heureuse de les embrasser
sitôt à Paris.

» Un bon souvenir, mon brave Pierre, ainsi qu'à votre
femme. »

La concierge relut jusqu'à la dernière ligne cette lettre
pleine de révélations terribles, et fondit en larmes. Quant
à son mari, il restait abasourdi comme s'il eût reçu sur
la tête un coup de massue. Leur maîtresse allait revenir,
il n'était pas question de vendre son hôtel, elle n'avait
jamais donné de ses nouvelles à Fernande de Chartray ni
au baron d'Autry !

— Pourtant cette lettre que le jeune homme nous a
montrée était bien de madame la marquise ! J'en ai reconnu
l'écriture. C'est à devenir fou ! Que dira-t-elle si cette lettre est un faux ?... Nous avons laissé tout emporter par
ce baron maudit !...

— Nous sommes perdus ! s'écriait en pleurant madame
Pierre. Nous avons eu trop facilement confiance. Le misérable baron ne nous a pas montré l'enveloppe de la lettre
qu'il nous forçait de lire. C'est lui qui a imité l'écriture de
madame de Blainville, pour sûr !... Ah ! mon Dieu !...
que faire ?... que devenir ?...

Et la pauvre femme se tordant les mains de désespoir,
se considérait dans sa profonde honnêteté comme complice involontaire de l'audacieux voleur. Pierre, cependant, plus calme et plus résolu, envisageait froidemen
les suites de la catastrophe.

— Allons, ma chère amie, il ne s'agit pas de pleurer et
de perdre la tête. Il faut agir, au contraire, agir promptement. Pour commencer, je vais courir chez madame de
Chartray, boulevard Malesherbes, qui me renseignera évidemment sur le compte de son amant ; sinon, je la
fais empoigner sans merci.

— C'est cela, Pierre, va, va vite !

Le concierge partit. Il s'adressa à son collègue du boulevard Malesherbes, qui lui apprit la disparition de la
comtesse, sa brouille avec le baron, ses relations avec le

banquier Van Heyst et le désespoir de ce dernier après le départ de la jeune femme.

— Elle est partie avec le voleur de ma maîtresse ! s'écria Pierre.

Et il se mit à raconter d'une haleine tout ce qui s'était passé chez la marquise de Blainville.

— Ne croyez pas cela, lui fut-il répondu. 'a comtesse ne peut être complice de ce misérable, qu'elle a fait chasser de chez elle. Si elle avait suivi son ancien amant, elle aurait emporté ce qui lui appartenait, ses bijoux, ses toilettes ; or, tout encore est dans son appartement. Non, madame de Chartray n'est pas partie avec le baron d'Autry ; cet aventurier l'a plutôt attirée dans quelque guet-apens et lâchement assassinée par vengeance !

— Mais c'est horrible, ce que vous me racontez là ! Que me reste-t-il à faire? ajouta Pierre affolé.

— A votre place, je courrais rue de Provence, à la maison de banque Van Heyst et Cᵉ, je demanderais à parler à M. Carle Van Heyst et lui répéterais ce que vous venez de me conter ; cela l'intéresserait, j'en suis certain.

— Mais M. Van Heyst ne me connaît pas, il ne voudra pas me recevoir.

— Il est un moyen sûr de vous faire immédiatement introduire près de lui.

— Lequel ?

— Prévenez l'huissier qui se présentera que vous venez au sujet de madame la comtesse de Chartray.

— Merci de votre bon conseil, dit Pierre en se retirant.

Et il courut rue de Provence. M. Van Heyst arrivait justement. Son coupé stationnait dans la cour. Un garçon de bureau vint au-devant de Pierre et l'empêcha de passer.

— Annoncez à M. Van Heyst que j'ai à lui faire une communication importante au sujet de madame la comtesse de Chartray.

— Écrivez cela sur le block-note, répondit avec une brusquerie toute professionnelle le garçon de bureau en indiquant une petite table placée dans un angle du vestibule.

Lorsque Pierre eut tracé tant bien que mal les deux

lignes exigées, il déchira le feuillet, le remit au garçon et attendit anxieusement la réponse. Une minute ne s'était pas écoulée qu'on vint l'avertir que M. Carle Van Heyst l'attendait dans son cabinet. Il s'y précipita et trouva le banquier debout, devant son bureau, lui faisant signe d'approcher :

— Qui que vous soyez, monsieur, vous venez me parler de choses concernant madame la comtesse de Chartray, et vous êtes le bienvenu. Auriez-vous des nouvelles de la pauvre femme ?

— Hélas ! non, monsieur ; il y a une heure, j'ignorais même que madame la comtesse eût disparu. C'est au boulevard Malesherbes, où je me suis rendu d'abord, que le concierge m'a appris la disparition de madame de Chartray à la suite d'une brouille avec le baron d'Autry.

— Oh ! ne prononcez pas ce nom ! s'écria le banquier d'un ton indigné.

— Excusez-moi, monsieur, mais au contraire il faut en parler ; je crois même que les renseignements que je vous apporte sur son compte seront de nature à vous fixer sur ce qu'il est capable de faire. Du vol à l'assassinat, il n'y a pas si loin.

— Expliquez-vous, de grâce !

— C'est ce que je demande. Vous n'ignorez pas sans doute que madame de Chartray avait pour amie intime madame la marquise de Blainville dont je suis le concierge ?

— En effet, je me souviens d'avoir entendu parler de cela. Madame de Blainville vivait avec un certain vicomte d'Evellerio, qui a été autrefois mon employé, et cet homme s'est tué après avoir perdu au jeu, à Monaco.

— Précisément. Il y a quelques jours, mardi dernier, je reçus la visite du baron Pasquet d'Autry qui nous soumit, à moi et à ma femme, une lettre de notre maîtresse, par laquelle il était autorisé à tout liquider et vendre à son gré dans l'hôtel pour le compte de madame de Blainville. Ainsi que la lettre le précisait, je lui remis les clefs et, une heure plus tard, M. d'Autry partait, emportant les valeurs de la marquise, ainsi qu'il nous le déclara lui-même, pour les déposer chez son notaire. Comment aurions-nous pu nous défier ? Le baron était l'ami intime de la maison ; le vicomte d'Evellerio étant mort, la marquise désespérée ne voulait rien conserver de ce qui lui rappellerait sa vie commune avec le pauvre garçon. N'était-ce pas on ne peut plus naturel ? Or, ce matin, jugez, monsieur, de notre angoisse, nous avons reçu d'Egypte une lettre de madame la marquise de Blainville, nous annonçant son retour ; d'ailleurs, monsieur, voici cette lettre, je vous prie d'en prendre connaissance.

M. Van Heyst saisit fiévreusement la lettre que Pierre lui présentait et, après l'avoir lue, la lui rendit en murmurant d'une voix sourde et pleine d'émotion les trois mots suivants :

— Faussaire !... voleur !... assassin !... Ah ! décidément, continua-t-il après avoir passé sa main sur son front et ses yeux comme pour en chasser une sinistre vision, ma pauvre Fernande est bien morte !... Il importe maintenant de faire au plus tôt justice de son meurtrier.

— Alors, monsieur, vous croyez que le baron d'Autry est un criminel ? demanda Pierre.

— Vous en jugerez bientôt, mon brave, car vous allez m'accompagner dans un endroit où l'on vous édifiera au sujet de celui que vous appelez encore le baron d'Autry.

— Où voulez vous donc me conduire ?

— A la préfecture de police.

— Moi ?

— Oh ! ne craignez rien ; vous êtes un honnête homme et vous avez été victime de votre confiance ; je vous promets qu'il ne vous adviendra rien de fâcheux à propos du vol commis chez votre maîtresse. C'est une simple déposition. Il est indispensable que la justice soit informée sur-le-champ de ce qui s'est passé chez madame la marquise de Blainville.

Une demi-heure plus tard, le coupé de Carle Van Heyst

s'arrêtait quai des Orfèvres, en face des bâtiments occupés par le petit parquet et les services de la sûreté et des
délégations judiciaires.

Le banquier, suivi de Pierre, se fit annoncer au chef
de la police de sûreté, qui le reçut immédiatement.

XXI

LE CADAVRE

Nous ne retracerons pas le dialogue qui s'établit au début entre le magistrat et les deux visiteurs. Cette fois, le chef de la sûreté mis au courant des événements de la rue Raynouard et de leur coïncidence avec la disparition de la comtesse de Chartray, regretta d'avoir traité cette affaire un peu légèrement ; il partagea même les craintes de M. Van Heyst.

Brusquement, il frappa sur un timbre. Un inspecteur parut.

— Allez en hâte à la police municipale et apportez-moi le dossier des rapports des commissariats de Paris et de la banlieue, à la date du...

L'inspecteur se retira.

— Je vais consulter une fois de plus ces rapports, reprit le magistrat en s'adressant à M. Van Heyst, peut-être y découvrirai-je quelque indice. En tout cas, monsieur, comptez sur moi pour mener activement cette affaire ; dès que je saurai quelque chose de nouveau, je vous ferai prévenir.

Puis, se tournant vers Pierre, il ajouta :

— Quant à vous, mon ami, retournez à l'hôtel de madame de Blainville ; que l'on ne touche à rien jusqu'à ce que je sois venu moi-même procéder à l'enquête. Je me rendrai rue Raynouard dans la soirée.

Les deux visiteurs se retirèrent.

Lorsque le chef de la sûreté fut seul, il se hâta de compulser fiévreusement le volumineux dossier qu'il s'était fait apporter. Fréquemment il laissait échapper un geste d'impatience, car il ne trouvait rien. Restaient encore les rapports de la banlieue. Il les relisait presque distraitement, lorsque soudain il s'arrêta à l'un d'eux, le déchiffra mot à mot et manifesta durant ce travail, par des signes non équivoques, sa joie et son contentement.

Sur une large feuille de papier administratif étaient tracées les lignes suivantes :

REPUBLIQUE FRANÇAISE
Commissariat de police de Saint-Cloud.

Rapport du. . . . .

Dans la soirée, deux gendarmes de la brigade de Saint-Cloud faisaient, vers dix heures, une ronde dans la direction de Suresnes, quand tout à coup leur attention fut attirée par un appel déchirant ressemblant fort à un cri de femme. Ils s'empressèrent de courir vers la berge, et bientôt ils virent venir à eux un jeune homme de vingt-cinq ans environ, fort élégamment vêtu, qui leur demanda s'ils n'avaient pas entendu crier. Il ajouta que lui-même était accouru sur le bord de la Seine pour se rendre compte d'où partait ce cri, mais qu'il n'avait rien vu.

(Suivait le signalement de l'inconnu.)

Ce signalement répondait de point en point à celui d'Henri Pasquet.

Le chef de la sûreté appela aussitôt plusieurs inspecteurs, qui partirent pour Saint-Cloud avec des ordres précis. Deux autres demeurèrent avec lui et l'accompagnèrent rue Raynouard.

Là, après avoir relevé des traces d'effraction et de vol et dressé un état des lieux détaillé, il fit apposer les scellés, dont Pierre, le concierge, fut nommé gardien.

Pendant ce temps, que se passait-il à Saint-Cloud ? Les agents s'étaient directement rendus auprès du commissaire de police de cette commune, et, après lui avoir transmis les ordres de la préfecture, ils avaient requis des mariniers. Sans plus tarder, des fouilles avaient été faites dans le lit de la Seine, depuis le pont de Saint-Cloud jusqu'à celui de Suresnes. D'ailleurs les gendarmes signataires du rapport dont il a été question plus haut, rejoignirent les agents et les mariniers, et leur indiquèrent exactement l'endroit où ils avaient rencontré Henri Pasquet.

Bientôt un des mariniers retira au bout de son croc un lambeau d'étoffe de couleur brune répondant au signalement de la robe portée par la comtesse de Chartray, le jour de sa disparition. Il n'y avait pas à en douter : on venait de toucher au cadavre. Tous les efforts furent réunis sur ce point, et en quelques minutes les piques et les crocs des mariniers ramenèrent à la surface un cadavre bleui, ruisselant d'eau.

Avec des précautions inouïes les rameurs dirigèrent les embarcations vers la rive, et le corps fut déposé sur la berge.

Qui aurait reconnu dans cette masse hideuse et rigide la femme qui naguère était la belle et rieuse comtesse de Chartray ! Elle était restée, ainsi qu'il advient fréquemment, presque à l'endroit où elle était tombée. Sur le visage déjà boursouflé et complètement cyanisé, les beaux cheveux de Fernande étaient plaqués en larges touffes ; la bouche avait un rictus effrayant, rappelant ces masques glabres de la tragédie antique. Les vêtements mis en lambeaux par les crocs des mariniers laissaient voir, à travers leurs déchirures béantes comme des plaies, la peau marbrée de la jeune femme. Les poings s'étaient fermés dan une dernière convulsion, et les ongles s'étaient incrustés dans les chairs.

Ah ! si Henri Pasquet se fût trouvé là, il aurait reculé d'épouvante, malgré son cynisme, et nul supplice n'eût été plus épouvantable que de lui faire une dernière fois embrasser cette bouche qui lui avait prodigué tant de baisers passionnés et de folles caresses!...

Après les constatations d'usage auxquelles procéda le commissaire de police, le corps fut placé dans une voiture spéciale et transporté à la Morgue aux fins d'autopsie.

Le lendemain matin, M. Carle Van Heyst, prévenu par le chef de la sûreté, se rendit dans la sinistre maison pour reconnaître le corps de sa maîtresse. A la vue de Fernande, il faillit s'évanouir et se mit à pleurer comme un enfant. C'était le seul homme qui eût réellement et sincèrement aimé la comtesse de Chartray.

Après l'autopsie, qui ne releva rien de particulier et conclut à l'asphyxie par immersion, le corps fut remis à M. Van Heyst, sur sa demande, et transporté au domicile de la défunte, boulevard Malesherbes.

Le banquier fit à celle qu'il pleurait de superbes funérailles.

XXII

LE RETOUR DE LA MARQUISE

Tant de temps s'était écoulé entre le crime et la découverte de la victime, qu'il était difficile de trouver la piste de l'assassin. D'autre part, la marquise de Blainville, seule capable de donner les numéros des valeurs et des titres qui lui avaient été dérobés, était absente. Henri Pasquet aurait donc toutes les facilités pour les négocier sans risquer d'être soupçonné. Le misérable ayant admirablement combiné son plan, l'avait exécuté avec l'audace et la hardiesse d'un criminel expérimenté.

En vain on parcourut les lieux par lui fréquentés, restaurants, cercle, hôtel, nulle part on ne put obtenir de renseignements utiles pour établir une piste. Henri Pasquet était de ces gens qui passent partout sans forcer l'attention du public, et à l'abri d'un doute de quelque nature qu'il soit. Le seul témoignage intéressant qu'on recueillit fut celui du restaurateur chez lequel le faux baron d'Autry avait dîné en compagnie de la comtesse de Chartray, avant le drame. Les deux convives paraissaient, au dire de ce commerçant, mutuellement gênés ; cependant ils avaient mangé de bon appétit, et lorsqu'ils avaient quitté le restaurant, rien ne pouvait, à leur attitude respective, faire soupçonner le crime épouvantable qui se perpétrait. La veille, Henri Pasquet était venu dîner au même endroit et avait

demandé des renseignements sur l'établissement, annonçant qu'il reviendrait avec une dame.

Il y avait donc préméditation. Les investigations se
portèrent aussi du côté des gares de chemins de fer. Mais,
là encore, la justice n'apprit rien d'utile pour l'instruction
de l'affaire. On entrait dans cette période de l'année où le
mouvement des voyageurs est le plus considérable. Personne n'avait remarqué un jeune homme répondant au
signalement d'Henri Pasquet. Il avait décidément su se
mettre à l'abri des recherches et s'assurer l'impunité. Les
jours se succédaient et le découragement s'emparait des
magistrats.

Un soir, le train-rapide de Marseille venait d'entrer à
la gare de Lyon. Parmi les voyageurs qui en descendirent se trouvait une jeune femme, fort élégante dans son
ulster de voyage en soie écrue. Ses cheveux étaient relevés et emprisonnés dans un chapeau de feutre, forme
homme, coquettement posé sur le front. Attaché à une
courroie, pendait sur le côté un petit sac de cuir russe.
A la main, elle tenait une couverture de voyage soigneusement empaquetée.

Elle se rendit à la salle des bagages pour retirer ses
malles ; elle les fit charger sur un omnibus du chemin de
fer et donna au cocher l'adresse suivante :

— Rue Raynouard, numéro..., à Passy.

Nos lecteurs ont reconnu déjà la marquise Clara de
Blainville..

Insouciante, elle rentrait à Paris, sans se douter des événements tragiques qui s'y étaient passés et dans lesquels elle
jouait un rôle si important. Déjà elle échafaudait mille projets dans son esprit: Elle allait vivre de sa vie d'autrefois.
L'Orient lui avait plu tant que sa curiosité de femme avait
été éveillée. Ayant tout vu, elle s'était promptement las-
sée et, à l'idée de reprendre ses anciennes et chères habitudes, elle était heureuse, car nulle plus qu'elle n'avait
ressenti la nostalgie du pays natal. Paris! c'était le bonheur, la vie douce et brillante à la fois, les plaisirs sans
cesse renouvelés, mais toujours imprégnés d'une saveur

nouvelle. L'image du vicomte d'Evellerio s'était peu à peu
effacée de son souvenir, et elle espérait secrètement reconquérir une affection idéale, plus ardente et plus complète que la première. L'inconnu prend toujours des formes séduisantes, grâce à l'imagination. Elle pourrait recommencer, en compagnie de son amie Fernande et du
baron, les joyeuses parties d'autrefois. Aussi la voiture ne
marchait pas assez vite à son gré, tant son impatience
de reprendre possession du passé était grande.

Enfin on arriva.

Une dépêche avait averti le concierge, qui attendait,
anxieux, devant la grille avec sa femme.

Clara fut tout d'abord surprise de l'air consterné et de
l'émotion que Pierre manifesta en la voyant.

— Ah! madame la marquise, vous voilà... enfin!...

— Mais oui, Pierre, me voilà bien heureuse de me retrouver chez moi après une si longue absence.

— Ah! madame, que d'événements depuis votre départ!..
Je ne sais comment vous apprendre...

— Vous m'effrayez!... N'importe, les choses tristes
viendront plus tard. Je suis si contente que je ne veux
pas troubler déjà ma joie. Je rentre chez moi d'abord ;
après le dîner, vous viendrez me parler.

— Hélas! madame... impossible!... balbutia Pierre,
c'est tout de suite que je dois vous parler...

— Tout de suite!... C'est donc bien grave ?

— Très grave, madame la marquise, mais je vous
préviens qu'il faut faire appel à votre courage, car je vais
vous porter un grand coup!...

Pierre avait l'air si contrit en prononçant ce lugubre préambule, que la marquise de Blainville sentit un
malaise étrange s'emparer d'elle; une terreur secrète
l'envahit subitement et son cœur se serra. Elle accompagna le concierge et sa femme dans la loge, s'assit dans
le vaste voltaire en damas rouge, et d'un ton bienveillant :

— Je vous écoute, dit-elle.

— Madame la marquise, votre amie, la comtesse de
Chartray est morte !

8

— Fernande... morte ?... ce n'est pas possible !... morte !... et comment ?...

— Assassinée !

— Je rêve sans doute ! Fernande a été assassinée ?...

— Oui, madame.

— Et par qui ?

— Par le baron Pasquet d'Autry.

— Non ! non ! j'ai mal entendu, vous ne parlez pas sérieusement... Fernande et Henri s'adoraient, j'enviais souvent leur sort...

— Le baron avait ruiné votre amie, madame, et celle-ci l'ayant quitté, il a voulu la reprendre, mais n'ayant pu y réussir, il l'a tuée, la chose est prouvée aujourd'hui.

— Alors, il est arrêté ?

— Non, madame, il a réussi à prendre la fuite, malheureusement pour vous !

— Malheureusement pour moi ?... Je comprends de moins en moins.

— Ah ! c'est ici qu'il faut être forte, madame, car ce que je vais vous apprendre est terrible !

— Oh ! parlez, parlez, vous me faites mourir !..

— La veille du jour où le misérable a commis son crime, il est venu ici.

— Lui, ici ?

— De votre part.

— C'est faux ! je ne lui ai jamais envoyé de mes nouvelles.

— Hélas ! madame la marquise, ma femme et moi ne le savons que trop. Cet homme avait eu l'audace de contrefaire votre écriture. Il nous a montré une lettre que nous avons crue authentique.

— Et que disait cette lettre ? murmura d'une voix tremblante madame de Blainville, devenue subitement livide.

— Cette lettre lui annonçait votre intention de ne plus revenir en France et lui donnait pleins pouvoirs pour vendre tout ce qui vous appartenait, hôtel, valeurs, meubles et bijoux. Elle nous ordonnait de lui remettre toutes vos clefs et de nous en rapporter à lui pour le règlement de nos gages.

— Ah! j'ai peur de comprendre à présent!... Achevez, de grâce... achevez!...

— Nous n'avons pas douté de la véracité de tout cela. Comment supposer que le baron, qui était le seul ami intime de madame la marquise, pouvait être capable d'une pareille infamie?... Je lui ai remis les clefs...

— Et... alors?...

— Il est resté une heure dans les appartements de madame la marquise ; et lorsqu'il en est sorti, il nous a dit qu'il emportait toutes vos valeurs pour les déposer chez son notaire.

La marquise se leva d'un bond, les yeux brillants d'un feu terrible, les poings crispés, la gorge serrée. Elle poussa un cri étrange, et sortit précipitamment de la loge en clamant :

— Je veux voir!... Je veux voir!... Misérable!... Assassin!... Il m'a volée... je suis perdue... Arrêtez-le!... arrêtez-le !

Elle courut vers l'hôtel, entra comme un ouragan, renversant tout sur son passage, brisant les scellés malgré les efforts de Pierre pour la retenir. Elle ouvrit le coffre-fort, les meubles, et constata que ce qui avait du prix était enlevé. Alors elle tomba sur le tapis, se roula dans d'atroces convulsions, parlant et se démenant comme une possédée.

Pierre, atterré, n'osait faire un pas.

Soudain la pauvre marquise se souleva sur ses genoux, et regardant Pierre, muet de stupeur, elle se mit à rire, d'un de ces rires effrayants où les dents s'entrechoquent, où les sons s'échappent de la gorge comme un hoquet.

— Tiens! c'est toi, dit-elle, c'est toi, mon Paul, ah! comme je suis heureuse de te revoir... Ils disaient là-bas, à Monaco, que tu t'étais tué... Les menteurs!... Si!... Si!... Tu t'es tué... tu as du sang après toi... Oh! pourquoi donc ce trou sur la tempe?... le sang coule... doucement, doucement... comme c'est drôle!...

La malheureuse recommença à rire; puis, étendant les

bras, elle voulut encore crier, mais les sons étranglés
s'arrêtèrent dans son gosier et elle retomba inanimée.

La marquise Clara de Blainville était folle.

Le soir, une voiture de la préfecture la conduisait à
l'asile Sainte-Anne.

DEUXIÈME PARTIE

I

BRUXELLES

Tandis que la police française faisait de vains efforts pour retrouver l'assassin de la malheureuse Fernande de Chartray, Henri Pasquet, devenu Charles d'Evellerio, grâce aux papiers de famille trouvés dans le coffre-fort de la marquise de Blainville, se prélassait à Bruxelles en compagnie de la naïve Jeanne Klein.

La pauvre fille était si reconnaissante envers celui qui l'avait sauvée et qui, depuis, n'avait cessé de lui prodiguer les soins et l'affection du plus passionné des amants, que plusieurs particularités étranges passaient inaperçues pour elle, alors qu'elles eussent éveillé des soupçons dans l'esprit d'une femme plus perspicace.

Ainsi, Henri Pasquet s'était teint les cheveux et s'était fait couper les moustaches. Il portait maintenant les favoris à l'anglaise, ce qui le rendait méconnaissable.

Jeanne fut bien heureuse de revoir son amant. Désormais, elle n'avait plus ni volonté ni désir; elle était près de l'homme auquel elle s'était donnée tout entière; elle lui appartenait pour la vie et mettait son unique bon-

8.

hour dans l'amour soumis et absolu qu'elle lui avait voué.
Henri négocia promptement quelques valeurs pour grossir
la petite somme d'argent comptant qu'il portait sur lui.
Cette opération s'effectua sans la moindre difficulté, l'i-
dentité du vendeur étant, comme nous venons de le dire,
parfaitement établie. Aussitôt après son arrivée, il s'en-
quit d'un appartement à louer, et trouva ce qu'il lui fallait
à proximité des fameuses galeries Saint-'lubert, en plein
centre de la ville. Il fit meubler cet appartement avec un
certain confortable quoique sans luxe. Nous savons que
l'habile coquin mettait tous ses soins à ne pas attirer l'attention.

Jeanne présida à l'aménagement de leur intérieur avec
une intelligence et une délicatesse telles que les femmes
savent en avoir. Rien n'était oublié. Les moindres détails
étaient observés. Allant au-devant des goûts de son
ami, elle s'ingéniait à lui être agréable.

Ces mille prévenances, la grâce naïve et touchante de
la pauvre fille ne contribuaient pas peu à étouffer les remords dans l'âme du criminel. Il adorait Jeanne, et lorsqu'il s'endormait dans ses bras, l'amour sincère qu'il
portait au cœur lui faisait oublier les horreurs d'un récent
passé. Sa Jeanne était sa joie, sa vie, son but unique et
l'objet constant de ses préoccupations pour l'avenir. Par
quel hasard incompréhensible tant de charmes se trou-
vaient-ils au pouvoir de tant de hontes ? Voilà ce que les
croyants du doigt de Dieu expliqueraient malaisément.

Le loup et la brebis vivaient en fort bon ménage. Henri
s'était procuré des ouvrages sur l'Amérique du Sud et les
étudiait consciencieusement. Cela lui était d'autant plus facile qu'il avait appris l'espagnol au collège et que, malgré
l'insuffisance de l'enseignement des langues vivantes dans
les établissements universitaires français, il en savait assez
pour donner le change à bien des gens et laisser supposer qu'il avait habité les colonies américaines. Charles
d'Evellerio se trouva de la sorte promptement ressuscité.

Henri Pasquet lisait attentivement les journaux de Paris, et, par les indiscrétions de la presse, il était au cou-

rant de tout ce qui se passait au sujet de son crime et de
son vol.

C'est ainsi qu'il appr.t comment on s'était aperçu du
sac de l'hôtel de Passy, et comment on avait découvert
le cadavre de son ancienne maîtresse. Il connut également
le désespoir du banquier Van Heyst, ce qui, entre paren-
thèses, le combla de joie et satisfit la haine qu'il vouait à
cet homme par lequel il avait été si cruellement humilié. Il sut enfin quels pieux devoirs le financier avait rendus à la dépouille mortelle de la comtesse de Chartray.

Tout cela, en somme, lui importait peu. Le corps de
Fernande était retrouvé, mais Henri Pasquet était mort
lui aussi; et bien fin celui qui découvrirait sa carcasse
damnée dans la personne de l'élégant comte Charles d'E-
vellerio.

Tous les soirs Jeanne Klein et son amant sortaient, parcourant les théâtres de la ville : la Monnaie, le Parc, les
Galeries Saint-Hubert, l'Alcazar. Le jour, ils restaient généralement chez eux, hormis le dimanche, qu'ils em-
ployaient à visiter les monuments et les promenades ou
à aller en excursion au bois de la Cambre.

A vrai dire, une chose inquiétait le prétendu comte : on
annonçait dans les gazettes mondaines le prochain retour
à Paris de la marquise de Blainville, et le misérable craignait que la belle Clara pût donner des indications précises sur les valeurs qui lui avaient été dérobées.

Dans ce cas, il aurait fallu s'enfuir au plus vite et gagner d'autres pays.

Après plusieurs jours d'attente, il lut le fait divers suivant dans l'*Indépendance Belge* :

LES SUITES D'UN DRAME

« Nos lecteurs n'ont pas oublié que l'assassin de madame
de Chartray, la veille de son crime, avait pénétré, à l'aide
d'une fausse procuration, dans l'hôtel de la marquise de
Blainville, amie intime de la comtesse. Cet hôtel est situé
rue Raynouard, à Passy. Henri Pasquet, plus connu sous
le nom de baron d'Autry, s'empara de tous les titres no-

minatifs, ainsi que de l'argent et des bijoux que renfermait le coffre-fort.

» La marquise de Blainville, revenant d'Egypte, rentrait hier, vers cinq heures de l'après-midi, dans son hôtel. Ses concierges, avec beaucoup de ménagements, lui apprirent la nouvelle de sa ruine et de la mort violente de sa meilleure amie. Le coup était si imprévu et si terrible à la fois, que la malheureuse femme, d'un tempérament extraordinairement nerveux, tomba en proie à une crise violente, à la suite de laquelle elle a perdu la raison. Le soir même on a dû la transporter à l'asile Sainte-Anne.

» Voilà un dénoûment auquel on ne s'attendait pas et qui va créer à la justice de nouveaux embarras. En effet, les magistrats instructeurs comptaient obtenir de madame de Blainville des révélations de nature à amener la découverte d'Henri Pasquet, que l'on continue à chercher vainement. On croit cependant qu'il s'est embarqué pour l'Amérique à bord d'un navire étranger. »

Décrire le plaisir que cet article causa au pseudo-comte d'Evellerio est inutile. Il ne put s'empêcher de s'écrier:

— L'enfer est pour moi ! Fernande morte, Clara folle, plus rien à craindre. On me croit en Amérique, et je trouverai bien moyen de laisser à messieurs les magistrats cette douce illusion. Allons, mon rêve s'est en partie accompli. Je puis vivre longtemps encore pour ma Jeanne bien-aimée. Pourquoi m'inquiéter au sujet de l'avenir? Tout me réussira. J'ai le génie du mal, il ne m'abandonnera pas. D'ailleurs, advienne que pourra!

Ce jour-là, le misérable rentra chez lui plus joyeux que de coutume; il apporta des fleurs à sa maitresse, et lui dit :

— Jeanne, ma chérie, c'est aujourd'hui un anniversaire. Il y a quatre mois, jour pour jour, que je t'ai vue pour la première fois

— Oui, interrompit la mignonne fille, en jetant un long regard d'amour sur le jeune homme. Oui, voilà quatre mois que je connais le bonheur, voilà quatre mois que tu

m'as arrachée à la mort, que tu m'as rendu mes espérances et mes rêves dorés! Oh! mon Charles, si tu savais
comme chaque heure met dans mon âme une pensée
d'amour nouvelle et augmente ma reconnaissance!

— Pourquoi parler de reconnaissance? En te sauvant,
ma chère aimée, c'est mon bonheur et non le tien que j'ai
assuré; j'ai pris pour moi, pour moi seul, ta jeunesse et ta
beauté; j'ai accaparé les éclairs de ton esprit, les élans de
ton cœur. J'ai tout concentré en moi, vois-tu, et je ne suis
qu'un affreux égoïste!..

— Trésor, va! reprit Jeanne en attirant vers elle le
jeune homme en proie à une exaltation passionnée, tu
cherches à diminuer ton mérite, mais tu n'y parviendras
pas.

— Nous ne sortirons pas ce soir, ma Jeanne, veux-tu?

D'une voix caressante, la jolie fille répondit, les
yeux noyés d'une ineffable langueur:

— Oui, aimons-nous!...

Et elle s'abandonna aux étreintes folles de son amant.

II

LE DÉMON

Cette vie d'oubli et d'ivresses continuelles dura quelques mois. Peu à peu l'espèce de claustration à laquelle s'étaient volontairement condamnés les deux amants commença à peser à Henri Pasquet. Il fit des connaissances et se lia, assez intimement même, avec plusieurs officiers de ce brillant régiment belge qu'on nomme les Guides de la reine. Presque tous les officiers de ce corps sont des jeunes gens de bonne famille, ayant de la fortune. Ils accueillirent avec satisfaction le faux Charles d'Evellerio, dont les manières élégantes les séduisaient.

En Belgique comme en France, les distractions de la vie de garnison ne sont pas très nombreuses; elles se bornent au café et au cercle. Les nouveaux amis de notre triste héros le présentèrent au *Cercle royal*, où il fut admis grâce à un irréprochable et très flatteur patronage. Il avait tout d'abord hésité à jouer, mais les instances de ses camarades et, d'autre part, le terrible démon du jeu qui tenait encore dans son cœur une grande place, eurent raison de ses faibles scrupules. Et puis, une fois qu'il eut goûté à ses anciennes habitudes, il subit l'entraînement fatal et se livra avec ardeur à la funeste passion. L'appât du gain, cette éternelle excuse des joueurs, le saisit et le serra comme dans un étau. Il se dit qu'après tout en jouant prudemment il gagnerait, et que ses ressources ne lui permettaient pas de vivre sur un pied digne de son nouveau nom.

Les premiers jours, la veine le favorisa et il n'en fallut pas davantage pour l'encourager à continuer. Bientôt, comme toujours, la déveine inplacable arriva et, non seulement il reperdit en peu de temps ce qu'il avait gagné, mais encore il fit des brèches profondes à son capital. Dès lors il ne jouait plus pour gagner, mais pour se refaire, se promettant de s'arrêter dès qu'il aurait rattrapé ce qu'il avait perdu. Ce fut inutilement qu'il essaya de tous les systèmes. La malchance le poursuivit sans merci. Il fallut négocier les valeurs qui lui restaient.

Comme la première fois, cette vente se fit sans éveiller de soupçons. La marquise de Blainville n'ayant pu parler, aucun titre n'avait été frappé d'opposition.

Henri Pasquet cachait avec soin à Jeanne Klein ses pertes de jeu. Il expliquait à la jeune femme ses longues et fréquentes absences par des rendez-vous d'affaires et a nécessité d'entretenir des relations suivies avec les gens de son monde. Lorsqu'il voyait sa maîtresse par trop triste du délaissement qu'il lui imposait, il lui faisait cadeau d'un des bijoux volés chez madame de Blainville, lui disant que c'était avec le produit d'une opération fructueuse qu'il lui avait acheté *un souvenir*. Jeanne ne demandait qu'à être rassurée ; et sûre de posséder toujours l'amour de son Charles, elle supportait plus courageusement les heures de solitude et d'abandon.

Cependant la chance ne revenait pas pour le misérable ; banquier ou ponte, il perdait sans cesse.

Déjà il commençait à envisager la situation avec un certain effroi. Que deviendrait-il quand il n'aurait plus rien ? Cette pensée le torturait.

Lorsqu'il rentrait chez lui après une soirée plus critique que de coutume, la dissimulation qu'il s'était imposée vis-à-vis de Jeanne augmentait ses tourments. Il s'efforçait alors de ne pas éveiller sa maîtresse, s'il l'avait trouvée

endormie à son retour. Dès qu'il était couché, il appelait
en vain le sommeil, et la nuit s'achevait mortellement
longue, peuplée de cauchemars et d'angoisses.

Pourtant il ne s'arrêtait pas, espérant toujours qu'au
dernier moment la veine tournerait et que promptement
les choses changeraient pour lui. Ses amis le voyaient si
beau joueur qu'ils lui supposaient une assez grande fortune. Il leur laissait cette illusion, parlant à dessein des
immenses propriétés que sa famille possédait au Brésil
et dans la République argentine ; si bien que le jour où
il eut épuisé toutes ses ressources, ses amis se mirent à sa
disposition et il accepta d'eux d'importants services. La
situation devint rapidement intolérable. Il fallait rendre
l'argent qu'on lui avait prêté, sous peine d'exciter la défiance et d'attirer sur lui des soupçons qui pourraient
devenir dangereux.

Jeanne, de son côté, s'apercevait du changement qui
s'opérait chez son amant : il ne mangeait presque plus et
maigrissait à vue d'œil, la fièvre ne le quittait pas. Avec
une sollicitude et une tendresse infinies, sans lui adresser
le moindre reproche sur sa conduite à son égard, la jeune
femme cherchait à le raisonner, à obtenir de lui un aveu,
lui disant :

— Ne crois pas, mon Charles, que ce soit par une curiosité banale que je cherche à connaître les ennuis que
tu dois avoir en ce moment. Si tu es malheureux, confie-
moi tes malheurs ; ne suis-je pas ta meilleure et ta plus
sincère amie ? Je t'aime tant, mon amour, que tes peines
sont les miennes, je veux les partager comme tes joies,
être ton bon ange, ta sauvegarde, ta consolation !...

Elle insista tellement qu'il finit par lui avouer la vérité.

— J'ai joué ! s'écria-t-il, j'ai joué comme un fou et j'ai
perdu tout ce que je possédais !... La fièvre s'était emparée de moi, je ne savais plus ce que je faisais, l'argent
n'avait plus de valeur entre mes mains, j'ai été en proie
à ce mal dévorant jusqu'à ce jour où le réveil est venu !...
Ma pauvre chérie, que vas-tu devenir près de moi ?... Je
suis ruiné !...

— Certes, mon pauvre Charles, c'est bien terrible d'avoir ainsi compromis notre bien-être sans plaisir et sans profit ; mais que veux-tu, le mal est fait, il est donc inutile de récriminer. Et puis, vois-tu, je t'aime tellement que s'il fallait supporter la misère pour te conserver, je n'hésiterais pas un instant...

Le coquin, ému malgré lui par ce dévouement angélique, cet attachement sincère, attira Jeanne contre sa poitrine, et, la pressant sur son cœur avec effusion, s'écria :

— Tiens, Jeanne, ton amour m'effraye tant il est grand !... J'ai peur, oui, j'ai peur de ne pouvoir faire assez pour le conserver ; et cependant, quand je réfléchis que maintenant, par ma faute, tu pourrais être réduite à la misère, ah !... à cette pensée tout se révolte en moi, je me sens une force de lion et je serais capable de tout plutôt que de te voir souffrir !

— Mais ne m'as-tu pas dit cent fois que ta mère était très riche ? Pourquoi ne pas t'adresser à elle pour réparer tes fautes ?

— Il faudrait me rapprocher d'elle, car nous avons eu de petits différends, et ma mère est très sévère, affirma l'audacieux menteur.

— Revenons en France.

A ces mots, Henri Pasquet eut un imperceptible tressaillement et pâlit tout à coup. Mais se remettant aussitôt, il répondit d'un ton indifférent :

— Plus tard, nous verrons.

— Courage, mon Charles ! conclut Jeanne. Quoi que tu décides, rappelle-toi toujours que ta Jeanne te sera fidèle et qu'elle ne t'abandonnera jamais.

Sur ces paroles, elle le quitta pour aller faire son marché, en bonne petite ménagère qu'elle était.

Lorsqu'il fut seul, Henri Pasquet resta quelques instants absorbé dans une rêverie vague ; mais soudain il se redressa, le regard chargé de menaces et de haine, et poussant un éclat de rire sardonique :

— Insensé ! murmura-t-il, tu croyais être sorti du crime les mains blanches et pouvoir vivre tranquille près de la

9

femme que tu aimes? Non, non, cela n'est pas possible ;
Assassin, voleur tu resteras !... Le meurtre appelle le meurtre, le vol appelle le vol !... Tant que tu vivras, tu devras
être infâme, c'est ton lot ici-bas, ton épouvantable destinée !... Eh bien !... accepte-le ce lot, ne cherche pas à
échapper à cette destinée, poursuis ton chemin et tâche
au moins de prendre autant de plaisir qu'il en faut pour
étouffer tes remords !

III

HENRI CHERCHE UNE PROIE

Le titre de ce chapitre résume parfaitement les sentiments qui agitaient l'âme d'Henri Pasquet, à la suite de l'aveu de sa ruine fait désespérément à Jeanne Klein. Il cherchait une proie qu'il pourrait dévorer à son aise, user et pressurer à son profit.

Il est curieux de remarquer ici un des traits caractéristiques de ce bandit. Désormais son bien-être, le désir de s'enrichir, le besoin impérieux d'argent, tout cela ne constituait pas pour lui une cause personnelle des crimes qu'il consentait à commettre sans arrière-pensée ; non, il ne voyait qu'une chose : le bonheur de Jeanne, son avenir plein de douces joies, les surprises d'amant riche qu'il serait à même de lui causer. Tout pour elle, rien sans elle, c'était dorénavant sa devise. S'il ne l'eût été déjà, il serait devenu criminel par amour.

Le lendemain du jour où son dernier argent était parti sur un dernier coup de cartes, il sortit seul, erra longtemps à travers la ville, en proie à de sinistres pensées, ne prêtant qu'une attention distraite à tout ce qui se passait autour de lui, écoutant sans entendre, regardant sans voir, marchant devant lui sans but et sans volonté, comme un automate mû par un ressort et des fils invisibles.

On achevait alors la construction de ce merveilleux Palais de justice qui fait aujourd'hui l'admiration des Bruxellois et couronne la capitale de la Belgique, tel autrefois à Rome le célèbre Capitole. Il y avait dans l'immense chantier une effervescence et un mouvement incroyables. Le monument sortait grandiose de son enveloppe de charpentes que les ouvriers enlevaient à la hâte. La pierre blanche et polie comme du marbre avait des scintillements aveuglants sous les rayons du soleil de midi.

Le hasard porta Henri Pasquet de ce côté. Le bruit l'attirait. Les coups de marteau résonnaient avec des sonorités immenses sous les hautes voûtes nues de la salle des Pas-Perdus. Tout ce vacarme du travail en pleine activité parvint à tirer Henri Pasquet de sa sombre rêverie et le ramena à la réalité. Il se dit, en contemplant tous ces gens ruisselants de sueur, ployant sous les lourds fardeaux, se courbant en traînant des chariots massifs chargés de matériaux, frappant à tour de bras sur la pierre ou la fonte :

— Ils travaillent !... ils gagnent leur vie !... Tous ces pauvres hères trouvent dans leur dur labeur le pain quotidien pour eux et leur famille !... Moi, je n'ai même pas cette ressource, je n'ai pas de métier, je ne sais rien faire ! Faut-il donc que je meure ou que je m'astreigne à servir de valet à ces ouvriers pour quelques sous par jour?... Sottise! folie que cela! Il est des gens qui ont trop d'or !... Pour venger ceux qui n'en ont pas, je dévaliserai les riches le plus que je pourrai ; et si l'un de ces égoïstes ventrus cherche à s'opposer à mes projets, j'en débarrasserai la société comme d'un poids inutile. N'est-ce pas œuvre pie ?

Il en était là de ses réflexions par trop égalitaires, lorsqu'il vit un homme d'une cinquantaine d'années, richement vêtu, mais dans le goût criard et stupide des ras taquouères qui débarquent chaque jour en Europe des contrées tropicales, s'approcher de lui et lui demander avec un accent des plus caractéristiques certains renseignements sur le Palais que l'on construisait.

D'un coup d'œil, Henri Pasquet jugea à qui il avait affaire, et se prêta aux questions du touriste de la meilleure grâce du monde.

Le voyageur parlait difficilement un horrible français. Henri, qui possédait assez bien l'espagnol, lui offrit de parler sa langue maternelle, ce que l'étranger accepta avec enthousiasme.

Au bout d'une heure, Henri savait que le voyageur était un des plus riches négociants en dentelles de Santiago du Chili, le senor don Antonio Pacheco Riovar, qui, se rendant à Bruges pour faire d'importants achats, s'était arrêté à Bruxelles afin de visiter la ville.

Avec l'exubérance particulière aux Américains du Sud, le senor Riovar, voyant qu'il se trouvait en présence d'un homme du monde, presque d'un compatriote, car Henri Pasquet lui avait décliné son nom d'emprunt, Charles d'Evellerio, se montra envers son guide plein d'amabilité, d'autant plus que celui-ci lui dit :

— J'avais moi-même l'intention d'aller passer quelques jours à Bruges la semaine prochaine. Si cela peut vous être agréable, monsieur, j'avancerai mon voyage afin de vous accompagner.

— Eh quoi ! vous auriez cette complaisance ? Combien je vous en serai reconnaissant. Je ne connais rien de plus triste que de voyager seul, répliqua l'Américain.

— C'est entendu; et cela est si naturel qu'il n'y a pas lieu de me remercier. Quand comptez-vous partir ?

— Demain soir.

— A merveille. Donnez-moi rendez-vous...

— A l'hôtel de la Nation, où je suis descendu. Faites-moi l'amitié d'accepter à dîner, demain à six heures, nous partirons ensuite.

— Je crains de vous déranger.

— Nullement. Vous me désobligeriez fort en refusant mon invitation.

— En ce cas, c'est convenu; je serai demain à six heures à l'hôtel de la Nation. Où passez-vous votre soirée ?

— Au Café-Concert, au bal ou au théâtre, peu m'importe.

A propos, que joue-t-on d'intéressant ici ?

— Il y a précisément ce soir une première au Théâtre-Royal de la Monnaie. On doit représenter un opéra français inédit. C'est une vraie solennité.

— En effet, j'irai à la Monnaie. Là encore, voulez-vous me servir de cicerone ?

— Avec plaisir.

Henri ne savait pas au juste ce qu'il pourrait tirer de l'Américain, mais il pressentait un coup à faire et ne manquait pas une occasion de posséder plus intimement son *sujet*. Il accompagna donc Antonio Pacheco Riovar au théâtre, où deux fauteuils furent immédiatement loués. Puis ils se séparèrent, se promettant de se retrouver le soir.

Henri rentra chez lui, annonça à Jeanne qu'il avait fait la rencontre d'un ami, connu jadis en Amérique, et qu'il irait avec lui à la première de la Monnaie.

Après avoir diné, il passa son habit, arbora un superbe camélia blanc à sa boutonnière et rejoignit M. Riovar au théâtre.

Nous ne raconterons pas les incidents de cette soirée. Elle fut ce que sont toutes les solennités de ce genre brillante et bruyante.

L'Américain était émerveillé. En sortant, il emmena son nouvel ami souper.

Lorsqu'il quitta le restaurant de nuit où, en compagnie d'Henri et de quelques filles jolies et faciles, il avait sablé force bouteilles de Montebello, Pacheco Riovar était complètement ivre. Dans la voiture qui le ramena à son hôtel, il s'endormit sur l'épaule de son compagnon et ronfla avec une sonorité tudesque. Il fallut appeler les garçons de l'hôtel pour le monter dans sa chambre et le jeter tout habillé sur son lit.

En retournant près de Jeanne, Henri Pasquet sortit de la poche intérieure de son habit cinq billets de mille francs, qu'il compta avec une joie fiévreuse. On devine sans peine que, profitant du sommeil de son ami de rencontre, notre bandit avait pratiqué une légère saignée sur le portefeuille bourré de banknotes de l'Américain.

— C'est toujours ça de pris, et il ne s'en apercevra pas, se disait-il, ou, s'il s'en aperçoit, il ne soufflera mot. Croyant tout naturellement avoir été volé par l'une de ces drôlesses du restaurant qui s'étaient accrochées à lui comme des pieuvres, il n'osera pas se plaindre de peur du scandale.

C'est précisément ce qui eut lieu. Lorsqu'il se réveilla, le lendemain fort tard, Pacheco Riovar comprit d'abord, au désordre de sa toilette et à la lourdeur de sa tête, qu'il s'était passé la veille quelque chose d'anormal. Puis, la raison lui revenant peu à peu avec la mémoire, il se souvint du souper et des soupeuses. Plus tard, en commerçant rangé et méticuleux, il *fit sa caisse* et constata la disparition des cinq billets de mille francs. Il ne douta pas un instant que ses compagnes d'une nuit ne fussent les auteurs de cette soustraction. Il était encore à l'hôtel quand le garçon lui apporta une carte sur laquelle il lut : *Le comte Charles d'Evellerio.*

— Faites entrer! dit-il.

Henri Pasquet parut presque aussitôt. Il s'était composé une tête de circonstance, et il aborda l'Américain par ces mots :

— Ah! mon cher monsieur, il m'est arrivé hier un accident bien désagréable!

— Quoi donc?

— Imaginez-vous que mon portefeuille, contenant deux mille francs, a disparu.

Le coquin avait pris un air si désolé et parlait avec un tel accent de sincérité pleurarde, que le riche Riovar, qui s'était promptement remis de son émotion, ne put s'empêcher de rire, et répondit :

— La coïncidence est bizarre, mon cher comte, on m'a également volé, avec cette différence que mon portefeuille contenait tant d'argent que nos voleurs en ont été effrayés et qu'ils n'ont pas osé tout prendre. Ils ont été modestes, les bandits, et se sont contentés de m'alléger de cinq mille francs. Excusez mon hilarité, vous en connaissez la raison à présent.

— Comment! vous aussi, vous avez été détroussé?

— Oui, mon cher comte, et je gage que ce sont de fort jolies menottes qui ont fait le coup.

— Il faut porter plainte.

— Gardons-nous en bien, ce serait avouer une ébriété peu honorable pour des hommes de notre rang. Que cela nous serve de leçon, une autre fois ; nous nous méfierons du fameux cru du Duc de Montebello, il coûte trop cher dans les restaurants de nuit à Bruxelles.

Le baron Riovar se remit à rire.

— Je ne demanderais pas mieux que de partager votre gaieté, cher monsieur, mais je dois vous avouer humblement que, par suite de quelques peccadilles de jeunesse, je subis encore la tutelle maternelle, et que l'on me pensionne comme un étudiant de Salamanque. Le mois qui s'achève a été lourd, les deux mille francs que les coquines m'ont soustrait vont fort me manquer jusqu'au mois prochain, époque à laquelle ma vénérable mère m'envoie mes rentes.

— N'est-ce que cela ? Que vous faut-il ? interrompit l'Américain avec un élan de brusque générosité. Après tout, c'est moi qui vous ai entraîné dans ce mauvais lieu, je suis moralement responsable du petit malheur qui vous est advenu.

— Je n'attendais pas moins d'un galant homme tel que vous, répondit Henri en empochant les deux billets de mille que Pacheco Riovar lui tendait. Je vous rendrai cela fin courant.

— Ce sera difficile, car je serai déjà loin à cette date. Vous m'enverrez cette somme par le courrier, ou vous ferez mieux : vous la garderez jusqu'au jour où il vous prendra fantaisie de venir me voir à Santiago et de me la rapporter vous-même.

Le marchand de dentelles se comportait, on le voit, en grand seigneur. Le pseudo-comte d'Evellerio se confondit en remerciements et promit d'aller serrer la main, la saison suivante, à son nouvel ami ; ce qui ne l'empêcherait pas de lui restituer les deux mille francs qu'il lui avançait si généreusement par l'un des prochains courriers.

L'heure du dîner était arrivée. On se mit à table. Deux heures plus tard, Henri Pasquet et Antonio Pacheco Riovar prenaient le train de Bruges et, s'installant dans le même wagon, allumaient deux excellents Partagas en attendant le départ.

IV

EN CHEMIN DE FER

Avant de se rendre au rendez-vous que lui avait fixé l'Américain, Henri Pasquet avait dit à Jeanne Klein :

— Mon cher trésor, je vais te quitter pendant quelques jours ; une affaire urgente me force à m'absenter, ne t'ennuie pas trop tant que je serai loin de toi. J'ai bien réfléchi à ce que tu m'as conseillé avant-hier, je veux racheter mes fautes par le travail et reconquérir vaillamment ce que j'ai perdu.

— A la bonne heure, mon ami ! répondit Jeanne radieuse, voilà de bons sentiments, et j'aime à t'entendre parler ainsi. Surtout, ne joue plus !

— Je te le jure !

Rassurée par ce serment, Jeanne embrassa tendrement son Henri et l'aida à faire ses préparatifs de départ.

Rejoignons les deux voyageurs que nous avons laissés dans un compartiment de première du train de neuf heures cinquante, partant de Bruxelles pour Bruges.

Le dîner qui précéda le départ avait été copieux. Henri Pasquet s'était observé, mais Pacheco Riovar était d'une tempérance très relative; il détestait la bière, le lambic et le faro étaient pour lui d'épouvantables tisanes ; aussi s'était-il payé des vins généreux sortant des meilleurs

crus de France. L'abus qu'il en fit le rendit d'abord très
loquace. La fumée du cigare aidant, sa langue ne tarda
pas à s'empâter et ses idées s'obscurcirent. Ce ne furent,
pendant une bonne partie du trajet, qui est de trois heures,
que contes et récits plus ou moins graveleux. Il narra à
Henri une foule d'aventures grivoises dont il se prétendait
le héros. Son compagnon de route feignait de prendre un
grand plaisir à ses récits, remarquant avec bonheur que
cette conversation pimentée achevait l'œuvre du vin et
des Partagas.

Enfin le moment désiré arriva. Riovar s'assoupissait peu
à peu.

— Si j'étais de vous, lui dit le faux Charles d'Evellerio,
je profiterais de l'heure qui nous reste à passer en wagon
pour faire un bon somme. Nous aurons demain tout le
temps nécessaire pour reprendre cette charmante causerie,
qu'en pensez-vous ?

L'Américain, usant de la permission qui lui était
octroyée, répondit :

— Je pense que c'est là une excellente idée, d'autant
plus que je me sens légèrement fatigué ; la trépidation du
train me berce malgré moi et m'endort ; je vais en profiter, imitez-moi.

— Avec plaisir, car nous ne nous sommes pas ménagés
depuis hier.

— Certes, non ; bonne nuit, mon cher comte.

— Vous de même, senor Riovar.

L'Américain s'installa aussi commodément que possible
contre l'accotoir et ferma les yeux. Henri Pasquet feignit
de l'imiter sur la banquette opposée.

Au bout de quelques minutes, le marchand de dentelles
voguait vers le pays des rêves, dont la musique céleste
était accompagnée d'un ronflement semblable aux notes
graves d'une formidable contre-basse.

Henri Pasquet se remit brusquement sur son séant et
contempla le dormeur en murmurant :

— Il est là, à ma merci !... point de regards indiscrets...
le bruit des rails froissés par les roues tournant à toute

vitesse empêche le plus grand cri d'être entendu des chefs de train... Allons, ne perdons pas une occasion aussi bonne... pas d'hésitation !...

Tout d'abord le malfaiteur voulut s'assurer que le fameux portefeuille avec lequel il avait déjà noué connaissance était bien à sa place dans la poche de l'Américain. Il avança prudemment la main et sentit l'objet convoité. Alors, avec d'énormes précautions, il défit le premier bouton du pardessus de Riovar. Celui-ci, quoique endormi, fit un mouvement et se retourna d'un autre côté.

— Oh ! oh ! pensa le misérable, notre homme a le sommeil léger et l'opération sera difficile !

Il tenta un nouvel effort en redoublant de précautions. Pacheco Riovar se déplaça de nouveau et poussa une sorte de grognement semblable à celui d'un ivrogne que l'on dérange dans la cuvée de son vin.

Henri Pasquet eut un geste de découragement. Aller plus avant serait dangereux, le Chilien se réveillerait infailliblement. Et pourtant il n'y avait qu'à étendre la main pour saisir une fortune...

— Faut-il donc le tuer ?

Cette réflexion vint se poser dans l'esprit d'Henri, tandis qu'un voile de sang mettait devant ses yeux une lueur rouge.

— Non ! continua-t-il, non, pas de meurtre, j'en ai assez comme cela !...

Il venait d'entrevoir Fernande de Chartray étranglée à demi par lui et précipitée dans la Seine. Il la revoyait se débattant dans l'eau noire et cherchant de ses mains crispées un appui, un soutien inespéré... Et il se prit à trembler lâchement.

Par un mouvement instinctif, il recula et s'éloigna autant qu'il put du riche Américain, qui, toujours plongé dans un lourd sommeil, était loin de se douter que sa vie ou sa mort dépendait de l'homme qui voyageait avec lui. Bientôt, sous l'empire de nouveaux sentiments, Henri Pasquet se rapprocha peu à peu de Riovar, l'enveloppant d'un regard effrayant chargé de menaces, de convoitises, de rage impuissante.

— Ah! ce portefeuille... cette fortune, il me la faut, le bonheur de Jeanne est à ce prix !... Je me le suis promis : tout pour elle, tout, même le crime !... Pourtant, si je pouvais m'emparer de l'argent de cet homme sans le tuer... Il a été généreux envers moi, c'est horrible d'assassiner ainsi !...

De grosses gouttes de sueur inondaient son visage et le brûlaient de leurs sillons humides et chauds comme de la lave.

Il continua :

— Mais s'il se réveille, je serai perdu, car il me dénoncera, on m'enverra au bagne... je ne verrai plus ma Jeanne, ma bien-aimée Jeanne... Ah! c'est trop hésiter, il faut qu'il meure, il le faut !...

Néanmoins il hésitait encore. Sa main tremblait si fort qu'il craignait de manquer sa victime. Une lutte horrible se livrait dans son âme. Il fut plus d'une fois sur le point de renoncer à son infernal projet.

Riovar, la tête renversée, la gorge à l'air, semblait attendre le coup de l'assassin ; et le train, emporté dans une vertigineuse rapidité, roulait avec son fracas monotone, répercuté au loin par les échos comme une longue et lugubre plainte.

Soudain, Henri Pasquet prit une résolution suprême. Tirant de sa poche un mignon stylet à lame triangulaire, il s'en arma et s'apprêta à frapper...

A cet instant, avant qu'il eût eu le temps de lever son poignard, un flot de lumière, lancé par le réflecteur d'une lanterne sourde, vint inonder le compartiment, et un contrôleur apparut à la portière du wagon, criant :

— Vos billets, messieurs?

Pacheco Riovar se réveilla en sursaut. Il était sauvé !...

Henri Pasquet avait jeté précipitamment son arme à ses pieds.

Pour tromper son compagnon sur la cause d'une

agitation qu'il ne parvenait pas à maîtriser assez subitement, il querella l'employé :

— C'est inconvenant de venir ainsi surprendre les voyageurs dans leur sommeil ! Nous avons déjà montré nos billets avant de partir ; qu'est-il besoin de nous déranger encore ?

— Monsieur, répliqua le chef de train sans s'émouvoir, c'est le règlement, nous ne connaissons que notre consigne. Si vous croyez que c'est pour notre plaisir que nous parcourons les voitures pendant que le train roule, sautant de marchepieds en marchepieds au risque de tomber et de nous broyer les os ?

— Au fait, ajouta Henri redevenu calme, vous avez raison, et au lieu de m'en prendre à vous, je ferais mieux de m'adresser à votre stupide administration.

L'employé n'avait pas attendu cette réponse, et déjà sa voix rude retentissait dans le wagon voisin, répétant le traditionnel :

— Vos billets, messieurs ?...

Pacheco Riovar regarda sa montre et dit :

— Encore un quart d'heure et nous serons arrivés. Inutile de nous rendormir, mon cher comte. Mais pardon, que vois-je briller, là, à vos pieds ?

Henri se baissa et aperçut son poignard, sur lequel la lampe du wagon jetait un pâle rayon qui suffisait à le faire scintiller. Henri comprit le danger, mais le plus naturellement du monde il se pencha :

— Tiens ! fit-il, mon couteau... Il sera tombé de ma poche pendant que je dormais, étendu sur la banquette. Merci ! mon cher monsieur Riovar, de me l'avoir fait remarquer, car je tiens beaucoup à ce bijou

Le coquin replaça le stylet dans sa gaîne de cuir, et le remit dans sa poche.

Bientôt le train se ralentit, et, quelques minutes plus tard, il stoppait en gare de Bruges.

V

A BRUGES

Une heure du matin sonnait à la fameuse tour des Halles lorsque les deux voyageurs entrèrent en ville, leurs valises à la main. Dans le silence de la nuit retentissaient les notes sonores du célèbre carillon, jouant le prélude d'une sonate de Mozart. Cette mélodie, sortant de l'airain, charma d'une façon étrange le bon Riovar, complètement dégrisé. La première impression d'un étranger, en arrivant dans cette ville froide et triste, est causée effectivement par la bizarre harmonie des cloches.

Henri conduisit au hasard son compagnon sur la place du marché, en face du beffroi, et ils entrèrent à l'*Hôtel du Panier d'or*, une des vieilles maisons de Bruges fondée en l'année 1785. Pour passer le reste de la nuit, on leur donna deux chambres quelconques, leur promettant de les installer le lendemain plus confortablement.

Cette nuit ne s'acheva pas de la même façon pour l'Américain et le Français. Tandis que Riovar se rendormit facilement, habitué aux rudimentaires lits d'hôtel que l'on trouve en voyage, Henri Pasquet ne put fermer l'œil.

C'était la première fois qu'un obstacle s'était dressé devant ses projets. Il maudissait sa malchance et le fâcheux contretemps qui l'avait empêché de s'emparer de la fortune du Chilien.

Néanmoins il se dit :

— C'est partie remise, et je compte bien trouver ici une occasion de rattraper le temps perdu.

Dès lors, il se mit à combiner une foule de plans dans sa tête sur le meilleur moyen de détrousser son compagnon de voyage. Le jour le surprit dans sa sinistre rêverie et, sur le point de sommeiller enfin, plusieurs coups secs furent frappés à sa porte.

La voix de Riovar retentit :

— Ah! ça, paresseux, vous n'êtes pas encore levé? Ouvrez-moi donc!

Henri obéit, surmontant à regret son alourdissement. Lorsque le marchand de dentelles fut dans la chambre, et, après qu'ils eurent échangé les compliments d'usage et les fortes pressions de mains :

— Que ferons-nous aujourd'hui? demanda le faux d'Evellerio.

— Eh! parbleu! je ne me sens pas en train de travailler. Commençons par visiter cette ville, qu'on dit fort curieuse; j'irai demain me présenter à mes correspondants.

— Comme vous voudrez, mon cher Riovar, je suis à votre disposition, — le temps de m'habiller et nous sortons.

Tandis que le jeune homme faisait sa toilette, Riovar s'assit dans un rude fauteuil et alluma un cigare. Il questionna son guide sur Bruges, et celui-ci qui avait parfaitement pris ses renseignements, lui donna une foule de détails instructifs.

— A part le commerce des dentelles, dit Henri, Bruges est la ville aristocratique des Flandres. Tout y rappelle encore aujourd'hui la longue occupation des Espagnols, qui y ont laissé des traces artistiques de leur passage.

— Allons donc voir ces merveilles, dit Pacheco Riovar.

Et quelques minutes plus tard, les deux touristes sortaient pour commencer leur excursion.

Il était fort tard quand ils rentrèrent à l'hôtel du *Panier d'Or*. Après avoir soupé, brisés de fatigue, ils gagnèrent leurs chambres mitoyennes.

Henri se coucha le dernier. Il vit avec satisfaction Pacheco Riovar jeter ses vêtements, sans la moindre précaution, sur des meubles éloignés de son lit. Et ayant souhaité bonne nuit au Chilien, le bandit se mit au lit à son tour et s'endormit en murmurant :

— Ce sera pour demain !

Ainsi qu'il l'avait annoncé, le lendemain le marchand de dentelles passa toute la matinée dans les fabriques d'où sortent ces merveilleuses guipures renommées dans le monde entier. Il fit choix des modèles qu'il voulait acheter, donna ses commandes et rejoignit le faux d'Evellerio à l'heure du déjeuner. Dans l'après-midi, comme il avait terminé ses affaires, il proposa à son compagnon de louer une voiture qui les conduirait dans les environs de Bruges, non moins intéressants que la ville elle-même.

Ils visitèrent ainsi : le Château des Comtes, au hameau de Maele ; le Parc Sainte-Croix, ancien palais épiscopal ; le Parc de Tilleghem sur la route de Thourout ; Koudekenken, ancienne ferme des Templiers, à Saint-André, et le Château des Comtes, à Wynendale.

Il faisait nuit noire lorsque leur voiture s'arrêta devant le *Panier* d'Or.

Toute la journée Pacheco Riovar s'etait montré très gai ; mais au retour une sorte de rêverie noire l'envahit tout à coup. Comme Henri Pasquet lui en demandait la raison, il répondit :

— Mon cher comte, j'aurais mauvaise grâce à ne pas vous parler à cœur ouvert. Pour demeurer plus longtemps en votre aimable compagnie, j'ai prolongé mon voyage dans les limites extrêmes du possible, mais je deviens triste en pensant que bientôt il va falloir nous séparer.

— Déjà ! s'exclama Henri avec un étonnement parfaitement joué.

— Hélas! oui. Après tout, si mes regrets sont aussi grands, la faute en est à vous qui avez été si gracieux envers moi et qui m'avez rendu de si agréables services.

— Ne parlons pas de cela, je vous en prie, monsieur Riovar; si l'un de nous doit à l'autre de la reconnaissance, c'est assurément moi.

— Que dites-vous là? Au contraire, je n'oublierai jamais la bonne amitié que vous m'avez témoignée. Loin de la patrie, le pire de tous les maux, c'est la solitude. J'en souffrais avant de vous avoir rencontré; grâce à vous, j'ai été vite guéri. Vous êtes un excellent médecin, mon cher comte.

Pendant le souper, les deux hommes causèrent peu.

— Nous coucherons-nous déjà? demanda le Chilien lorsque le repas fut terminé.

Henri Pasquet saisit cette question au vol et s'empressa de répondre avec intention:

— Ce serait mal, alors qu'il nous reste si peu de temps à passer ensemble, de songer au sommeil. Etourdissons-nous un peu. Si sévère que paraisse Bruges, il y a certainement dans ses murs des endroits où l'on se divertit.

— C'est une excellente idée, appuya Riovar.

Henri scruta du regard son interlocuteur, et ajouta lentement:

— Seulement méfiez-vous, senor, et n'allez pas vous faire dévaliser comme à Bruxelles!...

Pacheco Riovar partit d'un grand éclat de rire en s'écriant:

— Ah! cette fois, je n'ai plus de crainte à avoir.

— Pourquoi donc? fit vivement Henri Pasquet, inquiet.

— Parce que, avant de quitter Bruxelles, pour être sûr que mes fournisseurs seraient payés, j'ai déposé mon argent à la Banque.

Henri pâlit affreusement. La foudre qui tombe sur un chêne durant un orage et l'abat comme un frêle roseau ne produit pas de ravages plus grands que ceux qui se firent dans l'âme du misérable. Tous ses plans machiavéliques, sa patience, ses projets tendrement caressés,

ses espérances criminelles, son complot habilement
tramé, tout cela s'effondrait du même coup.

Pourtant, il se domina par un effort surhumain. Il ne
fallait pas que le Chilien s'aperçût de son trouble. Il essaya de sourire et complimenta tant bien que mal le
prudent marchand sur ses sages précautions.

Toute la soirée, à travers les cabarets de Bruges où
Riovar le traîna, il subit une véritable torture, forcé qu'il
était de faire bonne figure à son compagnon ; mais lorsque, très tard dans la nuit, il fut seul dans sa chambre, il
donna un libre cours à la douleur que lui causait la déception et il pleura de rage.

VI

LES SUITES D'UN COUP MANQUÉ

De quel mirage notre triste héros avait été victime ! Son chagrin était d'autant plus grand que, jusque-là, le hasard s'était plu à favoriser l'accomplissement de ses méfaits et à lui assurer l'impunité.

Deux jours plus tard, Antonio Pacheco Riovar prit congé de son compagnon, qu'il appelait : son cher ami, et qu'il accablait des protestations les plus affectueuses.

Le pseudo Charles d'Evellerio dut lui promettre d'aller passer quelques mois au Chili l'année suivante.

Riovar lui assura qu'il lui rendrait le séjour de sa patrie des plus agréables. Henri Pasquet n'eut garde de décliner une aussi gracieuse invitation et, après avoir pris congé de l'honnête marchand de dentelles, il revint seul à Bruxelles, la mort dans l'âme.

Jeanne Klein, prévenue du retour de son amant, accourut l'attendre à la gare et l'accueillit avec de grands transports de joie, comme si son voyage avait été de longue durée.

Henri Pasquet était sombre. Elle s'en émut et le questionna doucement, craintive et anxieuse :

— Tu ne parais pas content de me revoir, dis, mon Charles, ne m'aimerais-tu plus autant ?...

En prononçant ces paroles, la pauvre fille ne put retenir de grosses larmes qui coulèrent lentement sur ses joues légèrement pâlies. Le jeune homme, plus épris que jamais, s'empressa de détruire l'injuste soupçon de sa maîtresse.

— Qui diable peut t'inspirer de semblables pensées ? Ah ! ma chérie, si tu savais combien ta supposition est mal fondée ! Si tu connaissais les causes de ma tristesse, tu verrais que bien au contraire je ne souffre qu'à cause de toi !

— Comment cela ?... Oh ! parle vite, mon Charles !

— Je comptais tant sur ce voyage pour me créer une situation qui me permît de te rendre aussi heureuse que je le désire ! Hélas ! je n'ai pas réussi ! Me voici tel que je suis parti... Il ne me reste que mon amour pour toi...

— Alors, c'est bien vrai, tu m'aimes toujours ?

— Si je t'aime ! oh ! mon bien, mon tout, je t'aime à en mourir !... Mais en revenant ici, j'ai pris de graves résolutions : Je veux à tout prix sortir de la situation critique où m'a plongé la funeste passion du jeu. Je veux quand même arriver promptement à la fortune, afin d'orner ta rayonnante beauté de tous les luxes inventés pour le bonheur de la femme.

— Oui, je le sens bien, tu es sincère, Charles, tu as encore de l'affection pour ta petite Jeanne ; mais ne sois pas si ambitieux. La richesse viendra plus tard. Quand tu es près de moi, je suis tranquille sur le sort que nous réserve l'avenir. As-tu quelque projet ?

— Ecoute-moi bien, mon trésor : Notre séjour à Bruxelles ne saurait se prolonger plus longtemps, la position va devenir insoutenable.

— Pourquoi ?

— Parce que, ainsi que je te l'ai avoué, j'ai fait des dettes, et qu'il m'est pour l'instant impossible de payer ce que je dois.

— En effet, pendant ton absence, plusieurs de tes amis sont venus ici pour te demander de l'argent.

— Tu vois bien !

— Comment te tirer de ce mauvais pas ?

— Il n'y a qu'un moyen : quitter ce pays au plus tôt, me rapprocher de ma famille et tâcher de trouver un emploi digne de moi.

— Je suis prête. Que m'importe le coin de la terre où nous irons enfouir notre amour ! Du moment que je serai près de toi, tout le reste m'est indifférent.

— Où veux-tu aller?

— J'avais songé à partir aux Etats-Unis ; mais, en y réfléchissant bien, j'ai renoncé à cette folle idée.

— C'est assez sage, à mon humble avis, et ta première pensée me semble préférable.

Les mères ne sont sévères qu'en apparence, vois-tu, la tienne t'aime certainement. Va te jeter à ses pieds franchement, promets-lui de te bien conduire, de travailler, elle te pardonnera tes peccadilles passées, j'en suis convaincue.

— Mais toi?

— Oh ! moi, je me ferai si petite, je tiendrai si peu de place, qu'on me laissera dans mon obscurité... Pourvu que tout le temps qui te restera, après celui que tu consacreras à ta mère et à tes occupations, me soit réservé, je ne me plaindrai pas.

— Cher petit ange, tu te sacrifies pour mon bonheur !... J'accepte et suivrai ton conseil.

Henri Pasquet venait de prendre une résolution subite.

Il se disait que le temps qu'il avait vécu loin de la France et la transformation qui s'était opérée en lui, le rendaient invulnérable. L'affaire de Chartray était classée et dormait d'un éternel sommeil, au milieu des vieux dossiers entassés dans les casiers de la préfecture.

A la nuit, il laissa Jeanne se coucher, prétextant quelques lettres à écrire.

Demeuré seul dans la petite chambre qui lui servait de cabinet de travail et de fumoir, il se mit à réfléchir sérieusement aux moyens les meilleurs de rentrer en France sans éveiller l'attention. Tout d'abord, il reconnut l'impossibilité d'habiter Paris avec sa maîtresse. Jeanne, qu'on avait vue avec lui autrefois, à l'hôtel de Londres, pourrait le compromettre. Il fallait donc qu'elle ne remît jamais les pieds dans la capitale. La sévérité de sa mère supposée serait un excellent prétexte à invoquer pour empêcher la jeune femme de l'accompagner. On n'aurait qu'à les rencontrer ensemble et en instruire madame d'Evellerio qui ne tolérait pas à son fils une union illégitime. Jeanne comprendrait cela et n'insisterait pas.

D'ailleurs, de toutes façons, Henri Pasquet se proposait de trouver à Paris quelques bons coups à faire, et une femme le gênerait. Et puis, aujourd'hui, il avait l'expérience du crime. Il aurait peut-être besoin, à un moment donné, de se créer un alibi ; pour cela, il devait nécessairement mener une existence en partie double, capable de dépister la police à l'occasion.

Sans habiter Paris, il ne faudrait pas non plus s'en éloigner beaucoup. Henri chercha donc quelle localité des environs remplirait les conditions qu'il rêvait pour toutes les raisons que nous venons d'énumérer.

Après avoir mûrement réfléchi et passé en revue les petites villes les plus connues des départements de Seine-et-Oise et de Seine-et-Marne, il s'arrêta à Fontainebleau.

— La société, se dit-il, est très mêlée dans ce pays peuplé d'étrangers, on doit passer inaperçu. La forêt est splendide. Jeanne, lorsque je m'absenterai, y fera de ravissantes promenades et s'ennuiera moins là que partout ailleurs. C'est entendu, nous irons à Fontainebleau.

Sa décision prise, il ne restait plus qu'à tout préparer pour l'exécution. Le lendemain, il ne parla pas encore de son projet à Jeanne ; une indiscrétion pouvait être commise par la jeune femme sans défiance, et il importait que personne ne se doutât à Bruxelles de son prochain départ ; car ses créanciers, s'ils en avaient été instruits, lui auraient certainement causé de sérieux ennuis.

Pourtant il fallut faire argent de tout. Avec les cinq mille francs qu'il avait volés à l'Américain Pacheco Riovar, il n'irait pas loin.

Il résolut donc de se débarrasser de son mobilier, même à vil prix, et cela pour plusieurs raisons : la première, le besoin d'argent comptant ; la deuxième, c'était encombrant ; la troisième, il ne voulait pas que l'on sût en France d'où il venait, et les étiquettes que le chemin de fer place sur les colis l'indiquent trop clairement. Du moment qu'il n'y aurait qu'à les faire disparaître sur les malles, ce serait chose très facile.

Henri Pasquet parcourut donc tous les faubourgs de Bruxelles et trouva, dans la petite rue Claeyssens, un brocanteur qui consentit à venir visiter le mobilier que le jeune homme désirait vendre. Henri lui donna rendez-vous à une heure où il savait que Jeanne Klein serait absente.

Le mercantile enfant d'Israël ne put retenir un clignotement d'yeux du meilleur aloi en voyant les jolis meubles, presque neufs, qui garnissaient l'appartement du faux comte d'Evellerio. Cet éclair de convoitise ne dura qu'une seconde, car il s'empressa de trouver toutes sortes de défauts au mobilier en question : histoire de déprécier la marchandise et de la payer moins cher. Malheureusement pour lui, il avait affaire à forte partie. Henri Pasquet était trop roublard pour se laisser si facilement rouler.

Daniel Hasaert toucha à tout, prit et reprit les objets, les tournant dans tous les sens, les flairant comme un chien qui cherche une piste. Lorsqu'il eut terminé sa minutieuse inspection, à laquelle Henri assistait non sans donner les signes d'une vive impatience, il se tourna vers le jeune homme, et d'un ton dédaigneux :

— Combien demandez-vous pour ça ?

Henri repartit assez sèchement :

— J'ai payé comptant ce mobilier onze mille francs, il y a de cela quelques mois ; c'est tout neuf, ainsi que vous avez pu le voir. Eh ! bien, je consens à perdre quatre mille francs. Donnez-moi sept mille francs et vous pourrez, dès ce soir, emporter le tout chez vous.

— Sept mille francs ! se récria le marchand, sept mille

francs ! Monsieur le comte n'y pense pas, il veut m'é-
trangler, me mettre sur la paille ! Oh ! monsieur le comte
est trop raisonnable pour exiger de moi une pareille
somme ; mais ce serait la ruine pour un pauvre marchand
comme moi !

— Sept mille francs ! pas un centime de moins. A ce
prix vous faites une bonne affaire. Décidez-vous, monsieur
Hasaert.

— Miséricorde ! c'est impossible, savez-vous ? Je regrette que monsieur le comte se soit laissé voler, mais il a
payé tout cela deux fois la valeur réelle sortant de chez
le fabricant.

— Chansons que vos jérémiades ! Je ne suis pas ici
pour baguenauder. J'ai la prétention de savoir acheter
aussi bien que vous, et si vous croyez être en présence
d'un naïf imbécile, vous n'avez qu'à vous retirer.

— Oh ! monsieur le comte ne me parle pas sérieusement, dit le malin Hasaert, comprenant que ce ne serait
pas facile de tromper son nouveau client, et ne voulant
pas perdre une occasion unique d'acheter un mobilier
qu'il revendrait comme neuf.

— C'est on ne peut plus sérieux, ajouta Henri froidement.

Le marchand continua, d'un ton pleurard, avec les
tournures de phrases flamandes :

— Alors, je vois qu'il n'y a pas moyen de nous entendre *pour une fois*, *savez-vous* ? Monsieur, *ça est pas bien.*
J'avais justement apporté sur moi tout ce que je possède
d'argent : cinq mille francs ! Je ne puis dépenser un centime de plus.

Henri Pasquet n'avait pas payé son mobilier plus que
la somme qu'il demandait à Daniel Hasaert. Aussi, après
s'être fait longtemps tirer l'oreille, finit-il par accepter,
intérieurement fort satisfait de son marché, les cinq mille
francs du brocanteur. Il fut convenu que, cette nuit
même, Daniel Hasaert viendrait avec une voiture spéciale,
et enlèverait le tout sans éveiller l'attention.

Jeanne Klein ne tarda pas à rentrer. Elle trouva son

10

amant occupé à mettre ses affaires et ses papiers en ordre, et sa surprise fut grande lorsqu'elle l'entendit lui dire :

— Ma chérie, prépare tes malles, mets de côté ce que tu veux emporter. Nous quittons Bruxelles ce soir.

— Nous retournons à Paris? demanda la jeune femme.

— Non, ma petite Jeanne, pas à Paris; ne m'as-tu pas conseillé de renouer mes relations avec ma mère? Si l'on nous voyait ensemble à Paris, cela m'attirerait maints désagréments. Afin de pouvoir rester plus longtemps et plus souvent avec toi sans risquer de compromettre ma situation vis-à-vis de ma famille, j'ai choisi, non loin de Paris, un adorable pays où nous habiterons un de ces jolis nids champêtres comme il y en a tant sur les bords de la Seine, de la Marne, de l'Oise.

— Tu as sagement agi, mon Charles. Va, je ne tiens pas aux grandes villes, il y a trop de bruit et trop d'indifférence. Il me semble que, si grand que soit un amour, le tapage du monde lui retire quelque chose de son charme, de ce je ne sais quoi mystérieux et ineffable qui fait qu'on est isolé au milieu de la foule, que l'on vit dans une intimité complète, dans un abandon exempt des regards indiscrets, des préjugés et des sottes coutumes. Encore une fois, je suis bien bien heureuse de ta détermination.

— Je partage ta joie, ma Jeannette. Je craignais au contraire que cela te déplût de vivre à la campagne.

— Tu avais mauvaise opinion des goûts de ta petite femme. J'adore la campagne. Enfant, je rêvais d'y vivre; maintenant je rêve d'y aimer mon Charles... Plus tard je veux y mourir dans tes bras !...

— On ne parle pas de mourir à ton âge ! interrompit le jeune homme avec une pointe de tristesse.

— Oh ! pardon, je t'ai fait de la peine, reprit Jeanne d'une voix adorable en jetant ses deux bras au cou de son amant. Soyons gais plutôt, je suis si heureuse de tes projets. Comment se nomme ce beau pays où tu vas me conduire?

— Fontainebleau.

— Fontainebleau? J'en ai souvent entendu parler, et j'avais envie d'y aller. Mon père y a tenu garnison. Il y a, n'est-ce pas, un superbe château, un parc rempli de fleurs, et la ville est entourée par une forêt merveilleusement belle? Comme je serai contente d'admirer tout cela!

La pauvrette battait des mains, et Henri Pasquet était sincèrement ravi d'avoir aussi bien réussi dans son choix.

Le temps qu'ils passèrent à faire leurs malles leur sembla court, grâce à la conversation intéressante qu'ils eurent relativement à la nouvelle résidence.

La belle saison touchait à sa fin, les jours devenaient de plus en plus courts; aussi purent-ils, sans être remarqués, sortir à la nuit close de la maison qu'ils habitaient et se rendre à la gare dans une voiture sur laquelle Henri avait aidé le cocher à hisser les bagages.

Daniel Hasaert vint, ainsi qu'il l'avait promis, chercher, vers minuit, les meubles du faux Charles, qui lui avait remis une de ces clefs dites passe-partout.

Le lendemain seulement on s'aperçut en ville du brusque départ du *comte*. L'émotion produite fut vive, surtout pour les brillants officiers des Guides, qui comprirent, un peu tard, qu'ils avaient été victimes de leur confiance et que l'argent qu'ils avaient prêté à leur élégant compagnon de jeu était à jamais perdu. Naturellement, personne ne fut à même de donner des renseignements sur la direction prise par le fugitif, car le départ d'Henri Pasquet était bien une fuite.

Telle fut l'histoire du séjour de notre héros en Belgique. Elle se résume en cette seule phrase:

« N'ayant pu réussir à y commettre un crime, il se contenta d'y faire des dupes. »

VII

A FONTAINEBLEAU

Henri Pasquet avait pris son billet et celui de Jeanne Klein, pour la station de Nord-Ceinture, où il s'arrêta ainsi que sa maîtresse. Ils purent de cette manière se rendre au chemin de fer de Lyon sans traverser Paris.

Malgré son assurance et son audace, nous mentirions si nous omettions de constater le trouble et les sentiments étranges qui s'emparèrent du misérable à mesure qu'il se rapprochait de Paris. Il n'avait pas encore oublié complètement le premier crime qu'il avait commis, et un nouveau remords venait ronger son âme. Avec sa force de caractère habituelle, il ne tarda pas à dompter son émotion et il parvint à étouffer la voix de sa conscience en affectant une grande gaieté.

A la gare de Lyon-Ceinture, il fallait attendre trois quarts d'heure le train de Fontainebleau. Henri et Jeanne en profitèrent pour déjeuner dans un petit restaurant situé à proximité de la gare.

Deux heures plus tard, ils étaient parvenus au terme de leur voyage. Les bagages furent laissés en consignation, et un des nombreux omnibus qui stationnent au débarcadère les conduisit en ville, à l'hôtel de l'*Aigle noir*, où ils s'installèrent provisoirement.

Jeanne, dans la paix de son âme, trouvait tout splendide. Pour les choses les plus futiles, elle avait des exclamations et des étonnements admiratifs. Il faut dire qu'ils arrivaient dans ce pays à une des plus belles époques de l'année, à l'automne. La forêt avait revêtu des habits multicolores. Les arbres qui restent verts toute l'année mêlaient leurs tons sombres aux ors des feuilles déjà mortes. C'était comme les teintes douces de ces vieilles tapisseries qui couvrent encore les murs des anciens châteaux.

A la saison d'automne, Henri Pasquet ne devait pas rencontrer très difficilement une habitation à louer dans de bonnes conditions. En effet, les familles qui viennent l'été en villégiature de ce côté commençaient à rentrer à Paris.

En se promenant seul le lendemain matin, Henri aperçut, rue Saint-Merry, un écriteau portant cette mention :

Agence spéciale pour la location de maisons et appartements meublés et non meublés.

Il sonna. Une jeune bonne accourut lui ouvrir.

— Monsieur vient pour une location ? dit-elle. Que monsieur se donne la peine d'entrer.

La domestique introduisit Henri dans une sorte de vestibule dont les murs étaient entièrement recouverts d'affiches aux teintes criardes.

— Que monsieur attende un instant, je vais prévenir M. Richard.

En disant ces mots, la servante s'éclipsa.

Au bout de quelques minutes parut un homme d'une cinquantaine d'années, le type parfait du bourgeois de province.

Un collier de barbe grise entourait sa tête couverte d'un classique bonnet grec brodé de soie jaune, dont le gland retombait sur des lunettes à branches d'or. Sur la bedaine respectable de M. Richard s'étalait une chaîne massive agrémentée de nombreuses breloques.

Après un salut prétentieux et obséquieux à la fois, le marchand de propriétés, abordant son sujet sans préambule, commença en ces termes :

10.

— Monsieur vient, sans doute, pour une location ?

— Oui, monsieur ; la comtesse d'Evellerio, ma femme,
étant souffrante, les médecins lui ont conseillé l'air de la
forêt, et nous avons résolu de nous fixer à Fontainebleau.

A ces mots : comtesse d'Evellerio, M. Richard se leva
et, avec un empressement comique, s'écria :

— Pardon, monsieur le comte, prenez donc ce fauteuil,
vous serez mieux. Que n'ai-je su plus tôt à qui j'avais l'honneur de parler !

Henri Pasquet riait sous cape des manœuvres intéressées du bonhomme et de l'effet magique produit par son
titre d'emprunt.

— Ne vous dérangez pas, monsieur, je vous prie, répondit-il, je suis très bien comme cela. Causons, si vous
voulez, du motif qui m'amène ici.

— Je vous écoute, monsieur le comte, je vous écoute
attentivement. Nous avons, en ce moment, un choix
immense de maisons, villas, châteaux avec ou sans parc,
à volonté, à deux pas de la forêt, air excellent,
monsieur le comte, vue de premier ordre ; on peut
traiter au mois, à la saison, à l'année...

M. Richard faisait l'article avec une volubilité, une emphase, une gymnastique oratoire capables de désopiler
la plus rétive des rates. Henri Pasquet l'arrêta cependant
non sans peine, et lui dit un peu rudement:

— Il vous sera difficile, monsieur, de m'écouter attentivement, ainsi que vous venez de me le promettre, si
vous parlez toujours.

— C'est juste, fit le bonhomme avec un air contrit digne de Tartuffe. Excusez-moi, monsieur le comte. Le désir
de vous contenter est seul cause de ce verbiage. J'attends
vos ordres, monsieur le comte.

Après une pause, Henri reprit :

— Monsieur, la santé de ma femme, son état nerveux
exigent de grands soins, de grandes précautions. Cela
étant bien posé, il m'est interdit de louer ici une habitation
en rapport avec nos goûts habituels de luxe et de confor-

table, car, dans ce cas, la comtesse se donnerait toutes sortes de tracas pour l'installation de sa maison, et le but des médecins serait manqué. Ce qu'il nous faut, c'est une petite maison d'une coquette simplicité, avec un modeste jardin susceptible de distraire sans fatigue ma chère malade. Avez-vous, parmi les propriétés que vous gérez, quelque chose pouvant me convenir ?

— Certainement, monsieur le comte, j'ai votre affaire. Ah !... une question ?

— Parlez.

— Est-ce à l'année ou à la saison ?

— Si ce que vous voulez m'offrir est à mon goût, je désire même un bail.

— Parfait !

Si M. le comte veut être assez bon pour m'attendre quelques-instants, je passe un habit, et je suis à la disposition de monsieur le comte pour visiter.

Sur ces mots, l'agent des locations tout affairé se retira dans ses appartements.

Peu après, il reparut ganté de jaune et coiffé d'un monumental chapeau gris, haut de forme. A contempler ainsi, il était superbe.

Henri eut toutes les peines du monde à réprimer un éclat de rire. Il suivit son guide à travers Fontainebleau.

Ils marchaient depuis vingt minutes environ lorsqu'ils s'arrêtèrent devant une petite maison située presque à l'angle de la rue de France et de la rue Saint-Merry.

— Nous sommes arrivés, monsieur le comte, dit le père Richard, en fouillant dans la poche de son pantalon d'où il sortit un énorme passe-partout.

Pénétrons avec les deux hommes dans l'intérieur de la propriété.

Tout d'abord, un mot sur son aspect. Elle n'avait qu'un étage et un grenier. Son extérieur était assez coquet quoique banal. On y avait accès par une porte sculptée prétentieusement. Les fenêtres, aux persiennes vertes, étaient hermétiquement closes. Le toit en ardoises

était surmonté d'une élégante girouette, apanage exclusif
des anciennes demeures seigneuriales ; ce que M. Richard,
qui connaissait le monde, ne tarda pas à faire remarquer
à son noble client.

Les appartements se composaient, au rez-de-chaussée,
d'un salon, d'une salle à manger et d'une cuisine; au premier, de deux chambres à coucher, d'un cabinet de toilette et d'une chambre de bonne.

M. Richard indiqua au faux d'Evellerio que la maison
qu'il lui faisait visiter appartenait à M. Lemoine, un vieux
capitaine en retraite qui, s'ennuyant de vivre seul, s'était
décidé à entrer dans une maison de famille, lui laissant
pleins pouvoirs pour gérer sa propriété, qu'il cédait
toute meublée.

Le mobilier était assez luxueux quoique d'un goût
criard : le salon en chêne sculpté et les tentures en soie
rose formaient un assemblage bizarre. Sur la cheminée,
une pendule Louis XIV en cuivre poli avec candélabres
de même métal ornés de dragons ailés. Accrochées
au mur, de vieilles gravures représentant les batailles
d'Alexandre et une reproduction du tableau de Meisson-
nier : Napoléon 1er passant la revue de ses cuirassiers avant
Waterloo. Au milieu de la pièce, une table, genre Boule,
avec incrustations de laque et de cuivre.

La salle à manger, également en vieux chêne, avec
chaises cannées, à haut dossier, dont les montants étaient
en torsades. La table ronde reposant sur un seul pied, le
buffet à crédence chargé de vaisselle et de cristaux, les
portes du bas ornées de têtes d'animaux et d'attributs de
chasse. Aux murs, deux maigres panoplies d'armes anciennes et modernes; enfin un cartel et un baromètre
formant pendant.

La chambre principale se rapprochait assez correctement du style Henri II : lit de milieu à colonnes, chaise
longue, armoire à glace, etc.

Henri était enchanté de sa visite, mais il se garda bien
de manifester son contentement dont le père Richard
aurait profité pour forcer le prix de la location. Il de-

manda à voir le jardin et les communs. Le gérant s'empressa d'acquiescer à son désir et recommença au dehors les éloges exagérés qu'il n'avait cessé de prodiguer au dedans, vantant le confortable, le luxe, la propreté, les qualités sanitaires de la maison.

Ce jardin était ce que sont tous ces petits clos entourant les villas bourgeoises de la grande banlieue : une pelouse garnie de quatre corbeilles, des statuettes d'enfants en fonte, peintes en blanc. Au milieu, un jet d'eau. Autour de la pelouse, des allées sablées et de petits massifs latéraux ; sur le mur de clôture, de la vigne et quelques maigres espaliers. Dans un angle du jardin, un bosquet couvert de glycines et de chèvrefeuille, et, dans l'angle opposé, un bâtiment bas servant à la fois de serre, de cellier, de bûcher et de magasin pour les instruments de jardinage.

La basse-cour était accotée à ce pavillon. Dans leur cabane en bois peint en vert, broutaient quelques lapins et, derrière un treillis de fil de fer, caquetaient des poules efflanquées. Un peu plus loin, une volière où voltigeaient quelques oiseaux.

— Tout ce petit monde donnera de la distraction à Jeanne, lorsque je ne serai pas là.

Telle fut la réflexion qui traversa l'esprit d'Henri.

— Ce n'est certes pas ce que j'avais rêvé, continua-t-il s'adressant à M. Richard, mais je n'aime pas à chercher. Si votre prix est raisonnable, je loue séance tenante.

— Avec M. le comte, je n'irai par quatre chemins : c'est quinze cents francs par an. Bail de trois, six, neuf, à volonté.

Henri se fit tirer l'oreille, toujours pour la forme, et finit par accepter.

— Je me réserve de signer le bail plus tard, dit-il. En attendant, je loue sans conditions. Préparez l'acte de location et venez demain me l'apporter à l'hôtel de l'*Aigle noir*, où je suis descendu provisoirement avec la comtesse.

— Vous serez satisfait, monsieur le comte. A demain !

Et il s'éloigna, saluant jusqu'à terre ; mais en rentrant chez lui, le pauvre négociant en immeubles soupirait tristement :

— Si j'avais su qu'il acceptât sans plus de difficultés, j'aurais demandé deux mille francs. Ce diable d'homme me faisait peur. Quand il vous regarde, on ne sait que penser ; et puis il paraît se connaître à tout, pas moyen de le rouler !...

VIII

LA MAISON DE LA RUE DE FRANCE

De son côté, Henri Pasquet était très satisfait de son choix. Il éprouvait un certain amour-propre à se dire que le plus retors était forcé de compter avec lui, et que, s'il arrivait à duper les autres, il n'était jamais dupe.

Il reprit le chemin de l'hôtel de l'*Aigle noir* et arriva au moment où la cloche annonçait le dîner. Ce soir-là, Henri Pasquet ne voulut pas descendre ; il fit dresser le couvert dans leur chambre afin d'être plus libre. Dès qu'il fut servi, il dit à Jeanne :

— Ma chérie, je vais te causer une surprise.

— Une surprise... à moi ? ah ! parle vite, de quoi s'agit-il ?

— Tu ne devines pas ?

— Non, en vérité.

— Que désires-tu le plus ?

— Oh ! tu le sais, sortir d'ici aussi vite que possible. La vie d'hôtel m'est insupportable, j'ai hâte de me voir chez nous, bien tranquilles, bien cachés à tous les regards, pouvant nous aimer comme là-bas, sans souci des importuns.

— Sois donc satisfaite, le nid d'amour que tu rêves, je l'ai trouvé.

— Bien vrai ? Oh ! que tu es gentil !

La fillette sautait, battait des mains, allant et venant dans la chambre comme une petite folle. Ils se mirent à table. Pendant le repas, Henri lui raconta son entrevue avec M. Richard, puis sa visite à la maison de la rue de France. Il fit à Jeanne la description détaillée de l'habitation, et son récit, où il ménagea habilement les effets, combla sa maîtresse de joie.

— Quand nous installons-nous ? de nanda-t-elle.

— Demain, si tu veux.

— Ah! je ne demande pas mieux. Si je n'étais près de toi, mon chéri, comme la nuit me paraîtrait longue !

Le lendemain, dès le matin, Henri Pasquet ayant soldé ses dépenses à l'hôtel, emmena Jeanne Klein à son nouveau domicile. Elle parcourut la maison du haut en bas, remuant tout, examinant les moindres choses et les jugeant avec son instinct de femme. Les éclats de rire argentins, sa gaieté de fille heureuse emplissaient déjà la demeure, lui enlevant le côté triste, l'aspect sévère que le vieux capitaine n'avait pas complètement emporté avec lui dans sa retraite.

Après la maison, ce fut le tour du jardin. Le kiosque du fond séduisit d'abord la visiteuse.

— Nous prendrons là notre café tous les jours, n'est-ce pas ? Ce sera charmant... Oh ! la jolie petite serre !

— Viens par ici, lui dit Henri, tu n'as pas tout vu.

— Comment, il y a encore autre chose ?

— Regarde plutôt.

Ce furent de nouveaux étonnements devant la volière et la basse-cour. Elle prit dans ses bras les lapereaux et les poussins, les embrassant, les caressant comme elle eût fait d'un enfant. Un fruit découvert dans un arbre, une fleur inconnue nouvellement éclose dans un massif, tout était pour elle une cause de plaisir.

Henri Pasquet, plus épris que jamais de son adorable maîtresse, savourait silencieusement les élans de ce jeune cœur si prompt à s'enthousiasmer pour tout ce qui lui venait de l'homme aimé.

Pendant les premiers jours de leur installation dans la maison que nous venons de décrire, les nouveaux locataires s'occupèrent de modifier l'aménagement de façon à rendre l'habitation plus agréable. Les vieilleries disparates entassées dans tous les coins par le capitaine propriétaire furent transportées au grenier. L'une des deux chambres du premier fut transformée en boudoir-cabinet de toilette. La fenêtre était garnie de vitraux coloriés. Au plafond, Henri accrocha une lanterne en fer forgé. La table de toilette fut entourée par Jeanne Klein d'une garniture de mousseline à gros pois sur transparent bleu et couverte d'un véritable arsenal de coquetterie : brosses, peignes à manche d'ivoire, flacons d'odeurs en cristal, boîtes à poudre, en un mot, toutes les séductions de la maison Pinaud.

C'était dans cet odorant retiro qu'elle se proposait de se tenir de préférence lorsqu'il ferait mauvais temps. Cette pièce donnait sur le jardin dont la vue réjouissait l'œil. Son ameublement fut l'objet des soins les plus minutieux ; on eût dit la consécration d'un sanctuaire, sanctuaire d'amour, bien entendu.

La question des domestiques fut ensuite agitée. Jeanne Klein voulait prendre une bonne, mais Henri Pasquet qui redoutait, pour d'excellentes raisons, la présence continuelle d'une étrangère chez lui, fit observer à sa maîtresse que la solitude à deux avait des charmes si grands qu'il ne fallait pas les atténuer par l'intrusion d'une tierce personne dans leur *home* champêtre, et il ajouta :

— Néanmoins, ma chérie, il est nécessaire de prendre quelqu'un pour le gros ouvrage et la cuisine ; je vais m'occuper de trouver une femme de journée qui viendra ici quelques heures et se retirera son travail terminé.

Jeanne accepta cette décision sans la moindre observation, habituée qu'elle était à considérer les paroles de son amant comme des oracles. Un des fournisseurs leur adressa une femme de ménage, qui entra le jour suivant au service de Jeanne.

Les deux amants partageaient leurs occupations entre

11

le jardinage et l'oisellerie. Leurs fleurs, leurs fraisiers, leurs poules et leurs chardonnerets suffisaient à leur activité. Ils se plaisaient à assortir les couleurs vives des haricots d'Espagne et des cobéas, des œillets, des myosotis, des roses et des reines-marguerites. Ils mirent des oiseaux rares dans la volière et garnirent de poissons rouges la vasque en rocaille du jet d'eau.

La première semaine, ils furent si occupés chez eux qu'ils n'eurent pas le temps de penser aux excursions ni aux promenades. Ce fut Henri qui, le premier, dit à sa maîtresse :

— Ma chérie, les beaux jours toucheront bientôt à leur fin, il faut profiter du mois qui nous reste pour visiter cette forêt qui renferme tant de merveilles, tant de sites enchanteurs. Si tu veux, nous allons commencer aujourd'hui à sortir ?

— Volontiers, Charles, où irons-nous d'abord ?

— Je l'ignore. Je suis passé chez le premier voiturier de la ville ; il met à notre disposition un cocher connaissant les plus petits coins de la forêt, et qui nous servira de guide. Dans une heure, une victoria sera à notre porte, va te préparer.

Jeanne ne se le fit pas dire deux fois. Bien qu'on fût à l'arrière-saison, la journée promettait d'être superbe, et le soleil brillait de façon à laisser croire à un retour de l'été. Aussi Jeanne Klein arbora-t-elle une ravissante toilette claire et pâle de ton, ce qui seyait à ravir à son teint. Elle apparut bientôt à son amant fraîche et pimpante, avec un grand chapeau de paille dont la forme primitive n'était relevée que par un gros nœud de rubans assortis à la nuance de la robe.

Jeanne Klein avait cette élégance naturelle qui ne s'apprend pas et que possèdent à un si haut degré les filles de Paris.

— Comment me trouves-tu ainsi ? dit-elle en ouvrant la porte de la salle à manger, où Henri Pasquet parcourait un journal en attendant qu'elle fût habillée.

Il leva les yeux et resta en admiration devant la jeune femme.

— Comme tu es belle ! Viens près de moi que je t'embrasse pour la peine...

Il la prit sur ses genoux et l'embrassa à plusieurs reprises.

Elle se défendait en poussant de petits cris :

— Finis, Charles, tu vas chiffonner ma robe !

Mais l'amant passionné faisait bien attention à cela !... Assoiffé d'amour, il le buvait sur la bouche de sa maitresse, à pleines lèvres...

Soudain retentit un bruit de grelots et les fers d'un cheval résonnèrent sur le pavé. Une voiture s'arrêta devant la maison.

Cet incident mit fin aux ébats des deux jeunes gens.

— Voici notre victoria, dit Jeanne qui avait couru à la fenêtre. Partons vite , mon chéri, pour avoir le temps d'admirer beaucoup de choses.

Et sans attendre que son galant cavalier l'aidât, elle s'élança dans la voiture, laissant voir un petit pied à demi emprisonné dans des souliers vernis à talons Louis XV, et une jambe dont le fin modelé apparaissait sous les mailles roses d'un bas de soie bien tiré.

RENCONTRE INATTENDUE

— Où faut-il conduire monsieur et madame? demanda
le cocher.

Henri répondit :

— Il est convenu avec votre patron que c'est vous qui
nous guiderez dans la forêt chaque fois que nous sortirons.
Ainsi, faites donc comme vous l'entendrez, suivez l'itiné-
raire qui vous conviendra, pourvu qu'il soit intéressant.

— Je promets à monsieur et à madame qu'ils seront
contents de moi. Voilà vingt ans que je fais visiter les
environs aux voyageurs qui nous arrivent du monde
entier; c'est vous dire si je connais la forêt.

— Tout est pour le mieux. En route!

Le cocher fit claquer son fouet, et la voiture partit au
grand trot du cheval. On sortit de la ville par la barrière
de la Fourche et l'on gagna le carrefour de Paris. Là, on
pénétra en forêt, sous les ombrages de la Tillaie, magnifique futaie peuplée de superbes géants, hêtres, chênes et
charmes, et l'on se dirigea ensuite vers la croix de Franchard et la gorge du Houx.

Sur l'avis du cocher, les voyageurs mirent pied à
terre et s'engagèrent dans le sentier rocailleux qui borde
le haut bord de la plâtrière et de la gorge. Ils se trou-

vèrent bientôt en présence de ce déchirement grandiose de rochers, amoncelés et renversés d'une manière imposante et dominés par la célèbre *grotte du Parjure*. Henri et Jeanne restaient anéantis par la grandeur du spectacle qu'ils avaient sous les yeux. Ils ne se doutaient ni l'un ni l'autre que, à si peu de distance de Paris, on pût trouver des sites d'une aussi pittoresque sauvagerie.

Ils regagnèrent la voiture, qui les conduisit à Franchard en quelques minutes, et ils mirent de nouveau pied à terre au carrefour du Saint-Feuillet, à côté du poste forestier et de l'ancien ermitage en ruines. Ils arrivèrent enfin au point culminant, d'où leurs regards embrassèrent par delà les limites de la forêt, dans la direction du couchant, vers Arbonne et Courance. De là, ils dominaient à pic les profondeurs des gorges et le précipice béant.

Après avoir pénétré dans la grotte de *Velléda*, la vierge gauloise, ils rejoignirent leur équipage, qui stationnait près de l'abbaye de Franchard.

Avant de continuer leur promenade, le faux comte d'Evellerio proposa à sa maîtresse de se rafraîchir. Jeanne accepta, car la marche qu'elle venait de faire à travers des sentiers abrupts et souvent presque impraticables, surtout pour une femme, l'avait fatiguée et altérée.

En face du restaurant de Franchard, et en dépendant, est une grande place couverte d'agrès de gymnastique : balançoires, trapèzes, barres fixes et tremplins; des jeux de toutes sortes: boules, tir à la carabine, quilles, etc. Cette place est entourée de bosquets touffus, espèces de cabinets particuliers de verdure, où les groupes s'isolent complètement. Henri et Jeanne s'installèrent dans un de ces retiros verdoyants et se firent servir de la bière. Ils causèrent naturellement des impressions de leur petit voyage, se laissant aller distraitement aux douceurs du *farniente* qu'ils goûtaient dans cette retraite champêtre.

Une société de jeunes gens se trouvait dans un bosquet voisin. Ils devisaient bruyamment, riant à gorge déployée, chantant à tue-tête. Ils avaient fait, à Franchard, un copieux déjeuner et prenaient le café dans les jardins.

La conversation de ces viveurs revenait sans cesse sur le même chapitre : la femme ! Ils parlaient de leurs aventures galantes, de leurs conquêtes, tirant vanité des choses les plus futiles et des conséquences les plus naturelles des misères humaines.

Henri et Jeanne se mirent à écouter cette divagation avec un certain intérêt. Cela les amusait et satisfaisait cette curiosité grivoise particulière aux Français.

Henri laissa quelques instants sa maîtresse seule, pour aller s'informer auprès du cocher du temps qu'ils avaient encore à rester là, avant de reprendre la suite de leur promenade ; la journée s'avançait, et il fallait être de retour à Fontainebleau.

A ce moment, l'un des jeunes gens dont Jeanne n'était séparée que par l'épaisseur d'une haie vive, disait à un de ses camarades :

— Il n'y a que toi de sérieux, mon cher Raoul, un véritable ascète, n'est-ce pas, les enfants ?

— Oh! oui, répondit le chœur.

— On ne lui connaît pas de maîtresse, et pourtant il a la haine du mariage.

Le jeune homme interpellé ne répliquant pas, un autre dit a sa place.

— Il ne va pas vous chercher pour ses petites fêtes à deux ; et quand il s'amuse, c'est pour lui et non pour la galerie.

De toutes parts on applaudit :

— Bien envoyé !

— Allons donc ! reprit celui qui avait parlé le premier, on ne le voit jamais sortir avec une femme.

Cette fois l'inconnu se chargea lui-même de sa défense, et, d'une voix calme, sans emphase, en homme qui ne s'emporte pas, il riposta :

— En effet, je ne sors jamais avec les femmes, parce que je n'en trouve pas une digne de prendre mon bras.

— Quel orgueil !... Poseur, va !

— De l'orgueil?... de la pose?... par exemple !

— Oui, de l'orgueil, parce que tu es beau garçon.

— Fous que vous êtes ! non, ce n'est pas de l'orgueil, mais du souvenir. Ah ! si vous aviez connu celle à qui autrefois j'offrais mon bras, si vous aviez vu ce charme, cette beauté, cette distinction, vous comprendriez que la femme n'est plus chez moi qu'une question d'appétit et que la comparaison serait trop défectueuse si je traînais une autre maîtresse avec moi.

— Quand on tombe sur un phénomène pareil, ricana le premier interlocuteur d'une voix éraillée par les liqueurs et le champagne, on l'épouse.

— C'est une leçon. Oh ! je l'accepte, car je la mérite. Oui, mes amis, j'aurais dû épouser ma Jeanne et je serais très heureux aujourd'hui. Maintenant, il est trop tard... la pauvre fille a disparu !.. Dieu sait ce qu'elle est devenue !...

Si le rideau vert qui abritait Jeanne Klein se fût entr'ouvert à ce moment, quelle n'eût pas été la stupéfaction de ce jeune homme en voyant devant lui la femme dont il venait d'évoquer le souvenir !

Aux premiers mots qu'il avait prononcés, elle s'était dressée, frémissante, croyant rêver... Elle avait reconnu la voix qui parlait....

— Non ! non, je suis folle ! pensa-t-elle, ce n'est pas lui !...

Lorsqu'elle l'entendit appeler Raoul, elle frissonna de nouveau. La certitude entrait dans son esprit. Elle se dit néanmoins, cherchant à s'illusionner encore :

— Il y a bien des Raoul sur terre, et bien des voix se ressemblent.

Mais lorsque ce Raoul, répondant aux plaisanteries de ses amis, se mit à raconter sommairement l'histoire de sa passion, lorsqu'il prononça le nom de Jeanne, le doute ne fut plus permis.

— Lui ! c'est bien lui !... fit-elle, prête à s'élancer... Il est ici, tout près, et je ne puis... Mais quand nous allons sortir, je vais passer à côté de lui... il me verra !...

Elle porta la main à son cœur. Il battait avec violence sous le corset sanglé.

Henri Pasquet rentra en cet instant sous la charmille. Il fut surpris de son trouble.

— Qu'as-tu, Jeanne ?... tu es pâle, agitée, tes lèvres tremblent. Qu'est-il donc survenu pendant ma courte absence ?

— J'ai eu peur ! répondit-elle en essayant de sourire. Un chien qu'on poursuivait s'est précipité dans ce bosquet, et... surprise, je n'ai pas été maîtresse de mon émotion.

— Pauvre chérie ! dit Henri en saisissant les mains glacées de la jeune fille ; remets-toi... nous partirons tout à l'heure.

— Non, non, partons tout de suite, je t'en prie, je ne veux pas rester ici une minute de plus... Viens !...

Jeanne était haletante. Henri mit cet émoi et cette précipitation à sortir sur le compte de la frayeur, et s'empressa d'acquiescer au désir de sa maîtresse. Ils quittèrent le bosquet ; mais, au même instant, leurs voisins sortirent du bois, et le jeune Raoul se trouva face à face avec son ancienne passion, qui s'appuyait pâle et défaillante au bras du pseudo-comte Charles d'Evellerio.

L'effet de cette apparition fut aussi grand qu'inattendu : un vrai coup de théâtre.

Les regards des anciens amants se croisèrent. Lui, recula contre son gré pour laisser passer le couple ; elle, fit appel à toute son énergie pour ne pas se trahir.

Henri Pasquet ne s'aperçut de rien.

— Mes amis, vous avez vu cette délicieuse créature ? demanda Raoul peu après.

— Oui !... Eh bien ?

— C'est elle, c'est Jeanne, la maîtresse que j'ai tant aimée et dont je viens de vous parler.

— Ah ! par exemple ! fit le jeune homme qui, le premier, avait plaisanté Raoul sur sa vertu ; j'avoue, et ces messieurs avec moi, j'en suis sûr, que nous comprenons maintenant ton indifférence à l'égard des autres femmes. La ravissante fille !

— N'est-ce pas qu'elle est belle ?

— Mais avec qui vit-elle à présent ?

— Je l'ignore. Je n'ai jamais vu ce monsieur. Peut-être est-elle mariée... Vrai Dieu ! si elle habite Fontainebleau, je saurai bien l'y retrouver...

— C'est douteux, car nous sommes dans le pays depuis longtemps déjà, et nous ne l'avons jamais rencontrée nulle part.

Quelques minutes encore les jeunes gens causèrent de l'incident, puis ils quittèrent Franchard.

Raoul Jovelin de Roilette était un grand garçon brun de vingt-huit ans, élégant et bien pris, ayant conservé dans ses allures un cachet tout martial. C'était lui effectivement qui, maréchal-des-logis dans un régiment de dragons, avait fait la connaissance de Jeanne Klein, l'avait courtisée et, profitant de son inexpérience, en avait fait sa maîtresse en lui promettant le mariage. Peut-être aurait-il tenu sa promesse si sa famille, lorsqu'il lui communiqua ses intentions, ne s'était formellement opposée à une union qui contrarierait des projets formés pour l'avenir du jeune homme.

On sait ce qui se passa à la suite de la brusque séparation de Raoul et de Jeanne. La pauvre fille désespérée voulut mourir et, sans l'intervention providentielle d'Henri Pasquet, elle se serait noyée.

Depuis, ayant fini son temps, Raoul Jovelin de Roilette était venu se fixer à Fontainebleau et y exerçait la profession de journaliste. Il rédigeait le *Mémorial*, organe impérialiste du département de Seine-et-Marne. Dans une ville où la classe riche et titrée est profondément anti-républicaine, le *Mémorial* avait une réelle importance. On comptait avec lui, et le jeune de Roilette, peu convaincu mais très ambitieux, convoitait un avenir politique brillant et exploitait assez adroitement la situation.

C'était en compagnie de sa rédaction et de quelques jeunes hobereaux de Fontainebleau composant sa société habituelle, qu'il se trouvait à Franchard à l'occasion de l'anniversaire de la fondation du *Mémorial*. Le hasard venait de le mettre en présence de la seule femme qu'il

11.

eut jamais aimée et envers laquelle il s'était si déloyale-
ment conduit. Par un sentiment bien humain, la vue
de Joanne, rayonnante de beauté, vêtue avec élégance et
se promenant en compagnie d'un cavalier des plus corrects, avait subitement ranimé dans son cœur une
flamme mal éteinte et fait renaître une passion qui n'a-
vait pas été détruite par la satiété.

C'est dans ces idées qu'il rentra à Fontainebleau et vint
s'asseoir à la terrasse du café du Cercle, où se réunissent les
officiers de la garnison et la jeunesse dorée de l'endroit.
En agissant ainsi, il avait un but : les voitures qui ramè-
nent les voyageurs de leurs excursions en forêt passent
presque toutes devant le café du Cercle. Il espérait donc
revoir ce jour-là une seconde fois la femme jadis adorée
et qu'il avait assez lâchement abandonnée.

Mais rejoignons nos promeneurs.

Henri et Jeanne étant remontés en voiture, traversèrent la route de Melun, le plateau de la Croix-d'Augas et
celui de la Butte-à-Guay ; ils rentrèrent à Fontainebleau
par le Calvaire, la Roche du Cinq-Mai et le belvédère de
Némorosa, puis par la superbe route, si bien ombragée,
de la Bonne-Dame.

Pendant la seconde partie de cette promenade, Jeanne,
quoique se remettant peu à peu de l'émotion que lui
avait causée sa rencontre avec son premier amant, Raoul
Jovelin de Roilette, était distraite et préoccupée ; elle n'attachait plus qu'une attention médiocre aux spectacles qui
se déroulaient devant elle. Malgré tout, sa pensée s'en-
volait vers le passé, et l'obsession du souvenir des amours
d'autrefois la captivait et l'irritait.

Par un sentiment bien compréhensible, luttant contre
ce qui n'était plus, elle cherchait, pour sauvegarder l'aurore d'aujourd'hui, à remettre au premier plan, dans son
imagination, les douleurs et les déceptions souffertes à
l'époque de son abandon et aussi la douce joie, la bien-
heureuse quiétude ressenties après l'intervention presque
miraculeuse de celui qui s'appelait pour elle : Charles d'E-
vellerio.

Elle se montra envers lui plus affectueuse, plus aimante que jamais. Elle éprouvait un instinctif besoin de protection et se rattachait au misérable qu'elle croyait honnête et bon, comme à une planche de salut.

En rentrant en ville, la victoria passa, ainsi que l'avait espéré M. Jovelin de Roilette, devant le café où il était attablé.

Jeanne, causant à Henri Pasquet à ce moment, ne le remarqua pas.

Le journaliste se leva aussitôt et marcha dans la même direction que la voiture, et cela aussi vite qu'il put, ce qui lui permit de la voir de loin tourner rue de France et s'arrêter au coin de la rue Saint-Merri.

C'était tout ce qu'il désirait savoir: Jeanne habitait Fontainebleau et il connaissait son adresse.

— On se reverra! pensa-t-il.

Il retourna au café du Cercle rejoindre ses amis, et sirota tranquillement son apéritif.

X

UNE NOUVELLE CONNAISSANCE

Petit à petit Henri Pasquet reprit son ancienne habitude de sortir seul. Il parcourut les différents quartiers de la ville, s'arrêta dans les principaux cafés, et, avec son éternel penchant qui consistait à fréquenter les gens riches ou titrés, c'est au café du Cercle qu'il établit son quartier général.

En l'apercevant, M. Jovelin de Roilette n'eut qu'un but: lier connaissance avec lui. C'était un moyen comme un autre de se rapprocher de Jeanne. Connaissant les heures où son rival inconnu venait au café, il s'arrangeait de façon à y arriver après lui, et il allait s'installer intentionnellement à une table voisine de la sienne.

Une telle promiscuité se renouvelant chaque jour, aux mêmes heures, amena fatalement le résultat attendu par M. Jovelin de Roilette. On échangea d'abord quelques phrases banales ou de froide politesse, puis la conversation prit un tour plus familier, et l'on ébaucha connaissance.

Quelques jours plus tard, ces deux hommes que la même affection rapprochait, à l'insu d'Henri Pasquet, contractèrent vite l'habitude de se voir. Ils firent ensemble leur partie de piquet ou de dominos. Si l'un d'eux arrivait parfois en retard, l'autre en était contrarié au plus haut point.

Ces messieurs avaient échangé leurs cartes et l'on entendait chaque jour, de la part de celui-ci ou de celui-là, des propos de ce genre:

— Vous n'avez pas vu M. d'Evellerio?

Ou bien:

— M. de Roilette n'est pas encore ici?

Ils en vinrent à n'être satisfaits que lorsqu'ils étaient réunis.

Le rédacteur en chef du *Mémorial* avait un intérêt puissant à capter entièrement la confiance et l'amitié de l'amant de Jeanne, afin d'arriver promptement à la revoir. Il savait, à n'en pas douter, que même lorsqu'une femme a maudit ou haï l'homme qui l'a possédée pour la première fois, l'impression a été telle qu'elle ne l'oublie jamais et subit toujours, au moins partiellement, une sorte de domination dès qu'elle se trouve en sa présence.

Raoul Jovelin de Roilette connaissait tout cela et se promettait bien de mettre à profit ses connaissances du cœur féminin. Il accablait littéralement Henri Pasquet de prévenances et d'amabilités. De son côté, l'amant de Jeanne, par une bizarrerie de sentiments, éprouvait envers Raoul une grande sympathie. La conversation brillante et subtile du journaliste, semée de verve sceptique et de coloris, avait pour lui des charmes réels. Les deux hommes semblèrent bientôt n'avoir plus de secrets l'un pour l'autre. Ils causaient en toute liberté de leurs affaires personnelles. Bien entendu, les récits d'Henri Pasquet n'étaient qu'un tissu de mensonges.

Ils commettaient réciproquement les plus grandes indiscrétions. Raoul, croyant le moment venu de forcer le silence que jusque-là Henri avait gardé sur Jeanne vis-à-vis de lui, dit un jour:

— Mon cher monsieur d'Evellerio, excusez la liberté de ma question, mais êtes-vous marié?

— Oui et non, répondit en souriant Henri.

— Comment cela?

— Oui, parce que la jeune femme qui vit avec moi sera la compagne de toute ma vie. Nous vieillirons ensemble, et notre amour réciproque est assez grand pour se survivre à lui-même par le souvenir. Non, parce que notre union n'a pas été sanctifiée par un prêtre ou consacrée par un magistrat, questions de détail qui, avec mon indépendance de caractère et d'idées, n'a qu'une bien médiocre importance. Je vous avouerai même, monsieur de Roilette, que je ne crois à la possibilité de l'amour que dans les unions libres.

— Il est vrai qu'on s'habitue vite à ce qui vous appartient légalement et que cette possession légitime d'une femme en tous points semblable à celle d'un meuble ou d'un animal qu'on a acheté, dont on peut se servir à son gré, qu'on ne saurait vous voler sans encourir les rigueurs des lois, amène vite la satiété; tandis qu'avec la maîtresse, il y a toujours la crainte de la voir s'envoler avec un autre, sans que vous ayez le moindre recours contre elle.

Si Henri Pasquet se fût douté de la moindre chose en ce qui concernait les relations antérieures de Jovelin de Roilette avec Jeanne Klein, il eût attaché à ces paroles un tout autre sens.

Le journaliste avait éprouvé une sorte de froissement d'amour-propre et ressenti une contrariété compréhensible en entendant son interlocuteur affirmer avec une énergie et une sincérité indubitables son amour pour Jeanne et la réciprocité de cette affection. Il en était donc bien sûr pour parler avec cette chaleureuse conviction ? C'est ce qu'il faudrait voir. Henri Pasquet n'ayant pas le plus léger soupçon, acquiesça à l'opinion de Raoul par ces paroles :

— Vous avez, mon cher, parfaitement raison. Nous avons les mêmes idées bien arrêtées sur le mariage, cette institution surannée bonne pour les épiciers et les maîtres d'école, mais nuisible à tous ceux qui, dans n'importe quelle branche, scientifique ou artistique, font métier de leur intelligence.

On sait hélas ! quelle était la branche exploitée par le hardi coquin.

— Voilà qui est fort judicieusement raisonné, observa

Raoul, je vous félicite vivement de vos principes et je vois qu'en tous points nous pouvons nous entendre. Me faites-vous l'amitié d'accepter à dîner avec moi ce soir ?

— Vous m'excuserez, cher monsieur, c'est impossible, je ne suis pas libre.

— C'est vrai, j'oubliais ! Quel malheur que mon installation très sommaire de garçon ne me permette pas de recevoir chez moi, j'aurais prié madame de me faire l'honneur de vous accompagner.

— Je vous remercie mille fois ; mais puisque vous ne pouvez recevoir chez vous, intervertissez les rôles et venez demain dîner sans façon chez nous, 25, rue de France. Je vous présenterai ainsi tout naturellement à ma petite Jeanne.

— Ah ! vraiment, je ne sais si je dois accepter... je suis confus...

— Allons donc ! j'espère que ce sera un moyen de rendre plus étroites et plus amicales les excellentes relations que nous avons commencées ensemble.

— Vous êtes trop aimable et j'ignore comment vous remercier...

— En acceptant, c'est le seul moyen ; nous nous mettons à table à six heures et demie précises. Je compte sur vous.

Les deux hommes se serrèrent la main et se séparèrent.

Henri Pasquet rentra chez lui.

Jovelin de Roilette voyant passer sur la place les jeunes gens qui se trouvaient avec lui lors du déjeuner dans les bosquets de Franchard, se dirigea vers eux et les mit au courant de l'aventure.

Disons tout d'abord que, depuis la rencontre dans la forêt, ces messieurs avaient suivi attentivement et avec tout l'intérêt que la jeunesse oisive des villes de province attache aux affaires des autres, le manège qui avait précédé la liaison de Jovelin de Roilette avec le pseudo-comte d'Evellerio.

Raoul triomphait. Il touchait au but, et c'était son rival qui introduisait naïvement le loup dans la bergerie. Il avait une grande confiance en lui-même et, réflexion faite, il pensait que l'orgueil était pour beaucoup dans le grand amour de Jeanne pour son nouvel amant, amour dont celui-ci faisait si hautement parade.

Aussi il aborda ses camarades par ces mots :

— Mes bien chers, je vais vous apprendre une grande nouvelle : je dîne demain en ville.

Les jeunes gens se mirent à rire.

— En voilà une nouvelle ! remarqua l'un d'eux, ça t'arrive au moins cinq jours sur sept que compte la semaine.

— Attendez-un peu : Voyons, devinez chez qui je dîne ?

— Parbleu ! c'est malin à deviner. En voyant ta joie, on est tout de suite fixé.

— Eh bien'! dites alors ?

— Mes enfants, je tiens le pari que ce diable de Raoul a réussi à se faire inviter par l'amant de son ancienne maîtresse et qu'il va lui être présenté par cet infortuné comte d'Evellerio.

— Parfaitement exact !

— C'est dans l'ordre !

Tout le monde se tordit à cette révélation.

— Hein ! est-ce assez piquant ?... Je m'attends bien à un peu de froideur au début, mais je connais Jeanne, elle ne se trahira pas et je ne désespère pas de l'avenir ; car, en définitive, je n'ai jamais cessé de l'aimer ; je l'ai beaucoup regrettée, et ma passion nouvelle est aussi ardente que sincère.

— Ne te défends pas, dit un des jeunes gens, nous te croyons, et tu sais notre opinion sur cette dame : nous la trouvons tous charmante, fort désirable, très appétissante, seulement...

— Ah ! il y a un seulement ?...

— Oui, mon cher, un gros *seulement* !

— Tu m'effrayes, parole d'honneur !... Explique-toi.

— Que fais-tu du d'Evellerio ?

— Mais.... ce qu'on fait toujours d'un amant ou d'un mari en pareil cas : j'en fais mon meilleur ami.

L'hilarité fut cette fois à son comble, et le chœur des

élégants, formant la petite cour du journaliste influent, se mit à chanter sur tous les tons :

— Ce diable de Raoul, a-t-il de l'esprit !

On se sépara ; et tandis que Raoul de Roilette, enchanté de lui, regagnait sa rédaction, les bons camarades discutaient ses chances de succès et gouaillaient agréablement l'amant berné.

Pendant ce temps, Henri Pasquet était rentré chez lui.

— Comme tu reviens tard ce soir, lui dit Jeanne. Cher méchant ! je devrais bien ne pas t'embrasser pour m'avoir fait ainsi attendre. Fort heureusement, tu sais trop que je n'aurais pas le courage de me montrer sévère et que, si je te gronde, c'est pour avoir le plaisir de te pardonner.

— Cela te sera d'autant plus facile que, si je suis en retard, ce n'est pas ma faute. Tu vas m'excuser.

— Voyons ?

— J'ai été invité à dîner par un ami. Ne voulant pas accepter à cause de toi, j'ai préféré demeurer un peu plus longtemps en sa compagnie.

— Quel est cet ami ?

— Tu ne le connais pas, c'est un journaliste d'ici, il est rédacteur en chef du *Mémorial de Seine-et-Marne*.

— Ah ! est-ce que je l'ai déjà vu avec toi ?

— Non, mais je te le présenterai demain, car je l'ai invité à dîner.

— Tu as eu raison : c'est peut-être pour toi une bonne relation.

— Oui, on le dit très influent.

La conversation en resta là ; et certes, Jeanne, qui avait connu M. de Roilette soldat, était loin de se douter qu'elle le reverrait rédacteur en chef du *Mémorial*. Le lendemain, la jeune femme, selon son habitude, fit elle-même son marché et acheta ce qu'elle trouva de mieux, soucieuse de traiter convenablement l'ami de son Charles. Le soir, à six heures et demie précises, M. Jovelin de Roilette, correct dans sa redingote noire, un bouquet à la main, sonnait à la porte du comte d'Evellerio. Henri vint ouvrir lui-même et introduisit son hôte au salon.

Jeanne, après avoir tout mis en ordre, était montée s'habiller dans sa chambre.

— C'est bien, mon cher monsieur, d'être exact.

— Habitude d'ancien militaire.

— Je vous demande pardon pour ma femme. Elle est encore à sa toilette, mais elle ne va pas tarder à descendre.

Quelques minutes plus tard, le pas léger de Jeanne Klein se fit entendre dans l'escalier.

La porte s'ouvrit, et la jeune femme vit Raoul devant elle, courbé respectueusement dans une attitude de froide politesse. Elle faillit jeter un cri de surprise et de colère; mais M. de Roilette voyant qu'elle perdait contenance et que, s'il ne payait pas d'audace, tout était perdu, releva la tête et s'écria :

— Ah! par exemple! Mademoiselle Klein?

— Comment! vous vous connaissez? demanda Pasquet, visiblement intrigué.

— Si nous nous connaissons !... Mon cher comte, j'étais bien jeune et madame bien petite lorsque nous nous sommes vus pour la première fois !... Ma famille était liée avec la mère de Jeanne !... Oh! pardon, madame, c'est ainsi que je vous appelais jadis.

Jeanne comprit que ce hardi mensonge sauvait la situation et elle accepta d'y répondre :

— Oui, c'est vrai. M. de Roilette et moi nous nous connaissons de longue date, et je ne m'attendais certes pas à le rencontrer ici! Je vous prie, monsieur, de me pardonner une émotion bien naturelle... Il y a si longtemps que nous ne nous sommes vus... et votre présence évoque en mon âme tant de souvenirs... que je réclame votre indulgence...

— Par exemple! chère madame, mais je suis si heureux moi-même de ce hasard que je partage votre émotion.

— Ah! voilà qui est étrange!.. mais c'est un véritable coup de théâtre! Je suis enchanté, croyez-le, mon cher monsieur de Roilette, de voir que vous n'êtes pas un in-

connu ici. J'espère que cela aidera à transformer des relations courtoises en une sincère amitié.

— J'accepte ce souhait avec un immense plaisir, répondit Raoul en serrant la main que lui tendait Henri.

— Pourrait-il en être autrement? J'aime trop ma
chère Jeanne pour ne pas avoir de l'affection pour ses
amis.

Jeanne, sentant que le danger avait disparu. reprit
un peu d'assurance et en profita pour faire comprendre à
Raoul que toute galante tentative échouerait infailliblement. Elle dit :

— Vous tombez ici, monsieur de Roilette, dans un nid
d'amoureux, simple et de petite taille, mais où Charles et
moi nous nous trouvons au large tant nos cœurs sont unis.

En prononçant ces paroles, elle fixait le journaliste avec
une persistance qui le troubla et ne laissa pas que de le
contrarier fortement. Jeanne Klein était femme et trop
fine dans son honnêteté pour ne pas avoir deviné que
la présence de Raoul chez elle était le résultat de manœuvres habiles exécutées par son ancien amant auprès du
nouveau, en un mot la réussite d'un plan conçu à la suite
de leur première rencontre au restaurant Franchard.

On se mit à table, mais, malgré les efforts d'Henri
Pasquet pour égayer le repas, une froideur cérémonieuse
ne cessa de régner entre les divers personnages de cette
scène. Raoul s'en plaignit à un moment, et comme Jeanne
ne répondait rien, Henri dit sur un ton plaisant :

— Dame! mon cher de Roilette, vous avez quitté une
enfant, une fillette, et vous retrouvez une femme... Et la
première fois qu'on se revoit, il y a un peu de gêne. Mais
cela disparaîtra vite, car maintenant que vous connaissez
le chemin de la maison, j'espère bien que vous y viendrez comme chez vous.

— Oh! je craindrais d'abuser...

— Abuser! vous voulez rire. N'est-ce pas, ma chérie?
continua Henri en s'adressant à Jeanne, n'est-ce pas que
nous serons enchantés de recevoir souvent notre ami de
Roilette?

— Mais... certainement, fit Jeanne en essayant de prendre un visage joyeux.

La pauvre fille endurait un véritable supplice. Elle aurait voulu pouvoir crier à Henri :

— Cet homme à qui tu prodigues les épithètes les plus sympathiques, auquel tu fais des protestations d'amitié, cet homme est l'auteur de tous mes maux... C'est lui qui m'a séduite et qui, sans toi, aurait été cause de ma mort !... Cet homme est un voleur qui vient ici pour tâcher de me ressaisir et de m'arracher de tes bras !... Chasse-le, c'est un misérable !...

Hélas ! les mots arrivaient à ses lèvres comme un flot de haine et ils s'arrêtaient là, impuissants à sortir, sous l'empire d'une sorte de crainte ou d'hypnotisme.

Après le dîner, on passa au salon pour prendre le café. Henri Pasquet, heureux de jouer au maître de maison et n'ayant aucun motif de se défier de son invité, s'était assez abandonné ce soir-là.

Il avait mangé et surtout bu copieusement, ce qui le rendit expansif et sentimental. Il éprouva le besoin de raconter à M. Jovelin de Roilette comment il avait lié connaissance avec Jeanne Klein. Jeanne, au fond, ne fut pas fâchée de cet incident. C'était un ingénieux moyen de faire peser un lourd remords sur la conscience de son séducteur. Il apprenait ainsi qu'il l'avait conduite au désespoir et que, par sa faute, elle avait été à deux pas de la mort.

Henri commença ainsi le récit de ce drame :

— Je crois de mon devoir, mon cher monsieur, de vous révéler par quel enchaînement de circonstances, Jeanne, que vous avez connue dans sa famille sage et honnête, en est arrivée, la pauvre enfant ! à accepter la situation irrégulière qu'elle a aujourd'hui auprès de moi. Nul ne saurait l'en blâmer. D'ailleurs, soyez convaincu que si jamais je puis m'affranchir de l'autorité maternelle, quoique réfractaire au mariage, en principe, par amour et par estime pour la courageuse et bonne fille, je légitimerai cette union. Jeanne a été la victime d'un gredin qui, en se donnant à elle comme un fiancé, a indignement abusé de sa jeunesse, de son innocence et de son ignorance du vice pour la posséder et l'abandonner ensuite, lorsqu'il s'est agi de tenir les promesses qu'il lui avait faites.

On se figure aisément la tête de l'élégant Raoul de Roilette en écoutant ces paroles. Sa gêne était visible et son ancienne victime s'en réjouissait au fond de l'âme. C'était un commencement de vengeance.

Henri poursuivit :

— Un soir, étant de passage à Paris, je me promenais sur les quais, sans but, lançant devant moi distraitement les grosses bouffées de fumée que je tirais de mon cigare, lorsque soudain mon attention fut attirée par une jeune fille pâle, qui marchait précipitamment sur le même trottoir que moi. Sous l'influence d'un pressentiment dont je ne me rendais pas compte, je me mis à la suivre à distance, et bientôt je la vis jeter un regard furtif de côté et d'autre et s'engager dans un de ces petits escaliers qui descendent sur les berges de la Seine. Je m'y élançai après elle, et j'arrivai au bord du fleuve juste à temps pour l'empêcher de s'y précipiter. Elle voulut se dégager et me supplia de la laisser accomplir son fatal projet... Ah ! mon cher ami, je n'oublierai de ma vie l'expression de cet adorable visage baigné de larmes, la résignation de cette immense douleur ! La jeune femme que je tenais frémissante entre mes bras et que je parvins à ravir au fleuve, est là devant nous !... Je la sauvai, elle m'aima !... Croyez-vous qu'une union contractée dans ces circonstances ne soit pas éternelle ?...

Après ce récit, il y eut un long silence. Jeanne pleurait doucement, regardant son sauveur avec attendrissement.

Quant à Raoul, il était secoué par une violente émotion qu'il ne cherchait plus à dissimuler. D'une voix tremblante et sincère, il répondit en se tournant vers Jeanne :

— L'homme qui était cause de votre désespoir, madame, était un lâche et un misérable ! Celui qui vous a arrachée à la mort est un noble et généreux cœur auquel je suis fier de tendre la main.

Les deux nouveaux amis échangèrent une vigoureuse étreinte.

Raoul continua :

— Oui, vous avez raison de l'aimer, oui, cet amour né sur le seuil d'une tombe entr'ouverte, est de ceux qu'on ne renie pas, et ils sont rares ceux-là !... Gardez-le pieusement et soyez tous deux aussi heureux que vous le méritez. Ce qui vous est arrivé était fatal, nul n'échappe à sa destinée ici-bas, et peut-être même ne devez-vous pas regretter les souffrances passées, ma pauvre Jeanne, puisqu'elles vous ont conduite au bonheur !... Ah ! si l'homme qui a déchiré sans pitié votre âme était là en ce moment, s'il entendait comme je viens de l'entendre l'histoire de votre infortune, il se mettrait, j'en suis sûr, à genoux devant vous et son repentir serait sincère !... Alors il faudrait lui pardonner et ajouter par votre clémence un mérite de plus à ceux que vous avez déjà !...

Jeanne Klein s'aperçut qu'il n'y avait rien de feint dans les paroles de Raoul de Roilette ; elle jeta sur lui un de ces regards longs et éloquents qui signifient :

— Merci ! j'ai compris... je vous pardonne !

Ce n'est que fort tard dans la soirée qu'on se sépara.

Le directeur du *Mémorial*, en rentrant chez lui, se disait :

— Je n'ai été qu'un fou en abandonnant cette femme. J'avais trouvé le bonheur, je n'ai pas su en profiter. Du moins je ne serai pas un malhonnête homme, et je ne chercherai pas à détruire la quiétude que la pauvre enfant a reconquise. Ce serait infâme! La noble fille m'a pardonné... C'est un poids de moins sur ma conscience !... Bah ! ne pensons plus à cela ; j'ai perdu une maitresse, je retrouverai une amie... Cela vaut peut-être mieux, après tout !

XI

INQUIÉTUDES

Jeanne Klein avait sincèrement pardonné à son séducteur. La colère et la haine bien légitimes qu'elle avait ressenties en se retrouvant pour la première fois en face de lui, étaient subitement tombées devant le repentir et l'émotion du jeune homme apprenant brusquement, par l'effet du hasard, les malheurs dont il avait failli être la cause. Elle s'habitua donc à le revoir en ami, car M. de Roilette ne manqua pas de se rendre assez fréquemment aux invitations du faux Charles d'Evellerio.

Le lendemain du dîner, les camarades du rédacteur du *Mémorial de Seine-et-Marne* l'attendaient avec impatience pour lui demander ce qui s'était passé. Raoul le leur raconta franchement, sans phrases. Son récit fut accepté par la majorité des jeunes gens; deux seulement, plus sceptiques, ne virent là, de la part de leur ami, qu'une discrétion par trop tardive et n'ajoutèrent pas foi à son généreux désintéressement. Ils sourirent malicieusement et feignirent de se rallier aux camarades, mais tout bas ils se dirent :

— Ce pauvre Raoul nous prend donc pour des imbéciles? Il voudrait nous faire croire, avec son roman fort bien imaginé, qu'il a renoncé à la jeune femme dont il est si épris ? A d'autres ! Il aura beau se cacher, nous le pincerons quelque jour en flagrant délit de maraude amoureuse.

L'hiver venait à grands pas. Les arbres se dépouillaient de leur toison verte et la terre se couvrait d'un épais tapis de bronze et d'or. On chassait dans la forêt, les coups de feu retentissaient fréquemment et les détonations se répercutaient au loin, bondissant de roche en roche portées par les échos.

Henri sortait fréquemment seul. D'où lui venait ce besoin d'isolement ? Son amour pour Jeanne Klein s'affaiblissait-il ? Non assurément, mais il ressentait de sérieuses inquiétudes en remarquant que l'argent rapporté de Belgique diminuait rapidement et que bientôt il n'en resterait plus. Que deviendrait-il alors ? que deviendrait Jeanne ? Faire de nouvelles dupes, commettre de nouveaux vols, il y songeait bien ; mais, d'un autre côté, il pensait aussi que maintenant il serait extrêmement dangereux d'enlever au nom de Charles d'Evellerio, qu'il s'était approprié, l'espèce de prestige qu'on y attachait. Il s'était mis à fréquenter le petit cercle d'amis de M. Jovelin de Roilette et il avait su s'y rendre sympathique.

On se réunissait parfois le soir, rue de France, et l'on jouait le familial *nain jaune* en absorbant des grogs ou des tasses de thé. Jeanne faisait avec une grâce et un charme exquis les honneurs de sa maison. Elle était aimable pour tous, bien que tenant les invités de son amant à une distance respectueuse. Aucun d'eux n'aurait songé à commettre une indélicatesse de paroles ou une légèreté pouvant offenser la jeune femme.

D'un autre côté, Henri Pasquet réfléchissait aussi qu'après son crime, le retentissant assassinat de la comtesse de Chartray, il serait imprudent et même très périlleux pour lui de commettre n'importe quel méfait dans les mêmes conditions que les précédents, c'est-à-dire grâce aux occasions que lui fournissait sa situation d'homme du monde. Il rêvait de mener une existence de Janus, de revêtir à la fois deux natures d'homme, de jouer deux personnages, dont l'un serait à Fontainebleau justement estimé, et l'autre agirait comme bon lui semblerait sans nuire au premier. La loi des contrastes qui s'imposait à lui l'obligeait à choisir l'emploi mystérieux qu'il désirait tenir sur la scène du monde, dans une classe inférieure de la société qui le forcerait à changer de manières comme de visage.

Son champ d'opération serait Paris. Mais qu'y ferait-il ? Là encore se dressaient mille difficultés. Il passa en revue dans son esprit toutes les petites professions ou industries possibles et ne s'arrêta à aucune. Il fallait que l'Henri Pasquet de Paris fût, en tout, différent de celui de Fontainebleau. Ici grand seigneur, là-bas... quoi ? Il ne connaissait aucun état. De plus il fallait, pour que ces opérations fussent fructueuses, qu'il s'adressât à des gens riches.

Il chercha ainsi longtemps pendant les longues courses qu'il faisait seul à travers la forêt, lorsqu'un jour il crut avoir trouvé.

L'hiver allait commencer, et avec lui les réceptions, les soirées et les bals.

Dans toutes les grandes maisons, on augmente ce jour-là le service des domestiques et des gens de maison, on prend ce qu'on appelle communément des *extras* pour aider les valets de chambre en pied.

Henri réfléchit à cela et se dit que c'était un excellent moyen de s'introduire dans les intérieurs riches et de pouvoir y soustraire tout ce que la confiance ou la négligence des maîtres laisserait à sa portée.

Dès lors, il combina tout un plan. Le lendemain, il se rendrait à Paris, et s'informerait adroitement des moyens à employer pour atteindre à son but. Il devenait donc urgent de prévenir Jeanne que dorénavant il lui serait nécessaire de s'absenter fréquemment, et donner une raison plausible à ces absences. Il aborda nettement la question le soir même durant le dîner.

— Ma chère amie, j'ai pris aujourd'hui une résolution importante.

12

— A quel sujet ? demanda Jeanne étonnée.

— Au sujet de ton bonheur futur.

— Il est donc vrai que tu penses toujours à moi ? Je te le rends bien, va ! Que je t'aime donc, mon Charles, que tu es bon pour ta pauvre petite femme !

— Non, je ne suis pas bon, je t'aime, voilà tout. Aussi, ce n'est pas sans appréhension que je vois filer le peu d'argent qui nous reste. J'aurais eu à cœur de sortir seul, sans le secours de personne, de cette situation si tendue ; mais plus j'y songe, plus je me heurte à des difficultés et plus je comprends la nécessité d'être aidé dans cette tâche.

— Qu'as-tu résolu ?

— Après bien des hésitations, je suis décidé à faire amende honorable et à revoir ma mère. Certes, elle me tiendra toujours sévèrement au point de vue espèces, mais elle m'en donnera assez néanmoins pour nous permettre de vivre ici, ignorés et heureux, sans souci du lendemain.

— Mon cher petit Charles, j'approuve hautement ta résolution. Tu as raison de revoir ta mère. C'est si bon, vois-tu, une maman !... Tu seras pardonné... Cache-moi bien, qu'elle ne puisse nous surprendre et nous séparer, c'est tout que je te demande ; car tu sais, elle ne comprendrait pas pourquoi je vis avec toi, pourquoi je t'aime et pourquoi je mourrais si tu m'abandonnais !

— Ne dis pas de ces choses, enfant, tu m'attristes ! fit Henri en attirant vers lui l'adorée frissonnante et en l'embrassant avec effusion.

Jeanne poursuivit :

— Je comprends très bien que si tu retournes chez ta mère, elle voudra te voir souvent... Oh ! je ne me plaindrai pas, je t'attendrai ici, et chaque fois que tu reviendras, tu me trouveras toujours heureuse de te revoir !... Quand te proposes-tu d'aller à Paris ?

— Demain matin.

— Fort bien ; je te préparerai toutes tes affaires, ne t'inquiète de rien.

Ainsi donc, Henri Pasquet, le fils de Laure Pasquet, la servante de ferme, après avoir vécu d'une vie de prince, après avoir rêvé toutes les ambitions, retombait volontairement, par un revirement bizarre des choses humaines, au rang où l'avait placé sa naissance.

Le désir de s'enrichir par le vol ne lui avait suggéré qu'une idée : il allait se faire *valet de chambre!*

Ce soir-là, il laissa Jeanne se coucher la première et demeura à écrire longuement dans la salle à manger. Chaque fois qu'il avait rempli une page, il approchait le papier de la lampe et le maintenait ainsi jusqu'à ce qu'il ait pris une teinte jaunâtre qui laissait supposer que l'écrit était ancien. Nous saurons bientôt ce que contenaient ces papiers.

Le lendemain, à huit heures du matin, Henri Pasquet prenait à la gare de Fontainebleau le train de Paris. Il avait revêtu un vieux costume de voyage, genre anglais comme étoffe et comme coupe, et s'était coiffé d'un chapeau rond en feutre. Cette tenue lui enlevait beaucoup de son élégance habituelle, et Jeanne, au moment du départ, lui en avait fait l'observation ; mais Henri avait répondu :

— Je connais ma mère, et il ne faut pas qu'elle me suppose à mon aise, si je veux en obtenir quelque chose.

Jeanne Klein s'était inclinée devant cette raison, en somme assez plausible.

En arrivant à Paris, le premier soin d'Henri fut de se rendre chez le coiffeur de l'Opéra et d'acheter une provision de postiches, dont une perruque noire. Il se fit passer pour un acteur et n'attira pas l'attention. En rentrant pour la première fois dans la ville où il avait été criminel, Henri Pasquet se sentit fortement ému. Le passé lui apparaissait en une sinistre vision, depuis la révolte du collège, sa liaison avec Paul d'Evellerio chez le banquier Van Heyst, puis les promenades au bois en équipage avec les deux ravissantes femmes, Clara de Blainville et Fernande de Chartray, ses deux victimes : la première, folle par sa faute, la seconde assassinée par lui. Il prit au bandit une envie terrible de fuir la ville, de retourner à Fontainebleau auprès de Jeanne, pourchassant l'horrible remords qui lui tenaillait la conscience, mais il réfléchit et, avec la réflexion, il reconquit l'entière possession de lui-même. Une voix plus forte que celle de sa conscience troublée jeta à son oreille ces mots : la misère !

Dès lors il n'écouta plus rien. La misère ! il l'aurait peut-être supportée pour lui, renonçant à commettre de nouveaux crimes, non par repentir ou par suite d'un reste de bon sentiment, mais par crainte du châtiment de ses crimes anciens ; mais ce qu'il ne pouvait admettre, c'était la misère pour Jeanne, pour sa maîtresse qui planait au-dessus de tout dans sa pensée et qui, la pauvre fille, si profondément honnête de cœur, incapable d'une mauvaise action, allait être, à son insu, le mobile d'épouvantables forfaits.

Par une sorte de force invisible plus puissante que la leur, les criminels éprouvent un besoin inexplicable de revoir les endroits qu'ils ont ensanglantés. Henri Pasquet subit cette force et, après s'être grimé d'une façon fort habile, il se rendit à Saint-Cloud et fit le lugubre pèlerinage de la berge du quai. Il reconnut le lieu précis où il avait saisi la comtesse de Chartray et l'avait précipitée dans la Seine. Il resta là quelques instants, l'œil fixe, les lèvres frémissantes, les dents serrées ; puis, par un brusque effort, il s'arracha à cette contemplation et rentra dans Paris. Il erra longtemps à travers les rues et s'arrêta soudain devant une maison d'assez sordide apparence, sise dans la rue des Martyrs, n°...

A la porte, sur une plaque de tôle, on lisait, gravée en lettres d'or, l'enseigne suivante :

LA PATERNELLE

AGENCE SPÉCIALE — OFFRES ET DEMANDES D'EMPLOIS. —

MAISON DE CONFIANCE —

VENTES ET TRANSACTIONS DE TOUTES ESPÈCES.
RENSEIGNEMENTS PARTICULIERS — CONTENTIEUX.

Nous allons donc entrer à LA PATERNELLE avant Henri Pasquet et donner des détails indispensables et curieux sur cette étrange maison, qui s'annonçait au public comme traitant un peu de tout.

12.

LE BUREAU DE PLACEMENT

La maison dont l'agence LA PATERNELLE occupait le premier étage était une de ces vieilles constructions vermoulues et lézardées qui inspirent aux uns, ennemis du luxe, une confiance illimitée, et à d'autres, plus modernes d'idées, une certaine défiance. Sur le palier de l'escalier construit à la mode ancienne avec rampe de fer, on lisait inscrits sur un petit écriteau, ces mots : *La Paternelle, entrée des bureaux;* et plus bas, au-dessus du bouton de cuivre, ces quatre lettres : T. S. V. P. Dans l'antichambre dont les murs étaient garnis de pancartes et d'affiches disparates et multicolores, on était reçu par une manière de clerc, installé devant une petite table de sapin noirci, chargée de dossiers, où il grattait du papier.

Les visiteurs inscrivaient leur nom et le but de leur visite sur un feuillet détaché d'un blok-note que le cerbère bureaucrate allait porter dans le cabinet directorial. Les clients attendaient dans cette antichambre, assis sur des banquettes boiteuses recouvertes d'une lustrine jadis verte.

Le directeur, ou mieux la directrice de l'agence LA PATERNELLE, était une femme de cinquante-cinq ans environ, grosse et commune, tenant de la marchande en-

richie et de l'entremetteuse classique. Elle portait des
bagues à tous les doigts, de gros brillants aux oreilles, une
véritable cordelière d'or lui servant de chaîne de montre
s'étalait sur son trop opulent corsage. Madame Goffinot,
ainsi se nommait la matrone, avait toute une gamme de
tons et de manières à l'usage de ses clients et de ses employés suivant leur situation et leur qualité, tantôt rude,
insolente, tonitruante, tantôt polie, obséquieuse, câline
même ; parfois digne, incorruptible, faisant sonner bien
haut les clichés consacrés : devoir professionnel, célérité et
discrétion ; d'autres fois devenant cauteleuse, indulgente
pour les canailleries les plus éhontées, qu'elle affublait du
nom de faiblesses humaines, lorsqu'elle sentait poindre une
bonne affaire, fructueuse pour l'agence. Enfin, il lui arrivait
avec un petit nombre de clients ou clientes d'un genre tout
spécial de se montrer sous son véritable jour et d'affecter
une immoralité cynique.

Madame Goffinot se chargeait à l'occasion du placement
des bonnes à tout faire à l'usage des vieux débauchés et
de celui des *Ruy-Blas* modernes qui, depuis de longues
années déjà, ont une clientèle de choix chez les grandes
et petites dames dépravées, éprises de plastique et en
quête de mâles vigoureux susceptibles de satisfaire
leurs appétits malsains. Ces placements étaient d'un revenu fort avantageux pour *la Paternelle*.

Madame Goffinot avait un flair incomparable pour dé-
nicher ses sujets et les amener à composition s'ils avaient
des scrupules. La clientèle huppée de l'aimable directrice
trouvait aussi son salon hospitalier, disposé charitable-
ment pour abriter incognito les intrigues amoureuses.

Dans ce genre d'exercices, les profits ne manquaient
pas.

La maison Goffinot était à triple fonds et chaque tiroir
était tarifé avec art. Elle faisait partie de ces nombreuses
agences parisiennes de placement ou de renseignements
occultes qui agissent en dehors de toute autorisation ad-
ministrative, en pleine liberté.

En ce qui concerne les renseignements, le mécanisme

était des plus simples : Le client qui voulait les obtenir se
faisait délivrer, moyennant rétribution, un cahier de bul-
letins dont le prix variait suivant le nombre des feuillets.
Pour chaque renseignement demandé, il suffisait de dé-
tacher un feuillet, communément appelé fiche, sur lequel
étaient inscrites les questions auxquelles il s'agissait de
répondre. L'agence, après avoir recueilli toutes les réponses aux questions posées, renvoyait le bulletin au de-
mandeur. Les dossiers de chaque agence portent surtout
sur l'état civil, la conduite, la moralité, les situations de
famille et de fortune des personnes visées. On n'opérait pas
autrement à *la Paternelle.*

Le personnel des employés de madame Goffinot se
composait du Cerbère dont nous avons parlé et qui se
tenait dans la première pièce C'était à la fois un scribe,
un garçon de bureau et un policier de la maison. Il avait
été recors chez un huissier, et, trouvant des appointements
supérieurs à *la Paternelle*, il avait consenti à y faire les
plus vilaines besognes et à y remplir les plus modestes
fonctions.

De l'antichambre on pouvait, par deux couloirs différents, avoir accès directement chez madame Goffinot ou
bien se rendre dans un bureau assez vaste séparé en
deux parties par une cloison grillagée derrière laquelle
étaient deux tables pupitres, l'une pour le caissier
comptable, l'autre pour le secrétaire de l'agence. C'est à
travers ce grillage que se traitaient les affaires courantes
qui ne nécessitaient pas la présence ou l'intervention de
madame la directrice.

Le caissier de madame Goffinot était un ex-notaire que
des affaires... malheureuses, pour ne pas dire plus,
avaient forcé d'abandonner son étude. Astucieux et pos-
sesseur de toutes les finesses de la jurisprudence, il était
souvent d'un précieux conseil pour l'agence.

Le secrétaire, lui, était une de ces brutes sans principes
ni scrupules, hypnotisées par l'absinthe, desquelles on
peut tout obtenir à prix réduit.

Tels étaient les trois agents de *la Paternelle.*

L'appartement particulier de madame Goffinot se composait de quatre pièces : une salle à manger servant à la fois de salle d'attente, un salon, un petit bureau, sorte de sanctuaire capitonné, enfoui sous d'épaisses tentures d'où aucun bruit ne pouvait être perçu au dehors, et enfin une chambre à coucher. La cuisine, que nous avons oublié de citer, ouvrait sur un escalier de service dont bien des clients et clientes de madame Goffinot apprécièrent à maintes reprises l'utilité.

Lorsque Henri Pasquet eut fait la lecture de la pancarte apposée à la porte de *la Paternelle*, il se dit :

— Voilà mon affaire, inutile d'aller chercher plus loin.

Et il monta résolument.

— Qui demandez-vous ? interrogea brusquement le petit employé.

Henri Pasquet avait appris avant de monter le nom du directeur du bureau ; aussi répondit-il avec assurance, comme un homme habitué à ce qu'on ne le fasse pas attendre :

— C'est à madame Goffinot que je désire parler.

Ce moyen réussit généralement avec les cerbères d'antichambre qui deviennent, devant une réponse catégorique et insolente même, aussi plats et aussi polis qu'ils sont grossiers avec les visiteurs timides.

— Qui annoncerai-je à madame la directrice ?

— Charles, l'interprète, ajouta légèrement le jeune homme.

Ce jour-là, madame Goffinot se trouvait par hasard de bonne humeur; elle consentit donc à recevoir ce visiteur inconnu pour elle, car c'est vainement qu'elle se creusa la tête pour savoir que pouvait bien être : Charles, interprète?

Au bout de cinq minutes d'attente dans la salle à manger, Henri Pasquet fut introduit dans le cabinet mystérieux dont nous avons donné la description.

Madame Goffinot, répandue sur un fauteuil, étalant dans une omnipotence monstrueuse toute son opulente personne, lui fit signe de s'asseoir. Elle s'aperçut incontinent qu'elle ne connaissait pas le jeune homme, mais son élégance relative, étant donné l'accoutrement dont il s'était affublé, la douceur de son regard, la finesse de ses traits séduisirent au premier coup d'œil la directrice de l'agence *la Paternelle*. Elle flaira un sujet.

— Vous avez sollicité de m'entretenir personnellement, monsieur ; vous avez sans doute une affaire particulière à me proposer ?

— Ma foi, non, madame, je désire me placer à Paris, simplement.

— Mais j'ai des employés qui s'occupent de cela.

— Je le sais, madame ; seulement, suivant un vieux proverbe, je préfère m'adresser au bon Dieu qu'à ses saints.

La grosse femme eut un sourire qui signifiait clairement : il est intelligent.

— Êtes-vous déjà venu ici ?

— Non, madame, c'est la première fois, mais votre maison est si connue et si prisée à l'étranger, qu'en arrivant, ma première visite a été pour vous.

— C'est fort aimable, répondit la matrone, touchée au vif par l'habile mensonge d'Henri Pasquet, et flattée au plus haut point en apprenant que sa maison était connue favorablement à l'étranger.

Le coquin poursuivit :

— Je me suis trouvé, en Amérique surtout, avec des gens de maison qui avaient eu affaire à vous et qui avaient conservé de *la Paternelle* le meilleur souvenir.

— Notre maison, en effet, a toujours su se faire apprécier par les services de toute nature qu'elle rend, ronronna la digne madame Goffinot avec onction.

Sa sympathie était acquise au jeune homme ; désormais il pouvait compter sur elle.

— Comment vous nommez-vous ?

— Hélas ! madame, je dois avoir été abandonné par des parents riches, à ce que m'ont assuré les braves gens qui m'ont élevé. Mais je n'ai pas de nom de famille ; je suis enfant trouvé. On me nomme Charles...

— Et quel emploi désirez-vous obtenir ?

— Je désirerais entrer comme valet de chambre dans une maison riche. Je parle passablement l'anglais et l'espagnol et puis rendre des services comme interprète en voyage.

Depuis un instant, la directrice de la Paternelle considérait avec attention, et même d'une façon peu décente pour une autre femme qu'elle, son nouveau client. Elle venait de former un projet.

Le jeune homme sortit de sa poche de nombreux certificats qu'il s'était fabriqués la veille; car ces papiers jaunis, dont nous avons parlé dans le précédent chapitre, n'étaient autres que des faux, indiquant que le prétendu Charles avait servi dans les plus illustres familles du Brésil et de la République argentine, et qu'il n'y avait à lui décerner que des éloges.

Il passa ces pièces apocryphes à madame Goffinot, qui les parcourut distraitement, absorbée qu'elle était par une unique pensée. Tout bas elle se disait:

— Il est joli garçon, jeune, il s'exprime correctement, il y a mieux à faire que de placer ce garçon-là dans une maison où il croupira sans profit pour lui, ni pour moi. Il faut tirer parti de ce phénix des valets de chambre. Il plaira aux femmes et sera pour la maison un excellent auxiliaire.

Henri Pasqué ne perdait pas un mouvement de la directrice; il lisait couramment dans ses yeux et, de son côté, pensait qu'il avait été bien inspiré en venant dans cette agence.

— Voilà d'excellentes notes, dit soudain madame Goffinot en rendant au jeune homme ses certificats; mais je réfléchis à une chose: vous valez beaucoup mieux qu'un valet de chambre ordinaire et je puis vous faire gagner de l'argent autrement...

— Comment cela?

— Écoutez-moi : nous ne sommes pas ici seulement un bureau de placement, mais aussi une agence de renseignements. A chaque instant on nous demande, soit au point de vue commercial, soit au point de vue matrimonial, soit pour toute autre cause, des renseignements que nous devons fournir avec précision et promptitude. Notre intérêt consiste donc surtout à accumuler le plus grand nombre de dossiers possible. Pour cela il nous faut des agents intelligents et dévoués. Voulez-vous être un de ces agents ?

— En quoi consistera ma besogne ?

— C'est bien simple : au lieu d'entrer à poste fixe dans une maison quelconque, je vous procurerai des places passagères. La saison parisienne commence en ce moment. Tous les salons qui reçoivent vont ouvrir leurs portes. On aura besoin d'extras.

— Je comprends et j'accepte, se hâta de répondre Henri Pasquet.

Un hasard inconnu favorisait son plan. Ce que madame Goffinet lui proposait, c'était ce qu'il avait rêvé. Il rayonnait intérieurement.

— Laissez-moi achever, reprit la directrice de la *Paternelle*.

— Votre besogne, quoique délicate, sera relativement facile. Les domestiques sont bavards. Vous les questionnerez habilement. Vous saurez par eux les tenants et les aboutissants de vos maîtres d'un jour, et vous me rapporterez le lendemain ce que vous aurez appris.

— Rien de plus aisé.

— Naturellement, vous opérerez avec une prudence extrême. Il importe que personne ne puisse se douter du but de vos questions. La curiosité, le besoin de causer devront seuls vous guider vis-à-vis de tout le monde. Cela vous convient-il ?

— Absolument, madame, et vous verrez que je répondrai pleinement à la confiance dont vous voulez bien m'honorer.

— J'y compte. En ce cas, vous n'aurez pas à vous plaindre de moi et chacun de vos renseignements sera grassement rétribué. Dès aujourd'hui je vais me mettre en campagne et vous inscrire sur toutes les listes de de-

mande d'extras. Pour commencer, vous irez jeudi prochain chez M. le comte Polwski, qui donne une grande
soirée pour fêter sa nomination d'attaché à l'ambassade
russe.

Henri Pasquet eut un tressaillement imperceptible. Il
se souvenait du comte Polwski, l'ami intime de Carle
Van Hoyst, et se doutait bien que le banquier de la rue de
Provence assisterait à la soirée. Un instant il eut la pensée
de refuser, mais il craignit, pour la première fois, de déplaire à madame Goffinot, et répondit :

— Je suis à votre disposition. Jeudi matin, je viendrai
prendre vos ordres.

— C'est entendu.

Henri Pasquet avait réfléchi que, grimé comme il l'é-
tait, il serait impossible de le reconnaître. Et puis, cela
ne lui déplaisait pas de se retrouver en présence de
l'homme qui l'avait honteusement chassé de chez son
ancienne maîtresse et dont il avait juré de se venger.

— Sans ce Van Hoyst, se disait-il, je n'aurais pas été
criminel, Fernande de Chartray vivrait encore, je l'aurais
reconquise et, malgré mon amour exclusif pour Jeanne,
j'en aurais profité encore, sans être réduit à faire le métier
auquel je suis astreint aujourd'hui.

Ces pensées augmentaient encore sa haine, et comme
il sentait la chance lui revenir et la bonne étoile, qui ra-
rement l'avait abandonné, planer et briller de nouveau
au-dessus de sa tête, il faisait fi du danger et se proposait
de l'affronter hardiment et d'employer tous ses efforts à
servir ses projets de vengeance. Il quitta l'agence et sa
directrice, enchanté et résolu, et, après s'être débarrassé
de sa perruque dans un endroit désert, près de la gare
de Lyon, il reprit le train et arriva à Fontainebleau pour
'heure du dîner.

Jeanne Klein ne s'attendait pas à revoir si promptement
son Charles. Elle l'accueillit avec joie et lui demanda aussitôt des nouvelles de son entrevue avec sa mère. Henri
répondit avec son aplomb accoutumé :

— Très froid pour commencer, mais je m'y attendais ;

13

néanmoins, j'espère que, d'ici peu, ma mère comprendra que j'ai le plus vif désir de lui être agréable et elle me rendra son affection.

— Quand retournes-tu la voir?

— Après-demain jeudi.

— Alors nous profiterons de la journée de demain pour faire une grande excursion. La femme de ménage, en partant, ira chez le voiturier prévenir notre cocher.

— Certainement. Personne n'est venu en mon absence?

— Si, j'ai eu la visite de M. de Roilette, ajouta Jeanne d'une voix mal affermie.

XIV

UN DRAME EN FORÊT

M. Jovelin de Roilette ignorait-il le départ de l'amant de Jeanne? Il est permis de le croire. Toujours est-il qu'il vint rendre visite à la jeune femme en l'absence d'Henri Pasquet. Cette visite délicate, nous pouvons le dire, fut empreinte de part et d'autre d'une grande honnêteté.

Du côté de Jeanne, rien de surprenant. Nous connaissons les sentiments qui l'animaient; mais il y eut lieu de féliciter le jeune Raoul de son attitude réservée et cordiale à la fois.

— Je bénis, lui dit-il, le hasard qui me fait vous trouver seule, ma chère Jeanne, pour causer une dernière fois du passé.

Elle murmura avec un soupir:

— Souvenirs pénibles!

— Oui, pénibles pour vous, doux et cruels en même temps pour moi. Ce n'est que lorsqu'on a perdu un trésor qu'on en comprend bien la valeur. Si je [me permets de vous parler ainsi, Jeanne, c'est que vous avez saisi le sens de mes paroles l'autre soir et vous êtes fixée à présent sur mes sentiments actuels à votre égard.

Maintenant, je vous aime comme ma sœur, la passion a disparu pour ne laisser de place qu'à l'amitié; aussi, ce

que je viens vous demander par grâce, c'est de m'affirmer vous-même que vous n'avez plus aucun ressentiment contre moi.

— Je vous le jure, Raoul, répondit Jeanne Klein. Votre
sincérité a vaincu mon ressentiment, votre repentir a enlevé de mon cœur tout désir de vengeance ; soyons désormais de bons amis, mais que jamais plus, ni en présence
de Charles, ni lorsque vous serez seul avec moi, il ne soit
question de notre ancienne liaison.

— Je vous le promets.

Tel avait été l'entretien des deux jeunes gens en l'absence d'Henri Pasquet. Jeanne, questionnée par son amant
sur la visite du rédacteur du *Mémorial de Seine-et-Marne*,
répondit évasivement :

— Nous avons causé de la pluie et du beau temps. Ça
n'était pas gai, je t'assure, et ton absence gênait visiblement M. de Roilette.

— Oh ! je ne suis pas inquiet, crois-le bien. M. de Roilette est un homme bien élevé, en qui j'ai confiance ; ne
vois dans mes questions qu'une simple curiosité.

Le lendemain, sous les rayons du soleil d'octobre, la
forêt avait pris des teintes fauves contrastant avec les ra-
meaux sombres des arbres toujours verts. Le temps était
un peu froid et sec, par conséquent, fort propice à une
excursion. A neuf heures du matin, la voiture était à la
porte de la petite maison de la rue de France. Emmi-
touflée dans un grand manteau garni de fourrure,
Jeanne s'installa avec son amant et ils partirent. En dépit
du soleil et de leur désir de s'amuser, nos deux personnages étaient tristes.

Tout d'ailleurs semblait contribuer à augmenter cette
tristesse. Ils sortirent de la ville par la rue des Bois et entrèrent en forêt par la *Vallée des Tombeaux*. Les pins syl-
vestres au sombre feuillage s'harmonisaient parfaitement
avec le nom du sol. On aperçoit de là, à travers les
broussailles et une palissade ruinée, quelques tombes,
restant de l'ancien cimetière de Fontainebleau. Ce spectacle jeta un trouble indéfini dans l'âme de Jeanne. Lors-

qu'elle fut sortie de la lugubre vallée, elle poussa un soupir de soulagement.

Après avoir suivi les *Rochers de Raucourt*, de *Godefroy de Bouillon*, de *Clorinde et Tancrède* et de *Cantorbéry*, et enfin l'admirable chaos auquel on a donné le nom de notre grand poète national : *Victor Hugo*, ils gagnèrent la maison forestière et y déjeunèrent rapidement, dans une salle basse, véritable tableau de genre. Dans une haute cheminée flambaient deux énormes bûches, et les flammes joyeuses de ce feu de bois dansaient sur le fond sombre, jetant au dehors des clartés et des reflets splendides.

Les armes du garde, fusils et couteaux de chasse, soigneusement astiqués, reluisaient sur leur râtelier de vieux chêne. Devant l'âtre, deux superbes chiens courants étaient étendus dans une élégante mollesse, les yeux à demi-fermés. Dans l'angle, un magnifique angora était accroupi. Aux lueurs du feu, ses yeux verts scintillaient comme des émeraudes.

La femme du garde servit aux visiteurs une plantureuse omelette au lard et un civet de lièvre fort bien accommodé, ensuite des fruits et une jarre de crème. Jeanne mangea de bon appétit ainsi qu'Henri. Le pain bis et le petit vin clair du garde leur semblaient délicieux. Lorsqu'ils furent confortablement restaurés, eux, le cheval et le cocher, ils remontèrent en voiture et continuèrent leur excursion, sans se douter de la catastrophe qui se préparait.

Vers cinq heures du soir, le soleil couchant jetait au delà des collines boisées de larges taches couleur de sang. C'était le commencement d'un de ces merveilleux crépuscules d'automne.

La voiture, débouchant du carrefour des Six-Routes par l'ancien chemin des Carrières, venait d'atteindre les hauteurs de la Solle et s'apprêtait à les contourner, lorsque, effrayé sans doute par le scintillement des derniers rayons sur le grès, le cheval fit un si brusque écart que la bride se cassa. L'animal ne se sentant plus maintenu et rendu furieux par les bouts de rênes qui s'enchevêtraient dans ses jambes, s'emballa et partit dans une course vertigineuse. Le cocher essayait vainement de ressaisir les fragments des rênes.

Jeanne avait poussé un grand cri et s'était jetée dans les bras d'Henri, lequel pâle, les dents serrées, jugeant la situation désespérée, attendait le dénouement fatal.

Dans cette chevauchée effroyable, les roues heurtaient à chaque instant les quartiers de roches qui bordaient la route et faisaient jaillir des éclairs. A droite, les taillis s'assombrissaient à l'approche de la nuit ; à gauche, la vallée s'étendait à trois cents mètres au-dessous de la route.

Jeanne, les yeux dilatés par l'épouvante, regardait ce vide qui semblait l'attirer et ce précipice qui, d'un moment à l'autre, pouvait l'engloutir.

En présence de l'imminence et de la grandeur du péril, Henri Pasquet, que son sang-froid n'avait pas abandonné, prit une résolution subite ; il se souleva sur la banquette de la victoria, puis, saisissant d'un bras nerveux la pauvre Jeanne plus morte que vive, il attendit qu'un arbre se trouvât à portée de sa main.

Bientôt, à quelques mètres, il aperçut un énorme chêne dont une des branches noueuses avançait en saillie au-dessus de la route. Réunissant toutes ses forces, il mesura son élan et s'accrocha à la branche qu'il put saisir au passage et qui, ployant sous le poids des deux corps, fit ressort et amortit le choc.

La voiture, hors de laquelle ils se trouvèrent projetés, leur meurtrit légèrement les jambes, mais qu'importaient quelques blessures sans gravité en présence d'une mort horrible et certaine ?

Henri Pasquet, épuisé par l'effort presque surhumain qu'il venait de faire, lâcha la branche protectrice et tomba à terre avec Jeanne. Ils étaient sauvés !

Presque au même instant, un bruit effroyable retentit. Une roue s'étant brisée, voiture, conducteur et cheval avaient été précipités dans les profondeurs de la vallée. Les échos répétèrent le cri déchirant du malheureux cocher. Jeanne s'était évanouie.

Henri Pasquet, tremblant d'émotion s'approcha de l'abîme et assista à un affreux spectacle : à chaque aspérité de roc, homme, cheval et équipage rebondissaient pour retomber plus bas.

Quelques secondes plus tard régnait un silence de mort.

Le bruit de cette chute terrible et le cri poussé par la victime avaient été entendus. De toutes parts on accourait. Des soldats qui passaient dans la vallée relevèrent le pauvre conducteur. Son corps n'était qu'un amas boueux de chairs sanguinolentes, le crâne était troué en plusieurs endroits, un œil avait été arraché. C'était d'une horreur indescriptible. Le cheval était également mutilé, et quant à la voiture, il n'en restait que des fragments de bois ou de fer tordus auxquels pendaient encore des lambeaux d'étoffe.

Henri, aidé de quelques passants, transporta Jeanne, toujours évanouie, chez une marchande ambulante dont la baraque est établie à la fontaine du Mont-Chauvet. Grâce aux soins qui lui furent prodigués, la jeune femme ne tarda pas à reprendre connaissance.

Des touristes voyageant en omnibus de famille leur offrirent de les conduire à Fontainebleau. Ils acceptèrent avec empressement, car ils étaient épuisés. A la nuit profonde, ils rentrèrent dans la maison de la rue de France.

Avant de quitter le théâtre de la catastrophe, le faux Charles d'Evellerio avait remis sa carte à un garde, car le procès-verbal de l'accident allait être dressé.

XV

LA VICTIME

Au bout d'une heure, Henri Pasquet et Jeanne Klein ne souffraient plus des légères confusions qu'ils avaient reçues; mais la jeune femme était vivement affectée de la mort horrible de l'infortuné cocher, auquel elle s'était habituée et qui mettait tant de bonne grâce à les conduire dans la forêt et à leur en expliquer les beautés.

Henri, lui, ne se faisait qu'une seule réflexion :

— Jamais je n'ai été aussi près de la mort... Cent autres à ma place auraient péri comme notre malheureux conducteur. Une puissance invisible me protège, la chance est toujours pour moi. Marchons donc hardiment dans le chemin tracé et bravons tous les périls, puisque les plus terribles n'arrivent pas à m'atteindre !

Dans la soirée, un agent de police vint à la maison de la rue de France, prier M. le comte Charles d'Evellerio de passer à la mairie pour divers renseignements relatifs à l'accident de la journée.

Le corps de la victime ou mieux les débris de ce corps avaient été recueillis dans une voiture d'ambulance du train des équipages, requise à Fontainebleau à la nouvelle du malheur, et transportés à la mairie dans une petite salle attenante au poste de police.

Après avoir raconté ce qui s'était passé dans les plus petits détails, le prétendu comte d'Evellerio fut invité à voir le cadavre. Comme il examinait tristement les restes défigurés du pauvre diable, il posa au commissaire de police quelques questions :

— Etait-il marié ?

— Non, monsieur le comte, fort heureusement. Il est absolument sans famille.

— Est-ce un enfant du pays ?

— Il est né sur la ligne mais beaucoup plus loin, à quelques lieues de Gien, dans une petite bourgade qui a nom Autry-le-Châtel.

Henri Pasquet ouvrait la bouche pour s'écrier :

— Mais c'est mon pays !

Il se retint fort habilement et dit :

— Je ne connais pas cet endroit.

Puis, du ton le plus naturel, il ajouta :

— Comment se nommait-il ?

— Louis Chéraud.

A ce nom, Henri Pasquet faillit tomber à la renverse. Il l'avait entendu prononcer à sa mère ce nom, il savait tout ce qu'elle avait souffert à cause de lui ; et voilà que, par le plus singulier des hasards, il se trouvait brusquement en présence du cadavre de Louis Chéraud, de son père ! La demi-obscurité qui régnait dans la salle basse favorisa Henri Pasquet, car, au grand jour ou à la pleine lumière, son trouble aurait été remarqué et il en serait peut-être résulté pour lui de graves désagréments. Après avoir jeté un dernier regard sur le corps de son père, il quitta précipitamment la sinistre pièce et, ayant pris congé du commissaire de police, il rentra chez lui tout bouleversé.

Jeanne l'attendait. Elle s'aperçut de l'agitation inaccoutumée de son amant et l'interrogea timidement sur ce qui en était la cause. Le jeune homme mit son émotion sur le compte de l'horreur du spectacle auquel il avait assisté.

— Ainsi, tu as revu ce pauvre cocher ?

— Oui... c'était épouvantable !

— Oh ! n'en parlons plus, je t'en conjure, mon Charles,

13.

pensons plutôt à ton voyage. Tu retournes demain chez
ta mère. Comment t'habilleras-tu ?

— Comme la dernière fois.

— Alors, je vais préparer tes affaires.

— Non, je te prie, laisse-moi, j'arrangerai moi-même
ce qu'il me faudra. Tu dois être brisée de fatigue après
une semblable journée, fais-moi l'amitié d'aller te reposer.

— Et toi ?

— Moi, j'ai à écrire.

— C'est bon, je t'obéis. Au revoir, mon chéri !

Jeanne embrassa son amant et se retira sans risquer la
moindre observation. Elle était habituée à ne jamais le
contrarier, même dans ses plus petits désirs.

Si Henri Pasquet tenait à demeurer seul, c'est qu'il
éprouvait le besoin de se recueillir après le coup terrible
que la révélation du commissaire de police venait de lui
porter. Quelquefois, à diverses époques, il avait songé à ce
père qu'il ne connaisait pas ; il se le figurait aussi misérable
que lui, et malgré l'abandon auquel il avait voué sa maitresse et son enfant, il se prenait à l'aimer, sous l'empire
d'un sentiment inexplicable, une sorte d'affinité du mal.

Or, il ne retrouvait ce père que pour le voir mourir
d'une mort effroyable. Des larmes de rage brillèrent dans
les yeux du gredin, et, les poings serrés, la poitrine gon-
flée, il murmura :

— Toujours du sang, toujours de sombres drames !..
Ma vie sera donc éternellement vouée à de terribles com-
bats ?... Et dans mes rêves, il y aura donc toujours des
cadavres ?... Ah ! comme j'en finirais avec la vie, si je ne
t'avais pas, chère et douce créature, ô ma Jeanne !... rayon
de soleil qui efface les ombres, sourire angélique qui arrête mes larmes prêtes à couler !... Ce n'est que pour toi
et par toi que je traîne ma misérable existence, heureux
encore, bien heureux de souffrir pour te posséder !...

On le voit, l'amour du criminel ne faiblissait pas avec
le temps. Au milieu des noirceurs et des vices de son âme,
il y avait place pour un sentiment loyal, un amour ardent
et dévoué.

Le lendemain matin devaient avoir lieu les obsèques de Louis Chéraud. Il résolut d'y assister et de ne partir qu'après pour Paris. S'étant couché, il ne put dormir; le sommeil le fuyait et il avait constamment devant les yeux l'image mutilée de son père. Alors, il réédifia dans sa pensée toutes les scènes principales du passé : la ferme d'Autry-le-Châtel où la jolie Laure Pasquet servait le vieux Pierre Larrouet, les visites des Chéraud, les fermiers de la Landellerie; les œillades de Louis à la Lauriotte, l'idylle ébauchée, la séduction, la faute et bientôt l'abandon, enfin sa naissance. Il s'imaginait tout cela avec une sûreté d'idées et comme une double vue. Lorsque le jour blanchit derrière les rideaux de la chambre, Henri Pasquet n'avait pas encore fermé l'œil. Ce n'est que sous l'excès de fatigue qu'il s'endormit alors pendant quelques heures.

A neuf heures, Jeanne, levée depuis longtemps déjà, le réveilla avec un bon gros baiser.

— Ne vas-tu pas à Paris ce matin? lui demanda-t-elle.

— Non, je ne partirai qu'après déjeuner, car je me fais un devoir de suivre le convoi de notre infortuné cocher.

— Je t'accompagnerai.

— Si tu veux.

Henri s'habilla et courut à la ville acheter une fort belle couronne sans aucune inscription. A dix heures le convoi de Louis Chéraud partit de la mairie. Tous les cochers de Fontainebleau avaient tenu à accompagner leur camarade à sa dernière demeure. On se montrait le faux comte d'Evellerio et sa femme, si miraculeusement échappés à la catastrophe, on admirait la magnifique couronne qu'ils avaient apportée. Qui aurait pu se douter que les liens du sang unissaient l'élégant gentleman à l'humble victime qu'on portait en terre ! A onze heures, tout était terminé. Henri Pasquet se rendit avec Jeanne directement à la gare. Ils déjeunèrent dans le restaurant installé dans la cour de l'arrivée, puis le jeune homme partit seul pour Paris, où nous savons qu'il était attendu par madame

Goffinot, directrice de l'agence *la Paternelle*, rue des Martyrs.

Jeanne rentra doucement, à pied. En arrivant rue de France elle trouva M. Jovelin de Roilette qui, ayant été informé dans la matinée de l'accident de la veille, venait prendre des nouvelles de Jeanne et du comte d'Evellerio.

— Vous ne sauriez croire, dit-il, combien j'ai été peiné et inquiet à la fois en apprenant cette catastrophe. Enfin, vous ne vous ressentez pas de votre blessure ?

— Aucunement; d'ailleurs elle était si légère. J'eusse préféré de beaucoup être plus gravement atteinte et voir ce pauvre Louis Chéraud de ce monde. Il était si bon, si poli, si complaisant !

— A propos, j'ai un renseignement des plus intéressants sur ce brave cocher.

— Vraiment? Racontez-moi cela.

— Volontiers. La police a télégraphié dans le pays du malheureux pour avoir des documents le concernant. La réponse qui est parvenue ce matin est extrêmement curieuse. Imaginez-vous que ce Louis Chéraud était dans sa jeunesse un véritable coq de village. Son père, riche fermier du Loiret, lui laissait faire toutes ses volontés, si bien qu'il a fini par le ruiner et se ruiner lui-même.

— C'est une histoire, hélas! très commune.

— Attendez un peu, ma chère Jeanne, vous allez voir que nous touchons à un point intéressant. Louis Chéraud, étant parvenu un jour à débaucher une fille de ferme très jolie, nommée Laure Pasquet, en eut un fils qui n'est autre que le trop fameux Henri Pasquet, lequel, sous le nom de baron d'Autry, a assassiné la comtesse Fernande de Chartray, il y a un an.

— Vraiment?... Oh! je me souviens de cette affaire, avec Charles nous en avons souvent parlé en lisant le journal. Et dire qu'on n'a jamais retrouvé ce misérable ! Je raconterai ce que vous venez de m'apprendre à Charles dès qu'il rentrera. Cela l'intéressera vivement, j'en suis sûre.

La pauvre fille ne pensait pas dire si vrai.

— M. d'Evellerio est absent? demanda le directeur du *Mémorial*.

— Oui, il est allé rendre visite à sa mère et peut-être ne le reverrai-je que demain.

— Vous lui ferez toutes mes amitiés, je vous prie. Au revoir, ma chère Jeannette, et à bientôt, ajouta Raoul en lui baisant respectueusement la main.

Demeurée seule, la jeune femme, perdue dans une rêverie vague, pensait à l'assassinat de la comtesse de Chartray et à son assassin demeuré introuvable !

XVI

MADAME GOFFINOT

Dans l'intervalle de la première visite d'Henri Pasquet à l'agence *la Paternelle*, madame Goffinot, la directrice, avait beaucoup réfléchi. Le jeune homme lui plaisait infiniment.

En en parlant à son comptable, l'ancien notaire, elle ne tarissait pas d'éloges et répétait à chaque instant :

— Il est beau garçon, superbe, distingué. Quel malheur d'en avoir fait un domestique ! Ce sera un garçon précieux pour l'agence. Grâce à lui, nous aurons des renseignements qu'on ne pourrait demander au premier venu. Il nous coûtera peut-être un peu cher, mais n'importe ? Il faut que *la Paternelle* soit d'ici peu d'années la première maison dans son genre ; aussi je ne regarderai pas aux sacrifices. Pour commencer, nous l'enverrons jeudi soir en *extra* chez le comte Polwski. On reçoit là-dedans beaucoup de financiers, des bons et des mauvais, des solides et des véreux ; il y a le gros van Heyst, un malin celui-là, riche comme Crésus ; et puis, à côté, le petit baron Isaac Varinberger, un Allemand, *directeur du Comptoir serbe*, un homme sans le sou qu'on croit millionnaire et qui trouve toujours des gogos pour alimenter sa maison et entretenir ses maîtresses. Mais peu importe, il y a dans les salons Polwski beaucoup à faire. Le maître de la maison lui-même est assez mystérieux. Charles parviendra néanmoins à savoir quelque chose.

Ce que madame Goffinot ne dit pas à son comptable, c'est que le jeune homme avait produit sur elle une impression des plus vives et qu'elle n'aurait pas mieux désiré que de l'attacher d'une façon très intime à la direction de l'agence. Elle attendait Charles, ainsi nommerons-nous désormais Henri Pasquet, lorsque nous raconterons ses excursions à Paris.

Elle fut très contrariée de ne pas le voir ; mais cette contrariété, loin de lui nuire, ne fit qu'accroître l'intérêt que lui portait la plantureuse madame Goffinot.

A deux heures de l'après-midi, notre héros arriva à la gare de Lyon. Avant de se rendre à *la Paternelle*, il réfléchit qu'il avait commis une faute en ne s'enquérant pas d'un domicile où il logerait à l'occasion. Il ne pouvait aller que dans un hôtel ou une maison meublée, mais le choix en était très difficile. Il fallait, d'une part, habiter une maison modeste ; un hôtel classé l'aurait fait remarquer, étant donnée la profession qu'il feignait d'exercer ; d'autre part, il s'agissait de choisir une maison paisible et à l'abri des descentes de police.

Après avoir cherché près d'une heure, il finit par découvrir ce qu'il désirait dans la rue Jules César, à peu de distance de la gare de Lyon, ce qui avait pour lui, on le comprendra, un avantage capital.

Il y avait dans la rue Jules César, presque à l'entrée, l'hôtel de Moret, petite maison simplette et bien tenue où n'habitaient guère que de modestes employés du service actif de la compagnie Paris-Lyon-Méditerranée. Pas de femmes de mauvaise vie dans l'hôtel ; c'était assez dire pour rassurer Henri Pasquet sur les visites que les agents des mœurs font à chaque instant dans un grand nombre de garnis.

Il déposa dans la chambre qu'on lui donna la valise qu'il avait apportée avec lui et, pour s'attirer les bonnes grâces du patron, il paya un mois d'avance. Il débita à l'hôtelier le même conte que deux jours auparavant il avait débité à la directrice de *la Paternelle*. Exhibant ses certificats, il dit qu'il arrivait de l'étranger, et pour que ses continuelles absences ne pussent pas être mal interprétées, il expliqua qu'il ne servait que dans les soirées et les bals et que, par cette raison, il ne serait pas un locataire gênant.

Tout ceci entendu, le nouveau *valet de chambre* prit le chemin de la rue des Martyrs. Il était trois heures et demie lorsqu'il frappa à la porte de madame Goffinot. En le voyant, la grosse dame poussa un retentissant soupir de satisfaction et, moitié fâchée, moitié souriante :

— Vous voilà enfin, vilain garçon ! grondat-elle. J'espère que vous vous faites désirer... vous êtes comme les jolies femmes... plus que ça de chic !

Tout le verbiage commun et peu distingué usité en pareil cas fut employé par la directrice, qui termina par ces mots :

— Allons, venez par ici, que l'on vous « cause ».

Et elle entraîna Henri Pasquet dans le petit bureau capitonné que nos lecteurs connaissent déjà. Dès que la porte fut refermée, madame Goffinot fit asseoir sans façon le jeune homme à côté d'elle, sur un petit divan bas et large, puis lui tapant familièrement sur l'épaule, elle lui dit en lui lançant des œillades significatives :

— Vous savez que je ne comptais plus sur vous, et ça m'ennuyait fort, parce que, Charles, vous me plaisez... beaucoup... oh ! mais beaucoup !...

— Diable ! pensa Henri Pasquet, j'ai dépassé le but. C'est égal, gardons-nous de refroidir un si noble feu, tirons-en profit.

Il prit donc un air troublé, timide, et balbutia presque :

— En vérité, madame me comble, c'est beaucoup trop d'honneur...

— Non, Charles, non, je dis ce que j'ai sur le cœur, voilà tout. Si vous m'eussiez déplu, je vous aurais mis à la porte avec la même aisance, croyez-le bien, mais je vous le répète, continua-t-elle en minaudant, vous êtes loin de

déplaire, très loin, entendez-vous ?... Et je veux être votre protectrice, m'occuper de vous, de votre avenir...

— Que madame est bonne !... vraiment je ne sais comment remercier madame...

— Oh ! Charles, je vous en prie, n'employez pas avec
moi cette forme cérémonieuse pour me parler, car mon
intention est de ne pas vous laisser longtemps valet de
chambre ; je trouverai mieux et vous attacherai tout à fait
à l'agence comme employé. Vous avez plus d'instruction
qu'il n'en faut pour cela.

Ce disant, elle se rapprochait de plus en plus du jeune
homme, qui feignait de ne pas prêter attention au manège
de la pauvre toquée et croyait pratique de la maintenir
quelque temps dans les dispositions où elle se trouvait.
Il donna donc un autre tour à la conversation.

— En attendant, madame, qu'avez-vous décidé pour
moi ce soir ?

Cette phrase, par sa froideur, déconcerta un peu madame Goffinet. Elle mit cette indifférence sur le compte
d'une respectueuse timidité et se promit de l'amener une
autre fois à répondre à ses désirs. Elle prit donc le parti
de revenir à la question.

— Mais, c'est entendu, ce soir vous allez chez le comte
Polwski. Vous serez chargé, avec deux hommes que je
place sous vos ordres, du service des salons : rafraîchissements, cigares, jeux, etc. Je suis convaincue que vous
vous acquitterez de cela à merveille. Mais, chose autrement difficile, je compte par-dessus tout sur vos oreilles
pour entendre et sur votre mémoire pour retenir les détails les plus intéressants touchant les personnes qui se
trouveront là.

— A quelle heure faudra-t-il aller chez le comte ?

— A huit heures pour tout préparer ; les invités n'ar-
riveront qu'entre neuf et dix heures.

— Bien, madame.

— Vous direz en arrivant que vous êtes le chef des extras attendus. Avez-vous un habit ?

— Oui, madame, il est à mon hôtel.

— Parfait. A propos, je n'ai pas votre adresse, c'est bien gênant, si j'ai à vous écrire dans un moment pressé.

— Oh ! madame, je vous demande pardon, j'aurais déjà dû penser à réparer cette omission. Je suis descendu provisoirement hôtel de Moret, rue Jules-César.

Madame Goffinot inscrivit cette adresse et, après lui avoir donné en échange celle du comte Polwski, chose bien inutile car Henri Pasquet s'en souvenait, elle le congédia amicalement.

— Mon Dieu, qu'il est charmant ! murmurait la directrice de *la Paternelle* en le voyant s'éloigner.

Henri Pasquet prit une voiture et rentra à l'hôtel pour s'habiller. Il se regarda plusieurs fois dans la petite glace placée au-dessus de la cheminée. Le plus intime de ses anciens amis, Paul d'Evellerio lui-même, s'il se fût trouvé en face de lui, ne l'aurait pas reconnu. Ces expériences avaient bien leur raison d'être, car le misérable assassin de la comtesse Fernande de Chartray jouait une forte partie en se mettant volontairement en présence de gens qui avaient particulièrement connu et la victime et le meurtrier.

Une fois prêt, il commanda le dîner dans sa chambre et mangea de bon appétit. A tout hasard il tira de sa valise un de ces mignons revolvers américains dits *bull*, et un petit flacon de cristal enfermé dans une enveloppe de buis, contenant une liqueur incolore. S'étant ensuite révêtu d'un gros ulster, il alluma un cigare et se rendit pédestrement chez son patron d'une nuit.

XVII

UNE SOIRÉE DE GARÇONS

Vers dix heures du soir, la fête battait son plein dans les somptueux salons du comte polonais. Les plus élégants des rastaquouères qui encombrent Paris de leurs personnalités voyantes et qui fréquemment nous quittent après fortune faite, aux dépens des naïfs trop faciles à éblouir, s'y étaient donné rendez-vous. Comme toujours ils y conduisaient de jeunes et de vieux mondains de bonne souche et s'abritaient à l'ombre de leur honorabilité incontestée. Polwski avait invité quelques horizontales de haute marque, femmes mûres pour la plupart mais si admirablement façonnées aux luxes du moment, si délicieusement vêtues, si adorablement provocantes, qu'elles conservaient par delà la trentaine un éclat factice et des charmes de convention encore irrésistibles. Dans un salon, un quatuor d'amateurs faisait danser en exécutant les pièces choisies du répertoire des Métra, des Strauss et des Farbach. Dans un autre, étaient installées plusieurs tables de jeu.

Le baccarat et l'écarté avaient les honneurs de ce salon. On y jouait un jeu d'enfer. Le froissement satiné des billets de banque et le joyeux tintement des louis y composaient seuls l'orchestre. A peine de temps à autre entendait-on

une voix s'élever en disant : *huit*, *neuf*, ou *le roi*. Ce dernier mot était surtout prononcé par le baron Isaac Varimberger, le directeur du *Comptoir serbe*. Il retournait les
Majestés cartonnées avec une dextérité inquiétante. De
fait, la Serbie n'est pas fort éloignée de la Grèce.

A huit heures précises, Henri Pasquet avait pris son
service et commencé consciencieusement, en attendant l'arrivée des invités, à recueillir des informations utiles pour
le compte de madame Goffinot. Tout d'abord, dans le vestibule, il avait avisé une coupe de bronze et d'onix où se trouvaient de nombreuses cartes de visite. Il en avait soustrait
une partie. C'était déjà quelque chose de posséder les
noms et les adresses des visiteurs ordinaires de l'hôtel
Polwski. Le comte passa, donnant quelques ordres. Il vit
le prétendu Charles et lui dit :

— Ah ! c'est vous qui venez de l'agence *la Paternelle* ?

— Oui, monsieur, répondit Henri Pasquet en déguisant
sa voix et avec un sang-froid imperturbable.

— Vous m'avez été chaudement recommandé par
madame Goffinot, continua le comte ; je m'en rapporte
à vous pour diriger le service des rafraîchissements d'une
façon convenable.

— Je réunirai tous mes efforts, je déploierai tout mon
zèle pour satisfaire monsieur le comte.

Polwski s'éloigna, intérieurement ravi de l'allure correcte de ce chef extra.

— Allons, pensa Henri, il n'y a pas de crainte à avoir,
je suis ici aussi en sécurité qu'à Fontainebleau.

Un des premiers arrivants fut Carle Van Heyst, le banquier de la rue de Provence, l'ancien patron d'Henri Pasquet, devenu plus tard son rival heureux. Van Heyst,
cause involontaire de la mort de Fernande de Chartray,
Van Heyst qui l'avait humilié, chassé, et contre lequel il
n'avait cessé de nourrir une haine implacable.

L'occasion d'assouvir sa vengeance allait-elle donc se
présenter ?

A peine le banquier eut-il serré la main de Polwski,
qu'il sortit de son étui de maroquin un londrès. Aussitôt,

saisi d'une envie subite d'affronter le péril, Henri Pasque
alluma une allumette- bougie et vint l'offrir à son ennemi ·
Celui-ci prit le feu et remercia le valet. Leurs regards
se croisèrent. Rien ne trahit Henri ; pourtant Carle Van
Heyst parut frappé comme on l'est à la vue d'une
physionomie connue ou entrevue, mais sur laquelle on
ne saurait placer un nom.

Tout cela dura l'espace d'une seconde. Henri Pasquet
s'en rendit fort bien compte et ne sourcilla pas. Les deux
hommes qui pouvaient le plus facilement le reconnaître
n'étaient plus à craindre pour lui.

Afin de ne pas perdre le côté pratique de la soirée,
celui des profits, le faux valet de chambre s'attacha spé-
cialement à la salle des jeux. On lui fit couper des banques, et cela lui valut dans la nuit plusieurs louis de
bénéfice. Il arrivait à point au milieu d'une conversation
pour surprendre et noter dans son esprit un fait intéressant ou un renseignement utile à consigner dans les dossiers de la Paternelle. Sa tenue correcte et sa façon de servir furent remarquées, on en complimenta même le comte.

Van Heyst jouait et perdait ; son portefeuille allait et
venait souvent de sa poche à la table de baccarat. A chaque voyage sortaient un ou plusieurs billets de banque. Ce
manège avait été remarqué d'Henri Pasquet.

Vers deux heures du matin, fatigué de la persistance de
la déveine plus que contrarié des sommes perdues, Carle
se leva et se dirigea vers un petit cabinet de repos installé
à l'extrémité de l'appartement.

Le valet de chambre improvisé choisit ce moment
pour essayer de mettre à exécution un plan combiné depuis quelque temps déjà. Il avait remarqué que le financier hollandais ne buvait que de la bière. Aussi il prit à
l'office un plateau chargé seulement de punch et de sirops et y joignit un seul gobelet de pale ale. Pendant le
trajet, il versa dans la bière anglaise une partie du liquide
contenu dans la petite fiole dont il s'était muni avant de sortir de l'hôtel de la rue Jules-César. Ce liquide n'était autre
qu'un puissant narcotique. En Belgique, pendant ses longs

loisirs il s'était assez sérieusement occupé de l'étude des
narcotiques et des toxiques.

C'est pourquoi il avait choisi de préférence la jusquiame
mélangée au suc de laitue, qui sont les plus efficaces
des narcotiques non opiacés, au point de vue du sommeil.
Il traversa donc rapidement et sans s'arrêter les salons,
portant son plateau, et s'approcha de Carle Van Heyst, qui
fumait tranquillement étendu sur une ottomane.

— Que désire monsieur ?

— De la bière.

— Je n'en ai plus, fit avec intention le valet de chambre. Puis, se ravisant soudain :

— Ah ! pardon, monsieur, j'en aperçois encore un verre.

Le banquier prit le verre qu'on lui désignait, le but
d'un trait et le remit sur le plateau. Le tour était joué.
Henri se retira, distribua le punch et les sirops dans les
autres salons, et retourna à l'office pour faire laver les
gobelets vides. Il attendit un quart d'heure environ, allant
et venant selon les besoins du service, puis il se glissa
dans le cabinet du fond, dont il laissa à dessein retomber
la lourde portière de tapisserie.

Van Heyst dormait profondément ; son cigare s'était
échappé de ses doigts, la cendre s'en était éparpillée sur
le plancher ciré. En un tour de main, le voleur lui enleva
son portefeuille, y saisit quelques grands billets bleus, et
le remit en place.

Le beau joueur n'avait pas compté et il ignorait ce
qu'il avait perdu. Du reste, quelques milliers de francs
de plus ou de moins l'inquiétaient si peu !

Henri Pasquet rentra dans le salon de jeu où l'on était
trop occupé pour l'avoir remarqué. Intérieurement il
était enchanté d'un commencement de vengeance envers
l'homme qu'il haïssait le plus au monde.

Lorsque, au petit jour, on se sépara, tout le monde crut
que Van Heyst était parti depuis longtemps. Il ne fut
donc pas dérangé et continua de dormir sur l'ottomane
du cabinet de repos.

Le bandit contempla alors tous ces gens abrutis par

une nuit de jeu et de bal, blêmes sous les clartés blanches
de l'aurore, les yeux battus, les chemises froissées. Les
femmes étaient particulièrement désillusionnantes. Le
maquillage avait fondu à la chaleur des lustres. Leurs
coiffures désordonnées encadraient d'une façon grotesque
des visages marbrés de blanc et de rouge s'étalant en larges plaques sales.

Les rides précoces apparaissaient au front et aux tempes.
De leurs toilettes fripées pendaient des bouts de rubans ou
de dentelles arrachés au cours d'une valse. Toute cette
foule bigarrée, si brillante quelques heures auparavant,
ne formait plus qu'un triste amalgame d'invalides de la
grande bohème parisienne.

Avant de quitter l'hôtel Polwski, Henri Pasquet fut félicité par le maître de la maison sur la façon dont il avait
dirigé le service et il reçut en récompense un fort pour-
boire supplémentaire. Tous comptes faits, cette soirée lui
rapportait quatre mille deux cents francs, qui se décom-
posaient comme suit : quatre mille cent francs volés au
banquier Van Heyst, et cent vingt francs de salaire et de
pourboires récoltés autour des tables de jeu.

Décidément le nouveau valet de chambre était satisfait
de ses débuts. Il se hâta de regagner la rue Jules-César et,
une fois dans son logement, après avoir compté et re-
compté l'argent qu'il avait dans ses poches, il se coucha et
s'endormit aussi tranquillement qu'un honnête ouvrier
qui rentre chez lui après une rude journée de travail.

Ce n'est que le lendemain vers midi que Carle Van Heyst
se réveilla. Il fut bien surpris de se retrouver chez le comte.
Celui-ci, prévenu, accourut et fit ses excuses à son ami,
lui affirmant que tous les invités l'avaient cru parti. Il le
garda à déjeuner. Au dessert, le banquier dit tristement :

— Quel atroce sommeil a été le mien ! Je n'ai cessé de
penser à ma pauvre Fernande et à son assassin. Il me
semblait que je les voyais devant moi pendant le crime
qui m'a ravi la malheureuse femme !...

Quelle coïncidence !

XVIII

TOUT POUR JEANNE!

Henri Pasquet ne se réveilla qu'à l'heure du déjeuner. Il soigna sa toilette et descendit, frais et dispos, ne se sentant plus des fatigues de la nuit passée. Il est vrai de dire quele contentement moral influe beaucoup sur les dispositions physiques ; et, certes, le voleur habile n'avait pas à se plaindre du résultat obtenu. Il se rendit dans un restaurant de la rue de Lyon et se fit servir un confortable déjeuner qu'il arrosa d'une excellente bouteille de Saint-Emilion. Au café, il demanda de quoi écrire et, à l'aide de ses souvenirs et des cartes de visite qu'il avait prises chez le comte Polwski, il rédigea, en fort bon français, mais dans un style très ordinaire, et cela avec intention, une sorte de rapport sur les incidents de la soirée et sur les personnes plus ou moins suspectes qu'il y avait remarquées. Ce travail terminé, il demanda la note, paya et sortit. Il descendit à pied jusqu'à la place de la Bastille et, ayant hélé un cocher, il se fit conduire rue des Martyrs, à l'agence *la Paternelle*.

Le mot était donné aux employés par madame Goffinot, On sentait déjà que le prétendu Charles était un protégé, et chacun avait pour lui un mot aimable, un sourire engageant. Il fut reçu comme la veille avec empressement, dans le *buen retiro* de l'inflammable directrice.

— Eh bien ? lui dit-elle dès qu'il fut entré, comment cela s'est-il passé ?

— On ne peut mieux, madame.

— Avez-vous été content ?

— Enchanté.

— Le comte a-t-il été généreux ?

— Il m'a adressé des compliments et m'a donné le double de ce qu'il vous avait promis.

Madame Goffinot rayonnait:

— Mais cela va très bien, continua-t-elle, vous êtes un garçon précieux, je m'en doutais. Ah ! comme je vous ai deviné, Charles !... Voyez-vous, j'ai du flair, moi, et quand je dis : « Ça doit être. » Ça est !

Dans ce rôle de sibylle, la singulière directrice était d'un comique achevé. Il lui restait à savoir si Charles avait fait quelque chose de particulièrement utile à l'agence en dehors de son service comme premier valet de chambre.

Elle le questionna donc :

— Et m'avez-vous obtenu des renseignements ?

Pour toute réponse, le jeune homme sortit de son portefeuille le travail que nous lui avons vu rédiger au restaurant, et le tendit à madame Goffinot, qui faillit en tomber à la renverse.

— Comment ! tout cela ?

— Oui, madame.

— Mais vous êtes un oiseau rare, un *rara avis*, comme disait autrefois feu M. Goffinot, mon mari, un savant celui-là. C'était, du reste, sa seule qualité, le pauvre cher homme !... C'est un véritable rapport que vous m'apportez.

— Mais non, madame, je vous jure qu'il ne m'a pas été bien difficile de rassembler ces renseignements dont je vous garantis la parfaite authenticité.

— Par quel moyen vous êtes-vous procuré les adresses?

— En les prenant sur les cartes de visite déposées dans l'antichambre.

— Très simple et très ingénieux tout à la fois.

— Pour certaines choses, les domestiques de la maison

14

m'ont aussi grandement facilité la besogne. Je les ai inter-
rogés adroitement en affectant des tons d'indifférence ou
de simple curiosité.

— Parfait, mon cher, vous seriez un policier émérite et,
en tous cas, plus malin que ceux que nous avons pour le
moment, quand on pense à la quantité d'assassinats qui
sont commis depuis quelque temps sans qu'ils puis-
sent parvenir à en découvrir les auteurs !

— Ah! fit Henri Pasquet, que le bavardage de la grosse
dame commençait à intéresser, il y a eu beaucoup de
crimes ces temps-ci ?

— Depuis un an, c'est effrayant ! Tenez, à commencer
par l'assassinat de la comtesse de Chartray. On connaissait le meurtrier, on savait son nom, on possédait son
signalement... Eh bien ! ils n'ont pas été capables de mettre la main dessus !

— La comtesse de Chartray ? répéta Henri Pasquet en
ayant l'air de chercher, il me semble bien que j'ai lu ce que
vous venez de me dire là dans un journal, pendant mon
séjour en Amérique. Oui, je m'en souviens à présent parfaitement : c'est son ancien amant, un certain Basquet,
Dasquet...

— Henri Pasquet.

— Oui, c'est le nommé Pasquet qui a si bien travaillé !

La directrice de *la Paternelle* était loin de se douter que
l'Adonis des valets de chambre après lequel elle soupirait
et qu'elle couvait d'un regard plein de promesses, n'était
autre que l'assassin dont elle venait de parler. Le misérable bravait maintenant le danger avec une désinvolture
remarquable. Néanmoins, désireux de ne pas prolonger
un entretien à coup sûr peu agréable pour lui, il rappela
madame Goffinot à la situation en la priant d'examiner
attentivement les notes qu'il lui avait remises. Celle-ci
y jeta un rapide coup d'œil et s'aperçut qu'elles étaient
aussi intéressantes qu'utiles. Plusieurs hommes mariés,
très en vue dans la société parisienne, étaient venus chez
le comte Polwski avec la ferme intention de donner de
vigoureux coups de canif à leur contrat. D'autres cher-

chaient à y entamer des affaires plus ou moins véreuses. Les intérêts qui se trouvaient en jeu dans ces salons cosmopolites étaient variés, mais tous présentaient un côté attrayant et même important pour une agence de renseignements telle que *la Paternelle*.

Lorsque la directrice de la susdite agence eut terminé son examen, elle félicita de nouveau son nouvel agent et lui annonça qu'elle aurait encore besoin de lui dans quelques jours.

— Je suis à votre disposition, madame, répondit le coquin.

— L'habitude de la maison est de retenir un tant pour cent aux employés placés par elle, mais vous vous trouvez vis-à-vis de moi, mon cher ami, dans des conditions exceptionnelles, dit madame Goffinot. Non seulement il ne vous sera rien retenu sur l'argent que vous gagnerez, mais encore je prétends rétribuer largement les services que vous nous rendrez. Pour commencer, voici cinquante francs, en récompense du zèle que vous avez déployé.

Le faux Charles se confondit en remercîments et se retira en avertissant sa protectrice qu'il partait chez ses parents, à la campagne, et qu'il reviendrait trois jours plus tard.

Madame Goffinot fut légèrement désappointée, car elle comptait vaincre, ce jour-là, les scrupules de son employé, scrupules qu'elle croyait naïvement être de la timidité. Néanmoins, comme elle ne pouvait décemment insister, elle fit contre fortune bon cœur.

Henri Pasquet s'empressa de quitter l'agence. Il rentra à l'hôtel de Moret, prit sa valise, demanda à son propriétaire de garder les lettres qui pourraient venir pour lui, et il courut à la gare, où il ariva juste à temps pour prendre son billet et monter dans le train de quatre heures quarante-cinq. Un instant, il avait eu l'idée de télégraphier à Jeanne son arrivée ; mais, en y réfléchissant bien, il s'était dit que la jeune femme serait plus agréablement surprise de le revoir sans s'y attendre, et il renonça à son projet.

Il était sept heures moins quelques minutes lorsqu'il arriva à Fontainebleau et débarqua rue de France. Jeanne poussa un cri de joie en le voyant et lui sauta au cou.

— Deux jours, deux grands jours sans te voir, mon cher mignon, comme c'est long !.. Oh ! je ne te gronde pas... D'abord, je suis trop heureuse de te retrouver, et puis tu étais chez ta mère et, si elle t'a retenu, tu as bien fait de rester.

— Si j'ai bien fait ! exclama le bandit, juges-en plutôt.

Il sortit de ses poches une liasse de billets et une poignée d'or.

— Qu'est-ce que cela ?

— Ce qu'elle m'a donné et ce que je te rapporte. Tout pour toi, rien que pour toi, ma Jeanne !... Mon bonheur, c'est le tien, te voir heureuse et riche, c'est mon seul rêve, te consacrer tous les instants de ma vie, ne penser qu'à toi, n'agir que pour toi, c'est ma ferme volonté !...

— Oh ! parle, parle encore, mon Charles, ce n'est pas ce que tu me promets qui me ravit, c'est ton amour qui perce dans chacun des mots sortis de tes lèvres... Quel que soit l'avenir, même misérable, jamais tu n'entendras une plainte de moi, jamais je ne t'abandonnerai; je serai pour toi aussi aimante aux mauvais jours qu'aux bons... C'est toi seul que je veux, le reste m'importe peu !...

— O Jeanne ! Comme tu es douce et bonne !... Si cela était possible, je t'aimerais plus encore... Le bonheur moral n'exclut pas les autres. Je connais mon devoir et je suis heureux, bien heureux de le remplir. C'est avec une joie ineffable que j'ai vu ma mère me pardonner et m'assurer que dorénavant je ne manquerais jamais de rien. Prends cet argent, tu le gouverneras à ta guise. Je suis sûr qu'il est entre bonnes mains. Quant à moi, quelques louis me suffisent pour mes menues dépenses.

» Achète-toi ce qui peut t'être agréable, ne te gêne en rien, ni pour rien, c'est le vrai moyen de m'être agréable. Et maintenant à table, je meurs de faim. Le grand air m'a donné un furieux appétit.

Jeanne dit en souriant :

— Fort heureusement que je pense sans cesse à toi et que je t'attends toujours ; sans cela, si je n'avais commandé à dîner que pour moi, tu risquerais fort, mon pauvre Charles, de faire maigre chère.

— Tu es un ange !

Ils passèrent dans la salle à manger. Le repas fut gai et plein d'entrain. Henri Pasquet ne tarissait pas. Il inventait des incidents sur son voyage à Paris, sur la maison de sa mère, et débitait tout cela avec un aplomb merveilleux. Jeanne, naïve et sincère, croyait tout ce qu'il lui racontait.

Vers neuf heures, on sonna. C'était M. de Roilette et deux de ses amis qui venaient prendre des nouvelles de M. Charles d'Evellerio. Ils parurent charmés de le rencontrer, et l'on décida que la soirée s'achèverait ensemble. La table de service fut recouverte d'un tapis, et l'on se mit à jouer aux cartes pour tuer le temps jusqu'à minuit. Soudain la conversation tomba sur la mort de Louis Chéraud, le cocher, et Jeanne dit à son amant :

— Devine ce que m'a appris M. de Roilette au sujet de Louis Chéraud ?

— Quoi donc ?

— Ce malheureux était le père d'un assassin.

Un imperceptible frémissement parcourut le corps du meurtrier. Il se remit aussitôt et répondit d'un air dégagé :

— D'un assassin ?. . Ah ! par exemple...

— Oui, Charles, d'un assassin dont nous avons quelquefois parlé.

— De qui donc ?

— D'Henri Pasquet, de ce misérable qui a jeté à l'eau l'infortunée comtesse de Chartray, sa maîtresse, après l'avoir étranglée.

L'émotion du faux Charles d'Evellerio était facile à comprendre. Il détourna la conversation en ajoutant:

— Quand on est le père d'un tel fils, il vaut mieux mourir. Mais de grâce ne causons plus de choses aussi tristes, je t'en prie, et achevons gaiement la soirée.

14.

On se remit à jouer, mais la joie s'était envolée avec le récit de Jeanne Klein. Lorsque M. Jovelin de Roilette et ses amis se furent retirés, Henri murmura lugubrement :

— Pourquoi faut-il donc qu'à chaque instant je me trouve en présence de gens qui parlent d'Henri Pasquet?... Henri Pasquet est mort et les morts ne ressuscitent pas !...

Bientôt ses remords passagers disparurent entre les bras de la femme qu'il aimait et pour laquelle, nous le savons, il était capable de tout.

————

TROISIÈME PARTIE

LE DERNIER CRIME

I

L'HIVER

La neige a fait son apparition. Le vent d'hiver souffle avec rage. Les dernières feuilles arrachées de leur tige sont tombées à terre. La grande forêt dort sous un blanc linceul. Les branches craquent sous le givre, et le grand soleil pâle de décembre jette ses clartés rousses sur le paysage désolé. Dans la petite maison de la rue de France, la vie est devenue bien monotone. Les absences d'Henri Pasquet sont de plus en plus fréquentes. Jeanne reste de longues journées triste et morne à sa fenêtre close. Son regard se noie dans l'infini, perdu dans le ciel gris, suivant distraitement les flocons de neige qui tombent lentement ou en rafales selon les caprices de la brise glacée.

Pendant ce temps, Charles, *le valet de chambre* court de maison en maison, *travaillant* pour son compte personnel plus que pour celui de madame Goffinot. Plus les bénéfices sont grands, plus ses désirs augmentent.

Une soif insatiable de richesse s'est emparée de lui. Tous les moyens lui sont bons. Non content de voler quand il peut, il a fini par céder aux lubriques instances de la matrone édentée qui dirige la *Paternelle*. Il est devenu son amant. C'est le comble de la dégradation! Quelles que soient ses répugnances, malgré l'amour véritable et toujours inassouvi qu'il nourrit pour Jeanne Klein, il supporte l'ignoble contact d'une vieille femme pour l'argent qu'elle lui donne et pour celui qu'il lui prend.

Chaque semaine, il revient à Fontainebleau et, dès qu'il s'y trouve, les turpitudes de Paris sont oubliées. Il semble qu'en dépouillant les vêtements qu'il portait dans la grande ville, il dépouille aussi son âme misérable et vile. L'homme change instantanément. Le larbin de bonne maison, le laquais élégant se transforme en un correct gentilhomme de province aux mœurs tranquilles, végétant près de sa femme au milieu d'un cercle étroit d'amis de son choix, pensant comme lui, partageant sa table et ses goûts, vivant de la même vie que lui, vie ennuyée et oisive, divisée entre la promenade, le café, le whist et le billard, le journal qu'on lit après le repas, aux mêmes heures, et l'alcôve dont les mystères eux-mêmes ont emprunté aux autres choses un peu de monotone régularité.

Jeanne s'ennuie bien aussi quelquefois, mais dans ces moments de tristesse, elle pense à cet homme qu'elle adore. Le souvenir la console du cher absent et, lorsqu'il revient, elle est encore heureuse comme aux premiers jours.

Quant à Henri Pasquet, chaque fois qu'il se sent aller au découragement qu'engendre une pareille existence pour un homme de son espèce, il vient à Paris tenter un nouveau coup. Il agit avec habileté et prudence, ne se compromettant jamais, et ne volant que lorsqu'il est certain de n'être ni vu ni soupçonné. Tantôt, dans une antichambre ou dans un vestiaire, il fouille dans les poches des pardessus laissés par des visiteurs ou des invités, prenant tout ce qui a de la valeur ; tantôt il s'empare d'un bijou oublié sur un meuble ou une cheminée ; il s'arrange même de façon à faire tomber les soupçons sur un autre.

A *la Paternelle*, il joue en virtuose de la dépravation sénile de madame Goffinot. Elle est folle de cet amant jeune et vigoureux, qui lui marchande ses tête-à-tête, se fait prier longtemps avant de lui accorder un rendez-vous, et dose ses exigences d'après l'intensité des désirs de l'insatiable femme. Les bénéfices qu'il tire de cette passion écœurante ne sont pas les moindres.

Et Jeanne, toujours naïve, toujours aimante, ne voit rien, ne se doute de rien. Elle accepte comme de simples cadeaux les bijoux et autres objets volés que son amant lui apporte. Elle ne sait comment le remercier et traite ses générosités de folie. Personne n'est oublié par Henri Pasquet. Les familiers de la maison de la rue de France ont leur part de ses largesses. C'est ainsi que M. de Roilette reçoit un superbe étui à cigares en écaille, avec incrustations et fermoir en or ; un autre de ses amis accepte une jumelle de théâtre en nacre, montée en or ciselé. On le voit, chacun a son petit cadeau.

— Histoire d'entretenir l'amitié, se dit le voleur, qui connaît le vieil adage.

Dans ses moments de loisirs à Fontainebleau, Henri Pasquet s'adonna à la lecture. Par un goût qui aurait pu sembler bizarre à ceux qui le fréquentaient, s'il n'avait pris soin de se cacher, il avait un choix de livres divers sur le vol et l'assassinat, des mémoires de grands malfaiteurs, des causes célèbres. Il lisait le code et les ouvrages de jurisprudence sur les différents genres de criminalité. C'est ainsi qu'il connaissait toutes les circonstances aggravantes qui distinguent le vol qualifié et les pénalités qui y sont appliquées. Il savait par cœur les articles 380 et 389 du Code pénal. Non content d'être fixé sur les châtiments infligés de nos jours aux voleurs, en France, il étudiait les coutumes et les lois modernes et anciennes qui régissaient les autres pays en cette matière, parcourant avidement les commentaires des Blakstone, des Christian, des Merlin et autres jurisconsultes.

Souvent, comme un homme dont la moralité et l'honnèteté ne peuvent être soupçonnées, il causait, d'après ses lectures, à sa maîtresse et à ses amis, se plaisant à leur raconter des anecdotes ou à faire parade d'une certaine érudition. Un jour, un infime vagabond fut arrêté à Fontainebleau en flagrant délit de vol. Il n'en fallut pas davantage pour mettre la ville sens dessus dessous. Ce fut le sujet d'une dissertation d'Henri Pasquet. Il s'écria avec un accent indigné devant Jeanne et M. de Roilette :

— En France, nous avons été de tout temps trop doux pour les voleurs. C'est à peine si nos pères, les Franks, lorsqu'ils s'établirent dans les Gaules, punissaient les voleurs d'une amende. A Rome, le moindre larron était châtié par le fouet ; de plus, le coupable était réduit en esclavage, et, si c'était un esclave, on le précipitait de la Roche Tarpéienne. En Angleterre, récemment encore, celui qui volait plus d'un shilling était condamné à mort. A la bonne heure, voilà des lois ! Si on les appliquait de nos jours, on aurait plus de sécurité chez soi, et on ne craindrait pas d'être dévalisé à chaque instant.

L'audace du coquin était vraiment renversante.

Comment supposer qu'un homme parlant ainsi était l'auteur de tant de forfaits !

Dans le courant de la saison, le comte Polwski donna *deux autres grandes fêtes*, et chaque fois il vint à *la Paternelle* prier madame Goffinot de lui envoyer Charles, ce valet de chambre dont il n'avait eu qu'à se louer. Henri Pasquet se trouva encore en présence du banquier Van Heyst. Il chercha de nouvelles vengeances à exercer contre lui, mais soit que ses idées fussent malheureuses, soit que les circonstances ne favorisassent pas l'accomplissement de ses projets, il ne put rien tenter contre lui. User une seconde fois du narcotique eût été imprudent et inutile, car le banquier s'était promis de ne plus jouer et, pour tenir sa promesse, il avait avoué tout haut, aux

invités du comte Polwski, qu'il était venu sans argent. Cet
aveu mit en gaîté l'assistance, et l'élément féminin se réjouit de la résolution du riche Van Heyst, qui lui permettait de l'accaparer pendant la soirée, espérant toujours
en tirer quelque chose.

Henri Pasquet ne perdit pas, malgré cela, tout à fait
son temps chez le comte Polwski. On se souvient que nous
avons parlé, dans le récit de la première soirée qui y fut
donnée, d'un petit financier véreux, le baron Isaac Varimberger, directeur du *Comptoir serbe*. En le surveillant attentivement, Henri Pasquet acquit la conviction que c'était
un vulgaire escroc, opérant habilement, voilà tout. Il résolut donc, dès que certaines indiscrétions le lui permirent,
de faire du chantage de compte à demi avec l'agence de
madame Goffinot. Maintenant qu'il était en pied dans la
maison, on sait de quelle façon il pouvait profiter des ressources et des moyens d'action qu'elle lui fournissait, non
plus en employé touchant une commission sur les opérations qu'il apporte, mais en associé qui partage les bénéfices.

Un matin, Isaac Varimberger reçut une lettre urgente
l'appelant en toute hâte rue des Martyrs, à l'agence *la Paternelle*, pour une affaire des plus graves. Les tripoteurs
financiers, les agioteurs marrons, malgré l'audace qu'ils
déploient dans l'exécution de leurs coups à la Bourse,
ont toujours une arrière-pensée d'inquiétude. Le nombre
des *gogos* qu'ils plument est considérable, mais il suffit
d'un récalcitrant qui ne se laisse pas écorcher vif par les
écumeurs *du Péristyle* pour démolir toutes leurs combinaisons et éclairer la clientèle.

Aussi, la lettre de madame Goffinot intrigua-t-elle énor-
mément le petit baron allemand. Il se rendit séance tenante à l'agence de la rue de Martyrs.

II

LES MAITRES CHANTEURS

Henri Pasquet était là, mais il se garda bien de se montrer et assista, caché dans la chambre à coucher de madame Goffinot, à l'entretien qui eut lieu. La rusée directrice commença par effrayer le banquier minuscule. Elle lui dit qu'il courait de grands dangers, que des gens influents avaient appris sur son compte des actes regrettables et qu'ils étaient ni plus ni moins décidés à le faire arrêter ou expulser. Isaac Varimberger pâlit affreusement et ses yeux clignotèrent d'effroi sous ses lunettes à branches d'or.

Madame Goffinot, pour donner plus de crédit à ses paroles, débita, en les arrangeant adroitement, toutes les révélations surprises chez le comte Polwski par Charles, le faux valet de chambre. Le boursier était atterré et ne mettait plus en doute que des ennemis puissants ne fussent décidés à le perdre.

— Nous serions désolés qu'il advînt malheur à M. le baron, qui nous est si sympathique, fit madame Goffinot, voyant la terreur du directeur du Comptoir serbe.

— *Qué faire ?* murmurait celui-ci : *che suis perdu !...*

Et il se lamentait avec son horrible accent tudesque.

— Mon Dieu ! reprit la grosse dame, je sais un moyen de vous sauver.

— Et lequel ?

— C'est bien simple : fermez la bouche à ceux qui vous en veulent.

— Vous les connaissez ?

— Assurément, et je réponds qu'avec de l'argent ils seront muselés.

— Beaucoup d'*archent* ? interrogea le banquier avec une douleur comique.

— Non. J'ai dressé un devis, et je crois que moyennant une vingtaine de mille francs vous en viendriez à bout.

— Vingt mille francs !

— A peu près. C'est à prendre ou à laisser. Je vous ai dit ce qu'il en est. Vous êtes menacé, accusé, on a de fâcheuses preuves contre vous. Si vous préférez affronter le danger, c'est votre affaire ; mais prenez bien garde, c'est une grosse partie que vous jouerez... et si vous la perdez, gare à Mazas !

Ce mot de la fin de la directrice diplomate produisit un effet colossal.

— Passez à la caisse cette après-midi, madame Goffinot, conclut Isaac Varimberger, et vous toucherez la somme nécessaire. Seulement, n'est-ce pas, je compte sur vous pour mater tous ces criards qui m'empêchent de gagner ma pauvre vie ?...

— Ne craignez plus rien, je réponds d'eux comme de moi.

Madame Goffinot ne mentait pas. En se retirant, le directeur du Comptoir serbe grommelait :

— Cette vieille voleuse me fait chanter, mais ce qu'elle sait est si grave !... Elle me tient, tant pis pour moi. Après tout, 20,000 fr., ça se rattrape en une bonne bourse. Les clients du Comptoir Serbe paieront cela.

Pendant que le coquin s'adressait ces consolantes réflexions, une scène épique se passait à *la Paternelle*.

Henri Pasquet était sorti de sa cachette, et madame Goffinot, ivre de joie d'avoir réussi à voler un voleur dansait en faisant vis-à-vis à son associé. Au bout d'une minute, elle s'effondra sur le divan, rouge, suante, pous-

15

sent des soupirs semblables au ronflement d'un soufflet de forge. Alors, l'ignoble amant de cette vieille femme l'épongeait avec son mouchoir imbibé d'ixora, l'embrassait en lui prodiguant, par intérêt, les doux noms d'amour qu'il donnait à sa Jeanne bien-aimée. Ah! si la pauvre fille se fût trouvée là, quel écœurement, quel dégoût elle aurait éprouvé! Et pourtant, malgré cette apparente et monstrueuse trahison, Henri Pasquet n'avait toujours en vue que le bonheur de Jeanne qu'il espérait assurer par cet argent ramassé dans la boue.

Nous insistons sur ce point, car dans le récit de ce drame, le fait psychologique le plus curieux qui soit mis en lumière, c'est la double nature de notre héros ; c'est l'éclosion de cette rose au milieu d'un fumier immonde, de cet amour pur engendrant et provoquant d'épouvantables forfaits.

Ainsi qu'il avait été convenu, madame Goffinot se rendit à la caisse du Comptoir serbe, où vingt mille francs lui furent comptés. Le reçu portait cette mention : Pour bons offices et participation dans diverses opérations financières du Comptoir serbe.

En revenant chez elle, madame Goffinot devisait tranquillement ; loin de son ami Charles, la rapacité l'emportait sur l'amour. Elle se disait que, partager de moitié avec son amant les bénéfices de cette affaire, c'était folie. Elle pensait :

— Je lui donnerai cinq mille francs et ce sera bien joli!

C'est dans ces dispositions qu'elle arriva rue des Martyrs.

— Avez-vous touché? demanda tout d'abord Henri Pasquet.

— Certainement.

— En ce cas, partageons vite.

— Partageons, comment?

— De moitié, parbleu!

— De moitié? Oh! vous n'y pensez pas, Charles?

— J'y pense beaucoup, au contraire. Qui vous a apporté des renseignements sur le Varimberger ?

— Je sais bien...

— Qu'auriez-vous fait sans ces renseignements?

— Rien, c'est évident, mais aussi le plus difficile, c'était de persuader au baron qu'il courait un danger imminent, et qu'il ne pouvait s'en tirer qu'avec de l'argent. Cette besogne-là a été la mienne, et grâce à moi le truc a réussi.

— Nos mérites se valent.

— Soit, ne discutons pas sur ce point, mais ce mois-ci l'agence a de très lourdes échéances....

Henri Pasquet interrompit la directrice de *la Paternelle* d'un ton gouailleur :

— Oh ! je la connais celle-là, mais ça ne prend pas avec moi, ma chère... Vous ferez face à vos échéances avec les dix mille francs que vous allez conserver et vous aurez encore du bénéfice. Allons, la monnaie, s'il vous plaît !

— Je pensais qu'avec cinq mille francs...

— Cinq mille francs !... Vous voulez rire ?...

— Pourtant...

— Ah ! assez de comédie, je vous prie. Il a été convenu que nous ferions cette affaire de moitié ; j'entends qu'il en soit ainsi.

Madame Goffinot essaya de se révolter. Son argent lui tenait au cœur. Elle s'écria :

— Eh bien ! non, je ne vous donnerai jamais dix mille francs, jamais !

Henri Pasquet, pâle de colère, s'approcha d'elle, et lui saisissant les poignets, il les serra à les briser en lui disant :

— Alors, je les prendrai !... Tu sais, ma vieille, je commence à en avoir plein le dos de toi !... J'ai bien voulu céder à tes caprices, mais ça me dégoûte à la fin de voir que tu ne veux pas reconnaître les sacrifices ! C'est... que, entends-tu ? ta sale agence, j'aurais vite fait de te la culbuter... Je m'en moque, moi, après tout, et si la police y mettait son nez, ça pourrait gêner madame la directrice... Allons, vite, les dix mille francs !...

La grosse femme, pourpre de honte et tremblante sous les injures de cet homme, essaya pourtant une fois encore de résister ; alors, Henri Pasquet l'empoigna par les cheveux et, la renversant sur le divan, la frappa au visage en l'accablant des épithètes les plus viles.

— Grâce! gémit la malheureuse, se sentant domptée. Tiens, Charles, prends et pardonne-moi, j'étais folle, je regarde à l'argent par habitude, mais, vois-tu, plutôt que de te perdre, j'aimerais mieux tout abandonner...

La directrice de l'agence, échevelée, les yeux hagards, était horrible ainsi, suppliant l'homme qui la battait, de peur de perdre les caresses qu'il lui donnait parfois, comme l'on jette un os à un chien.

Il eut pour elle un regard de méprisante pitié et enfouit les billets dans son portefeuille.

— A la bonne heure! Ne valait-il pas mieux obéir plutôt et éviter de me mettre en colère ?

— Je ne recommencerai plus jamais, fit l'abjecte créature en minaudant comme un enfant qui promet à sa mère d'être bien raisonnable.

C'était grotesque et immonde à la fois.

La paix se signa complètement au dîner, car Henri n'avait plus assez de temps pour arriver à Fontainebleau à l'heure du repas. Madame Goffinot le combla de prévenances et lui, de son côté, comprit que l'effet de sa colère produit, il devait se montrer généreux et ne pas pousser les choses plus loin. Sur les instances de la vieille dépravée, il consentit même à passer la nuit chez elle.

Le lendemain matin, il quitta cette maison le cœur plein de dégoût.

III

ACCALMIE

Pour la première fois, Henri Pasquet était resté près de huit jours sans venir à Fontainebleau; aussi est-ce avec une véritable joie qu'il prit le train à la gare de Lyon, se promettant bien de rester au moins quinze jours sans retourner à Paris. On était à la fin du mois de mars. L'avril naissant chassait les frimas et faisait ouvrir les bourgeons gonflés de sève qui pointaient à toutes les branches. Le bandit éprouvait cette soif de printemps si ardente après les longs mois d'hiver.

Jeanne, pendant ses huit jours de solitude, s'était fort ennuyée. Elle avait reçu trois lettres de son amant. A force de les lire, elle les savait par cœur, et pourtant elle les reprenait sans cesse. Il lui semblait qu'elle était moins isolée et que son Charles lui parlait.

Sa seule distraction, durant cette semaine, fut sa chère volière et sa basse-cour. Elle s'attardait des heures entiè-res à écouter le ramage des hôtes ailés de son jardin ou à caresser les lapereaux et les poussins. Tout ce petit monde la connaissait et, loin de la fuir, venait à sa ren-contre chercher une caresse ou une becquée. Plusieurs oiseaux apprivoisés se posaient effrontément sur son épaule ou se perchaient sans façon sur le joli doigt qu'elle leur tendait.

Ce fut donc une grande joie que le retour du pseudo-comte d'Evellerio pour la maison de la rue de France. L'aventurier, revenant chargé de butin, était décidé à se reposer sur ses lauriers aussi longtemps qu'il le pourrait. Il annonça à Jeanne son intention de rester un mois au moins près d'elle sans retourner voir sa mère. Pour expliquer cela et l'argent qu'il rapportait, il avança hardiment que madame d'Evellerio partait pour quinze jours en voyage et qu'auparavant elle avait voulu se montrer généreuse envers l'enfant prodigue.

Et, ce disant, il étala sur la table les billets de banque extorqués au directeur du Comptoir serbe, le petit baron Isaac Varimberger.

Jeanne, avec sa confiance habituelle, accueillit joyeusement toutes ces bonnes nouvelles. On fit des projets de promenades. En cette saison, il n'y avait pas d'accidents à redouter, et puis, le souvenir de la catastrophe terrible où le malheureux Louis Chéraud avait péri, s'effaçait peu à peu de leur mémoire.

Henri Pasquet se sentait soulagé d'un grand poids en se retrouvant près de sa Jeanne, loin de l'horrible madame Goffinot dont une innommable cupidité lui avait fait accepter l'épouvantable amour. Avec cette facilité inouïe qui le caractérisait, il dépouillait le vieil homme et redevenait le séduisant, l'irrésistible, l'envié comte Charles d'Evellerio.

Il fut convenu qu'on organiserait de grandes parties où M. Jovelin de Roilette et ses amis seraient conviés. Ce serait charmant. Jeanne approuvait tout, heureuse du bonheur de son amant. Le printemps naissant, qui colorait tout en rose, mettait aussi de sa fraîcheur dans l'âme de la jeune femme. Il n'était pas jusqu'au misérable bandit qui ne subit sa douce influence.

Les quinze jours qui suivirent ne furent qu'une série non interrompue de plaisirs et de fêtes. Le temps se montra favorable aux excursions, la belle saison étant très précoce cette année-là. Les sites qui n'avaient pas encore été explorés par eux furent parcourus tour à tour.

Ainsi que nous l'avons dit, le directeur du *Mémorial* de Seine-et-Marne, M. Raoul Jovelin de Roilette et ses amis intimes, étaient de presque toutes ces parties, qui se faisaient en breack ou en mail-coach, le fastueux comte d'Evellerio ne regardant pas à la dépense et traitant grandement ses invités.

IV

LE VERTIGE

Les jours se succédaient, puis les semaines. Henri Pasquet ne revenait pas à Paris. Il semblait tout à son amour et dépensait royalement l'argent qu'il avait volé, en fêtant Jeanne. Les voitures, les *mails* loués à la journée, les déjeuners champêtres en forêt absorbaient quotidiennement une bonne partie de l'argent pris à Van Heyst et au petit baron Isaac Varimberger, à la suite des savantes opérations et des intéressants espionnages pratiqués dans les salons du comte Polwski.

Plus il allait, plus le bandit reprenait les goûts de luxe et l'amour effréné de l'argent qu'il professait du vivant de l'infortunée comtesse de Chartray. C'était une fièvre, un véritable délire. Ces instincts développés d'une façon si effrayante dans les premières années de sa jeunesse avaient grandi encore depuis quelques jours.

Il voulait à toutes forces devenir propriétaire de la maison qu'il habitait avec Jeanne, rue de France. Il voulait avoir son cheval et sa voiture à lui. Il voulait aller passer avec sa maîtresse le prochain hiver en Italie.

Tous les jours, c'était un désir nouveau, une fantaisie de millionnaire. Ces désirs, ces fantaisies creusaient aux pieds de cet insatiable un abîme profond devant lequel il se sentait pris de vertige. Il se disait que, pour arriver promptement au but rêvé, les moyens qu'il avait employés pendant l'hiver précédent ne suffisaient plus. Ils lui permettaient sans grand danger de mener une existence confortable de petit bourgeois, mais pas davantage ; ce n'était pas assez. Il devenait urgent de recourir à d'autres trucs. De plus, il avait accepté à regret la monstrueuse intimité de madame Goffinot, la directrice de l'agence *la Paternelle*; et maintenant, à l'idée d'avoir de nouveaux rapports avec cette femme, son cœur se soulevait de dégoût, il ne se sentait plus le courage nécessaire. La clientèle de l'agence commençait d'ailleurs à fermer les portes de ses salons et, l'été venu, il n'y aurait plus rien à faire. Aussi, à présent qu'il était au courant de la manière de procéder des maisons semblables à celle de madame Goffinot, voulait-il s'adresser à une autre. Cela lui serait facile, car il avait recueilli, à *la Paternelle*, les adresses des bureaux de placement concurrents, et il en connaissait plusieurs qui faisaient le même genre de tripotages. Enfin il jugeait indispensable de ne pas être connu pour opérer sans crainte d'être poursuivi.

Pour revenir à Paris, il employa auprès de Jeanne le mensonge habituel.

— J'ai appris, lui dit-il un soir, que ma mère est de retour, je vais aller la voir.

— Comment donc, Charles, c'est tout naturel, répondit la jeune femme, tu ne feras en cela que ton devoir. Tu sais bien ce que je t'ai souvent répété à ce sujet: le temps que tu consacreras à madame la comtesse d'Evellerio, je ne te le reprocherai jamais, si long qu'il soit.

Le lendemain, après le déjeuner, Henri Pasquet prit l'express de Paris, où il arriva à deux heures de l'après-midi.

Il se rendit, en débarquant du train, à l'hôtel de Moret. L'hôtelier parut enchanté de le revoir. Henri Pasquet était un sympathique, il plaisait au premier abord et se faisait aimer partout où il passait.

— Je ne pensais plus vous voir, monsieur Charles, di
15.

le bonhomme à son locataire. Que diable êtes-vous devenu ?

— J'étais dans une famille, à la campagne, et, comme on ne m'y voit pas souvent, on m'a retenu plus que je ne le supposais.

— Vous avez eu raison de prendre ces petites vacances. A la bonne heure ! vous nous revenez avec une mine superbe. Votre chambre vous attend toujours.

— C'est parfait. J'en userai, cette fois, plus régulièrement, à moins que je ne trouve bientôt à voyager pendant la belle saison. Ça rapporte plus qu'à Paris, dans les villes d'eaux ou aux bains de mer ; et si je flaire une bonne place, je ne la laisserai pas échapper.

— Bien raisonné, car les bonnes places ne se rencontrent pas à chaque pas. Mais c'est égal, nous regretterons sincèrement ici de ne plus vous posséder.

— Merci du compliment. Est-il venu des lettres pour moi ?

— Oui, certes, tête sans cervelle que je suis, j'allais oublier cela ! Venez au bureau, je vous les remettrai.

Le jeune homme suivit l'hôtelier, prit son courrier et sortit.

Dans la rue, il ouvrit ses lettres et les parcourut. Elles étaient toutes de madame Goffinot. En un style emphatique et boursouflé comme sa personne, la directrice de la *Paternelle* rappelait son amant, lui dépeignait les ardeurs de sa dernière flamme en lui jurant qu'elle mourait d'enn.. loin de lui. Elle le désirait à tout prix.

— V.. ille folle ! ricana Henri Pasquet.

Et il poursuivit sa lecture en riant fort des déclarations brûlantes qu'elle lui décochait et des souvenirs graveleux qu'elle évoquait sans pudeur.

— Après tout, conclut-il, j'aurais grand tort de me brouiller avec elle, cela ne pourrait que me créer des ennuis à un moment donné. Je puis avoir encore besoin de cette écervelée, aussi je me garderai bien de m'en faire une ennemie. Je me contenterai de modérer son ardeur ;

cela ne sera pas facile, mais j'en viendrai à bout. Il suffit pour moi de conserver ma liberté et de *travailler* ailleurs. Allons d'abord rendre visite à mon antique Dulcinée.

Henri prit un fiacre et se fit conduire rue des Martyrs. Il y arriva presque en même temps que la directrice. A la vue de son *Charles*, elle ne se sentit pas de joie ; son cœur battit si violemment que son immense poitrine menaçait de rompre robe et corset. Elle entraîna son protégé dans le petit cabinet capitonné que connaissent depuis long-temps nos lecteurs. Ayant fermé la porte à double tour, elle se jeta au cou du jeune homme et l'accabla de caresses, lui répétant :

— Vois-tu, je suis si heureuse de te revoir que je ne trouve plus le courage de te gronder !... C'était bien mon intention pourtant !... Méchant, est-ce ainsi que tu reconnais mes bontés ?... Me laisser un grand mois sans nouvelles, c'est très mal !... Je t'ai écrit trois fois...

— Je le sais.

— Pourquoi ne m'as-tu pas répondu ?

— Parce qu'il y a seulement une heure que je suis en possession de tes lettres.

— Pourquoi n'avoir pas laissé ton adresse à ton hôtel ? Je l'ai fait demander et on m'a répondu qu'on ignorait où tu étais.

— C'est vrai. Je te demande pardon de ma coupable négligence, mais, ma pauvre amie, j'étais loin de m'amuser !...

— Que faisais-tu ?

— J'étais malade !

— Où cela ?

— A la campagne, dans le département de... la Loire, à Saint-Etienne, répondit Henri Pasquet, improvisant une histoire avec l'habileté que nous lui connaissons.

Madame Goffinot écoutait le récit fantaisiste que lui débitait le jeune homme, l'interrompant pour le plaindre ou pour l'embrasser, et se montrant fort émue de ses prétendus malheurs.

— Et moi qui t'accusais, mon mignon, fit-elle lorsqu'il eut terminé. Ah ! si j'avais connu ta retraite, j'aurais tout quitté pour aller te soigner, je me serais constituée ta garde-malade. Pourquoi ne m'as-tu pas prévenue ?

— Merci, ma bonne amie, de ta sollicitude. J'ai eu tort, j'en conviens, mais ce qui est fait, est fait, n'y revenons plus.

— Tu dînes avec moi, ce soir ?... Tu me resteras, dis ?...

Henri Pasquet ne vit guère la possibilité de refuser. Il répondit :

— Volontiers. Mais je ne resterai pas trop tard, car j'ai rapporté de la campagne une foule de commissions urgentes et j'ai donné pour ce soir plusieurs rendez-vous.

— C'est bien fâcheux, j'aurais voulu te garder toute la nuit, ajouta la grosse dame en ébauchant une moue ridicule.

— Nous avons le temps de nous voir à présent. Dis-moi, à quelle heure se mettra-t-on à table ?

— A sept heures précises.

— Je serai exact. A bientôt donc.

Henri Pasquet quitta l'agence, et se rendit sans plus tarder rue Turbigo, numéro 126, au bureau central de placement, tenu par un nommé Leclère.

Il savait que, là comme chez madame Goffinot, il trouverait un accueil favorable du moment qu'il pourrait se charger de besognes louches.

Nous n'entrerons pas dans le détail de l'aménagement du « bureau central ». Il différait peu de celui de la Paternelle, quoique plus moderne et établi dans de plus vastes proportions.

M. Leclère était un petit homme à lunettes, au regard sournois, à la parole mielleuse.

Sa femme, qui partageait avec lui les fonctions directoriales, était, au contraire, une grande personne longue et sèche, ayant l'air, comme on dit vulgairement, de porter culotte dans le ménage.

En entrant, Henri Pasquet se servit du même truc qu'il avait employé chez madame Goffinot pour se faire introduire auprès du directeur et de la directrice. Il débita son petit conte avec l'aplomb imperturbable qu'on lui connaît. L'impression des époux Leclère fut à peu près semblable à celle qu'il avait produite sur la directrice de *la Paternelle*. On le jugea intelligent et apte à rendre des services. Aussi fut-il immédiatement inscrit. On lui promit de lui écrire dès qu'il se présenterait quelque chose.

L'heure avançait. Henri Pasquet reprit le chemin de la rue des Martyrs et arriva juste à temps pour se mettre à table près de sa plantureuse protectrice, la veuve Goffinot.

V

AVANT LE CRIME

Ainsi qu'il l'avait annoncé, Henri Pasquet quitta la directrice de *la Paternelle* presque aussitôt après le dîner, malgré les tentatives qu'elle fit pour le retenir. Il descendit la rue des Martyrs et le faubourg Montmartre jusqu'aux grands boulevards qu'il parcourut en flâneur.

Les théâtres et les cafés resplendissaient de lumières, éclairant la foule grouillante des promeneurs et des filles qui les encombrent tous les soirs. Il s'assit à la terrasse de l'Américain et on lui servit une chartreuse qu'il dégusta lentement en fumant un cigare. Ses yeux erraient distraitement sur les passants, mais son imagination allait plus loin : il pensait à l'avenir et caressait des rêves insensés.

— Coûte que coûte, se dit-il, j'arriverai à mes fins, je serai riche !... Alors j'épouserai ma Jeanne, je la ferai devant les hommes comtesse d'Evellerio, et nul ne pourra jamais lui contester ce titre pas plus qu'à moi celui de comte !... Après quoi, il ne sera plus besoin de nous cacher. Riche et envié, ma vie s'écoulera heureuse près de la femme que j'aime. J'en aurai fini une bonne fois avec ces luttes dangereuses que je soutiens depuis trop longtemps déjà contre la société !... O rêve enchanteur, réalise-toi vite ! Il me reste un suprême effort à tenter... Je ne reculerai devant rien, même s'il est nécessaire de commettre un dernier crime !... Il faut en finir !...

Dix heures sonnaient. Le bandit appela le garçon, paya sa consommation et rentra pédestrement chez lui, humant avec délices l'air frais de la nuit.

Il suivit les boulevards jusqu'à la Bastille, monta la rue de Lyon jusqu'à la rue Jules-César, et arriva en une heure à l'hôtel de Moret.

Deux jours se passèrent sans incidents.

Le matin du troisième jour, comme il était encore couché, le garçon de l'hôtel lui monta une lettre. Il la décacheta fiévreusement et, regardant d'abord la signature, il vit qu'elle était de M. Leclère. Le directeur du bureau central de placement de la rue Turbigo demandait au prétendu Charles de se rendre immédiatement chez lui, ayant une petite affaire à lui proposer.

Pour ne pas perdre de temps, Henri Pasquet se leva, s'habilla à la hâte et courut chez M. Leclère avant son déjeuner.

— Vous reconnaîtrez que nous n'avons pas été longtemps à penser à vous, lui dit en le voyant le directeur d'un air fort aimable.

— Je vous en suis bien reconnaissant, répondit le jeune homme.

— Voilà ce dont il s'agit, poursuivit M. Leclère. J'ai reçu hier la visite d'une dame que je ne connaissais pas. Elle se nomme madame de Prije et demeure rue du Faubourg-Saint-Honoré, numéro... Son mari est un des plus riches planteurs de l'île Bourbon. Il est actuellement dans une de ses propriétés, et comme la jolie délaissée s'ennuie beaucoup, elle veut se distraire et donner, en l'absence du comte, des fêtes à ses amis. Seulement, l'organisation matérielle de ces fêtes lui susciterait de grands dérangements et elle n'entend pas avoir un pareil souci. Aussi, elle me charge de tous les préparatifs. Vous sentez-vous capable de diriger ce service ?

— Parfaitement. Je vous réponds que madame la comtesse sera contente de moi.

— Sans vous avoir parlé, je n'ai pu prendre d'engagement; d'ailleurs elle m'a paru difficile et je ne sais pas si vous lui conviendrez. Il faudra donc aller vous présenter. La fête n'aura lieu qu'après-demain.

Henri Pasquet inscrivit sur son carnet l'adresse de la comtesse et déclara qu'il s'y rendrait immédiatement. Le prix fut ensuite discuté, et lorsque le jeune homme fut tombé d'accord avec M. Leclère, il se retira et, par les Halles, gagna la rue Saint-Honoré et le faubourg. Chemin faisant, il réfléchissait.

— Cette femme est seule, conclut-il, elle est jolie et riche... Il faut que je lui plaise !...

En arrivant à l'hôtel de la comtesse, il exposa au concierge le motif de sa visite et s'assit tranquillement dans la loge pendant que le cerbère courait prévenir madame de Prije. Il revint au bout d'un instant, accompagné d'une femme de chambre qui se chargea d'introduire le visiteur auprès de sa maitresse. Elle lui fit traverser les appartements, car madame de Prije se trouvait dans sa chambre occupée aux préparatifs de sa toilette. Henri Pasquet, avec sa sûreté de coup d'œil et sa force d'observation, grava dans son esprit la disposition des pièces dans lesquelles il passait ainsi que leur ameublement.

La femme de chambre, après avoir mis le jeune homme en présence de la comtesse, se retira.

— C'est vous, monsieur, dit madame de Prije, qui m'êtes envoyé par le bureau central de placement?

. — Oui, madame la comtesse.

— Vous êtes bien au courant du service?

— Oh ! madame la comtesse peut être certaine que je m'acquitterai consciencieusement des fonctions qu'elle daignera me conférer.

La comtesse eut un signe de satisfaction. Elle venait d'examiner attentivement le jeune homme et l'impression résultant de cet examen avait été bonne. La distinction et l'élégance du misérable plaidaient toujours en sa faveur.

Après un instant de silence, madame de Prije ajouta :

— Vous me convenez. Je vous arrête. Vous vous nommez ?

— Charles, madame la comtesse.

— Eh bien ! Charles, c'est entendu. Venez après-demain de bonne heure. Vous vous concerterez avec mes domestiques pour les petits détails et préparerez tout pour la soirée. J'aurai environ deux cents personnes.

— Bien, madame la comtesse, je prendrai mes mesures en conséquence. Puis-je me retirer ?

— Certainement.

La comtesse de Prije frappa sur un timbre. La femme de chambre parut aussitôt :

— Reconduisez monsieur, lui ordonna sa maîtresse.

— J'ai l'honneur de saluer madame la comtesse, fit le jeune homme en s'inclinant profondément.

— Au revoir, Charles, à après-demain.

Il sortit et, très habilement, renouvela plus en détail son inspection de l'hôtel.

— Il y a évidemment quelque chose à faire ici, murmura sinistrement le bandit dès qu'il fut dans la rue.

Il passa de nouveau au bureau central de placement, pour prévenir M. et madame Leclère qu'il avait été agréé par la comtesse de Prije. En rentrant à l'hôtel de Moret, après avoir déjeuné dans un res' urant du boulevard de Sébastopol, Henri Pasquet réfléchissait à ce qu'il pourrait tenter pendant la nuit du surlendemain à l'hôtel scmptueux du faubourg Saint-Honoré. Il connaissait, les ayant vus une fois, les moindres recoins des pièces qu'il avait parcourues. La chambre de la comtesse de Prije l'avait surtout frappé ; et pendant les quelques minutes qu'il y était resté, il en avait dressé mentalement un inventaire minutieux.

La soirée et la journée du lendemain parurent au misérable mortellement longues.

Maintenant qu'il avait prémédité son forfait, il avait hâte de voir arriver l'heure où il l'accomplirait. Irrésolu comme il l'était d'habitude, il craignait d'être saisi par la peur et de renoncer à son projet. Aussi, essayait-il de se

donner du courage à lui-même, pensant à l'existence
dorée qu'il rêvait de mener auprès de Jeanne Klein. Il
chercha de la distraction, fit de longues promenades,
courut les théâtres, assis modestement au parterre comme
un petit bourgeois qui ne veut pas être remarqué.

Enfin le grand jour arriva. Dès qu'il eut déjeuné, il se
présenta à l'hôtel de Prije et fut conduit immédiatement
à l'office où se trouvaient les domestiques de la maison.
Ceux-ci avaient été prévenus que *Charles* était nommé,
pour la circonstance, grand maitre des cérémonies et qu'il
faudrait lui obéir.

L'ordre était formel; aussi tous s'y conformèrent stoï-
quement et servilement. Ils firent bonne figure au nouveau venu et se mirent à sa disposition pour lui donner
tous les renseignements qu'il désirait.

Henri Pasquet en profita pour les questionner au sujet
de leur maitresse. C'est ainsi qu'il apprit ce qui suit :

Madame la comtesse de Prije, née Dinah Clakson, née à
Maurice, était la fille du gouverneur.

Elle avait épousé le comte à l'age de seize ans. On sait
que, dans ces iles lointaines, les jeunes filles sont puber-
tes de bonne heure et se marient fort jeunes. Atteinte,
quelques années après son mariage, de fièvres terribles,
la mignonne comtesse dut quitter son pays natal pour des
climats plus doux. C'est alors que le comte l'emmena dans
sa patrie, en France. Néanmoins, comme il a été dit dans
le prologue de cette histoire, presque toute la fortune de
M. de Prije étant immobilière et ses propriétés se trouvant
à l'île Bourbon, il dut s'absenter fréquemment pour surveiller ses intérêts. Les habitants des iles de la Réunion.
(Maurice et Bourbon) sont très industrieux et commerçants:
les Anglais naturellement, les Français par influence. Aujourd'hui, depuis longtemps même, la noblesse y trafique
et fait valoir ses biens.

En dehors de ses plantations, le comte de Prije avait
une immense fabrique de ces toiles bleues, *quinées*, qui
sont transportées au Sénegal en masses énormes et y servent de monnaie. Cette usine, où près de huit mille indi-

gènes étaient occupés, rapportait à elle seule, un bénéfice
net annuel de deux cent mille francs, au dire de la
femme de chambre de la comtesse, qui tenait elle-
même ce détail de Pierre, un vieux serviteur de la famille
que le comte avait emmené avec lui à son dernier départ.

On raconta à Henri Pasquet que, lors de l'Exposition
universelle de 1878, M. de Prije avait acheté pour sept cent
mille francs de machines, destinées à renouveler ou à
perfectionner l'outillage de sa fabrique.

Il y avait près d'un an que la comtesse Dinah se trouvait séparée de son mari. Elle avait fini par se laisser
envahir par le désœuvrement et l'ennui, mais maintenant elle s'apprêtait à se distraire en donnant des fêtes à
ses amis et à ceux de M. de Prije.

A l'aide d'habiles insinuations, Henri Pasquet essaya
de savoir si, en l'absence de son mari, la comtesse, jeune
encore et fort belle, n'avait pas un amant pour la consoler. Une protestation énergique accueillit cette maladroite
demande. Chacun affirma que la comtesse était la plus
honnête des femmes. Henri s'excusa de son mieux, allé-
guant que, malheureusement, le fait est si peu rare des
femmes qui trompent leur mari, que sa question était
excusable puisqu'il ne connaissait pas madame de Prije.
Il ajouta que, d'ailleurs, elle avait l'air d'une excellente
personne, facile à servir et traitant bien les domestiques.
Cette appréciation détruisit le mauvais effet de sa précédente maladresse. Il sut en même temps que madame
la comtesse recevait très souvent des lettres chargées,
qu'elle avait une garde-robe splendide et de merveilleux
bijoux qu'elle ne portait presque jamais, surtout étant
seule.

Le faux Charles se montra si bon enfant avec les gens
de l'hôtel ; il se fit si doux, si aisé à contenter, qu'une
heure après son arrivée, il était considéré par les autres
comme de la maison et on le traitait en ami.

VI

L'hôtel de Prije était sens dessus dessous. Dans la cour d'honneur on installait une marquise pour servir à la fois de vestibule et de vestiaire. Des jardiniers apportaient des plantes et des fleurs pour garnir le péristyle et le grand escalier. Des tapissiers clouaient des tentures, plaçaient des banquettes et des chaises dans les salons. C'était un remue-ménage, un vacarme indescriptibles. Depuis longtemps on n'avait vu cela dans la somptueuse mais calme maison.

Henri Pasquet, ou plutôt le valet de marque Charles, présidait à l'installation des buffets et de l'office. Des maisons les plus renommées de Paris arrivaient des caisses de victuailles et des paniers de Montebello. Avec un goût réel, Charles faisait disposer tout cela en pyramides symétriques. Les coupes de cristal étincelaient et les bouteilles, alignées en triple file, étalaient leurs ventres respectables recouverts d'étiquettes plus ou moins dorées. A côté des terrines de foie gras bourrées de truffes, se dressaient des montagnes de sandwichs où la chair rosée du jambon apparaissait entre les fines tranches de pain blanc; les volailles aux flancs dorés et les faisans royaux revêtus de leurs plus beaux atours occupaient le centre, flanqués de côté et d'autre de gigantesques pièces montées. Une armée de petits gâteaux remplissait les vides.

Toute la valetaille de l'hôtel prêtait avec un louable zèle son concours à ces préparatifs.

Pendant ce temps madame de Prije, retirée dans ses appartements, s'occupait avec un soin particulier et une activité quelque peu fébrile des figures du *cotillon*, sur lequel elle comptait comme l'un des attraits les plus grands de la soirée. Elle assemblait des rubans multicolores de roses, violettes ou camélias, décorations obligées des danseurs et des danseuses. Elle était complètement absorbée par ce délicat travail, lorsque sa femme de chambre vint lui annoncer une visite :

— M. le docteur Burnier fait demander à madame la comtesse si elle peut le recevoir?

A ces paroles, madame de Prije se hâta de répondre :

— Comment donc?... ce cher docteur!... Faites vite entrer M. Burnier, Antoinette.

La soubrette obéit et reparut bientôt dans l'entrebâillement de la porte, suivie du médecin, froid et correct dans sa redingote noire et sa cravate blanche.

— Mille grâces, chère madame, de votre empressement à me recevoir, dit-il, en baisant respectueusement la main que la comtesse lui tendait.

La jeune femme sourit, et, du ton le plus affable :

— Vous savez bien, docteur, que vous serez toujours ici le bienvenu. Vous êtes le médecin, c'est déjà beaucoup ; mais, par dessus tout, vous êtes l'ami, l'ami dévoué, et, comme tel, j'ai grand plaisir à vous voir.

— Madame la comtesse, ma réponse sera conforme à vos sentiments. Merci d'abord de votre confiance, mais surtout merci de l'amitié dont vous daignez m'honorer. Excusez-moi d'être venu vous déranger sans avoir été convoqué par vous, mais connaissant mieux que personne votre santé délicate et sachant combien grande est la fatigue occasionnée par des fêtes semblables à celle que vous allez donner, j'ai désiré me rendre compte par moi-même de l'état dans lequel vous vous trouvez.

— Je me porte très bien jusqu'à présent, mon cher docteur, et, comme la distraction est l'un des principaux remèdes que vous m'ayez ordonnés, je compte, ce soir, sur une cure merveilleuse qui me permettra de recevoir l'ami souvent, mais pas de longtemps le médecin.

En prononçant ces mots, la comtesse Dinah eut un petit éclat de rire nerveux qui découvrit deux rangées de dents admirables.

— Ces pauvres médecins, on s'amuse toujours à leurs dépens ! observa philosophiquement M. Burnier.

— Depuis Molière !

— Ce qui n'empêche pas de les appeler avec insistance à la moindre indisposition.

— C'est vrai, docteur, fit la comtesse, devenue subitement sérieuse. C'est bien vrai et cela se comprend. Sur terre, il faut une croyance, une foi quelconque. Je plains fort les sceptiques, les sincères s'entend, qui n'ont plus d'illusions. Il est indispensable, surtout à une femme, de pouvoir compter sur un secours, un appui immédiat. Ainsi moi, par exemple, qui vis seule depuis si longtemps, je serais la plus malheureuse des créatures, si je ne pouvais à tout instant me fier à votre dévouement, à votre amitié. Seule !... toujours seule !... quelle existence est la mienne !... conclut avec amertume la belle Dinah de Prije.

— Allons, madame, ne vous attristez pas de la sorte. M. de Prije reviendra sans doute bientôt en France et vous serez heureuse, car vous l'aimez. En attendant, mon Dieu ! que vous dirai-je ?... tuez le temps, allez, venez, déployez le plus d'activité possible, afin de ne pas laisser de prises à l'ennui.

— J'essaierai, docteur, j'essaierai !

— Maintenant, changeons de conversation, et parlons un peu de la grosse actualité.

— Quelle grosse actualité ?

— Une pareille question, de votre part ! Voyons, mais

la grosse actualité, n'est-ce pas votre fête? Chacun en parle, ma chère comtesse, et, d'après ce que j'ai vu en traversant vos appartements, ce sera tout simplement splendide.

— Vous êtes indulgent, docteur.

— Non pas, mais je suis comme beaucoup de mes confrères, un peu... comment dirai-je? un peu gourmet; et tout à l'heure j'ai remarqué, en passant, un buffet qui est un chef-d'œuvre gastronomique.

— En effet, ma femme de chambre m'a affirmé que cela était composé avec un réel goût.

— C'est véritablement remarquable, et celui qui a présidé à cet agencement est un homme précieux. C'est un de vos domestiques?

— Non, docteur, mes gens me sont très dévoués, mais n'ont rien de commun avec les phénix; il m'a fallu prendre un chef de service supplémentaire, un *extra*, comme l'on dit.

Le docteur fronçant le sourcil :

— Assurément la personne que vous avez choisie a du talent dans son genre, mais je déplore cette habitude que l'on a prise aujourd'hui d'introduire chez soi des inconnus, sur la simple recommandation d'un bureau de placement qui, lui, ne songe qu'à faire des affaires et à toucher sa commission.

— Il faut bien pourtant, lorsque l'on reçoit, assurer son service, mon cher docteur.

— C'est évident, mais alors on devrait plutôt s'adresser à ses amis et leur demander pour une soirée ou une nuit de vous prêter ceux de leurs gens qui ne sont pas indispensables. Aucune de vos connaissances ne se refuserait à vous rendre ce petit service; et alors, comtesse, vous auriez chez vous des domestiques de confiance et cela n'en vaudrait que mieux.

— A l'avenir je suivrai vos conseils, mon cher docteur, car vous êtes un sage et chacune des paroles qui sortent de votre bouche est d'or, mais pour cette fois il est trop tard. D'ailleurs le garçon que j'ai choisi est fort convenable, doux, poli, distingué même, car je vous jure qu'il n'a pas l'air d'un domestique.

— Oh! oh! madame la comtesse, vous êtes enthousiaste!

— Soit. Mais vis-à-vis de vous, cela m'est d'autant plus facile que vous savez comme moi que les Ruy Blas ne sont plus de mode.

— On affirme le contraire dans un certain monde.

— Je ne veux pas le croire, c'est humiliant pour mon sexe. Comment! il y a des femmes qui...

— Hélas! en ce siècle de névrose et d'hystérie tout est possible.

— Il faudra plaindre les malades, en ce cas. Pour revenir au domestique dont je vous parlais, docteur, il est parfait et vous venez vous-même, tout à l'heure, sans le savoir, de faire l'éloge de ses capacités.

— C'est égal, croyez-moi, dorénavant quand vous devriez tomber sur le *rara avis* des valets de chambre, préférez-lui donc quelque brave garçon au service d'une de vos amies en qui vous pourrez avoir confiance.

— C'est convenu, docteur. Au fait, vous êtes des nôtres ce soir?

— Je n'ose trop vous le promettre : j'ai tant de malades en ce moment!

— Oh! vous me peineriez beaucoup en me refusant.

— J'essaierai de tout concilier et de vous consacrer quelques heures, ma chère comtesse, mais vous ne passerez qu'après mes malades, je vous en préviens.

— Je leur cède volontiers la place, persuadée que vous les soulagerez; je suis heureuse de leur faire ce sacrifice.

Le docteur se retira. En passant dans un salon, il croisa Henri Pasquet et reconnut d'instinct en lui le domestique, l'*extra* modèle dont madame de Prije lui avait parlé. Le docteur Burnier toisa le jeune homme du regard et comprit l'enthousiasme et le choix de la comtesse. Il était impossible d'être plus correct que le prétendu Charles.

Pendant la visite du médecin, le bandit n'avait pas perdu son temps.

Il avait visité l'hôtel dans ses plus petits recoins. Dans le jardin, qu'il avait également parcouru, il avait observé une sorte d'espalier qui, au besoin, pourrait servir d'échelle. En un mot, toutes ses précautions étaient prises pour fuir, le cas échéant, sans que personne ne pût le soupçonner. Dans son esprit il avait aussi noté les meubles auxquels il donnerait la préférence. Le moyen d'opérer vite, c'était de ne rien livrer au hasard.

Il l'avait bien compris et tout, était combiné pour le mieux.

16

VII

LA FÊTE

Dans le salon d'entrée ouvrant sur l'escalier d'honneur, la comtesse Dinah de Prije recevait ses invités ; pour chacun elle avait un de ces ineffables sourires, une de ces paroles qui captivent et attirent la sympathie.

Et pourtant, malgré ce charme, cette gaieté douce, indices d'une vie heureuse et tranquille, exempte de tout souci, pour des esprits superficiels, il était facile à un observateur sérieux de comprendre ce qu'il y avait de tristesse concentrée, d'amertume indéfinie derrière ce masque placide.

Dans notre prologue, nous avons raconté la conversation qu'eut, à ce sujet, la comtesse de Prije avec son médecin, M. le docteur Burnier.

Tant qu'elle s'était occupée de sa toilette, des chiffons soyeux du cotillon, elle avait espéré pouvoir se distraire, oublier le délaissement dans lequel elle se trouvait, mais plus l'heure de la fête approchait, plus un trouble inexplicable s'emparait d'elle, plus son cœur se serrait, sans qu'elle pût se rendre compte des causes d'une pareille appréhension.

Autour d'elle la joie était bien franche cependant. Les diamants étincelaient sur les cous et les gorges de marbre rose; les femmes et les jeunes filles s'abandon-

naient aux enivrements de la danse entre les bras des
valseurs. Les rythmes les plus entraînants du répertoire
moderne retentissaient pleins de sonorité, et, par les fenêtres ouvertes, arrivaient jusqu'à l'oreille des curieux
badauds massés devant l'hôtel.

Alors que tous étaient absorbés par le plaisir, oubliant
dans le tourbillon mondain leurs préoccupations diverses,
deux personnages, deux acteurs de cette scène parve-
naient à isoler leur esprit et ne prenaient pas leur part de
l'ivresse générale.

C'était d'abord la maîtresse de la maison, la belle comtesse Dinah de Prije, qui pensait à l'époux absent et comprenait que rien ne pouvait remplacer pour elle, même
pendant quelques heures, le charme et la quiétude qu'elle
puisait autrefois dans l'amour conjugal.

C'était enfin Henri Pasquet, le valet de chambre Charles,
qui, tout en vaquant aux occupations que lui imposait
son service, occupations dont il s'acquittait distraitement,
combinait un plan infernal. A diverses reprises, il avait
déserté les salons et, sous un prétexte ou sous un autre,
il s'était faufilé dans les appartements privés de la comtesse. Mais, chaque fois, il avait été dérangé et n'avait
pu mettre ses projets de vol à exécution. Lui faudrait-il
donc renoncer à une si belle occasion, qui peut-être ne
se représenterait pas de sitôt ?... Pas de maître à redouter,
une femme seule au milieu de valets indifférents qui, leur
service terminé, ne se souciaient guère de leur maîtresse !...
La fête se prolongeait. A peine quelques personnes son-
geaient au départ et quittaient furtivement l'hôtel pour
ne pas attirer l'attention des autres invités.

Le cotillon final commença, puis les salons se désem-
plirent rapidement.

Jusqu'à la fin, madame de Prije se montra le plus parfait des amphitryons ; mais lorsque le dernier couple l'eut
saluée, elle poussa un soupir de satisfaction et, abattue
par l'effort qu'elle avait fait, elle se laissa tomber sur un
siège.

Les domestiques éteignirent les lustres, tandis que les

derniers équipages quittaient l'hôtel et que retentissait le bruit confus des chevaux piaffant sur le pavé, des portières se fermant brusquement et des roues criant sur le sable de la cour.

Après quoi, tous les gens de service vinrent prendre des ordres.

Madame de Prije leur répondit simplement :

— Je vous remercie, mes amis, du zèle que vous avez déployé ce soir, tout s'est fort bien passé ; allez maintenant vous reposer, car vous devez en avoir grand besoin. Demain il sera temps de mettre tout en ordre.

Les domestiques saluèrent et se retirèrent.

Lorsqu'ils s'apprêtèrent à regagner leurs chambres, Charles avait disparu.

— Il est parti le premier, pensèrent les autres.

Et ils ne prêtèrent pas plus d'attention que cela à cette absence.

Or, qu'avait fait le misérable ? Profitant de l'obscurité, il s'était glissé dans le petit salon précédant les appartements privés de madame de Prije, et, certain de ne pas être vu, il s'était étendu sous une banquette dont la couverture de damas rouge à franges d'or, retombant jusqu'à terre, le cachait complètement. Là, il attendit patiemment que tout le monde fût sorti.

— Ce que je n'ai pu faire pendant la fête, pensait-il, je le ferai après plus tranquillement ; cela n'en vaudra que mieux.

Il vit la femme de chambre apporter un bougeoir à la comtesse et lui offrir ses services pour sa toilette de nuit. Mais madame de Prije la congédia, lui disant qu'elle préférait rester seule.

— Bien, madame la comtesse, répondit la soubrette, intérieurement enchantée de pouvoir aller immédiatement se mettre au lit.

Madame de Prije se dirigea vers sa chambre.

Quelques minutes plus tard, un silence morne régnait dans l'hôtel. Le contraste était d'autant plus frappant que la fête avait été bruyante. A la lumière éclatante avait succédé l'ombre profonde.

Au dehors, le ciel s'était couvert et la pluie tombait abondamment, cinglant les vitres.

Soudain, comme un reptile, Henri Pasquet rampa hors de sa cachette... Tout d'abord, il prit deux mouchoirs et en enveloppa ses chaussures, de façon à étouffer complètement le bruit de ses pas, et il suivit le chemin qu'avait pris madame de Prije. Il pénétra dans le cabinet de travail de M. de Prije où se trouvaient un secrétaire et une armoire.

Sur le secrétaire, madame de Prije avait oublié un trousseau de clefs. Le bandit s'en empara et visita les deux meubles. L'armoire ne renfermait que des livres et des dossiers concernant l'usine et les propriétés du comte dans l'île Bourbon. Quant au secrétaire, Henri Pasquet n'y vit que des papiers n'ayant pour lui aucune importance.

En son absence, M. de Prije retirait de son cabinet de travail toutes les valeurs sérieuses. Les emportait-il avec lui ? Les déposait-il chez son banquier ? Les confiait-il à sa femme ? Voilà ce que le voleur ignorait. Cette première déception l'irrita, car il avait supposé trouver là de l'argent et des bijoux.

Dans la chambre de M. de Prije, ses recherches furent également vaines. Une espèce de casier placé près de la porte fut l'objet de sa convoitise. Il chercha à le forcer, car il n'en avait pas la clef, mais il ne put y parvenir. Alors il revint sur ses pas, traversa de nouveau le cabinet de travail du comte et pénétra dans la salle à manger, où il vola dans le dressoir et le buffet quelques menues pièces d'argenterie.

Le cœur du bandit battait violemment, car il en était arrivé au moment critique et périlleux de son œuvre abjecte. Avant de quitter la salle à manger, il saisit un couteau assez court et épais de lame et dont la pointe était très effilée. Ce couteau, de fabrication anglaise, était solidement monté dans un manche de corne bien en main.

Retenant sa respiration, marchant avec mille précau-

16.

tions, Henri Pasquet s'engagea dans le couloir de dégagement conduisant à la chambre de la comtesse, et il vint se blottir dans le cabinet de toilette qui la précédait.

Un mince filet de lumière filtrait à travers les jointures de la porte. Le misérable se baissa et, collant son œil au trou de la serrure, il observa.

La belle Dinah ne dormait pas encore.

Il assista ainsi à cette scène que nous avons décrite au commencement de ce récit.

Il vit la comtesse relire les lettres de son mari et pleurer. Il l'entendit exhaler ses plaintes et appeler celui qui seul pouvait lui rendre le bonheur.

Enfin, la pauvre femme s'endormit.

Henri Pasquet entra dans la chambre et l'on sait ce qui s'y passa.

VIII

APRÈS LE CRIME

Son forfait accompli, Henri Pasquet, qui, bien que pris d'un tremblement nerveux, conservait tout son sang-froid et sa lucidité d'esprit, ne songea qu'à dresser des pièges capables de faire trébucher la justice et de l'égarer.

C'est ainsi qu'il se rendit dans la cuisine et qu'il plaça sur la table deux verres à demi remplis et une bouteille de vin vide, pour laisser croire à l'existence d'un complice.

Il ouvrit la fenêtre de la chambre où la malheureuse comtesse gisait inanimée, pour faire supposer qu'il s'était enfui par là.

Nous avons omis de dire que le premier soin du meurtrier avait été, avant d'entrer dans la chambre de sa victime, de tirer intérieurement les verrous des portes donnant sur le grand escalier et sur l'escalier de service.

Comme il s'apprêtait à continuer ses fouilles dans les meubles de l'appartement qu'il avait fracturés et où il espérait trouver des objets de valeur à défaut d'argent, il eut une panique épouvantable.

On se souvient que, au cri déchirant poussé par la

comtesse au moment d'être égorgée, le concierge s'était
réveillé et avait prévenu la femme de chambre. Henri
Pasquet, tandis qu'on frappait violemment à la porte,
resta impassible, son couteau à la main, retenant sa respiration et s'apprêtant à se frayer un passage au milieu
des importuns, s'ils arrivaient à pénétrer dans l'appartement.

Au bout d'un quart d'heure, tout bruit cessa ; le concierge et la femme de chambre, rassurés par le calme,
avaient regagné paisiblement leurs lits.

Cette alerte avait enlevé au coquin tout son aplomb ;
il ne songea qu'à fuir au plus vite. C'est ce qu'il fit par
le jardin, s'arrangeant de façon à ce qu'on ne pût découvrir aucune trace de son passage. Cela était facile en ram-
pant sous les massifs, au lieu de suivre les allées qui
auraient gardé l'empreinte de ses pas. A l'aide des espaliers dont nous avons parlé, il fut en trois bonds sur la
crête du mur. La petite rue sur laquelle donnaient les der-
rières de l'hôtel était absolument déserte. L'assassin se laissa
glisser et tomba sur le trottoir sans se faire trop de mal.

Aussi rapidement que ses forces le lui permirent, il
retourna à pied rue Jules-César.

Six heures venaient de sonner aux horloges publiques
quand il rentra à l'hôtel de Moret dont il avait le passe-
partout. Sans bruit, il monta à sa chambre, entassa dans
sa valise les objets qui bourraient ses poches et, quittant
l'hôtel comme il y était entré, il se rendit à la gare de
Lyon. Le premier train pour Gien partait à six heures
cinquante-cinq minutes. On ne s'arrêtait qu'à Melun et à
Fontainebleau; cela faisait donc parfaitement son
affaire.

A huit heures trois quarts, il était de retour à la petite
maison de la rue de France. Jeanne Klein dormait encore.
Cette particularité causa grand plaisir au bandit. En effet,
il pensait ne pas avoir été remarqué par les voisins. Aussi,
après avoir placé en lieu sûr les objets volés chez madame
de Prije, se glissa-t-il dans le lit de sa maîtresse sans la
réveiller.

Le but de l'assassin était facile à comprendre. Il voulait laisser croire à tout le monde qu'il avait passé la nuit à Fontainebleau et se créer ainsi un alibi si jamais on osait le soupçonner.

Lorsque, une heure plus tard, Jeanne ouvrit les yeux, grande fut sa surprise de voir son amant couché auprès d'elle.

Il feignait de dormir profondément. Elle respecta ce sommeil, et attendit. Cette attente fut de courte durée. Henri Pasquet s'étira comme s'il sortait d'un long et lourd assoupissement.

— Déjà levée, ma chérie! dit-il à Jeanne en l'apercevant à son chevet.

— Comme tu es gentil, mon Charles, voilà une véritable surprise! répondit la jeune femme d'une voix câline; je ne supposais guère te trouver près de moi ce matin!...

— A quelle heure t'es-tu donc couchée hier soir?

— A dix heures et demie, comme d'habitude; et toi, tu es arrivé par le dernier train?

— Parfaitement.

C'était tout ce que le bandit tenait à établir. Maintenant il pouvait soutenir effrontément son mensonge. Jeanne Klein serait avec lui pour affirmer au besoin qu'ils avaient passé la nuit côte à côte. Une fois de plus ce phénomène bizarre de l'organisation morale de cet homme, que nos lecteurs ont si souvent observé au cours de ce récit, se produisait.

Henri Pasquet, qui ne voulait pas e compromettre, ce bandit, qui avait encore, pour ainsi dire, les mains teintes du sang de la comtesse de Prije, retrouvait, quelques heures après son crime, son assurance et son calme habituels auprès de la femme qu'il adorait et au contact de laquelle il se transformait complètement.

Il se leva et descendit dans le jardin sous prétexte de respirer l'air matinal. En réalité, il désirait s'isoler et réfléchir, dans cette douce quiétude qu'il goûtait à Fontainebleau aux conséquences de son crime, aux avantages qu'il pourrait en retirer et à la conduite qu'il aurait à tenir dorénavant. Le valet de chambre Charles, de même que naguère le baron d'Autry, était mort.

Lorsqu'il retournerait à Paris, il devenait indispensable qu'il prît une attitude et une figure nouvelles. Madame Goffinot et *la Paternelle*, M. et madame Leclerc et le *bureau central de placement*, l'hôtel de Moret et son aimable propriétaire ne devaient plus le revoir. La transformation serait complète et, s'il se trouvait plus tard en présence des personnes que nous venons de nommer, il fallait qu'il fût impossible de le reconnaître.

Somme toute, il ne retirait de son abominable forfait qu'une forte déception, car il n'avait réussi à s'emparer que de très peu d'argent. Les bijoux volés représentaient à vrai dire une valeur assez considérable ; mais, pour l'instant du moins, ils ne pouvaient lui être d'aucune utilité et c'eût été courir à une perte certaine que de chercher à s'en dessaisir immédiatement. Tant que l'affaire du faubourg Saint-Honoré ne serait pas classée, et l'opinion publique absolument calmée, ils constituaient de véritables non-valeurs.

Il avait pu faire de l'argent et des présents avec les parures de la marquise de Blainville. La pauvre courtisane, sans famille, internée dans une maison de fous, n'était pas à craindre ; mais il pensait bien que le comte de Prije allait être prévenu télégraphiquement de l'assassinat de sa femme et qu'il reviendrait en France par le plus prochain paquebot. La famille du comte, qui habitait Paris, pourrait également fournir à la justice des renseignements sur les objets dérobés.

Donc, la plus grande prudence s'imposait à l'assassin. En vivant avec une économie relative, Henri Pasquet comptait passer plusieurs mois sans manquer de rien. Le plus sage parti consistait enfin à s'armer de patience et à attendre les événements.

Jeanne vint rejoindre son amant dans le jardin. Elle lui fit remarquer avec une joie enfantine les petits poussins qui grossissaient à vue d'œil dans la basse-cour et couraient familièrement autour d'elle en poussant de petits gloussements ; dans les massifs, c'était une fleur fraîche éclose qui excitait par la richesse et la fraîcheur de son coloris l'admiration naïve de la jeune femme. Dès que Jeanne lui était apparue, Henri Pasquet avait oublié toutes ses préoccupations pour se livrer aux douceurs de cette vie commune qu'il aimait tant.

Le soir de ce jour, ils reçurent la visite du directeur du *Mémorial*, à présent l'intime de la maison. M. Jovelin de Roilette paraissait très affairé, ce que le faux comte d'Evollerio ne manqua pas de remarquer.

— Qu'avez-vous donc aujourd'hui, mon cher ami ? dit-il au journaliste, vous serait-il advenu quelque chose de fâcheux ?... Je vous trouve un air singulier...

— Ne m'en parlez pas, répondit Jovelin, vous devez savoir que, surtout pour un journal de province, un fait-divers palpitant est d'une importance capitale?

— Oui, certes. Eh bien?

— Depuis midi, j'en tiens un extraordinaire !

— Vraiment ?

— Cela me donne un mal terrible, n'étant pas sur les lieux. J'ai envoyé à Paris un reporter qui, d'heure en heure, me télégraphie les nouvelles.

— De quoi s'agit-il donc?... Quelque catastrophe ?

— Non pas, mais un crime épouvantable a été commis.

Henri Pasquet dressa l'oreille, et ajouta avec un calme parfait :

— En vérité, mon cher de Roilette, j'admire votre ardeur professionnelle ; pour un crime commis à Paris vous voilà métamorphosé !... N'y en a-t-il pas tous les jours des crimes dans une ville qui sert de refuge aux gredins du monde entier?

— C'est juste ; mais il y a crime et crime, et celui dont j'ai à m'occuper est si mystérieux qu'on peut le classer parmi les plus intéressants au point de vue de la publicité.

— Racontez-moi donc cela ?

— Volontiers. Vous n'êtes pas sans avoir entendu parler de la famille de Prije ?

— De Prije ?... fit Henri en prenant l'attitude d'un homme qui fouille dans ses souvenirs.

— Oui, les comtes de Prije, vieille et solide noblesse...

— Je connais ce nom, en effet, dit le misérable au bout d'un instant, mais je n'ai pas souvenance d'être jamais entré en relation directe avec cette famille.

— Le comte de Prije est un des plus riches propriétaires français de l'île de la Réunion. Il se trouve actuellement dans ses terres. Hier sa femme, pour se distraire un peu de sa longue solitude, a donné une grande fête dans son hôtel du faubourg Saint-Honoré ; et ce matin, lorsque ses domestiques ont voulu pénétrer chez elle, selon leur habitude, la porte était fermée... Malgré leurs appels réitérés, personne ne venant leur ouvrir, un serrurier, mandé en toute hâte, a crocheté la serrure, et on a trouvé la malheureuse comtesse étendue sans vêtements, la gorge ouverte, au milieu d'un ruisseau de sang.

— Oh ! la pauvre femme !... s'écria Jeanne dont tout le corps fut secoué par un frisson d'horreur.

— C'est un crime horrible, effectivement, dit à son tour Henri Pasquet d'une voix légèrement émue.

On comprend ce que cette conversation avait de pénible pour lui ; cependant, en y réfléchissant, il se persuada que, par M. de Roilette, il serait tenu au courant de tous les événements, même les plus menus, se rattachant au crime dont il était l'auteur. Aussi, s'armant d'énergie, il reprit son sang-froid et questionna le directeur du *Mémorial*.

— Connaît-on l'assassin ?

— Non, on se perd en conjectures.

— Le vol a-t-il été le mobile du crime ?

— Tout le fait supposer. Les meubles garnissant la chambre de la comtesse ont été fracturés et fouillés par le meurtrier.

— Vous me disiez, n'est-ce pas, continua Henri Pasquet, que la comtesse donnait une fête ? Il est probable
que, profitant de l'inattention générale, les assassins se
seront glissés dans la maison pendant le bal.

— C'est possible ; cependant les soupçons se portent
jusqu'à présent d'un autre côté.

— Ah ! fit le drôle, redoublant d'attention.

— Oui, mon cher comte, on suppose que madame de
Prije a été assassinée par un de ces domestiques sur-
nommés *extras*, que des personnes, donnant des soirées
et des bals, adjoignent à leur personnel ordinaire.

Un frémissement invisible courut sur la chair du misérable, qui resta maître de lui à force d'énergie. Il
pensait que la police était bien faite et bien puissante,
puisque déjà elle était sur la vraie piste. Cela ne laissait pas que de l'inquiéter. Heureusement pour lui, ce
que M. de Roilette ajouta ensuite calma un peu ses
craintes.

— On suppose également que l'assassin fait partie
d'une association de malfaiteurs semblable à celle qui, il
y a peu de temps, assassinait dans les mêmes conditions,
cela a été remarqué, la mère d'un commissaire de police de
la Ville de Paris. De toutes façons, deux verres à demi
remplis et une bouteille ont été trouvés dans la cuisine et
permettent d'affirmer que les meurtriers étaient au moins
deux.

Henri Pasquet se dit :

— Bon ! tu t'égares maintenant, mon bonhomme, et la
justice fait comme toi.

Puis, tout haut :

— Continuez, mon cher ami, je vous en prie, vous
m'intéressez au plus haut degré et je comprends à présent, par ce que je ressens, qu'un pareil crime vous ait si
puissamment impressionné.

— Je vous disais donc que les meurtriers étaient au
moins deux, dont le maître d'hôtel extra, un nommé
Charles, qu'un bureau de placement avait procuré à
madame de Prije.

17

— On connaît ce bureau de placement ? demanda négligemment le hardi coquin.

— Malheureusement non. La pauvre comtesse était allée elle-même chercher cet individu qu'on suppose être le principal coupable. Mais on a son signalement, qui doit être envoyé à cette heure dans toutes les directions. Des agents sont partis, munis d'instructions précises, et l'enquête finira par faire découvrir l'agence qui a procuré le maître d'hôtel inculpé.

— Je l'espère bien ! conclut Henri Pasquet.

Raoul de Roilette se leva et prit congé de ses amis. M. d'Evellerio tint à honneur de l'accompagner jusqu'à la porte de la rue.

Lorsqu'il fut seul, avant de rejoindre Jeanne, il se dit en se frottant les mains :

— Allons ! j'aurais bien tort de m'alarmer. On ne me tient pas encore !...

IX

A Paris, la justice était sur les dents. Tous les jours les agents de la sûreté mettaient le parquet sur une nouvelle piste. Le chef de la sûreté, le procureur de la République et le juge d'instruction ne savaient plus où donner de la tête. Bien entendu, chaque contre-enquête amenait un résultat négatif et ne servait qu'à rendre plus profondes et plus épaisses les ombres qui entouraient le crime mystérieux du faubourg Saint-Honoré. Les principales investigations se portaient sur les bureaux de placement. Ils sont nombreux dans la capitale, aussi les recherches devaient être longues et pénibles. L'immense publicité donnée par les journaux à l'assassinat de la comtesse de Prije avait averti madame Goffinot, directrice de l'agence *la Paternelle* et les époux Leclerc, propriétaires du bureau central de placement. Ces derniers, qui avaient procuré à la comtesse le valet de chambre Charles, assassin présumé, voyant qu'on n'avait pu dire d'où venait cet *extra*, se gardèrent bien d'éclairer la justice et d'aller au-devant d'elle. Cela pour plusieurs raisons : la première, c'est qu'ils ne savaient pas au juste quelle part de responsabilité leur incomberait dans l'affaire et qu'ils ne tenaient nullement à se compromettre. La seconde raison, c'est que la révélation de la vérité ne manquerait pas de leur porter un préjudice considérable auprès de leur clientèle.

Aussi s'empressèrent-ils de garder un silence des plus politiques. Les écritures du bureau n'étant pas encore reportées sur les livres officiels à la date du crime, l'inscription de *Charles* n'existait que sur un registre sans importance où il était facile de la faire disparaître.

Cette falsification d'écritures fut opérée immédiatement sans le moindre scrupule.

M. et madame Leclerc reçurent, comme les autres directeurs d'agences, la visite de la police. Ils nièrent effrontément devant les inspecteurs avoir jamais eu, dans leur personnel d'*extras*, un individu du nom de Charles répondant au signalement qu'on leur indiquait. Ils exhibèrent leurs livres, et les agents se convainquirent aisément de la *sincérité* de ces allégations.

Lorsqu'ils se furent retirés, les époux Leclerc laissèrent échapper un formidable soupir de satisfaction. Ils ne seraient plus désormais troublés par des enquêtes importunes et le public pourrait encore lire dans l'avenir, gravée au-dessous du titre de l'établissement, cette mention engageante : *Maison de confiance.* Pauvre public !

Voyons un peu maintenant ce qui se passait à *la Paternelle.* Madame Goffinot ne put retenir un cri de surprise lorsque, après le récit du crime épouvantable dont madame de Prije avait été la victime, elle lut dans son journal que ce crime avait été commis à la suite d'une grande fête et que l'assassin était, selon toutes probabilités, un valet de chambre *extra*, nommé Charles, procuré par un bureau de placement. Bien que le signalement donné ne correspondît pas exactement à celui de son protégé, elle ne douta point qu'il ne s'agît de lui, et elle fut en proie à une légitime terreur. En effet, tout concordait bien : Charles n'était pas revenu chez elle depuis la veille de son crime, malgré sa promesse. Elle lui avait proposé, lors de leur dernière entrevue, plusieurs affaires qu'il avait refusées.

Un tremblement nerveux l'agitait lorsqu'elle se souvenait des relations qu'elle avait eues avec ce misérable. Qu'allait-elle devenir? Une indiscrétion pouvait la perdre. Elle résolut de payer d'audace pour se tirer d'embarras. Elle fit appeler son personnel et lui adressa les paroles suivantes :

— Messieurs, vous avez lu comme moi, n'est-ce pas, le récit d'un crime monstrueux commis faubourg Saint-Honoré?... Savez-vous qui l'on accuse de ce crime?...

Le caissier répondit :

— Nous n'osions en parler à madame de peur de lui causer de la peine, mais nous avons bien compris que c'était Charles qui avait fait le coup.

— Ce qu'il faut comprendre aujourd'hui, c'est que nous devons songer uniquement à nos intérêts communs qui sont menacés.

— Menacés !... Comment cela? demandèrent en chœur les employés de *la Paternelle* avec inquiétude.

— Si vous vous imaginez que la police ne va pas venir ici comme partout s'informer du bandit qui a trompé ma confiance...

— Eh bien ?

— Nous n'avons pas procuré ce vaurien à la comtesse de Prije, c'est vrai, mais son passage à l'agence et les... petits services qu'il y a rendus suffisent à nous compromettre. Fort heureusement le signalement diffère un peu ; Charles a modifié sa tête pour la circonstance, et d'ailleurs il n'a pas été employé par nous depuis la dernière soirée du comte Polwski, il y a plusieurs mois déjà. Aussi, notre plan est bien simple : nous montrerons nos registres et nous affirmerons que notre Charles n'a rien de commun avec celui que nous avons employé et sur le compte duquel nous n'avons jamais reçu que des éloges. Inutile de vous dire, messieurs, que la discrétion la plus absolue est indispensable et que, je le répète, il y va de votre propre intérêt.

Ce *speech* produisit sur les employés de *la Paternelle*, gens tarés dont nous avons fait le portrait en parlant de l'agence, un effet prodigieux. Ils jurèrent de rester muets et de suivre ponctuellement les instructions de la patronne. Qui plus est, ils tinrent leur serment.

Les agents de la sûreté, lorsqu'ils passèrent chez madame Goffinet, s'en rapportèrent à ses déclarations. Il était, à leur avis, impossible que le Charles qui avait obtenu de si élogieux certificats chez le comte Polwski fût le même que celui qui avait tué la comtesse de Prije. D'ailleurs ce nom de Charles est assez commun et depuis longtemps, les livres en faisaient foi, on n'avait pas placé de domestique de ce nom à l'agence.

C'est ainsi que les deux maisons qui auraient pu fournir des renseignements utiles à la justice, contribuèrent puissamment à l'égarer.

Malgré tous les efforts et tout le zèle déployés, on ne sut rien. Le chef de la sûreté fit alors fouiller les garnis mal famés qui servent ordinairement de repaires aux malfaiteurs. Des rafles furent opérées et l'on envoya au dépôt une quantité d'individus suspects ou tarés, vagabonds, souteneurs, repris de justice. Après un triage minutieux, il fallut relâcher la plus grande partie. On n'avait pas encore mis la main sur le coupable. Pourtant, un instant on espéra être sur la bonne piste. Voici de quelle façon :

Le propriétaire de l'hôtel de Moret, rue Jules César, avait, comme tous les maîtres de garnis, un livre de police visité chaque quinzaine et signé par un inspecteur spécial. Cet agent, dans une de ses tournées habituelles, releva le nom de Charles, inscrit comme maître d'hôtel. Il fit part de sa découverte au commissaire de police du quartier, qui en avisa immédiatement le parquet.

Le soir même, les magistrats instructeurs se rendirent rue Jules César, pour interroger le propriétaire de l'hôtel. Le brave homme se prêta de bonne grâce à cet interrogatoire et répondit sans détour aux questions qui lui furent posées. Le juge d'instruction lui demanda :

— Vous avez eu dans votre maison un individu nommé Charles, se disant maître d'hôtel ?

— Oui, monsieur.

— Quel genre de vie menait-il ?

— Il paraissait très tranquille, jamais de femmes avec lui.

— Habitait-il régulièrement chez vous ?

— Oh ! non, monsieur ; il s'absentait souvent et restait même parfois plusieurs semaines sans se montrer.

— Quelle espèce d'homme était-ce ?

L'hôtelier fit alors un portrait assez ressemblant d'Henri Pasquot et termina en affirmant que son locataire était très doux, très aimable et qu'il le payait fort bien.

— Quand l'avez-vous vu pour la dernière fois ?

— Le jour même du crime du faubourg Saint-Honoré.

Le juge d'instruction, se tournant vers le procureur et le chef de la sûreté qui l'avaient accompagné, leur dit :

— Messieurs, il n'y a pas à en douter : c'est bien Charles qui a assassiné madame de Prije et il a habité ici.

L'interrogatoire continua, mais l'hôtelier ne put répondre à aucune autre question.

Il ne savait rien des antécédents de son locataire, il ne connaissait aucune de ses relations et ignorait absolument où il était parti.

Les magistrats se retirèrent assez désappointés.

Après un mois de recherches vaines, l'enquête fut clôturée et l'affaire classée.

L'assassin de la comtesse de Prije échappait à la justice des hommes.

X

SANS REMORDS

Jour par jour, Henri Pasquet, qui ne quittait plus Fontainebleau, suivait dans les journaux de Paris les détails
nouveaux sur son propre crime. M. Jovelin de Roilette se
chargeait de lui fournir les renseignements complémen-
taires. Henri faisait même à Jeanne la lecture des journaux
à haute voix, avec un calme si parfait, une indifférence
si complète que l'on n'aurait jamais pu supposer un
manque aussi absolu de sens moral chez une créature
humaine. De remords, pas l'ombre ! Il ne se souvenait et
ne voulait se souvenir que d'une chose : c'est que Jeanne
était la plus adorable des femmes, qu'il l'adorait, qu'il
en était lui-même éperdument aimé et qu'il lui avait entièrement consacré sa vie. Ses crimes, ses vols, cela n'était
qu'un vague cauchemar; la pureté du but lavait tout,
sang et infamies. Le bonheur de sa Jeanne était une na-
celle voguant sur un lac d'ignominie dont les flots bour-
beux la touchaient sans la salir. Tel était l'avis du misérable.
Cette villégiature amoureuse dans un nid charmant lui
plaisait fort. Il vivait sans ennui. Les journées lui semblaient courtes : il les partageait avec Jeanne entre le
jardinage, les soins de l'intérieur et les excursions.

Ils rentraient à Fontainebleau, harassés de fatigue mais

heureux et pleins d'appétit, car ils n'arrivaient jamais chez eux avant l'heure du souper et ils faisaient grand honneur au repas du soir. Fréquemment un et même deux convives les attendaient, M. Jovelin de Roilette seul ou accompagné d'un de ses amis. D'autres fois c'étaient eux qui se rendaient à la rédaction du *Mémorial de Seine-et-Marne*, sur l'invitation de l'aimable directeur.

On causait, on jouait, on faisait de la musique, car M. de Roilette touchait excellemment du piano, et Jeanne Klein était douée d'une fort jolie voix.

Bien que persuadé qu'il ne serait pas découvert, le pseudo-comte d'Evellerio ne se sentit plus de joie le jour où il apprit que, en désespoir de cause, le dossier de l'affaire du faubourg Saint-Honoré était allé rejoindre, dans les cartons poudreux du Palais-de-Justice, les vieilles affaires classées. Il avait été sans remords, il fut cette fois sans pudeur et se réjouit cyniquement dans la paix de son âme de criminel endurci. L'inquiétude de l'avenir ne le préoccupait pas encore. Il ne voulait pas songer à ce qu'il ferait par la suite, et se laissait bercer mollement par les enchantements de sa vie présente. Lorsqu'il était seul et qu'il se souvenait de son intrigue avec la directrice de l'agence *la Paternelle*, la veuve Goffinot, il riait en pensant à la colère de la grosse femme, qui, évidemment devait savoir à présent à qui elle avait eu affaire.

Une seule chose le surprenait et lui inspirait pour la police une profonde pitié : comment n'avait-on pas découvert le bureau de placement qui l'avait envoyé chez la comtesse de Prije ?

Mais toutes ces réflexions venaient à son esprit comme de lointains souvenirs d'un mauvais rêve. Il n'y attachait plus aucune importance. Le misérable apprit un jour que M. le comte de Prije, le mari de sa victime, était arrivé à Paris.

Les journaux racontaient le désespoir du pauvre comte, le changement qui s'était opéré en lui, au dire de ses parents et de ses amis. Chacun savait qu'il adorait sa femme, et la nouvelle de sa mort horrible lui avait porté un tel

17.

coup que le malheureux, naguère si vert, si alerte, était aujourd'hui un vieillard désespéré. Ce qui ajoutait encore à sa douleur, c'est que le crime restait sans châtiment et la mort de sa bien-aimée femme sans vengeance. Il avait fait maintes démarches pour que l'enquête fût reprise et que le parquet se livrât à de nouvelles investigations, mais on lui avait démontré, en haut lieu, que tout ce qu'il était humainement possible de faire avait été fait, et que le hasard seul pourrait amener la découverte du meurtrier.

Henri Pasquet lut tout cela sans émotion. Que lui importait cette immense désespérance?... Que lui disaient ces larmes?... N'était-il pas heureux entre les bras de sa maîtresse?... Les semaines, puis les mois se succédaient sans incidents marquants, et l'assassin de la comtesse de Prije s'ensevelissait dans sa révoltante insouciance, lorsqu'enfin il lui fallut en sortir. L'argent de la maison était presque totalement épuisé, sous peu il serait à sec.

Jeanne s'était étonnée de ne plus le voir retourner à Paris, *chez sa mère*. Elle lui en fit le reproche amical. Henri Pasquet n'était jamais à court d'arguments. Il répondit que la comtesse douairière d'Evellerio était partie pour un long voyage en Italie. Cette réponse satisfit la confiante Jeanne, qui ajouta timidement :

— Mon Charles! tu sais que nous n'aurons bientôt plus d'argent; que comptes-tu entreprendre, si ta mère ne t'en envoie pas?

— Ne t'inquiète de rien, répondit assez brusquement le jeune homme, je vais aviser.

En réalité, la demande de Jeanne Klein l'avait embarrassé.

Il se disait :

— Hé quoi, aurais-je donc fait tant de choses pour arriver à un pareil résultat et retomber dans la misère? Non, non, cela n'est pas possible. Ma bonne étoile brille encore au firmament, elle me guidera, elle me sauvera !

XI

LA FAIM FAIT SORTIR LE LOUP DU BOIS

Un jour où M. de Roilette avait organisé une partie de campagne aux *Plâtreries*, sur les bords charmants de la Seine, Henri se plaignit d'une forte migraine pour ne pas sortir.

Jeanne voulait rester auprès de lui, mais son amant insista tellement pour qu'elle accompagnât Raoul de Roilette et ses amis qu'elle fut bien obligée de céder et qu'elle partit avec eux.

Lorsqu'il fut certain d'être seul pendant plusieurs heures, il sortit de leur cachette tous les objets qui lui restaient de ses vols et notamment les bijoux dont il s'était emparé chez madame de Prije. Le misérable se prit à les examiner attentivement, les tournant et les retournant en tous sens. Il y avait des bracelets massifs d'un prix énorme, des boucles d'oreilles et des boutons garnis de pierres précieuses, des broches enrichies de diamants et une montre Louis XVI d'une grande valeur, tant par le curieux travail d'horlogerie que par la richesse et l'originalité de son boîtier également orné de brillants. Il mit cette montre de côté et, sans regrets, s'armant d'un petit poinçon, il enleva plusieurs pierres précieuses serties dans les autres bijoux, les mutilant à plaisir. Il pensait que l'or lui servirait plus tard.

Pour l'instant il songeait à battre monnaie avec les pierres dont il se déferait facilement et sans danger. Il resserra soigneusement les divers objets dans la cachette, ne gardant sur lui que les diamants démontés et la fameuse montre.

A six heures, lorsque Jeanne Klein rentra, escortée par M. Jovelin de Rollette et ses amis, il déclara qu'il avait dormi et que sa migraine s'était complètement dissipée. Le soir, après dîner, Henri Pasquet prit à part le directeur du *Mémorial* et lui dit :

— Mon cher de Rollette, nous nous connaissons assez maintenant et nous sommes trop bons amis pour nous gêner l'un vis-à-vis de l'autre. J'ai caché à Jeanne que ma mère, ayant appris les dépenses un peu folles que j'ai faites ces temps derniers, me boude en ce moment en ne m'envoyant pas d'argent et je me trouve presque gêné.

— Voulez-vous que je vous avance quelque chose ? interrompit obligeamment Raoul ; sans être riche, je suis heureux de pouvoir rendre service à un ami.

— Merci, mon cher Raoul, merci ! je ne doute pas de vos sentiments à mon égard, mais je n'entends point user de votre bourse, pouvant agir différemment. C'est un simple renseignement que j'ai à vous demander. J'ai rapporté de mes voyages en Amérique plusieurs collections de pierres précieuses. Ces pierres ne me servent à rien et je désirerais me défaire de certaines ou les céder à quelqu'un en nantissement d'un prêt sérieux. Ne connaîtriez-vous personne qui se chargerait de cette transaction ?

— Diable ! vous m'embarrassez. Je connais sans connaître, comme l'on dit. Evidemment j'ai eu affaire autrefois à des Gobsecks qui spéculaient sur mes besoins de jeune homme et m'avançaient de l'argent, mais je ne puis vous donner de recommandation.

— Oh ! ce n'est pas de recommandations qu'il s'agit, mais d'adresses, tout simplement.

— En ce cas, il m'est facile de vous contenter. Vous

trouverez d'abord à qui parler au Comptoir serbe, chez
le baron Isaac Varimberger.

Henri Pasquet laissa échapper ces mots :

— Ah ! je le connais le Comptoir serbe... de réputation ;
son directeur est un rude filou ! Je me garderai bien d'aller là.

M. Jovelin de Roilette reprit :

— Dame ! mon cher com'   les industriels qui font métier de prêter sur gages, de   rtir les jeunes fils de famille des positions plus ou moins embarrassées où ils se
mettent si souvent sans y songer, ne sont pas précisément triés sur le volet, et je ne puis guère vous procurer
des candidats au prix Montyon; mais en somme, je me
crois en mesure de vous indiquer ce qu'il y a de moins
mauvais dans le tas.

Henri Pasquet partit d'un grand éclat de rire.

— Si vous commencez par le baron Isaac Varimberger,
dit-il, ça n'est vraiment pas flatteur pour les autres.

— Eh bien ! alors, puisque vous ne vous souciez pas
du directeur du Comptoir serbe, allez dans un quartier
plus modeste, le quartier des Blancs-Manteaux, en plein
cœur du vieux Paris.

Il est autour du Mont-de-Piété, des Archives et de
l'église des Blancs-Manteaux, dans la rue du même nom,
une quantité de trafiquants, presque tous d'origine polonaise ou allemande, qui négocieront volontiers avec vous.
Voyons, il y avait autrefois dans la rue des Francs-Bourgeois, non loin de la rue des Archives, le nommé Schwartzburg ; il doit toujours exister. En lui imposant par
votre grand air, s'il se montrait un peu dur, j'espère
que vous parviendrez à traiter raisonnablement avec
lui.

— Merci, mon cher de Roilette, de votre complaisance ;
demain, je me rendrai à l'adresse indiquée.

En prononçant ces mots, il tira de son gousset un mignon porte-mine d'or et inscrivit sur son carnet de notes,
à l'angle duquel brillait un monogramme d'argent surmonté d'une couronne de comte, l'adresse du juif dont il

parlait : Monsieur Schwartzburg, n°..., rue des Francs-Bourgeois.

Quoiqu'il lui en coûtât de venir à Paris, Henri Pasquet se décida à partir le lendemain matin.

Le misérable n'avait cette placidité, cette quiétude parfaite que nous avons maintes fois remarquées, que lorsqu'il était à Fontainebleau, près de Jeanne. Malgré toute son assurance et son étonnant aplomb, Paris l'effrayait maintenant, et le souvenir de ses crimes qui semblait l'abandonner dans la petite maison de la rue de France, revenait à sa mémoire dans la grande ville et ne cessait de le poursuivre. Cette fois il prétexta auprès de sa maîtresse d'une visite officielle qui pouvait lui procurer une situation.

— Je serai de retour pour dîner, affirma-t-il en embrassant la jeune femme une dernière fois avant de partir.

— Amuse-toi bien, mon chéri ! recommanda Jeanne, qui songeait à lui avant tout, n'ayant pour préoccupation que le bonheur de l'homme à qui elle devait la vie et l'amour.

Henri Pasquet n'avait pas emporté avec lui, on le pense bien, la fameuse valise contenant les postiches et les fards qui lui servaient naguère, dans ses expéditions, à transformer son visage. Moins la coupe de la barbe, c'était bien maintenant la figure de l'ex-baron d'Autry, complètement oublié. D'ailleurs, l'ensemble du personnage s'était beaucoup modifié.

Il avait pris de l'embonpoint, ses traits s'étaient accentués ; l'aspect général était assez différent pour qu'il fût difficile de reconnaître, sans un examen très attentif, l'assassin de la comtesse Fernande de Chartray.

Henri Pasquet, au lieu d'un petit costume genre anglais, comme celui dont il se vêtait pour se rendre chez madame Goffinot, à *la Paternelle*, ou au bureau central de placement, s'était mis avec une extrême recherche. Il portait un pantalon à la dernière mode, tombant droit sur des bottines vernies à talons bas. Sa redingote noire fantaisie, d'une coupe irréprochable, montait jusqu'au col de la chemise, haut et complètement fermé ; elle était juste assez échancrée pour laisser voir une superbe perle fine épinglée dans une cravate de satin blanc. Des gants Derby gris perle à large broderie noire modelaient admirablement ses mains assez fines. Le chapeau de soie classique complétait cette toilette de gentleman élégant.

Afin de ne pas trop s'afficher dans les rues, il prit à la gare de Lyon un coupé de la Compagnie générale, dans lequel il s'enfonça après avoir jeté au cocher l'adresse de M. Schwartzburg.

La boutique du brocanteur était comme celle de ses confrères et coreligionnaires, un monstrueux amalgame de tous les luxes fanés, un réceptacle navrant de toutes les noires misères. Près des guenilles passées, vieux cachemires des Indes et dentelles jaunies, s'étalaient des statuettes de bronze, la Diane de Poitiers et le buste de Napoléon Ier. Puis des bijoux anciens et modernes, des bracelets pesants et des médailles commémoratives servant de presse-papiers à des piles de reconnaissances du Mont-de-Piété. Dans un coin, des broderies, des galons oxidés, arrachés à de vieux uniformes d'officiers ou de préfets, des croix de Saint-Louis et de la Légion d'honneur vendues au poids, tristes épaves des bravoures d'antan, déballages militaires et politiques !

Après un coup d'œil rapide lancé sur toutes ces choses, Henri Pasquet entra chez M. Schwartzburg. Ce personnage avait le physique de l'emploi. C'était un petit homme d'une soixantaine d'années, sale et minable, avec son collier de barbe inculte, son nez crochu, sa bouche lippue et ses petits yeux remplis d'astuce, qui brillaient sous les verres de ses grosses lunettes. Il dissimulait une calvitie complète sous une calotte de velours graisseuse comme le reste de son costume et dont on n'aurait pu, sans grande difficulté, préciser la couleur primitive.

En voyant le jeune homme qui pénétrait chez lui, Schwartzburg se leva et vint saluer obséquieusement, flairant un client d'importance. Il dit avec un fort accent tudesque, en avançant un siège au visiteur :

— Monsieur, qui y a-t-il pour votre service?

— Mon Dieu, monsieur, si je suis venu chez vous, ce n'est pas au hasard. Un de mes amis, habitant la province, a été autrefois en relations d'affaires avec vous et il m'a recommandé votre maison.

— Je le remercie ainsi que vous de cette préférence ; vous ne vous en repentirez certainement pas, quel que soit l'objet de votre visite.

— Je l'espère, monsieur Schwartzburg. Voici ce dont il s'agit : Je suis le comte Charles d'Evellerio, propriétaire au Brésil de *fazendas* importantes. Un incendie considérable a détruit récemment l'un de ces établissements, et les fonds que j'ai disponibles en Amérique sont actuellement employés à réparer les dégâts. Je me suis vu dans la nécessité de restreindre mes dépenses en France et de faire un peu argent de tout. Cette situation momentanée m'amène chez vous. J'ai des diamants à vendre et je viens vous proposer d'en devenir acquéreur.

— Ce genre d'opérations m'est habituel, monsieur le comte. Voyons les pierres?

Le faux comte d'Evellerio étala sous les yeux cupides du marchand les diamants qu'il avait apportés. Schwartzburg les examina attentivement, les regardant à la loupe, les pesant pour connaître le nombre exact des carats et faire son estimation. Les pierres étaient fort belles et d'une pureté remarquable. C'était ce que l'on nomme de superbes *Rio*, ou diamants du Brésil.

Il y en avait certes pour plus de vingt mille francs. Schwartzburg en offrit douze mille. Bien que ne s'y connaissant pas beaucoup, Henri Pasquet jugea qu'on l'exploitait et il se mit à défendre éloquemment ses intérêts.

— Vous voulez donc m'égorger! s'exclamait le marchand d'une voix pleurarde, je vous jure qu'en vous donnant douze mille francs, c'est largement payé. Nulle part on ne vous fera d'offres semblables. Car, voyez-vous, monsieur le comte, les affaires ne vont pas en ce moment, le commerce est mort, l'argent est rare et les acheteurs aussi.

Toute la série des plaintes coutumières aux petits com-

merçants fut employée par Schwartzburg. Le bonhomme
tenait ferme. Henri Pasquet voulait vingt mille francs. Devant la résistance opiniâtre du marchand, il reprit les
pierres et fit mine de se retirer. Alors Schwartzburg, se la-
mentant plus que jamais, courut après lui et, des larmes
dans la voix, offrit quinze mille francs.

— Eh bien, soit, conclut le pseudo Charles d'Evellerio,
après un moment d'hésitation, je consens à vous laisser
le tout à ce prix, mais à la condition que nous allons bâ-
cler une autre affaire de moindre importance. Voyez ceci !

En prononçant ces paroles, il tendait au sémite la fameuse montre Louis XVI de la comtesse de Prije. Schwartzburg ne put retenir un cri d'admiration, tant ce bijou
était merveilleux.

— Oh ! monsieur le comte, s'écria-t-il, c'est vraiment
magnifique, mais il faut être bien riche, plus riche que
moi pour acheter un pareil objet.

— Aussi n'est-ce pas à vous que je veux le vendre ; je
vous charge seulement de me trouver un acquéreur.

— C'est différent. Dans ce cas, je consens à m'en occuper... moyennant une petite commission proportionnelle
au prix que j'obtiendrai.

— Bien entendu. Soyez sûr que je me montrerai généreux. Voyez-vous dans votre clientèle quelqu'un qui s'intéresserait à ce joyau ?

— Peut-être. Je vais parfois chez un monsieur fort riche
qui est très amateur de bijoux anciens.

— Qui cela ?

— M. le marquis de Bréallier. Vous le connaissez ?

— Ma foi, non.

— J'irai chez lui et lui proposerai l'affaire. En attendant, veuillez me donner votre adresse, monsieur le comte.
Demain j'aurai l'honneur de vous rendre visite pour vous
verser la somme convenue, suivant l'usage, et prendre
livraison des brillants. Je vous signerai ensuite un reçu
de la montre que j'emporterai.

— Parfaitement. Voici ma carte.

Sur un carré de bristol armorié, le marchand lut :

LE COMTE CHARLES D'ÉVELLERIO

25, rue de France, à Fontainebleau

(Seine-et-Marne).

Schwartzburg reconduisit Henri Pasquet, en saluant jusqu'à terre. Tous deux se séparèrent enchantés de leur journée.

En rentrant dans sa boutique, le brocanteur se frottait les mains ; il fournissait un grand nombre de courtiers en diamants et il était sûr de se débarrasser avantageusement de son acquisition.

Henri Pasquet retourna à Fontainebleau très satisfait aussi. Il était temps. Quelques jours encore, et il se serait trouvé absolument décavé. Une fois de plus il était sauvé, et Jeanne ne manquerait de rien.

Le lendemain, il s'arrangea de façon à ce que sa maîtresse ne fût pas là lorsque M. Schwartzburg viendrait. A trois heures, la femme de ménage ouvrit la porte au marchand et le fit entrer au salon. Henri Pasquet l'y rejoignit presque aussitôt. Le bonhomme avait eu le temps de jeter de côté et d'autre un petit regard investigateur et il paraissait ravi de son inspection. Le pseudo-comte lui remit les brillants et la montre, et reçut en échange une liasse de quinze billets de mille francs. Ces pauvres billets, il les comptait et les recomptait de ses serres de vautour, comme si on les lui avait arrachés. Il gémit encore sur le sacrifice immense qu'il faisait, affirmant qu'il n'avait pas de bénéfice et que c'était simplement pour être agréable à un nouveau client qu'il avait accepté une transaction ruineuse. Enfin il se retira, promettant de s'occuper sur l'heure du placement de la montre et de tenir M. d'Evellerio au courant de sa démarche auprès du marquis de Bréallier.

Lorsqu'il fut seul, Henri Pasquet plaça les billets dans une vieille enveloppe et attendit impatiemment le retour de sa maîtresse. Dès qu'il la vit, il courut à elle, et, l'embrassant avec effusion, il lui dit :

— Ma chère petite Jeanne, j'ai une grosse surprise à te faire et tu vas être bien contente !

— Une surprise ! répéta la jeune femme toute joyeuse. N'ai-je pas sans cesse quelque chose d'heureux à apprendre de toi et n'est-ce pas de mon Charles que me vient mon bonheur ?

— Cher trésor ! n'est-ce pas aussi de toi que me viennent les bonnes paroles qui réjouissent ou consolent, suivant que je suis gai ou triste ?... N'est-ce pas ma Jeanne qui me fait aimer la vie ?... Tiens !...

Sans la lui montrer, il déchira brusquement l'enveloppe et tendit à sa maîtresse les quinze mille francs qu'elle renfermait.

— Tu vois bien que ta bonne mère ne t'oubliait pas et qu'elle t'aime toujours ! Nous allons être maintenant à l'abri des soucis pour longtemps, car cette fois il faudra devenir raisonnable et ne pas gaspiller cette fortune.

Un baiser lui ferma la bouche.

XII

CHEZ LE MARQUIS DE BRÉALLIER

Le surlendemain, Schwartzburg s'arrêtait vers une heure de l'après-midi au numéro 82 du boulevard Latour-Maubourg, devant un élégant hôtel. C'était là qu'habitait le marquis de Bréallier, dont nous allons tracer ici rapidement le portrait.

Alexandre, Gontran, marquis de Bréallier, appartenait à la plus grande noblesse française. Sa famille était alliée aux plus riches blasons de l'armorial. C'était un vieux garçon. Sa haine pour le mariage était proverbiale : il préférait que sa race s'éteignît plutôt que d'essayer de la perpétuer à l'aide de l'hymen. Original et élégant, le marquis pouvait avoir de quarante-huit à cinquante ans. Haut de taille, toujours mis avec une correction irréprochable, portant la barbe à la Henri IV et les quelques cheveux qui lui restaient à la dernière mode, il avait vraiment fort bonne mine ; c'était le type parfait du vieux beau. D'une coquetterie et d'une galanterie excessives auprès des femmes, il était très choyé malgré son âge, et rien de plus drôle que les récits de ses conquêtes, auxquels il savait donner le tour un peu précieux mais après tout charmant du dernier siècle.

Le marquis de Bréallier était non seulement un homme

fort instruit, mais encore un aimable causeur. Il avait la
manie des collections. Il en comptait de très variées et de
très remarquables.

Ses armes anciennes, ses minerais, ses tableaux occupaient des salles entières ; mais la plus précieuse de ces
collections consistait en bijoux anciens de toutes les
époques. Depuis les colliers gallo-romains, les annelets du
moyen âge, jusqu'aux parures du dernier siècle, il possédait les plus merveilleux échantillons.

Tous les brocanteurs de Paris qui sont à même de se
procurer des objets rares, le connaissaient et lui réser-
vaient toujours leurs plus belles acquisitions. C'est ce qui
avait décidé Schwartzburg à aller lui proposer la montre
que lui avait remise M. d'Evellerio.

Ce jour-là, M. de Bréallier avait réuni à déjeuner quel-
ques-uns de ses plus vieux amis. C'était son grand
plaisir de voir à sa table ses fidèles, comme il les appelait.
Alors, rien n'était assez fin ni assez bon ; des coins les
plus profonds de ses caves, il exhumait des vins de
quinze ans dont, à la lumière, on pouvait entrevoir les
reflets grenats sous l'épaisse et respectable couche de
poussière qui les recouvrait. Son maître d'hôtel avait la
consigne, et il confectionnait un menu exquis, où les
goûts de prédilection des convives, vieux habitués de
l'hôtel, étaient amplement satisfaits.

Lorsqu'on annonça Shwartzburg au marquis, on prenait
le café dans la véranda, contiguë à la salle à manger. Les
spirales bleues qui s'échappaient des cigares d'Amérique
montaient en s'élargissant, puis voltigeaient, légers et
diaphanes, à travers les feuillages dentelés des plantes
tropicales emplissant la petite serre.

Le marquis, à l'annonce du nom de Schwartzburg, eut
dans les yeux un éclair de joie. Son âme de collectionneur
enragé tressauta de plaisir. Pour lui, Schwartzburg était
synonyme de trouvaille, pièce rare, curiosité de premier
ordre. C'était l'acquisition d'une nouvelle esclave pour ce
sérail des merveilles de toutes les époques.

Il s'excusa donc auprès de ses amis et se précipita vers

son cabinet de travail, où l'on avait fait entrer le brocanteur de la rue des Francs-Bourgeois. Il l'aborda familièrement.

— Bonjour, Schwartzburg, bonjour, mon ami.

— J'ai l'honneur de présenter mes plus humbles respects à monsieur le marquis.

— Que m'apportez-vous aujourd'hui ?

— Un bijou de toute beauté. Vous en avez déjà de ce genre, mais aucun n'approche en richesse et en fini celui que je vais vous montrer.

— Qu'est-ce donc ?

— Une montre Louis XVI.

— Voyons cette montre ?

M. de Bréallier fut frappé d'admiration à la vue de ce bijou, et déclara séance tenante qu'il était prêt à s'en rendre acquéreur.

— C'est splendide ! c'est admirable ! — répétait-il en retournant la montre en tous sens. — Comment diable vous êtes-vous procuré cela, Schwartzburg ?

— Monsieur le marquis connaît ma discrétion ; je ne lui nommerai donc pas la personne de qui je tiens cette merveille. Tout ce que je puis dire à monsieur le marquis, c'est que le propriétaire est un jeune homme de bonne noblesse qu'une gêne momentanée a obligé de se défaire de quelques objets de prix.

— Bien ! bien ! Schwartzburg, après tout que m'importe ? Cette montre me plaît et je l'achète. Voyons, mon gaillard, voici le quart d'heure de Rabelais arrivé pour moi. Combien ?...

— Que monsieur le marquis veuille bien estimer luimême ; il est si fin connaisseur.

— De la flatterie avant la lettre, je connais ça, Schwartzburg ; c'est une petite augmentation que vous me ménagez.

— Oh ! monsieur le marquis peut-il supposer ?...

— Ne protestez pas, commerçant habile, et dites votre prix.

— Je crois que pour cinq mille francs ça n'est pas cher.

— Va pour cinq mille francs. Vous savez bien, Schwartzburg, que je ne marchande jamais.

Le vieux brocanteur se mordit les lèvres et pensa qu'il
avait eu grand tort de ne pas demander mille francs de
plus. Néanmoins il n'avait pas à se plaindre ; car, après
un rapide calcul fait dans sa tête, il avait ainsi établi son
compte : pour le jeune Charles d'Evellerio, ce sera quatre
mille francs avec cinq cents francs de commission ; total,
quinze cents francs de bénéfice net, c'est raisonnable en
somme.

A ce moment on frappa à la porte du cabinet de travail.

— Entrez ! cria le marquis.

La porte s'entr'ouvrit. Un des invités apparut dans l'entrebâillement et dit :

— Mon cher, vous savez que vous nous faites attendre ?

— Ah ! justement, vous arrivez bien ; priez donc ces
messieurs de venir, j'ai quelque chose de remarquable à
leur montrer.

— Vraiment ?... je cours les en prévenir.

Un instant après, tous les convives du marquis de
Bréallier étaient réunis autour de lui. Schwartzburg s'était
discrètement retiré à l'écart.

— Mes chers amis, je viens d'acheter une montre
Louis XVI, qui est certainement l'un des plus beaux
échantillons de ce règne.

En parlant ainsi, il fit circuler le bijou. Un invité, qui
se trouvait au second plan, s'approcha et demanda, lui
aussi, à admirer l'achat du marquis, affirmant qu'il était
peu connaisseur. Cet individu, quoique jeune encore,
était courbé et blanchi comme un vieillard. Ses traits portaient l'empreinte de cruelles souffrances.

Une indéfinissable tristesse se lisait dans son morne
regard.

Le marquis de Bréallier lui passa l'objet rare. A peine
l'eut-il touché, que le précoce vieillard le laissa échapper
de ses mains en poussant un cri de rage et de douleur.

Son visage se contracta affreusement, et, serrant le bras de M. de Bréallier, il s'écria :

— Qui vous a vendu cette montre?... répondez !

— Qu'avez-vous, mon cher ami?... vous m'effrayez ! dit doucement l'amphitryon.

Pour toute réponse, l'inconnu répéta :

— Qui vous a vendu cette montre ?

— Mais, mon fournisseur habituel, Schwartzburg, que voilà.

Le brocanteur, ne comprenant rien à ce qui se passait, fit quelques pas en avant. Le vieillard s'élança sur lui :

— Misérable ! si vous n'êtes un assassin et un voleur, vous êtes un recéleur et un complice !... Cette montre, que vous venez proposer en vente à M. le marquis de Bréallier, a été volée chez la comtesse de Prije, ma femme, qui venait d'être assassinée !...

Un frisson d'épouvante courut à travers les assistants. Le comte de Prije avait saisi Schwartzburg à la gorge et le serrait à l'étrangler.

— Lâchez-moi, de grâce !... Je suis innocent !... hurlait le malheureux marchand à demi suffoqué.

M. de Bréallier intervint.

— Souffrez que cet homme s'explique, mon cher comte, nous verrons bien, d'après ce qu'il nous dira, s'il est réellement coupable.

M. de Prije lâcha le brocanteur qui, plus mort que vif, balbutia :

— Monsieur le comte, je vous jure que je suis innocent... Depuis quarante ans... je fais le commerce à Paris .. on me connaît et l'on sait que je suis incapable de toucher au bien du prochain.

— De qui tenez-vous cette montre ? interrogea le comte d'une voix terrible.

— Je vais vous l'apprendre.

Un silence effrayant régnait dans la pièce. Chacun écoutait, haletant, ce qu'allait révéler le brocanteur. Il continua :

— Il y a quatre jours, je reçus la visite d'un jeune

homme fort élégant, qui me dit se nommer le comte Charles d'Evellerio. Il me raconta qu'à la suite d'un incendie qui avait dévoré une partie de ses propriétés, au Brésil, il se voyait contraint de vendre plusieurs objets de valeur et me proposa d'abord des brillants. Je fis affaire avec lui pour une somme de quinze mille francs que je lui ai versée avant-hier en son domicile, 25, rue de France, à Fontainebleau. Là, il me remit cette montre en me priant de la lui vendre. Je lui parlai de M. le marquis de Bréallier, qui depuis longtemps est mon client et qui collectionne les bijoux anciens. Voilà comment je suis venu ici aujourd'hui. Je vous jure que j'ai dit toute la vérité et que j'ignorais absolument que l'objet en question fût le produit d'un vol.

La déclaration était formelle et Schwartzburg paraissait absolument sincère. Le comte de Prije reprit :

— Je vous crois, monsieur, et je vous prie d'excuser mon mouvement de colère. C'est le hasard qui vous a amené ici aujourd'hui, un hasard providentiel, car il va me permettre de trouver l'assassin de ma pauvre femme et de le livrer à la justice. Etes-vous prêt à répéter ce que vous venez de dire ici devant le commissaire de police?

— Parfaitement, monsieur le comte.

Le commissaire de police du quartier, prévenu aussitôt, se rendit à l'hôtel du boulevard de Latour-Maubourg, et reçut la déclaration de Schwartzburg, qui fut sommé de se tenir à la disposition de la justice.

Immédiatement le commissaire transmit son rapport au parquet.

XIII

L'ARRESTATION

L'émotion fut grande au palais, lorsqu'on apprit que l'assassin de la comtesse de Prije était connu. Des ordres furent aussitôt donnés pour procéder à son arrestation. Le hasard fit que ce jour-là même était parvenu au parquet le rapport de l'inspecteur général des maisons d'aliénés du département de la Seine. Les dossiers, mis en ordre, furent soigneusement examinés comme de coutume. Parmi ces dossiers se trouvait celui de la marquise Clara de Blainville, que nos lecteurs n'ont point oubliée.

On se souvient que l'ancienne maîtresse du vicomte Paul d'Evellerio, le suicidé de Monte-Carlo, avait été frappée d'aliénation mentale à la suite du vol audacieux commis chez elle par Henri Pasquet. Le rapport médical concluait à un mieux sensible dans l'état de la malade, et indiquait la possibilité de sa prochaine mise en liberté. Dans les détails consignés au dossier, il était fait mention de la mort violente de Paul d'Evellerio, comme d'une des causes premières du dérangement cérébral de la marquise.

En lisant ce nom de d'Evellerio, le substitut du procureur de la République fut surpris et prévint immédiatement les magistrats chargés de l'enquête sur le crime du faubourg Saint-Honoré. La déposition du brocanteur

Schwartzburg était précise. Devant le comte de Prije et devant le commissaire de police, il avait affirmé que le jeune homme de qui il tenait la montre de l'infortunée comtesse était bien le comte Charles d'Evellerio. Si donc la raison revenait à Clara de Mainville, elle pourrait fournir de précieux renseignements sur la famille de son ancien amant et par conséquent sur le comte d'Evellerio qui devait être son frère.

Cette découverte fut, comme on le pense, très favorablement accueillie par les magistrats, et des instructions furent données à la maison de santé d'Auteuil, où madame de Mainville était internée, pour qu'on redoublât de soins à son égard.

A cinq heures, les personnes suivantes se trouvaient réunies à la gare de Lyon : le procureur de la République, un juge d'instruction, le chef de la sûreté, un greffier, un brigadier et quatre inspecteurs de la police de sûreté. Ils partirent tous pour Fontainebleau par le train express de cinq heures dix. Le commissaire de police de la ville, prévenu par dépêche, attendait les voyageurs à la gare d'arrivée. Tous prirent place dans des voitures fermées retenues à l'avance, et se dirigèrent vers la rue de France.

Les magistrats et les agents mirent pied à terre au coin de la rue, à cinquante mètres de la maison de l'assassin. En route, les consignes avaient été distribuées et les précautions prises pour que l'on opérât promptement et sans bruit. Il faisait presque nuit lorsque les représentants de la loi arrivèrent devant la porte du n° 23.

. . . .

Ce jour-là, Jeanne et son amant avaient fait une assez courte promenade, car le temps était menaçant.

Ils étaient simplement allés visiter le camp d'artillerie d'Avon, qui s'étend au-delà du parc du château jusqu'au mail Henri IV.

A cinq heures et demie, la pluie ayant commencé à tomber, ils étaient rentrés. Jeanne, toujours soucieuse d'être agréable à son Charles, lui préparait elle-même, sachant qu'il était fort gourmand, un petit plat de sa composition.

Quant à lui, assis dans la salle à manger, il lisait le journal tranquillement en attendant l'heure du dîner.

On sonna.

La femme de ménage, qui était encore là, courut ouvrir et recula de stupeur à la vue de tous ces hommes graves qui se présentaient chez ses maîtres.

Le commissaire de police de Fontainebleau mit un doigt sur sa bouche pour lui imposer silence, et lui montrant ensuite son écharpe :

— Votre maître est là? dit-il à voix basse.

— Oui, monsieur, balbutia la pauvre femme toute tremblante.

— Où cela?

— Ici.

Elle indiquait la salle à manger.

— C'est bien, vous pouvez vous retirer, nous n'avons pas besoin de vous pour l'instant. Ce soir, passez à mon bureau, il sera peut-être utile de vous interroger. Mais je vous en préviens, et cela dans votre intérêt, pas un mot!

— Merci, monsieur le commissaire, dit la servante en s'esquivant, vous pouvez compter sur mon silence.

Henri Pasquet avait bien entendu sonner, puis ouvrir la porte et causer dans le couloir, mais il ne s'était pas dérangé, car il attendait la visite de M. Jovelin de Roilette, et il supposait que c'était lui qui venait, selon son habitude, en compagnie de quelques amis. Lorsque la porte s'ouvrit, il releva la tête et, à la vue du commissaire de police et des magistrats, une pâleur livide envahit son visage, le sang se glaça dans ses veines. C'était comme un coup de foudre qui le frappait. Sans qu'il se rendît compte des causes qui amenaient la justice chez lui, il se sentait perdu au moment même où il se croyait le plus en sûreté, alors que la vie lui souriait et que le remords s'enfuyait à tire d'ailes ne laissant aucune trace dans son âme coupable.

Ce fut un effondrement!

— Qui êtes-vous?... et que me voulez-vous, messieurs?... fit-il d'une voix étranglée...

Le chef de la sûreté prit la parole :

— M. Charles d'Evellerio?

— C'est moi, monsieur.

— Au nom de la loi, je vous arrête !

— M'arrêter, moi!... et pourquoi?...

— Monsieur le juge d'instruction vous l'apprendra.

A ce moment Jeanne fit irruption dans la salle à manger.

Deux agents s'étaient approchés de l'assassin et lui passaient les menottes malgré ses efforts pour se dégager.

— Charles !..... Charles !....., qu'y a-t-il?... que veut-on ? s'écria la pauvre fille.

— Tu le vois, on m'arrête !... fit le misérable, d'une voix mourante.

— T'arrêter... toi?... mais c'est une infamie!... on n'arrête pas les honnêtes gens !... Voyons, messieurs, vous êtes induits en erreur... M. d'Evellerio est de bonne famille, il n'a jamais fait de mal à personne... Voilà plusieurs années que nous vivons ensemble, et il ne m'a quittée que pour aller voir sa mère... Je vous jure qu'il est incapable d'une mauvaise action !...

Plus la malheureuse parlait, plus sa douleur devenait navrante. Les hommes de loi restaient impassibles, et Henri Pasquet dévorait sa honte et sa rage.

— Quelle est cette dame? demanda soudain le juge d'instruction à l'inculpé.

— Mademoiselle Jeanne Klein, ma maîtresse.

— C'est bien.

Se tournant alors vers Jeanne, il continua:

— Mademoiselle, nous sommes désolés, mais nous devons, jusqu'à nouvel ordre, nous assurer de votre personne.

— Vous m'arrêtez aussi ?...

— Hélas ! mademoiselle, notre devoir nous le commande.

Cette fois, en entendant ces paroles, Henri Pasquet retrouva toute son énergie.

— Ah ! c'en est trop ! s'écria-t-il, faites de moi ce que vous voudrez, mais attenter à la liberté de cette enfant, c'est la dernière des injustices !... S'il me fallait vous don-

ner tout mon sang pour vous persuader à quel point elle
est innocente et combien sa situation, quoique irrégulière,
est digne d'intérêt et de pitié, je le ferais immédiatement.

Le juge d'instruction lui imposa silence.

— Inutile d'insister. Si mademoiselle n'est pas complice du crime dont vous êtes accusé, elle sera remise en
liberté à bref délai ; mais vivant avec vous, elle ne peut
qu'être soupçonnée et son arrestation est indispensable.

Les magistrats avaient été frappés de la beauté calme
et pudique de Jeanne, de son accent ému et sincère. Ils
recommandèrent aux agents d'avoir pour elle les plus
grands égards. Les deux inculpés furent conduits chacun
dans une pièce séparée, pour les empêcher de communi-
quer, et on commença les perquisitions. Elles furent longues
et minutieuses. Les recherches menaçaient de demeurer
sans résultat, lorsque soudain l'un des agents poussa un
cri de triomphe. Dans la muraille du cabinet de travail
du prétendu comte d'Evellerio, il venait de découvrir une
serrure habilement dissimulée par la tapisserie. En quelques secondes cette serrure fut forcée et la porte ouverte.
Dans l'excavation, qui avait servi autrefois probablement
de garde-manger, apparurent des objets de toute sortes :
un superbe revolver récemment acheté chez Lefaucheux,
la valise contenant les postiches employés par l'assassin,
enfin des bijoux ; les uns en parfait état, les autres bossués
ou brisés. C'étaient ceux dont les pierres avaient été reti-
rées et vendues à Schwartzburg, le brocanteur de la rue
des Francs-Bourgeois.

Henri Pasquet frémit en voyant sa cachette découverte.

Les objets provenant des vols ayant été enlevés, les
scellés furent apposés partout, et les agents ayant fait
avancer les voitures, Henri, Jeanne, chacun accompagné
de deux agents, y prirent place ainsi que les magistrats,
et l'on se dirigea vers la gare.

Quelques personnes, intriguées par le mouvement qui
s'était produit, aperçurent avec stupéfaction leur voisin
enchaîné et sa maîtresse sortir sous l'escorte que nous

venons de décrire, de la maison de la rue de France. On se perdait en conjectures. Quel pouvait être le motif de cette double arrestation ? Personne ne parvenait à se l'expliquer, car le jeune couple, qu'on croyait légitimement uni, jouissait, aux alentours, d'une considération parfaite.

En vain, durant le trajet de Fontainebleau à Paris, Jeanne et son amant interrogèrent-ils leurs gardiens ; ceux-ci se renfermèrent dans un mutisme absolu.

Le train n'arriva à la gare de Lyon qu'à minuit vingt. Les fiacres 6,490 et 6,782 transportèrent les inculpés au Dépôt de la préfecture de police où ils furent écroués.

Comme la nuit fut longue pour eux ! Henri Pasquet cherchait toujours à s'expliquer comment on avait découvert sa retraite. Quant à la pauvre Jeanne, ses angoisses étaient d'autant plus grandes qu'elle se savait innocente de tout crime et qu'elle croyait, dans sa confiance aveugle, à la parfaite honorabilité de son amant. Elle ne put fermer l'œil et versa d'abondantes larmes en se voyant aussi injustement jetée en prison.

Le lendemain à huit heures, Henri Pasquet fut extrait de la cellule où il avait été enfermé, et conduit chez le juge d'instruction. Dès qu'il fut en présence de ce magistrat, celui-ci commença ainsi son interrogatoire :

— Charles d'Evellerio, dans votre propre intérêt et en présence des preuves évidentes de votre crime, je vous conseille d'entrer tout de suite dans la voie des aveux ; c'est la meilleure que vous puissiez suivre.

— Je ne sais ce que vous voulez dire, monsieur le juge d'instruction, car je n'ai rien à vous avouer.

— Allons donc ! Hier soir, après notre arrivée à Paris, j'ai trouvé dans mon cabinet M. le comte de Prijo, qui a reconnu, comme ayant appartenu à sa femme, les bijoux que nous avons saisis chez vous. C'est vous qui avez assassiné la comtesse !

La vérité brutale apparaissait maintenant aux yeux du misérable.

Il avait été dénoncé. Il perdit un peu de son extraordinaire assurance, et pourtant il nia avec énergie.

— Je ne sais ce que signifie... Un de mes camarades,
nommé Anatole Reslac, m'a remis des bijoux pour les
lui garder pendant qu'il partait en voyage.

J'ai accepté cette mission et et je ne vois pas ce qu'il
y a de mal à cela. Quant au comte de... Prije, dites-vous?
c'est la première fois que j'entends prononcer ce nom.

Le juge poursuivit :

— Comment se fait-il donc que vous ayez donné à vendre la montre de la comtesse, si les bijoux que vous pré-
tendez vous avoir été remis par un de vos amis n'étaient
entre à vos mains qu'à titre de dépôt ?

— J'étais autorisé par Anatole à agir ainsi.

— C'est vraiment singulier. Et les bijoux qui ont été démontés ou brisés et dont, vous avez vendu les pierres à
M. Schwartzburg ?

— Je vous répète que j'étais autorisé par Anatole à faire
ce que j'ai fait.

— En admettant que votre déclaration ne soit pas men-
songère, m'expliquerez-vous au moins la présence, dans
la cachette que nous avons découverte, de postiches tels
que perruques, fausses barbes, de fards et de teintu-
res ?

— Tout ce qui se trouve dans la valise appartient aussi
à Anatole, qui a été artiste dramatique et se servait de
tout cela au théâtre.

Le juge d'instruction et le greffier étaient confondus de
tant d'aplomb. Anatole Reslac était une merveilleuse
invention ; ils s'en doutaient bien et pourtant l'assurance
du pseudo-comte d'Evellerio les stupéfiait.

— C'est bon ! conclut le juge, cet Anatole Reslac dont
vous parlez sera recherché, et, s'il existe, il ne tardera pas
à tomber entre les mains de la justice.

Le premier interrogatoire d'Henri Pasquet se borna là.
Le magistrat fit signe aux gardes municipaux, qui entraînèrent l'inculpé hors du cabinet et le réintégrèrent dans
sa cellule.

Jeanne Klein fut amenée à son tour chez le juge d'instruction, les yeux rougis de larmes, mais avec cette atti-

tude calme et confiante en l'avenir que donne seule l'innocence à un inculpé.

Après les questions préliminaires qui lui furent d'abord posées, la jeune femme, dans un langage simple et touchant, plein d'une émotion sincère et communicative, fit au juge l'histoire de sa vie, retraçant son existence honnête de jeune fille, ses premières douleurs quand elle perdit ses parents, puis l'éclosion de l'amour dans son âme vierge, sa naïve confiance dans l'homme qu'elle aimait et l'indigne conduite de celui-ci, qui abusa lâchement de son inexpérience.

Alors, dramatisant involontairement son désespoir après l'abandon du fiancé devenu son amant:

— Je voulais mourir ! s'écria-t-elle, la vie me devenait à charge, j'avais honte de moi-même, mon cœur brisé me faisait si mal que je ne pouvais plus endurer mes tortures!... Je résolus de chercher au sein des eaux un lit éternel !... Je me dirigeai vers la Seine et je descendis sur la berge, sans m'apercevoir que j'étais suivie... Au moment où je prenais mon élan pour m'élancer dans le fleuve, deux bras nerveux et forts m'enlacèrent et, me soulevant, me rejetèrent sur le quai. Je me débattis mais en vain, il ne me lâchait pas... Je le suppliai de me laisser mourir... Il me dit alors ces mots que je n'oublierai jamais :

— Non, non, je ne vous laisserai pas périr, ce serait un crime. Ah ! mademoiselle, quelque grand que soit le malheur qui vous pousse à commettre cette action désespérée, je vous jure de vous protéger et de vous aider à supporter la vie !...

J'ai écouté sa parole; elle était douce et consolante. J'y ai cru !... J'essayai encore de le dissuader de son action généreuse, lui exposant toute l'horreur de ma situation et lui affirmant que je ne trouverais l'oubli que dans la mort, mais il me répondit :

— L'oubli, c'est aussi l'affection qui vous a manquée, l'ami sincère et dévoué qui vous protègera. Ecoutez, continua-t-il, nous obéissons tous à une destinée immuable ; si Dieu m'a conduit vers vous, c'est que vous ne deviez pas mourir !...

Il prétendait se sentir meilleur depuis qu'il me connaissait et me suppliait à son tour de ne pas lui enlever
l'ineffable bonheur d'accomplir une bonne action. Hélas !
je ne devins pas sa maîtresse, mais son esclave ; et quoi
que vous puissiez me dire, je ne croirai jamais que
l'homme qui s'est conduit comme mon Charles est un criminel !...

L'accent de la jeune femme était franc et vibrant. Le
juge d'instruction ne s'y méprit pas et vit bien que la pauvre enfant avait été abusée par un drôle. Aussi, c'est avec
les plus grands ménagements et la plus parfaite défé-
rence qu'il continua son interrogatoire. Il apprit ensuite à
Jeanne pour quel motif Charles d'Evellerio avait été arrêté et quelles étaient les charges accablantes qui pesaient
sur lui.

Jeanne n'en revenait pas, surtout lorsque le magistrat
lui révéla qu'il n'avait jamais existé à Paris de comtesse
douairière d'Evellerio, et que son amant mentait quand il
lui affirmait qu'il allait voir sa mère. Mais la plus affreuse
désillusion entra dans le cœur de la malheureuse, lorsqu'il lui fallut avouer qu'elle n'avait jamais connu à son
amant d'ami se nommant Anatole Reslac.

Sa douleur faisait mal à voir. Elle n'était plus expansive
comme au moment de son arrestation ; la source de ses
larmes était tarie, ses traits se contractaient, la pâleur
de son visage s'accentuait de plus en plus et son œil sec
lançait de terribles regards.

C'était le « Paradis perdu ! » Tous les rêves s'écroulaient,
toutes les naïves croyances de la femme tendrement aimée s'envolaient comme par enchantement, l'horrible
doute entrait dans son âme, y semant ses ravages et y
détruisant à jamais un bonheur qu'elle croyait ne plus
devoir finir !

Eh quoi ! cet homme qu'elle adorait, en qui elle avait
mis toutes ses plus chères espérances, sur lequel elle
comptait appuyer sa vie, cet homme serait un assassin !...

Tout son corps était secoué d'un frisson de dégoût, et
elle se prenait à murmurer :

— Pourquoi ne m'a-t-il pas laissé mourir !...

Oh ! la sinistre pensée, obsédante et cruelle ! Devant ses yeux, elle revoyait couler l'eau noire de la Seine, dans l'ombre de la nuit, et elle tendait vers le gouffre ses bras de désespérée !...

Les assistants étaient navrés de ce grand chagrin, et le juge crut devoir manifester à l'infortunée toute sa compassion.

— Croyez, mademoiselle, qu'en ce qui vous concerne la justice est maintenant édifiée. Nous déplorons le malheur qui vous frappe et, tout en vous rendant hommage, nous vous crions : Courage ! vous avez aujourd'hui un devoir à remplir. C'est vous qui devez amener l'homme qui vous a trompée à avouer ses forfaits. C'est l'honneur qui vous commande d'agir ainsi, et je pense que vous n'y faillirez pas.

— Non, monsieur, je serai forte. Autant mon amour a été grand pour ce malheureux, autant il est grand encore malgré tout, autant je serai inflexible envers lui. S'il est réellement infâme, je lui jetterai son infamie à la face, et lorsqu'il mourra pour expier son crime, je saurai ce qu'il me restera à faire !...

— Je ne puis encore vous mettre officiellement en liberté, mademoiselle, dit le juge en terminant, mais je vous jure que d'ores et déjà vous pouvez vous considérer comme libre.

Jeanne, désespérée, retourna dans sa prison, attendant l'heure où elle se trouverait en présence de son amant.

Cette heure ne devait pas tarder à sonner.

XIV

LES CONFRONTATIONS

La première des confrontations eut lieu le lendemain
matin. Dès huit heures, deux fiacres conduisirent, à vingt
minutes d'intervalle, Henri Pasquet et Jeanne Klein à
l'hôtel de Prije, faubourg Saint-Honoré. Dans la chambre
de l'infortunée comtesse, tout avait été mis en place
comme au lendemain du crime.

L'assassin fut introduit.

Dans cette pièce se trouvaient réunis le procureur général, le juge d'instruction, le procureur de la République, le chef de la sûreté, le préfet de police et trois se-
crétaires.

Il fut impossible à l'inculpé de dissimuler son émotion
en pénétrant dans cet endroit où il avait lâchement égorgé
une femme. Pendant cinq minutes, il ne put parler et fut
pris d'un tremblement nerveux. Enfin, d'une voix sacca-
dée, il s'écria :

— Pourquoi m'amène-t-on ici?... Que me veut-on?...

A ce moment parut Jeanne, blanche et terrible comme
un spectre.

— On t'a amené ici, dit-elle, pour que tu avoues que
tu es un misérable... un assassin!...

— Jeanne!... Jeanne!... balbutia le malheureux hors de

lui. Comment! toi aussi tu m'accuses?... Oh! non!... non!... par pitié!... pas toi, pas toi!... Ça me fait trop de mal de t'entendre..., va-t'en, va-t'en d'ici!...

— Non, je ne m'en irai que lorsque tu auras dit la vérité... Je t'avais toujours cru un honnête homme... Aujourd'hui, je suis compromise comme toi et par toi!... Car tu n'es qu'un voleur!... qu'un assassin!...

Le bandit était atterré. Il se mit à sangloter, et tombant à genoux devant sa maîtresse :

— Grâce!... je t'en conjure!... Jeanne, ne m'accable pas ainsi, toi!...

Mais la jeune femme demeurait inflexible.

— As-tu fait grâce à celle que tu as poignardée?... As-tu écouté ses cris et ses supplications?...

— Ce n'est pas moi... ce n'est pas moi!...

— C'est *Anatole*, n'est-ce pas? reprit Jeanne avec un éclat de rire strident, tu sais bien qu'*Anatole* n'existe que dans ton imagination?...

Henri Pasquet baissa la tête sans répondre. Alors le juge d'instruction s'approcha de lui et lui demanda s'il n'avait jamais fait à Jeanne Klein de confidences. Il repartit avec véhémence :

— Oh! non, jamais, jamais!... Je l'aime trop pour lui avoir avoué que j'étais un voleur.

Jeanne, saisie de dégoût, l'interrompit :

— Misérable! il ose répéter qu'il m'aime, après avoir commis un crime aussi horrible!... Moi, je te hais et je n'oublierai jamais que 'j'ai été ta maîtresse... Assassin!... assassin!...

— Non, Jeanne, ce n'est pas moi qui ai tué, je te le jure!

— Ne nie donc pas, tout me prouve que c'est toi qui es le seul coupable!...

Le malheureux n'y tint plus. Lassé, irrité, il s'écria:

— Non!... non!... Ah! laissez-moi!... Je dirai tout!...

Il s'affaissa devant le lit, et là, la gorge secouée par les sanglots, il balbutia ce terrible aveu:

— Il n'y a pas d'Anatole... je suis l'auteur du crime...

19

j'ai pris le couteau dans la cuisine... c'est moi, moi seul, qui l'ai tuée!...

En entendant ces paroles, Jeanne s'évanouit. On l'emporta dans une pièce voisine où des soins lui furent prodigués. L'effort qu'elle avait fait l'avait brisée. Un amour comme celui qu'elle portait à Henri Pasquet ne s'arrache pas aussi brusquement sans que la secousse ressentie ne produise de cruelles souffrances. Tout d'une haleine, l'assassin fit devant les magistrats le récit de son crime, en reconstituant la scène dans ses moindres détails. Il s'échauffait en parlant ; pris d'une sorte de fièvre, il lui semblait être encore au jour où il avait accompli son forfait, et il en retraçait les péripéties, s'animant graduellement. Il marcha comme il l'avait fait vers le petit meuble de Boule, indiquant toutes les difficultés qu'il avait eues à le forcer ; puis il saisit le premier objet qui lui tomba sous la main pour simuler la chute du vase qui, en se brisant sur le sol, avait réveillé en sursaut la comtesse de Prijo. Se retournant alors, il crut voir devant lui l'ombre de sa victime frémissante de terreur et d'effroi. Il leva le bras, ainsi qu'au jour fatal, frappant dans le vide le spectre qu'il évoquait.

Une émotion mêlée de terreur glaçait les assistants, jusqu'aux magistrats et aux policiers, habitués pourtant à ces sortes de spectacles.

L'assassin était hideux à voir.

— Je suis sorti de la chambre à coucher et je me suis enfui. Vous connaissez le reste, dit-il en terminant.

Après cette déposition, il était à bout de forces.

Il fallut lui faire prendre un cordial, car il était près de défaillir. Les yeux sortaient de leurs orbites, la sueur inondait son visage, d'une effrayante lividité. Il répétait sans cesse lugubrement :

— Jeanne!... Jeanne!... pardon!...

Depuis que le bruit de l'arrestation du criminel s'était répandu à Paris, l'émotion publique, un peu calmée, s'était réveillée plus vive, et la foule envahissait les abords de l'hôtel. Cette foule houleuse et bruyante que l'on entend gronder les jours d'émeute ou d'exécution capitale. Il avait fallu établir un fort service d'ordre pour la contenir.

Lorsque l'inculpé parut entre les agents, retentirent les cris :

— A mort! à mort!

Une poussée violente se fit et la voiture fut entourée. Les gardiens de la paix eurent toutes les peines du monde à refouler les curieux exaspérés contre l'assassin. Les fiacres dans lesquels se trouvaient le faux Charles d'Evellerio et Jeanne Klein partirent au galop, poursuivis par les plus acharnés, qui bientôt les rejoignirent et arrêtèrent les chevaux en face de la Madeleine. On eut des peines inouïes à empêcher l'enlèvement du prisonnier, qui eût été inévitablement mis en pièces. Une escouade de gardiens de la paix arriva à temps pour dégager les deux fiacres, qui purent regagner enfin le Palais de Justice sans autre incident.

Il était six heures lorsque Henri et Jeanne furent réintégrés dans leurs cellules, au Dépôt de la préfecture.

Nous avons omis de dire que les gens du comte de Prije avaient tous reconnu l'assassin, auquel on avait fait prendre la physionomie qu'il avait en entrant au service de la comtesse.

Restait, avant de clore l'instruction, un point capital à élucider : l'identité de l'assassin.

Le lendemain matin, vers dix heures, une femme jeune encore mais vieillie par la souffrance, était introduite dans le cabinet du juge d'instruction. Cette femme, mise élégamment, paraissait pourtant plus que son âge; ses cheveux étaient presque blancs, ses traits fatigués et amaigris. Seuls, ses yeux d'une beauté rare brillaient d'un éclat singulier. Qui aurait reconnu la belle marquise Clara de Blainville? Aujourd'hui la raison lui était revenue et sa guérison pouvait être considérée sinon comme complète et définitive, du moins comme momentanée.

Avec des précautions infinies, le magistrat instructeur l'interrogea :

— Madame, excusez-nous de vous avoir mandée ici,

mais la justice a besoin, au sujet d'une affaire des plus mystérieuses, de renseignements que vous seule êtes en mesure de lui donner.

— Je suis à vos ordres, monsieur. Que puis-je vous apprendre ?

— Vous allez le savoir. Autrefois, madame, n'avez-vous pas eu de relations avec un certain vicomte Paul d'Evellerio ?

— Si, monsieur. Paul a été fort longtemps mon ami, le meilleur, le plus affectueux.

— N'est-il pas mort dans des conditions tragiques ?

— Hélas ! le malheureux était joueur : il a eu la fin terrible qui frappe ceux qui s'adonnent à cette fatale passion. Il s'est tué sous mes yeux, à Monte-Carlo.

— M. Paul d'Evellerio était sans famille ?

— En effet, monsieur, il avait perdu ses parents fort jeune, m'a-t-il souvent affirmé.

— N'avait-il pas aussi un frère ? demanda le juge, anxieux.

— Si, si, je me souviens, un frère aîné.

— Le comte Charles d'Evellerio ?

— Précisément.

— Le connaissiez-vous ?

— Non, monsieur. Il n'habitait pas en France.

— Mais ne savez-vous pas ce qu'il est devenu ?

— Le pauvre garçon, qui dirigeait des fermes au Brésil, y est mort de la fièvre jaune.

— En êtes-vous bien sûre ?

— Tellement sûre, monsieur, que je me souviens à présent parfaitement que son frère Paul fit venir son acte de décès et ses papiers de famille.

— Où étaient ces diverses pièces ?

La pauvre femme se prit à trembler et répondit :

— Dans le coffre-fort qui a été dévalisé chez moi par le baron Pasquet d'Autry.

— Autrement dit : Henri Pasquet.

Le juge lança au greffier qui l'assistait un regard de triomphe et poursuivit :

— Si vous vous trouviez en face de cet homme, le reconnaîtriez-vous ?

— Oui, certes !

Le magistrat frappa sur un timbre. Un huissier parut. Il lui donna des ordres à voix basse. L'huissier sortit aussitôt, et le juge continua :

— Madame, il faut faire appel à tout votre sang-froid, à tout votre courage. Je crois que nous tenons le misérable qui vous a volée, après avoir volé et assassiné votre infortunée amie, la comtesse Fernande de Chartray. Le gredin ne s'en est pas tenu à ces crimes ; il en a commis un autre tout aussi horrible, et c'est ce dernier qui l'a jeté entre nos mains. Il s'est servi, pour l'accomplir, du nom de Charles d'Evellerio. Pour avoir pris ce nom de Charles, il fallait être en possession des titres du jeune homme, mort au Brésil, ainsi que vous venez de me l'apprendre. Ces titres étaient enfermés chez vous avant le vol dont vous avez été victime ; donc, tout me permet d'affirmer que le prisonnier que nous allons mettre en votre présence n'est autre qu'Henri Pasquet.

A ce moment l'huissier rentra dans le cabinet du juge et dit :

— Les ordres de M. le juge d'instruction sont exécutés.

— C'est bien, faites entrer le prisonnier.

Le pseudo-comte d'Evellerio parut presque aussitôt. La marquise de Blainville était debout devant lui, en pleine lumière. Le juge ne perdait pas un seul de leurs mouvements. A la vue de Clara, le bandit recula de quelques pas et cacha sa tête dans ses mains. Il était loin de s'attendre à une pareille rencontre. La marquise l'avait reconnu. Elle s'écria d'une voix vibrante :

— C'est lui !... C'est bien lui !... c'est Henri Pasquet, je le jure !

Il était impossible de nier. D'ailleurs, madame de Blainville renouvela en sa présence les déclarations qu'elle venait de fournir, et cela de la façon la plus précise.

Henri courbait la tête, muet, atterré.

Le juge d'instruction parla pour lui. Il lui rappela ses crimes antérieurs, et, lorsqu'il eut terminé, le faussaire, le voleur, l'assassin dit d'une voix sourde :

— Eh ! bien, oui, c'est moi !.. je suis un malheureux !.. J'ai commis tous ces crimes par paresse et par amour du luxe..... Faites de moi ce que vous voudrez !..

On l'emmena, ou plutôt on l'entraîna, car son état de prostration confinait au gâtisme.

Le soir même, la marquise de Blainville rentrait à sa petite villa de Passy; et, l'instruction étant terminée, Henri Pasquet était transféré à Mazas, en attendant que son affaire fût appelée au rôle des assises.

Quant à Jeanne Klein, sa franchise lui avait attiré toutes les sympathies. Son attitude digne et correcte, ses dépositions précises établissaient d'une façon irréfutable que, non seulement elle était absolument étrangère à l'assassinat de Fernande de Chartray et à celui de la comtesse de Prija, mais encore qu'elle ignorait la véritable provenance de l'argent que lui remettait son amant. De plus, c'était à son énergie, à son émotion communicative que l'on devait les révélations importantes faites en dernier lieu par l'assassin. Aussi, le soir même, elle fut mise en liberté.

Grâce au peu d'argent qu'elle possédait personnellement, elle loua dans la rue Saint-Sabin, au n° 15, une petite chambre meublée, car elle ne voulait pas retourner à Fontainebleau. La justice se chargea de lui faire parvenir les objets et les vêtements qui lui appartenaient.

Elle attendait maintenant, fiévreuse et brisée, l'heure du châtiment.

XV

LA COUR D'ASSISES

Enfin le grand jour arriva.

D'avance les reporters avaient publié des détails plus ou moins piquants sur l'assassin, et commis selon leur habitude de nombreuses indiscrétions sur le formidable acte d'accusation qui devait être lu au début de l'audience.

Aussi la curiosité publique avait-elle atteint son *summum*. Dès le matin, une foule nombreuse envahissait les environs du Palais de Justice, et les privilégiés, qui avaient depuis longtemps sollicité et obtenu des cartes d'entrée, prenaient place dans le prétoire. Les autres attendaient, dans la salle des Pas-Perdus et dans les couloirs du Palais, le moment où on ouvrirait les grandes portes de la cour d'assises pour s'entasser dans l'étroit espace réservé au public. On se montrait M° Delmas, un jeune avocat, qui déjà s'était fait un nom dans le barreau et qui avait accepté la mission difficile de défendre l'accusé.

A midi précis la cour fit son entrée, annoncée solennellement suivant l'usage par l'huissier. L'avocat général était à son banc, les jurés à leur place accoutumée, et M° Delmas au banc de la défense.

Dans la salle, un public brillant chuchotait. On recon-

naissait çà et là de nombreuses notabilités du monde
politique, financier, littéraire et artistique. Beaucoup de
jolies femmes dans d'excentriques toilettes.

Les baronnes du plus noble des faubourgs y côtoyaient
des demi-mondaines et des actrices en vogue. Toutes
étaient venues là avides d'émotions, curieuses de connaître le sinistre héros de ces deux drames sanglants
que nous avons racontés.

On le disait fort joli garçon, et les *belles petites* étaient
intriguées.

Ce public n'était autre que celui des grandes *premières*
et conservait, malgré la sévérité du lieu, la même désinvolture à la fois ennuyée, gouailleuse ou sceptique qu'il
avait à la dernière opérette des Bouffes ou des Nouveau-
tés.

L'accusé fut introduit.

Un silence de mort accueillit cette entrée du principal
rôle de la lugubre pièce qui allait se jouer. Un murmure
de surprise courut sur toutes les bouches à la vue
d'Henri Pasquet. Il était beau, élégant, distingué. L'abattement auquel il était en proie depuis l'aveu de ses crimes,
lui mettait au visage une pâleur qui lui seyait à ravir et
le rendait presque sympathique.

La même pensée hantait l'auditoire :

— Est-ce bien là l'homme qui a pu commettre de si
épouvantables forfaits ?

Telle était la réflexion que chacun se faisait.

L'attitude du malheureux n'était ni provocante, ni cynique. Il était vêtu d'une redingote noire et tenait à la main
un mouchoir que, de temps à autre, il portait à sa bouche ou à ses yeux.

La lecture de l'acte d'accusation dura près d'une heure.

Il l'écouta la tête baissée, sans donner le moindre signe
d'impatience ou d'étonnement.

Lorsque ce fut fini, l'interrogatoire commença.

Henri répondait à toutes les questions d'une voix sourde,
presque inintelligible. Par moments il pleurait.

Nous connaissons trop bien les faits qui amenaient le

fils de la Lauriotte sur le banc d'infamie pour entrer ici dans les détails de la procédure. D'ailleurs, les aveux de l'accusé simplifiaient considérablement les choses.

C'est en vain que les assistants attendaient de l'imprévu un incident palpitant. Seule, l'audition des témoins pouvait le provoquer. Ces témoins furent nombreux. On entendit d'abord : la marquise Clara de Blainville, dont la déposition touchant ses relations avec la malheureuse comtesse Fernande de Chartray et ensuite le vol dont elle même avait été victime se rapportait avec les deux premiers chefs d'accusation.

Après elle vinrent M. et madame Bréjot, les anciens maîtres de Laure Pasquet, les premiers protecteurs d'Henri, qui donnèrent des détails sur son enfance et sa jeunesse.

Le banquier Van Heyst, dont Henri avait été l'employé, fut aussi entendu, ainsi que les gens de madame de Prije.

Le comte lui-même vint à la barre. Ses paroles entrecoupées de sanglots impressionnèrent profondément la cour, le jury et les assistants, et donnèrent à l'opinion une sorte de courant réprobateur contre l'accusé.

Puis on interrogea les personnes qui l'avaient connu à Fontainebleau : M. Richard, le marchand de propriétés de la rue Saint-Merry, qui avait loué la maison de la rue de France ; M. Jovelin de Roilette, le rédacteur en chef du *Mémorial de Seine-et-Marne* ainsi que ses amis qui fréquentaient assidûment la maison de l'accusé.

On fit reproche à M. de Roilette de sa conduite, étant donnée l'ancienne intimité qui l'unissait à Jeanne Klein, la maîtresse de l'accusé.

Puis s'avancèrent à la barre : le maître d'hôtel de la rue Jules César, chez lequel Henri avait habité au moment de commettre son dernier crime ; Schwartzburg, le brocanteur de la rue des Francs-Bourgeois et le marquis de Bréallier, cause involontaire de la découverte du coupable.

Mais de toutes les dispositions, celle qui captiva le plus l'auditoire et produisit la plus grande impression fut celle de la malheureuse Jeanne, de la pauvre fille aimante et douce qui avait eu une foi aveugle en l'homme appelé

19.

aujourd'hui à répondre de tant d'ignominies et pour lequel elle avait déployé tant d'affectueux dévouement. La sympathie qu'elle avait inspirée aux magistrats instructeurs fut partagée par toutes les personnes présentes qui s'apitoyèrent au récit de ses malheurs.

Ce fut dans la salle un concert unanime de plaintes sincères en faveur de la pauvre jeune femme.

Elle quitta la barre en lançant à Henri cette apostrophe suprême :

— Allons, puisque tu as eu le courage de faire ce que tu as fait, j'ose espérer que tu auras celui de supporter vaillamment le châtiment qui t'attend !

Ayant dit, elle se retira défaillante au milieu d'un murmure de compassion.

Le malheureux jeta à sa maîtresse, qu'il croyait voir pour la dernière fois, un regard suppliant... Il l'aimait toujours !... Dès lors, ce ne fut plus qu'une machine; tout ce qui se passait autour de lui, lui devint indifférent. Il n'écouta même pas le réquisitoire éloquemment impitoyable que prononça l'avocat général. Que lui importait ? Il n'avait plus qu'une pensée, celle qui avait sans cesse survécu chez lui à toute autre envolée, sa Jeanne, sa Jeanne chérie qu'il perdait pour jamais. Il se réjouissait presque à l'idée de la mort, car il ne pouvait supporter l'idée de vivre sans la seule personne au monde qu'il eût aimée.

La parole fut donnée à Mᵉ Delmas, le défenseur. Dans un langage sobre, plein de noblesse et de pitié, le jeune avocat rappela la vie de l'accusé. Il fit surtout sentir, et c'était là le point essentiel, combien il est dangereux de donner à un enfant né dans une condition obscure et destiné par sa naissance à vivre modeste et ignoré, l'amour du luxe et des grandeurs en le faisant l'égal et le compagnon d'enfants d'une autre classe de la société, riches, imbus d'idées superficielles provenant de leur fortune ou de leur nom.

— Cela suffit, dit le défenseur, pour détraquer complètement une cervelle faible ou une mauvaise nature.

Il faut des âmes fortement trempées et des organisations d'élite pour conquérir l'égalité sociale dans un tel milieu, par la seule force de leur intelligence ou de leur travail.

Henri Pasquet n'avait pas ces qualités ; c'est pourquoi, messieurs, il est là, devant vous. Sa manie de s'affubler de grands noms, de vivre de la vie oisive de nos jeunes gens de famille en est la meilleure preuve. C'est un esprit faible, un cerveau malade, qui n'a pas l'absolue responsabilité de ses actes.

Maître Delmas entra alors dans des considérations d'un autre genre sur la suggestion, sur cette sorte d'hypnotisme si répandu aujourd'hui en ces temps de névroses, et conclut en demandant aux jurés de tenir un juste compte de l'irresponsabilité de son client.

Sur la demande du président, Henri Pasquet répondit qu'il n'avait rien à ajouter aux paroles que venait de prononcer son avocat.

Après un court résumé du président et la lecture des questions sur lesquelles MM. les jurés auraient à statuer, le jury se retira dans la salle de ses délibérations. Il en revint au bout d'un quart d'heure. Le verdict était affirmatif et répondait : *Oui!* à toutes les questions.

L'accusé, qu'on avait emmené, fut conduit de nouveau dans la salle d'audience. Le président lui lut le verdict solennellement, et ajouta, après l'énumération des articles du code pénal :

— En conséquence, l'accusé est condamné à la peine de mort ! Henri Pasquet, vous avez trois jours pour vous pourvoir en cassation.

En entendant ces mots, le malheureux chancela, et sa face prit une teinte spectrale.

Les gardes l'entraînèrent, puis la foule se retira lentement.

XVI

LE CARÊME D'ANGOISSES

Jeanne Klein, malgré toute l'ignominie de son amant dont, par le procès qui venait de se dénouer ainsi que nous venons de le dire, elle connaissait la vie dans ses moindres détails, conservait néanmoins pour lui un sentiment indéfinissable. Etait-ce de l'amour? Non, assurément.

Cette frêle nature, profondément honnête, que les circonstances avaient jetée dans la vie irrégulière, alors qu'elle était née pour devenir, comme les filles de sa race, une petite bourgeoise bien correcte, brave mère de famille, aussi dévouée à l'époux qu'aux enfants, ne pouvait aimer un cynique assassin.

Non, ce n'était plus de l'amour, mais cependant elle ne pouvait oublier qu'elle devait à cet homme les quelques instants heureux de sa jeunesse; elle se souvenait que, pour elle, il n'avait eu que de l'affection, de la douceur, ne cherchant son propre plaisir que dans la satisfaction des moindres désirs de la femme adorée.

Elle souffrait malgré tout des hontes qui lui avaient été infligées en sa présence et elle ne parvenait pas à chasser de son regard l'image du misérable pleurant de vraies larmes et implorant son pardon.

Pauvre Jeanne! Quoique innocente, elle ressentait le contre-coup des souffrances de l'homme près duquel elle avait si longtemps vécu, et pour elle aussi commençait le carême d'angoisses.

Après les formalités de la levée d'écrou, le condamné à mort avait été extrait de la Conciergerie et transféré à la Roquette dans une des cellules réservées aux malheureux qui doivent subir la peine capitale.

Son avocat vint le voir. Henri Pasquet le reçut avec joie.

— Merci, monsieur, lui dit-il, de ce que vous avez fait pour moi; vous avez mis tout votre talent au service d'une si mauvaise cause que le résultat de votre plaidoirie ne m'a nullement étonné. La condamnation dont je suis frappé est juste entre toutes, mais je ne puis oublier les efforts surhumains que vous avez tentés pour sauver ma tête.

— Il faut la sauver, répondit le défenseur. Il en est temps encore; et tout d'abord vous allez signer votre recours en grâce. C'est pour cela que je suis venu.

— Non, non, je ne signerai rien. J'ai mérité la mort, je mourrai! D'ailleurs la vie me serait un supplice insupportable; elle était, vous le savez, consacrée à une seule personne. Séparé d'elle à jamais, la mort me sera douce. Je marcherai à l'échafaud d'un pas ferme, je vous le promets.

Le généreux défenseur entreprit alors une longue discussion avec son client, et il parla si bien qu'il finit par le convaincre et le décider à signer son pourvoi.

— Si cela ne suffit pas, dit-il, il nous restera la clémence du chef de l'Etat, à laquelle j'irai moi-même faire appel.

— Vous êtes bon, monsieur, conclut Henri Pasquet d'une voix émue, merci, merci encore une fois et du fond de mon cœur pour l'intérêt que vous me portez et dont déjà je connais tout le prix!

En effet, grâce à l'influence du jeune avocat, on avait retiré au condamné la camisole de force qu'il avait dû revêtir en arrivant à la Roquette.

Suivant l'usage, Henri Pasquet avait avec lui *un mouton*, c'est-à-dire un condamné aux travaux forcés chargé d'épier ses mouvements et de rapporter au besoin ses moindres paroles. Avec une résignation parfaite, le misérable avait accepté toutes les conséquences de cette promiscuité ; en compagnie de ce co-détenu, il passait ses journées à causer avec lui ou à jouer aux cartes. Quelquefois le gardien se mêlait de la partie, et la journée s'écoulait plus ou moins rapide. Les jours, puis les semaines se succédèrent ; et l'on aurait pu croire, à voir la placidité de l'assassin de Fernande de Chartray et de la comtesse de Prije, qu'il ne souffrait pas. Pourtant le supplice qu'il endurait était intolérable.

Les journées semblaient courtes, mais les nuits étaient mortellement longues. En vain il cherchait le repos et l'oubli : le sommeil le fuyait !... Si parfois il sommeillait, ses rêves étaient hantés d'horribles cauchemars, de sinistres visions !... Ses victimes lui apparaissaient couvertes de sang et lui reprochaient ses crimes d'une voix menaçante. Alors, il était pris de crises nerveuses d'une violence inouïe ; il se réveillait en sursaut, le visage couvert d'une sueur glacée, les membres frissonnants, les lèvres bleuies !...

— Grâce ! grâce ! suppliait-il.

— M'as-tu fait grâce lorsque je t'implorais, lui répondait alors l'ombre pâle de la belle Dinah de Prije. Pas de pitié pour toi, qui n'as pas eu pitié de moi ! Jusqu'au dernier moment nous serons, nous tes victimes, à côté de toi pour crier vengeance !... et le couteau du bourreau, en tombant sur ta tête, ne t'empêchera pas d'entendre une dernière fois notre malédiction !

Enfin le jour paraissait. Les sombres apparitions s'évanouissaient avec la nuit, et le malheureux trouvait seulement un peu de calme. Mais toutes ces émotions le brisaient, le tuaient lentement. Vingt jours après sa condamnation, il était changé au point que ses anciens amis auraient eu de la peine à le reconnaître. Ses cheveux grisonnaient, ils étaient devenus presque entièrement

blancs auprès des tempes. Plus il approchait des délais
ordinaires à la révision des jugements prononcés par les
cours d'assises, et plus il se rattachait à la vie, instinctivement. La conversation de ses camarades de détention
ne contribuait pas peu à ce changement d'idées chez le
misérable. En effet, ils lui faisaient entrevoir que, en cas
de commutation de peine, il lui restait encore l'espoir
d'une existence relativement douce en Nouvelle-Calé-
donie. Avec de la bonne conduite, du travail, lui disait-
on, vous arriverez, instruit comme vous l'êtes, à vous
faire une situation dans la colonie pénitentiaire.

Et lui ajoutait tout bas :

— Peut-être Jeanne me pardonnera... Elle m'aimait
tant !... Elle viendra me rejoindre, et, un jour, vivant
l'un pour l'autre, nous serons encore heureux !

Son amour pour sa Jeanne était tellement grand qu'il
pensait sincèrement ce qu'il disait. C'est pourquoi son
espoir et ses craintes augmentaient alternativement de
jour en jour, d'heure en heure.

Maître Delmas revint plusieurs fois lui rendre visite
pour l'encourager. Il se montrait doux avec tout le monde,
jamais un mot dur ou violent ne s'échappait de sa bouche. Au dire de ses gardiens, aucun condamné n'avait
donné un si bel exemple de résignation. De toutes les
consolations qu'il recevait, la plus grande était certainement la contemplation de la photographie de sa
maîtresse, dans laquelle il s'absorbait durant de longues
heures. Il pleurait silencieusement en regardant ces traits
chéris qui lui rappelaient les plus beaux instants de sa
vie ; et l'idée que tout cela était évanoui ainsi qu'un rêve,
lui mettait au cœur de cuisantes douleurs.

— Jeanne !... ma Jeanne ! ne te verrai-je plus ! s'écriait-il
parfois, seras-tu inflexible ? Si tu savais combien mon repentir est grand, si tu savais combien je me fais horreur
à moi-même !... Oh ! pardonne-moi !... Si je dois mourir,
que je n'emporte pas ta malédiction !...

Le spectacle d'un si grand amour ne pouvait manquer
d'émouvoir ceux qui y assistaient, malgré leur peu de

sensibilité. Mais les nuits venaient toujours aussi terribles, avec leurs cauchemars épouvantables, leurs évocations, leurs spectres hideux. La désespérance et la rancœur dominaient toutes les autres pensées du condamné et le plongeaient dans un profond abattement.

Trente-neuf jours s'étaient écoulés, et le condamné était sans nouvelles de son pourvoi en cassation et de son recours en grâce. Il ne recevait plus de visites que de la prison. C'était de mauvais augure.

— Tout est perdu ! se dit Henri Pasquet, insensé que je suis, comment puis-je espérer de la pitié après des crimes semblables à ceux que j'ai commis !... Il ne me reste plus qu'à me préparer à la mort !... La mort !... la mort sur la guillotine... Oh ! que ce doit être affreux !... Ce couteau que l'on voit luire dans la demi-obscurité du jour naissant, ce couteau qui tombe sur votre tête !... Non, non, je ne veux pas mourir ainsi !...

Quand il avait de ces hallucinations, Henri Pasquet était horrible à voir; sur ses traits flétris s'incrustait un effroyable rictus, et l'on avait toutes les peines du monde à le calmer.

Enfin le quarantième jour vint et s'écoula pour lui, long comme un siècle.

Sa grâce ne lui fut pas apportée.

Pourtant, brisé par la fatigue, épuisé par ses insomnies, ne résistant plus à son abattement, il s'endormit d'un sommeil lourd, le sommeil de la mort !

XVII

L'EXÉCUTION

Depuis la veille déjà, une foule nombreuse et bizarre, les habitués de ce qu'un écrivain de talent a appelé : les *grandes dernières*, envahissaient les abords de la place de la Roquette, avides d'un spectacle hideux auquel ils ne pouvaient assister que fort mal, étant maintenus au loin par un cordon de troupes et de fortes escouades d'agents.

On avait appris dans la journée par des indiscrétions de journaux que le recours en grâce d'Henri Pasquet avait été rejeté et que l'exécution aurait lieu le lendemain. L'émotion était grande à Paris.

Quelques personnes de marque, animées d'une curiosité malsaine, allaient quémander, au parquet ou à la préfecture de police, des autorisations pour assister au supplice du condamné dans l'enceinte réservée aux représentants de la presse.

Des ordres étaient envoyés du parquet à la préfecture et transmis aussitôt à qui de droit. Le service d'ordre était commandé et le bourreau prévenu.

Dès qu'il eut son ordre, l'exécuteur fit avertir ses trois aides et alla préparer les bois de justice enfermés dans les légendaires voitures et remisés dans un hangar de la rue de la Folie-Regnault.

Vers deux heures du matin, les première et deuxième brigades centrales des gardiens de la paix viennent se masser sous les arbres qui abritent la place de la Roquette avant d'être distribuées aux alentours suivant les besoins du service. En même temps défile devant les murs de la Petite-Roquette un bataillon à pied de la garde républicaine et un escadron de gardes à cheval.

Tous ces hommes s'alignent de chaque côté de la place, de façon à maintenir la foule qui grossit de plus en plus.

Enfin à deux heures et quart les voitures du bourreau arrivent, perçant la nuit sombre du feu rouge de leurs lanternes. Elles s'arrêtent à quelques mètres de l'emplacement où les bois de justice doivent être dressés.

Le lugubre déballage commence.

Pour l'effectuer, les aides ont dépouillé leurs habits de ville et ont revêtu des cottes et des bourgerons d'ouvriers charpentiers. On procède méthodiquement au montage de la machine. C'est d'abord la croix de Saint-André, qui lui sert de base, que les aides, sous l'œil vigilant de leur chef, assujettissent sur les pavés.

Après la lourde base viennent les montants, qui se dressent comme deux bras gigantesques soutenus par de solides arcs-boutants en fer. On place le pivot massif sur lequel est appliquée la bascule, puis le sinistre couperet est retiré de son enveloppe et ajusté dans les rainures de cuivre. Il jette ses lueurs blanches d'acier poli sous la projection lumineuse des falots que les gens du bourreau promènent silencieusement autour du lugubre appareil.

Le calme de la nuit n'est troublé que par ce murmure, cette vague rumeur qui s'élève des foules. Chaque nouvel arrivant est l'objet de l'attention générale et cause un incident.

Le piquet des gendarmes de la Seine vient se placer devant la guillotine ; on aperçoit dans l'ombre les buffleteries blanches et le caparaçon des selles des chevaux.

Bientôt une échelle se dresse contre les montants de la machine ; l'aide charpentier en gravit les degrés, portant sur son épaule le lourd chapiteau surmonté d'une poulie nickelée dans laquelle doit glisser la corde servant à monter le couperet. Ce couronnement du sombre édifice est ajusté, comme le reste, avec une muette précision.

Tout est en place. On passe à l'*essayage*. Par trois fois, l'exécuteur presse sur le terrible déclique et fait tomber le glaive de la loi pour s'assurer qu'au moment suprême il fera convenablement son sanglant office.

Le bourreau et ses valets paraissent enchantés, comme des artistes qui, rentrant dans la coulisse après une scène de drame importante, se félicitent mutuellement, ayant conscience de l'avoir bien jouée. Il y a dans leur attitude une gloriole de cabotins.

Le premier acte est terminé. On met en scène pour le second.

De la voiture sortent les horribles *accessoires* : le bassin de tôle, peint en rouge sombre, dans lequel tombera la tête, les seaux et les éponges avec lesquelles on essuiera le sang bouillant du supplicié ; puis l'immense panier d'osier garni intérieurement de tôle, où la tête et le tronc du décapité seront jetés après l'exécution, sur un lit de son.

Un dernier coup d'œil est donné par le bourreau, le coup d'œil du maître. Il consulte sa montre. Il est quatre heures moins vingt minutes. Les aides ont vivement dépouillé cottes et bourgeons et repris leurs vêtements noirs de coupes indécises et leurs chapeaux étranges, car il faut dire que, si l'exécuteur peut être pris dans la rue pour un bourgeois quelconque, ses adjoints sont épouvantablement grotesques dans leur accoutrement de cérémonie.

Sur un signe de leur chef, les quatre hommes entrent dans la prison. La massive porte s'est à peine entrebâillée pour leur livrer passage.

Ils sont reçus par le directeur de la Roquette, le chef de la police municipale, l'aumônier assisté de son confrère de la petite Roquette, maison de correction des jeunes détenus, et le procureur de la République. On passe au greffe, pour l'accomplissement de certaines formalités de détails.

Ici nous devons rapidement rappeler ce qui s'était passé les jours précédents. Le dossier d'Henri Pasquet avait été transmis, le jeudi 29 juillet, par le parquet de la cour de cassation au ministère de la justice. Là, avant d'être remis au président de la République, il fut examiné par une commission composée du directeur des affaires criminelles et des grâces, du chef de cabinet du ministère et des chefs de division du personnel et de la comptabilité, et présidée par le sous-secrétaire d'Etat au ministère de la justice.

Le vote de cette commission avait été défavorable au condamné et, au bout de six jours, le dossier avait été transmis à l'Elysée. Le président s'appropria les conclusions de la commission, et quatre jours après refusa la grâce.

Alors les ordres avaient été donnés pour l'exécution.

On se dirige vers la cellule où Henri Pasquet repose sans se douter des terribles apprêts qui se font autour de lui. Les guichetiers précèdent les personnes dont nous venons de parler plus haut, à travers les cours et les couloirs.

Soudain ils s'arrêtent, on est arrivé. Il y a une seconde d'émotion, au moment où le porte-clefs s'apprête à ouvrir la cellule du condamné. Les verrous sont tirés, la clef grince dans l'énorme serrure et la porte roule sur ses gonds.

Henri Pasquet n'a rien entendu. Le directeur du dépôt des condamnés à mort s'approche de lui et le secoue doucement pour le réveiller.

Le malheureux se met brusquement sur son séant et regarde d'un œil effaré les personnes qui l'environnent et qu'éclaire la lanterne d'un guichetier.

Que vient-on lui annoncer ?

Est-ce la vie? Est-ce la mort ?

Horrible seconde d'incertitude, pendant laquelle le sang du condamné se glace dans ses veines, sa respiration s'arrête, l'existence semble suspendue dans son être.

— Pasquet, levez-vous! dit le directeur.

Le misérable obéit.

Alors, le procureur de la République s'avance et prononce les paroles suivantes au milieu du recueillement solennel des assistants :

— Henri Pasquet, je viens accomplir auprès de vous une mission pénible. Votre pourvoi a été rejeté et votre recours en grâce n'a pas été accueilli favorablement par M. le président de la République. L'heure du châtiment a sonné. Songez à vous montrer devant la mort courageux et résigné !

Le condamné, en entendant ces paroles, a pâli affreusement; il fait un pas en arrière et s'appuie sur le bord du lit, car il se sent défaillir; il veut parler, mais de sa gorge serrée les sons ne peuvent sortir, et bientôt il éclate en sanglots.

Les gardiens se sont approchés et l'aident à s'habiller.

Il se laisse faire sans résistance, comme un enfant. Le directeur de la prison rappelle au condamné que, s'il a quelque chose à dire pouvant intéresser la justice, les magistrats sont prêts à l'entendre.

Alors, Henri retrouvant un peu de courage, s'écrie :

— Qu'aurais-je à dire, monsieur, n'ai-je pas tout avoué? Ah! pourquoi, lorsque désespéré, connaissant la grandeur de mes crimes, j'attendais le châtiment avec résignation, pourquoi a-t-on cherché à me tromper, à me faire espérer le pardon et la vie, pour venir aujourd'hui, brusquement, détruire une illusion que j'avais et qui n'en était devenue que plus forte et plus chère !... Mais soyez tranquille, monsieur, je tâcherai d'être fort, de bien mourir !...

L'aumônier s'approche alors et d'une voix émue:

— C'est bien, mon ami, car le pardon que les hommes vous ont refusé, Dieu, dans son immense bonté, vous l'accordera. C'est à lui seul qu'il faut penser, c'est lui seul qui vous donnera le courage nécessaire pour la dernière épreuve.

— Vous avez raison, monsieur l'abbé, aussi c'est avec plaisir que j'accepte les secours de votre ministère.

Les assistants se retirèrent, laissant Pasquet avec

l'abbé. L'entretien suprême dura environ huit minutes. Nul ne saura jamais ce qui fut dit en cet instant.

On rentra dans la cellule. Le condamné avait le visage baigné de larmes, et ce visage était encore plus pâle qu'avant la confession.

Depuis cette minute du dernier doute, où l'œil du condamné avait lancé à ses juges ce regard, fulgurant point d'interrogation, depuis la phrase terrible : « L'heure du châtiment a sonné », la désagrégation physique de l'assassin avait commencé. Cette transformation morbide doit aller en grandissant jusqu'à la dernière seconde.

C'est d'abord une oppression violente, un horrible malaise, le sang ne circule plus régulièrement dans ses veines, ses temps battent, un tintement confus bruit à ses oreilles.

La décomposition du visage se fait rapidement. Le nez se pince, les yeux se creusent et s'entourent d'un cercle bistré. Il n'en est encore cependant qu'aux premières stations de ce calvaire expiatoire et déjà c'est effrayant !

Quelle horrible chose que cet ensemble de faits et gestes qui remplissent la dernière heure d'un condamné à mort !

Henri Pasquet a-t-il hâte de connaître les nouvelles douleurs qui vont lui être imposées, on ne saurait l'affirmer ; toujours est-il qu'il court presque à la chambre de *toilette*. Toilette ! quel mot plein d'une sinistre ironie.

Les quatre exécuteurs sont là. Ils se saisissent du condamné et le garrottent. Les jambes sont entravées ; quant aux bras, ils sont attachés derrière le dos, les coudes contre le corps.

On n'entend plus maintenant, dans cette salle plongée encore dans la demi-obscurité de l'aurore naissante, que le cliquetis des ciseaux qui courent sur la nuque du patient, coupant çà et là une mèche de cheveux, un lambeau de toile. L'acier touche parfois la chair du malheureux : il frissonne... cela fait mal à voir. Ses pieds chaussés seulement de minces espadrilles, bleuissent sur les dalles, ses dents claquent.

Comme ces apprêts sont longs, en dépit de l'activité déployée par le bourreau et par ses aides !...

Henri Pasquet veut se lever, il ne peut pas.

— A boire ! demande-t-il d'une voix étranglée.

On lui présente un verre à demi rempli d'une liqueur forte, et il boit avidement jusqu'à la dernière goutte. Ranimé par ce cordial, il se lève et s'avance soutenu sous les bras.

C'est un spectre qui marche enveloppé dans son suaire. A présent on constate ce *facies* repoussant que les suppliciés ont tous au moment de mourir. L'œil si vif tout à l'heure est vitreux ; ce n'est plus une pâleur mate qui s'étend sur le visage, mais une coloration étrange. Il semble que sur la chair rouge on a mis une forte couche de blanc ou de poudre ; ce mélange de teintes forme une transparence indéfinissable.

Après la lugubre promenade dans les couloirs de la Roquette, la dernière porte s'ouvre et, dans son encadrement, apparaît la guillotine.

Le malheureux avait certainement parlé au prêtre de cette chère affection, la seule vraie qu'ait eue son cœur, car il lui dit tout bas en faisant allusion à Jeanne :

— Je vais donc mourir sans la voir !

Le prêtre, ému, répondit :

— On se revoit au ciel, mon fils !... Allons, du courage !

Et il éleva devant lui un petit crucifix de cuivre.

. . . .

Le jour cru éclaire le cortège.

Une vague rumeur monte de la foule.

Henri Pasquet n'est plus qu'à trois pas de la bascule...

Il s'arrête et regarde le couteau...

Oh ! l'horrible vision !... Oh ! l'effroyable rictus !...

Le prêtre donne au patient la dernière accolade et celui-ci promène autour de lui un long regard.

Tout à coup ses yeux s'ouvrent démesurément. A une fenêtre, à l'angle de la place, il vient de voir une femme vêtue de deuil relever le voile qui lui couvrait le visage.

Cette femme, il l'a reconnue !...

C'est Jeanne Klein!... Jeanne!... ce nom béni, il le prononce encore!...

— Si elle m'avait seulement pardonné! gémit le misérable.

Comme si elle l'avait entendu, Jeanne envoie de la main, un dernier baiser, un suprême adieu à l'assassin dont la tête va tomber...

Devant la mort terrible qui guette son amant, elle a tout oublié pour ne se souvenir que d'une chose : de l'amour qui l'unit à cet homme !

Henri Pasquet a reçu cette absolution de la bien-aimée, et la mort ne lui fait plus peur.

— Je suis prêt! dit-il au bourreau.

Aussitôt, d'une poussée violente, il est couché sur la planche fatale ; sa tête se prend dans la lunette de bois, et le couteau tombe avec un bruit sourd....

Un voile rouge passe devant les yeux des assistants, un frisson d'horreur a secoué la foule.

Tout est fini!...

Au moment où le couperet s'abattait, retentissait un cri déchirant.

Jeanne était morte!

FIN

IMPRIMERIE GÉNÉRALE DE CHATILLON-SUR-SEINE — A. PICHAT

www.ingramcontent.com/pod-product-compliance
Lightning Source LLC
Chambersburg PA
CBHW060939030726
47503CB00003B/652